JAZMÍN

AF274929

LINDA GOODNIGHT
AMANTES
DE NUEVO

Editado por Harlequin Ibérica.
Una división de HarperCollins Ibérica, S.A.
Avenida de Burgos, 8B - Planta 18
28036 Madrid
www.harlequiniberica.com

© 2025 Harlequin Ibérica, una división de HarperCollins Ibérica, S.A.
N.º 592 - 15.12.25

© 2004 Linda Goodnight
Amantes de nuevo
Título original: Saved by the Baby

© 2004 Rebecca Winters
Persiguiendo una ambición
Título original: Rafael's Convenient Proposal

© 2004 Caroline Anderson
En busca del amor
Título original: The Pregnant Tycoon
Publicadas originalmente por Harlequin Enterprises, Ltd.
Estos títulos fueron publicados originalmente en español en 2004

I.S.B.N.: 979-13-7000-861-1
Depósito M-19468-2025
Impreso en España por Liber Digital
Fecha impresión Argentina: 13.6.26
Distribuidor exclusivo para España: LOGISTA
Distribuidores para Argentina: Interior, DGP, S.A. Pienovi 211 - Avellaneda
Cap. Fed./Buenos Aires y Gran Buenos Aires, VACCARO HNOS.

MIXTO
Papel | Apoyando la
silvicultura responsable
FSC™ C134275

CAPÍTULO 1

CINCO pavos y una botella de Bud a que no aguanta ni dos días.

Jeet Hammond apoyó el codo sobre el mostrador de la tienda de donuts de Harper y señaló con su taza de café hacia la morena de piernas largas que salía del establecimiento. Sin mucho interés, el sheriff Tate McIntyre miró a la mujer. No tenía ni idea de quién estaba hablando su ayudante ni le importaba. Tate no tenía ni el tiempo ni las ganas de preocuparse por las mujeres.

Con una sonrisa le recordó a su ayudante lo que todo el mundo en el condado ya sabía.

—No apuestes cerveza, Jeet. Sabes que no bebo.

Pocas personas conocían las razones de aquello.

—Lo sé, lo sé, ni tampoco haces apuestas. Pero yo aun sí.

Tate se rió y se acabó lo que le quedaba del casi famoso pastel de Clare Harper. En ese momento el caprichoso viento de Oklahoma pasó por entre las esculturales piernas de aquella mujer haciendo que la falda se le levantara ligeramente, y él se dio cuenta en ese momento de quién era. De pronto el pastel parecía tan pesado en su estómago como una sandía. No tenía ni idea de que ella hubiese vuelto a la ciudad.

Jeet miró con malicia cómo la falda se le levantaba.

—Más alto, más alto. Dios mío, tiene las piernas más bonitas que jamás he visto. Seguro que la gente pagará bien para sacarles fotos.

–Si tu mujer te escuchara hablar de cerveza y las piernas de una mujer al mismo tiempo, volverías a dormir en mi casa.

Jeet tuvo la delicadeza de parecer culpable, pero continuó mirando a la mujer hasta que desapareció de su vista.

–Tienes razón –dijo Jeet con un suspiro–, pero, Tate, viejo amigo, incluso un caso perdido como tú tiene que sentirse afectado cuando Julianna Reynolds reaparece en la ciudad después de tanto tiempo.

Tate se movió en su asiento y trató de concentrarse sólo en su café. Claro que lo afectaba, pero no de la manera que Jeet imaginaba. Diez años atrás, cuando Julee se había ido de su lado se había llevado consigo algo que no había podido recuperar, sus últimos veinte dólares y una parte importante de su corazón. No tenía intención de dejarse hacer daño por nadie de aquella forma nunca más.

–Si tanto éxito ha tenido, ¿cómo es que nunca hemos visto fotos de ella? –preguntó Jeet mirando por el escaparate.

–Es modelo de piernas, Jeet. Es difícil reconocer a una persona por sus piernas.

Lo que no dijo Tate fue que él había sido capaz de reconocer a Julee cada vez que había visto sus maravillosas piernas en algún anuncio o revista. Si pensaba en ello, aún podía sentir la suavidad de su piel. Pero definitivamente no iba a pensar en ello. No en aquel momento. Ni nunca.

–Algunos dijeron que era ella la de aquella película del año pasado sobre una bailarina de ballet.

–Sí, eso había oído.

–Tío, esa valla publicitaria de la interestatal casi hizo que me saliera de la carretera la primera vez que la vi. Apuesto a que era ella.

Era Julee, sí. Tate había conducido hasta allí y había tenido que hacer algún que otro control a los conductores. Se había pasado media noche sentado allí, contemplando aquellas maravillosas piernas y reviviendo aquel recuerdo que lo perseguía.

Tate dio un sorbo al café para borrar la amargura que aparecía cada vez que recordaba a la mujer a la que había amado tanto como para dar su vida por ella. Él no había sido lo suficientemente bueno para ella. Lo había sabido en su momento y aún lo sabía. Ella merecía una vida mejor y ambos sabían que él no podía dársela.

Tate dejó varios billetes sobre el mostrador y se levantó

—Vamos, Jeet. La comida se ha acabado y tenemos mucho trabajo que hacer.

—Me pregunto qué estará haciendo aquí después de tantos años.

Eso era lo que Tate se preguntaba también.

Julianna Reynolds estaba en una misión.

Con paso firme se dirigió por la calle soleada hacia el Ayuntamiento de Blackwood. Se ponía más nerviosa a cada paso que daba hacia el hombre que poseía todo su mundo en sus manos. Él estaba casado, era feliz y tenía éxito. Ella nunca había planeado interferir en la vida que él había elegido, pero la desesperación implicaba medidas desesperadas. De algún modo conseguiría que cooperara sin llegar a decirle el verdadero motivo de su regreso a Blackwood. Se lo debía.

El enorme reloj que había en la funeraria de Evans marcaba poco más de las doce. Julianna se estremeció al ver aquel recordatorio de la muerte, el horrible buitre que se cernía sobre ella día y noche. La muerte era su enemiga y se acercaba más a cada momento. Sólo el poder divino y las modernas tecnologías mantenían al monstruo a distancia por el momento.

La cálida brisa de primavera extendía el aroma de los tulipanes que había a los lados de las escaleras que daban acceso al Ayuntamiento. Sin pararse a contemplar su belleza, Julianna empujó las pesadas puertas y entró.

Megan, su única hija, la luz de su vida, su razón para vivir, se estaba muriendo. Sólo un transplante de médula podía salvarla, y tras semanas de pruebas no se había encontrado ningún donante apropiado. Así que Julianna había hecho lo que se había jurado no hacer nunca. Había echado cuatro cosas en una bolsa y había ido a Blackwood para encontrar al padre de Megan. Había ido a buscar a Tate McIntyre.

No había nadie en el mostrador de recepción que había junto a la puerta de madera donde podía leerse un cartel en el que ponía «Sheriff del Condado». Julianna se detuvo para reunir el coraje antes de abrir la puerta. Su seguridad menguaba mientras ella sentía la garganta cada vez más seca. ¿Qué ocurriría si él se negaba? ¿Y si aquel plan para salvar a Megan fracasaba? Tomó aliento y giró el pomo que daba acceso a la oficina de Tate.

La puerta estaba cerrada con llave. Desilusionada, apoyó la frente contra el cristal.

—¿Buscas a alguien?

Al oír aquella voz grave y profunda, Julianna se dio la vuelta. Tate McIntyre, mucho más guapo de como ella lo recordaba, estaba de pie unos metros más allá.

En ese momento le dio un vuelco el corazón. Estaba asustada, no atraída, aunque cualquier mujer sobre la tierra se fijaría en aquel hombre alto y moreno.

Bajo su uniforme y sus botas marrones, seguía siendo Tate, aunque con cambios evidentes. Delgado y con aspecto duro, seguía recordando a un marine. Aquel cuerpo alto y fuerte llenaba a la perfección la camisa de sheriff y el color verde aceituna resaltaba su piel bronceada y sus ojos verdes. Su pelo castaño oscuro estaba más corto que antes, y su corte casi militar resaltaba sus mejillas. A Julianna se le encogió el estómago. El chico guapo se había convertido en un hombre imponente, un hombre que había elegido a otra mujer en vez de a ella.

En ese momento se escuchó una radio de policía. Tate inclinó la cabeza para escuchar sin dejar de mirarla un solo momento.

Julianna había pensado en él muchas veces durante los últimos diez años, pero nada podía haberla preparado para aquel momento. Las antiguas emociones amenazaban con salir mientras ella miraba ensimismada al hombre al que una vez había amado con toda su pasión adolescente. Tuvo que reprimir sus emociones. Tate era el pasado, y ella estaba allí por Megan, sólo por Megan.

Casi sin aliento, Tate se quedó mirando a aquella mujer alta y morena que tenía enfrente. Julee Reynolds no sólo estaba de vuelta en la ciudad, sino que estaba de pie junto a su oficina, mirándolo ansiosa con sus ojos azules que amenazaban con minar su determinación de no involucrarse sentimentalmente con una mujer nunca más.

A él siempre le había parecido atractiva, a pesar de que los otros chicos la llamasen Olivia y larguirucha, pero los años trabajando en una industria donde la belleza lo era todo, habían conseguido transformar esos rasgos en ventajas. Tate no quería sentir todo aquello, ni darse cuenta de los cambios, pero no podía evitarlo.

–Hola, Tate.

Ella extendió la mano. Él se la estrechó y el escalofrío que sintieron los dos fue evidente a primera vista. Ella era cálida, suave y… era Julee, la mujer que se había llevado su corazón a Los Ángeles y que nunca se lo había devuelto. Por eso no podía respirar, ni hablar. Ni siquiera podía pensar.

Al igual que su padre, Julee había sido relegada a un

archivo mental de casos sin resolver, para que él pudiera continuar con su vida. Quizá por eso el verla le afectaba tanto y hacía revivir unos sentimientos no deseados. El tiempo y el trabajo duro habían ayudado a borrar casi todo el dolor, pero nada había conseguido llenar el vacío que Julianna había dejado el día que se subió a aquel autobús y salió de su vida.

Él sabía entonces que ella debía darle una oportunidad al mundo de la moda, quería que lo intentara. Ella y su madre habían perdido su casa. Él no se había dado cuenta de lo mucho que le dolería cuando ella se marchara y no regresara, sobre todo después de la lesión que acabó con su carrera futbolística. Finalmente el dolor se había convertido en resentimiento y el resentimiento en amargura. Había caído en un agujero negro tras su marcha y casi se había destruido a sí mismo. Desde entonces había mantenido su corazón encerrado con llave, asegurándose de no volver a sufrir ningún rechazo semejante nunca más.

Si tenía un poco de sentido, averiguaría lo que quería y la mandaría de nuevo a Los Ángeles lo antes posible.

—¿Cómo estás? —preguntó ella con esa voz dulce que una vez lo había hecho enloquecer.

—Bien, ¿y tú? —dijo él haciendo un esfuerzo por soltarle la mano para abrir el despacho y poder entrar.

La dejó entrar a ella primero, deleitándose con su perfume mientras entraba. No podía saber cuál era. No era bueno en ese tipo de cosas, aunque podía oler a un conductor borracho con los ojos cerrados.

—Ha pasado mucho tiempo —dijo ella mientras echaba un vistazo al viejo despacho que a él tanto le había costado ganarse. El escritorio, que siempre estaba hecho un desastre, parecía peor aquel día. El aparato de aire acondicionado hacía ruido y había polvo por todas partes. A sus ojos de la gran ciudad, acostumbrados a lo mejor, Tate se imaginaba que le parecería un agujero inmundo.

–Mucho tiempo –repitió él mirando al calendario que había en la mesa. Nueve años, siete meses y trece días, para ser exactos. La fecha en que lo dejó era una cicatriz permanente en su corazón, como un mal tatuaje que ninguna cirugía lograba quitar–. Oí que te las has apañado bien sola.

–¿Oíste?

Él se encogió de hombros. No iba a hacerle saber lo mucho que había apreciado cualquier mínima información. Incluso había fantaseado con la posibilidad de que regresara, sola y destrozada. En sus sueños, él era el único hombre que ella necesitaba, el único que podía ayudarla. Pero eso había sido cuando no era más que un crío que soñaba con lo imposible.

Tate cambió el peso de su rodilla mala a la otra. El tiempo debía de estar cambiando para que la vieja lesión le doliera tanto. O quizá eran las dieciocho horas de trabajo que llevaba encima, la mitad de ellas de pie buscando a los padres de un niño perdido. Pero no se quejaba. Se había sentido inmensamente rico al devolver al niño a sus padres.

Sabía que su postura lo había delatado ante Julee, que lo había visto cambiar de posición. Aunque su atención era puramente curiosa, el cuerpo de Tate iba poniéndose cada vez más caliente.

–Nunca tuve la posibilidad de decirte lo mucho que lamenté lo de tu rodilla. ¿Aún te molesta?

Así que lo sabía. Y nunca había llamado. Aparentemente no había vuelto a pensar en él desde que se había marchado a la ciudad.

–A veces –admitió él. Habían pasado casi diez años. ¿Por qué sacaba el tema?

Julee le tocó el brazo ligeramente, pero fue suficiente para que todo su cuerpo se estremeciera. No era sólo deseo físico, sino una necesidad emocional tal que deseaba arrodillarse ante ella. Seguía siendo un tonto.

–Siempre lamenté que te ocurriera eso.

Si tanto lo lamentaba, ¿por qué no había regresado a casa? ¿Por qué no había estado a su lado? ¿Por qué lo había dejado solo, ahogándose en el alcohol y la autocompasión para casarse con la primera mujer que tolerara ambas cosas?

–Eso fue hace mucho tiempo –dijo él colocándose tras el escritorio–. Ocurrió todo hace mucho tiempo.

Ambos habían sido jóvenes, pensando que podían tenerlo todo. Julee sería una modelo famosa. Él jugaría al fútbol profesional. Luego encontrarían cada uno el camino de vuelta al otro. El problema era que el sueño de Julee se había cumplido casi al mismo tiempo que el de él había muerto.

Había caído en un abismo de rabia y alcohol, demasiado orgulloso para llamarla, pero furioso cuando ella no lo llamaba. Entonces había aparecido Shelly, dulce y compasiva, dispuesta a aguantar sus borracheras y su autocompasión. Ella había sido su ancla en unos momentos en los que quería haber muerto. Se había casado con ella en menos de un mes.

Tate se restregó los ojos y apartó de su cabeza los malos recuerdos. Había pasado demasiado tiempo como para volver a eso de nuevo.

–¿Y qué te trae de vuelta a Blackwood?

«¿Y cuánto tiempo vas a tardar en tomar un vuelo de vuelta a Los Ángeles?»

Notó que había cierta emoción en sus ojos. ¿Qué era? ¿Nervios? ¿Ansiedad?

La observó con detenimiento y supo entonces que Julianna tenía miedo.

¿De qué tenía miedo? ¿Y qué diablos podría tener que ver con la ciudad natal que había abandonado años atrás? Y mejor aún, ¿qué podría tener que ver con él?

–¿Te importa si me siento? –preguntó ella. Tate trató de ignorar el hormigueo que sentía en el estómago cada vez que ella hablaba–. Tengo un negocio importante que discutir contigo.

Intentando resistir su tentación de protegerla de todo aquello que pudiera hacerle daño, le indicó la silla que había al otro lado del escritorio y él ocupó la suya. Julee se sentó y cruzó sus largas piernas en dirección a su ángulo de visión. Tenía que salir de aquel despacho.

–¿Negocio? –preguntó él intrigado. ¿Qué tipo de negocio podría traer a Julianna Reynolds de vuelta a Blackwood?

Cuando ella se inclinó hacia delante, su blusa azul le proporcionó a Tate una agradable visión de su piel suave y sedosa. Inevitablemente su cuerpo reaccionó. Era sexy, vulnerable y hermosa, una combinación que para cualquier hombre sería peligrosa, pero que para él era mortal. Ella representaba la gran ciudad y él una insignificante. Ella era rica y él un trabajador constante. Y era, como su madre había dicho una vez, «demasiado buena para ese chico McIntyre».

¿Por qué estaba pensando en eso? No conocía a aquella mujer. No la había visto en años. Todo lo que tenían en común era el pasado, y era mejor dejarlo así.

El teléfono emitió un suave zumbido. Estaba demasiado ocupado para preocuparse por Julianna Reynolds, y cuanto antes averiguara lo que quería, antes se marcharía y él volvería a estar a salvo. Pulsó un botón y contestó.

–¿Sí?

La voz de su recepcionista se escuchó por el altavoz.

–La señora Barkley necesita que vayas a su casa. Está segura de que Tom el mirón ha vuelto.

–¿Dónde has estado?

–Incluso la magnífica Rita tiene vejiga. Así que no te pases.

Él miró a Julee y vio cómo estaba conteniendo la sonrisa, y se sintió aliviado al ver que se levantaba y se ponía a dar vueltas por la habitación. Intentó no mirarla demasiado para no fijarse en el suave movimiento de sus muslos bajo su falda azul.

Tener a Julee en su despacho ya era suficientemente malo sin tener que aguantar las humillaciones del personal. Aunque Rita era una recepcionista magnífica y jamás podría arreglárselas sin ella.

–Dile a la señora Barkley que estaré allí lo antes que pueda.

–Oh, dijo que no hay prisa. Y también quería saber si puedes pasarte por la tienda y comprarle a Penelope comida para gatos antes de salir para allá.

Tate sonrió. Había investigado a su Tom el mirón al menos cuatro veces en los últimos meses. Pobre señora Barkley. Lo que fuese por un poco de compañía. Se preguntaba qué tipo de tarta habría preparado en esa ocasión y deseaba poder tener tiempo para comerse un pedazo mientras ella tocaba el piano.

–No hay problema.

Con el rabillo del ojo podía ver a Julee mirando los títulos enmarcados y las citaciones que había por todo el despacho. Esperaba que no echara en falta el título universitario. A ella le habían servido el éxito en bandeja de plata, pero él había tenido que trabajar muy duro para tener aquello.

–No olvides que tienes que volver a tiempo para el entrenamiento de la Liga.

–¿Algo más?

–He dejado la lista sobre tu escritorio. Tienes una reunión a las cuatro, la fiesta de cumpleaños de Martha y la subasta en el instituto.

–Un momento –dijo él mientras rebuscaba entre las carpetas y archivadores que tenía en la mesa. La lista estaba bajo un pisapapeles que su amigo Jacob, de siete años, le había regalado las navidades anteriores–. Ya la he encontrado –dijo. Se metió la lista en el bolsillo de la camisa y colgó el teléfono.

–Eres un hombre ocupado –dijo Julee.

–Va con el trabajo. Así que, si no te importa…

Antes de perder los nervios, Julianna volvió a sentarse en la silla y comenzó a contar la historia que llevaba días ensayando.

–He venido para una obra benéfica. Ya sabes. Una de esas cosas de famosos que ayudan a desgravar impuestos.

Le dirigió una sonrisa tan falsa como la historia que estaba contando. Ella nunca hacía cosas de famosos. Aunque había trabajado duro para incrementar los donantes de médula, pero la fama no tenía nada que ver con aquello. Fuera de la moda y de aquella pequeña ciudad, no tenía estatus de estrella, pero Julianna esperaba que Tate no lo supiera. Encontrar la cura para niños enfermos se había convertido en su pasión.

Tate alzó una ceja. Se colocó las manos detrás de la cabeza y se recostó en la silla.

–¿Y qué tiene eso que ver conmigo?

Julee se cruzó de brazos. No había imaginado un recibimiento así después de tantos años.

Tras él, Julianna podía ver por la ventana las luces de los semáforos, el ruido de los coches. La normalidad de aquella pequeña ciudad la tranquilizaba.

Normalidad, una condición que difícilmente podría recobrar. Por un tiempo, hacía tres años, la vida había sido casi normal. Por aquel entonces habían estado seguros de que Megan se había curado gracias a la quimioterapia.

Entonces, dos meses atrás, habían aparecido las malas noticias. La leucemia de Megan había reaparecido y entonces Julianna había emprendido la búsqueda desesperada de un donante de médula. Por primera vez no le quedaba más remedio que involucrar a Tate. La enfermedad de Megan estaba en aquel momento bajo control, pero los médicos decían que era cuestión de tiempo antes de que las células comenzaran a multiplicarse de nuevo. Pero nadie sabía cuánto tiempo.

Desde entonces no habían podido vivir un solo instante sin miedo. Megan, su maravillosa hija de nueve años, merecía una vida normal, al igual que las docenas de niños que también aguardaban un trasplante de médula.

Si podía conseguir que Tate donara sangre sin saber lo de Megan, todos estarían mejor. Megan, Tate, su mujer. Ninguna mujer, por muy devota que fuese, querría descubrir que su marido tiene una hija secreta de su primer amor.

Apoyó los codos sobre una pila de documentos y miró a Tate a los ojos. El aire acondicionado estaba a pleno rendimiento, pero ni aun así podía acabar con el sudor que le caía por el cuello.

–Estoy involucrada en aumentar el número de donantes para la base de datos de los trasplantes de médula. Pensé que éste sería un buen lugar donde comenzar.

Tate la miró con el ceño fruncido, claramente intrigado.

–¿Donación de médula?

–La gente no necesariamente tendría que donar la médula. Al principio sólo se dona sangre y los datos del donante se meten en la base de datos. Entonces, si alguien necesita un trasplante, los médicos pueden acceder a la base para ver si hay algún donante apropiado.

–Pensé que normalmente eran los parientes los que donaban médula.

–Ésa sería la situación ideal, pero a veces los miembros de la familia no son apropiados.

«Como yo».

En un intento desesperado por tranquilizarse, Julee

tomó el pisapapeles de escritorio y comenzó a moverlo para ver la nieve que había en su interior.

—¿Y hay alguna razón por la que estés seleccionando minorías?

Oh, sí. La razón más importante del mundo. Su hija tenía los mismos genes que Tate y de ese modo se podría hacer el trasplante.

—Las minorías tienen un sistema de donación muy limitado, así que las oportunidades de encontrar uno que encaje son casi nulas. Y como su población es pequeña, tenemos que conseguir todos los donantes que podamos.

—¿Tenemos?

Ella se encogió de hombros, pero apretaba el pisapapeles con tanta fuerza que se le pusieron los nudillos blancos. Se las había arreglado muy bien sin él en los últimos años. No quería complicarse la vida ni complicársela a él más de lo necesario, pero la cooperación de Tate podía salvarle la vida a Megan.

—Llevo un tiempo trabajando con el registro. Mueren muchos niños que podrían salvarse si la gente tuviera su grupo sanguíneo en el registro.

Su corazón se había roto docenas de veces al ver cómo niños que ella y Megan habían ido conociendo habían muerto mientras esperaban el trasplante. Sobre todo los niños que vivían en minorías. Tenía que cambiar aquello.

—¿Y por qué vienes a mí? ¿Por qué no vas al hospital o a la cámara de Comercio?

—Lo he hecho. En el hospital piensan que es una gran oportunidad para las relaciones públicas. Los de la médula enviarán una unidad móvil, la compañía Saturn va a patrocinarlo, y aceptaremos donaciones regulares de sangre para ayudar con los gastos.

Él se recostó en la silla de nuevo, pensativo. La luz del sol atravesaba la ventana y hacía que su pelo brillara. Tomó un bolígrafo y se lo pasó entre los dedos.

–Te lo volveré a preguntar. ¿Por qué a mí?

–Estoy diciéndoselo a toda la comunidad y a la gente importante. El alcalde, a la administración de la escuela, al jefe de bomberos, etcétera. Estoy especialmente interesada en la gente con herencia india, y como tú tienes sangre india...

De pronto la expresión de Tate cambió. Julee pensaba que se estaba haciendo a la idea, pero al ver su expresión de ira se quedó callada sin saber qué decir.

–Tendrás que ir a los jefes de las tribus si estás interesada. No esperes que yo me involucre.

–Pero pensé que...

–¿Qué pensaste, Julee? ¿Que podías entrar aquí y hacer como si no hubieran pasado diez años? ¿Que ignoraría los asuntos de este condado y me iba a ir por ahí contigo para ayudarte a desgravar impuestos?

–¡No! No es eso lo que pensé en absoluto. Como ya he dicho, eres el sheriff y tienes cierta influencia que podría ser usada.

–¿Usada? No, gracias. Ya sé lo que es eso.

Julee apretó los puños de ira. Quería gritar, llorar, agarrar a Tate y hacerlo escuchar. Todo estaba saliendo mal.

–¡No es eso lo que quería decir!

–Mira, Julee. No quiero ponerme cabezón con este asunto, pero hay muchos otros que estarían dispuestos a colaborar en esa causa tuya. Te aseguro que estoy muy ocupado, y dada nuestra historia, no imaginé que fuese el primer hombre al que recurrirías.

Su historia era precisamente por lo que necesitaba su ayuda, pero por el bien de Megan sería mejor que no se lo dijese. Intentó no parecer alterada. Cualquier ataque de histeria por su parte haría que Tate se planteara por qué él era tan importante.

–Hubo un tiempo en que fuimos muy buenos amigos, sólo pensaba que...

–Un tiempo –la interrumpió él–. Y ese tiempo fue

hace mucho y es un tiempo que no quiero recordar. Ahora, si me disculpas… –dijo mientras dejaba el bolígrafo en la mesa y se levantaba–. Tengo que ir a ver a una mujer en relación a Tom el mirón.

–Espera, por favor –le rogó ella. Pero él no escuchaba.

Julee vio con desesperación cómo el Sheriff del Condado de Seminole, el hombre de cuya sangre ella dependía, agarraba su sombrero y, como si no pudiera soportar estar en su presencia un momento más, salía por la puerta.

CAPÍTULO 2

DICE que no colaborará, mamá –dijo Julianna agarrando con fuerza el auricular del teléfono y tratando de mantener el pánico bajo control.

–¡Tiene que hacerlo! –dijo Beverly Reynolds con su voz estridente desde California.

–Ya lo sé –dijo Julianna desde el motel–. Lo siento. Es que estoy muy asustada. ¿Qué pasa si no lo convenzo para hacerse las pruebas? No sé lo que voy a hacer.

La televisión del motel emitía un anuncio en ese momento y Julianna vio sus propias piernas en la pantalla anunciando una nueva crema depilatoria.

–Yo tampoco lo sé, cariño. Si yo no hubiera mentido a todo el mundo, sobre todo a Megan, podrías ir y decirle a Tate la verdad sin problemas.

–No quiero hacerle daño a su familia, pero si se niega a donar por voluntad propia, no tendré otra opción.

–¡No! ¡Eso sí que no! No puedes arriesgarte. Los médicos nos han dicho docenas de veces lo importante que es para la salud de Megan que tenga un estado mental positivo. Su salud está muy débil como para descubrir de pronto que el padre que creía muerto está vivo y vive en Oklahoma. ¿Quién sabe lo que la impresión podría hacerle? Es todo culpa mía. Nunca debí comenzar con esta mentira.

–Hiciste lo que creíste conveniente en aquel momento, mamá. No te culpo por nada de esto.

Cuando Julee había descubierto su embarazo y el

matrimonio de Tate, su madre se había inventado un marido muerto de cara a la gran ciudad, a las nuevas amistades y a los compañeros de trabajo.

–Eras muy joven y estabas tan decidida a no arruinar las posibilidades de Tate de llegar a ser futbolista. Durante un tiempo yo odié a ese chico. Y de pronto estás embarazada, tratando de triunfar en este mundo que es la moda y sin querer que él se involucrara en nada. Sólo quería protegeros a ti y a Megan de las habladurías de la gente.

–Lo sé, mamá, lo sé –dijo Julianna mientras miraba las manchas negras de las losas del suelo. Había revivido aquella época cientos de veces en su mente, preguntándose qué podía haber hecho para cambiar las cosas, y la respuesta siempre era la misma. No lo sabía.

Su madre nunca había querido que ella se uniera a Tate, aunque en un principio no había aprobado la idea de su hija de dejarlo al margen. Pero Julee temía lo que pudiera ocurrir si se hubiese enterado del embarazo. Tate habría dado de lado la beca de atletismo que tenía, la única oportunidad que le quedaba de dejar atrás su horrible infancia. Habría vuelto a trabajar en la gasolinera y se habría matado tratando de cuidar a una esposa y un bebé. Pero, al fin y al cabo, él ya la había sustituido por otra persona, así que Julianna vivía con aquella mentira creada para protegerlos a todos.

–A ti nunca te gustó Tate, pero ahora es diferente.

–¿Diferente? Cariño, Tate McIntyre siempre fue diferente.

–Quiero decir diferente, pero de forma diferente –dijo Julee riéndose al comparar la perfección casi militar del Tate que había visto ese día con la larga melena y la actitud descarada del Tate que había conocido diez años atrás–. No creo ni por un momento que intentara herir a Megan premeditadamente. Al parecer es gentil y educado con todo el mundo. Con todo el mundo menos conmigo, claro.

–No veo por qué iba a estar furioso contigo. No es culpa tuya que perdiera la beca de fútbol. Y seguro que tampoco es culpa tuya que se casara con esa Atkins mientras tú todavía llevabas dentro su bebé. Nunca lo perdonaré por eso.

–Mamá, no vayas por ahí, por favor. He tenido un día muy estresante –dijo Julee apretando con fuerza el auricular y jugueteando con el cable entre sus dedos–. ¿Cómo está Megan? ¿Está ahí?

–No, está en la escuela. Desde que le dijiste que ibas a ir a donde vivían los parientes de su padre para ver si alguno podía donar, ha estado llena de energía.

Julianna dio gracias a Dios en silencio. Siempre y cuando la enfermedad siguiera en remisión, tendrían tiempo de encontrar un donante.

–¿Ha ganado peso?

–¿En dos días? Cariño –dijo su madre con compasión–. Megan es como tú. Nunca engordará demasiado.

Julee tuvo una visión de su hija, con su amplia sonrisa, sus mejillas pronunciadas y sus ojos verdes. Había estado calva varias veces, de modo que se había acostumbrado a llevar gorra incluso cuando tenía pelo. Megan era una niña impresionante, tan llena de vida y de amor que parecía imposible que se estuviera muriendo.

–Tengo una reunión con la administradora del hospital y con el director de la emisora de radio dentro de un rato, mamá, así que será mejor que me vaya –dijo mientras se sentaba al borde de la cama–. Dale un beso a Megan de mi parte.

–Trata de no preocuparte demasiado, Julee.

–No lo haré si tú no lo haces.

–Por aquí todo va bien. Eugene va a venir a cenar y después Megan y yo tenemos un videojuego de la Super Nintendo por terminar.

Julianna sabía que su madre y su afable contable, Eugene Richmond, serían mucho más que amigos si no fuera por Megan y por ella. Varias veces había animado a su madre a llevar su relación más lejos, pero en el fondo sabía que no podría ocuparse de su hija con los horarios que exigía el mundo de la moda si no fuera por su madre. Cuando se había enterado del embarazo de Julee, diez años atrás, se había mudado a Los Ángeles y se había convertido en la niñera mientras Julianna se ocupaba de ganar el dinero. Así que el querido Eugene ofrecía sólo amistad a la mujer a la que quería amar.

Colgó el auricular y se tumbó en la cama y comenzó a hacer los tediosos ejercicios que mantenían sus piernas en forma y en constante demanda. A veces, cuando no estaba pensando en Megan, pensaba en lo que ocurriría cuando sus piernas dejasen de estar en forma. ¿Cómo mantendría entonces a su hija? La agencia aún la adoraba debido a las grandes cantidades de dinero que les proporcionaba, pero a ella no le hacía ilusión ese negocio de vivir de su cuerpo. Era un trozo de carne. Cuando la carne se estropeara, no sería nada.

Por enésima vez deseó poder haber tenido una educación, haber elegido una carrera que marcara la diferencia en la vida. Deseaba haber sido enfermera o maestra o algo que importara. Comenzó a pedalear en el aire. No era nada, nada, nada más que un par de piernas.

CAPÍTULO 3

PONME la corona.

Tate gimió y lanzó una de sus damas con una fingida irritación.

–Has hecho trampa otra vez, eres un tramposo –le dijo al hombre que estaba sentado enfrente de él.

Cada martes al mediodía, lloviese o hiciese sol, Tate asistía a una reunión de la Cámara de Comercio en la sala de conferencias del centro comunitario de Blackwood. Después se iba a la sala del presidente para una partida de damas o de dominó. Ese día, el antiguo sheriff Bert Atkins, su amigo y mentor, le estaba dando una buena paliza.

–¡Ja! No necesito hacer trampa cuando juegas tan mal –dijo el hombre mientras se metía otro caramelo de menta en la boca, su truco para dejar de fumar–. A juzgar por lo desconcentrado que estás, debes de estar trabajando en algún caso. ¿Algo en lo que yo pueda ayudarte?

Bert Atkins había sido el sheriff de condado de Seminole hasta que su segundo ataque cardíaco le había obligado a retirarse, pero su mente seguía tan hábil como siempre. Con una precisión increíble, siempre sabía cuando Tate tenía algún problema.

De hecho Tate estaba trabajando en un asunto de venta de piezas de coches robados, y creía saber quién era el cabecilla, aunque era un ciudadano respetado, de modo que inculparlo no sería ni fácil ni popular. Además ése era un año de elecciones.

Tras mirar al tablero durante un momento, movió una de sus fichas y se comió dos de las de Bert.

–Me parece que mi mente no está tan dispersa como piensas.

Pero, para ser honesto, sí que estaba disperso. Julee Reynolds estaba volviéndolo loco. Desde que se la había encontrado en la puerta de su despacho dos días atrás, con una cara como si se le hubiese muerto el perro, Tate no había pensado en otra cosa. No ayudaba el hecho de que su nombre y el asunto de la médula estuviesen en boca de todos los ciudadanos de Blackwood, de modo que se sentía como el tonto del pueblo y no como el sheriff.

Bert golpeó el tablero, haciendo que las fichas temblaran.

–Maldita sea, voy a tener que estudiar el próximo movimiento. Come un caramelo mientras pienso.

Tate accedió y se comió un caramelo, y mientras Bert estudiaba el tablero con atención, comenzó a mirar a su alrededor, a la gente que había en la sala. En otras mesas media docena de hombres jugaban a otros juegos de mesa. Él había trabajado duro para ganarse el respeto de esa ciudad, y los ciudadanos a cambio se habían portado bien con él. Estaba feliz, contento. Al menos lo había sido hasta que Julianna Reynolds había aparecido, recordándole el vacío que tenía dentro.

Al otro lado de la sala, un grupo de mujeres charlaban y hacían ganchillo en torno a un sofá. Una de ellas levantó la cabeza y sus ojos se encontraron con los de Tate. Él supo por la manera en que golpeaba con el codo a su compañera, que el sheriff de condado era ya el tema de conversación.

Con un lamento silencioso, Tate se limitó a esperar. ¿Quién sería en esa ocasión? ¿La nueva bibliotecaria? ¿La recién divorciada nieta de Mary? Las mujeres de Blackwood encontraban su falta de vida amorosa sumamente interesante, y estaban decididas a solucionar el problema emparejándolo con cualquier jovencita disponible.

En ese momento Mildred Perkins se levantó y comenzó a caminar en su dirección. Mildred, la mujer más ocupada de la ciudad, consideraba su tarea primordial encontrarle una pareja. No entendían lo que él no les contaba. Había fracasado en el amor dos veces, eso era todo. Era bueno en muchas otras cosas, pero el amor no era una de ellas.

–Sheriff –comenzó Mildred.

–Señora Perkins, ¿cómo está usted y su club de ganchillo hoy?

–Oh, estamos a punto de acabar la colcha para el nuevo nieto de Cindy. Que es por lo que quería hablar con usted. No del bebé, sino de Cindy. ¿Ha visto hoy el periódico? Cindy aparecía en primera página, con Julianna Reynolds.

Dijo el nombre de Julee con tal entusiasmo que Tate se estremeció.

Aquella mañana, apenas se había terminado el donut y ya estaba allí Rita con el periódico, metiéndose con él por no tomar parte activa en la obra caritativa de Julee. Ahí aparecía Julee, sonriente, con los habitantes de la ciudad, tomando sus datos.

–Sí, señora, lo he visto. Cindy salía muy bien.

–¿Cindy? Sheriff, no estoy hablando de Cindy. Hablo de Julianna y su regreso a Blackwood para ayudar a los enfermos de cáncer. ¿No es lo más hermoso que haya oído jamás?

–Sí, señora –convino él rezando para que Mildred no tuviera intención de emparejarlo con Julee–. Muy hermoso por su parte.

–¿Sabe que ha conseguido que los de los coches den dinero? El ganador podrá conducir un coche nuevo gratis durante un mes.

–Ya lo he oído –dijo él. ¿Quién no lo había oído? En sólo dos días Julee había puesto la ciudad patas arriba. La emisora de radio emitía anuncios sobre las donaciones cada quince minutos, el periódico no parecía imprimir suficientes artículos sobre la chica de la ciudad que triunfó, y a cada lugar al que iba, todo el mundo le recordaba lo dulce, perfecta y soltera que era Julianna. Les oía decir que ella era una mezcla entre la madre Teresa y Sandra Bullock.

–¿Y bien? –dijo Mildred cruzándose de brazos y mirándolo inquisitivamente.

Tate alzó las cejas sin saber qué decir. ¿Se había perdido algo?

–No vi su nombre en la lista de personas importantes que habían accedido a donar.

–Yo tampoco vi el de usted –contraatacó Tate.

–Hay que tener menos de sesenta años –dijo ella con impaciencia–. Y Dios sabe que pasé esa edad hace tiempo. Usted es joven y sano, así que no tiene excusa para no ayudar a esos pobres niños enfermos.

La culpa al preocuparse por esos pobres niños enfermos se abría poco a poco paso en su estómago.

–Las agujas me ponen nervioso.

–Oh, sheriff –dijo Mildred riéndose–. No bromee. Sé que hará su parte. Deje que Julianna le tome la mano mientras lo pinchan. Y después podrán ir los dos juntos al bingo.

En ese momento Bert movió una de sus fichas y exclamó:

–Mildred, me estás desconcentrando. ¿Por qué no haces algo útil y me traes una taza de café?

Mientras Tate le agradecía silenciosamente a su amigo por el cambio de tema, Mildred contraatacaba.

–Bert Atkins, ve tú por tu propio café.

Entonces se dio la vuelta y regresó con las demás mujeres, que no se habían perdido detalle de la breve conversación. Mildred comenzó a mover la boca sin parar, y por cómo miraba a Tate, daba la impresión de estar diciéndoles que, desde luego, no iba a decepcionarla ni a ella ni a Julianna.

A veces Tate no sabía si abrazarlas u odiarlas. Eran

mujeres agradables con buena intención, pero que pensaban que él necesitaba su ayuda en todas y cada una de las facetas de su vida. No es que él no apreciara sus pasteles y las prendas de ganchillo que le regalaban. Sí que lo hacía. Pero en ese momento lo que menos necesitaba era un constante recuerdo de la mujer que nunca había sido capaz de olvidar.

–¿Por qué no donar sangre, Tate? –preguntó Bert–. No sería la primera vez.

Tate saboreó el caramelo de menta con la lengua y fingió estudiar el tablero.

–Mis ayudantes están en ello. Yo estoy demasiado ocupado para ayudar a Julee a desgravarse impuestos.

–Sea para lo que sea, es una buena causa. El que Julee y tú tuvierais una historia tiempo atrás no es razón para evitarla ahora. A no ser que sigas sintiendo algo por ella.

¿Sentir? Claro que sentía algo por ella. El problema era que sus sentimientos estaban mezclados, el miedo, la desconfianza y un deseo tan grande que había sido incapaz de dormir sin soñar con ella la noche anterior. Se había despertado a las tres de la madrugada sudando y se había tenido que dar una ducha. Una fría.

–Por lo que a mí respecta, estaré feliz cuando se haya ido.

–La pregunta es, ¿por qué? –señaló Bert–. Shelly siempre dijo que nunca superaste lo de Julee.

¿Cómo podría explicarle que evitar a Julee era una cuestión de auto preservación? Haber aprendido a vivir sin ella diez años atrás casi había acabado con él, una experiencia que no podía permitirse repetir.

–Yo no era el hombre apropiado para Shelly –dijo Tate–. Tú lo sabes y ella lo sabe.

Su breve y tortuoso matrimonio con la hija de Bert había sido el capítulo final en su libro de amor. Nunca más.

–Un hombre no puede trabajar tantas horas y mantener a su mujer feliz. Eso es seguro.

–Llevar la oficina del sheriff es un trabajo a tiempo completo. Tú lo sabes mejor que nadie.

–Ser un buen sheriff es una cosa, pero yo no recuerdo haber dormido nunca en mi despacho. Dejas que esta ciudad acabe contigo.

–Se lo debo, Bert. Igual que te lo debo a ti.

–Tú no me debes nada. Este condado necesitaba un buen sheriff y fuimos muy afortunados de encontrarte.

–Aun así, ojalá las cosas hubieran sido diferentes para Shelly.

–Lo sé, chico. Por eso yo no tengo rencor –dijo Bert con una sonrisa–. Por eso y porque Shelly encontró a alguien con quien poderme dar nietos.

–Se merecía un hombre mejor.

Él se había casado con Shelly por gratitud. Ella le había hecho sentirse de nuevo como un hombre en aquellos días difíciles, y él se lo había pagado convirtiendo su vida en un infierno. Y el remordimiento que sentía por haber decepcionado a su mentor, el único hombre que siempre había creído en él, era algo que nunca desaparecería.

Sacudió la cabeza para apartar ese recuerdo. Cuando era adolescente le habían llamado de todo, diciendo que no servía para nada. Pero en la actualidad ahora se escondía detrás de un uniforme planchado y limpio.

–Es hora de volver al trabajo –dijo Tate tras mirar su reloj–. Antes de que los maravillosos ciudadanos de Blackwood cambien de opinión sobre mí.

–No quieres hablar de Julee, ¿verdad? –preguntó Bert con una media sonrisa.

–No hay nada de que hablar –dijo mientras se agachaba para masajearse la rodilla. Pensar en Julee hacía que reapareciesen sus dolores, algunos de ellos más arriba de la rodilla–. Ha aparecido aquí como un mosquito. Cuando tenga la sangre de todo el mundo volverá a marcharse. Cuanto antes mejor, por lo que a mí respecta.

Mientras comenzaba a levantarse, la administradora del hospital apareció para colgar un enorme póster en el tablón. Tate levantó una mano para saludar y luego la dejó caer mientras se sentaba de nuevo en la silla. Una enorme foto de Julee, con sus famosas piernas, mirándolo, y con un anuncio de su campaña de donación. Y si eso no fue suficiente para que se tragara el caramelo de golpe, la celebridad en persona apareció en el centro, haciendo que todas las miradas se dirigiesen hacia ella.

A Julianna le dio un vuelco el corazón al entrar. Tate, más guapo que nunca, la miraba con el ceño fruncido desde detrás de un tablero de ajedrez. Por enésima vez desde su encuentro en el despacho, se preguntó por qué él no quería ni verla. Era él el que la había traicionado encontrando a alguien en un brevísimo espacio de tiempo. Ella se había dado cuenta entonces de que el amor que él le profesaba no era tan profundo como había dicho.

Julee recordaba la mañana en que había abandonado Blackwood como si hubiese sido ayer. Tate, con su chaqueta del instituto, con el pelo largo y coleta, apoyado contra un viejo Ford, la tenía agarrada entre sus piernas mientras esperaban a que llegase el autobús.

No recordaba mucho de lo que se habían dicho, sólo el tacto de sus brazos fuertes apretándola, el olor del cuero y la lana de su chaqueta y la calidez de su aliento en su pelo. El dolor de la despedida los rodeaba. Cuando llegó el autobús ella había comenzado a llorar. Tate le había secado las lágrimas y le había acariciado la cara suavemente.

–Promete que volverás –había dicho él–. Promételo.

Desde el día en que ella había recibido la llamada de la agencia de modelos de California, Tate había estado de acuerdo en que ella debía irse. Él comprendía lo mucho que ella y su madre viuda necesitaban el dinero. No importaba lo mucho que ella lo quisiese porque era una oportunidad que no debía desaprovechar.

–Volveré, lo prometo.

Pero la atormentada mirada en sus ojos verdes decía que él estaba tan asustado como ella.

A la hora de subir al autobús, casi había decidido quedarse, pero él la convenció.

–Vete –había dicho Tate mientras le ponía veinte dólares en la mano–. Allí les vas a encantar a todos.

–Te quiero, te quiero –había dicho ella desde el interior del autobús hasta que había arrancado. Se había tirado todo el camino llorando hasta Los Ángeles, temiendo que su último beso fuese su adiós definitivo.

Y así había sido. Sin importarle su promesa de esperar, Tate había encontrado a otra y se había casado incluso antes de que Julee descubriese que estaba embarazada. Había seguido con su vida y, finalmente, ella también había tenido que hacerlo. ¿Entonces por qué la miraba como si fuese un pelo en su hamburguesa?

Muy segura de sí misma, intentó ignorar su escrutinio. Se había vestido adrede para parecer una mujer de éxito y segura de sí misma, pero en el fondo se sentía insegura, como en el instituto, cuando era todo piernas y se reían de ella.

Para empeorar las cosas, la administradora del hospital, que estaba tan excitada por la campaña como ella, llamó la atención de todos los de las sala.

–Mira, Julianna –dijo ella–. Ahí está el hombre que necesitas.

Julee se estremeció. Claro que lo necesitaba, desesperadamente, aunque rezaba porque nunca se enterase de la gravedad de su situación. Dubitativa, se apartó de la mujer y se dirigió hacia Tate. Desde su desastroso encuentro en la oficina, se había mantenido alejada, y esperaba que la presión pública lo convenciera para donar si ella no podía. Se acababa el tiempo. Tenía que estar segura de que él estaría en la ciudad ese día. Si la situación empeoraba, estaba dispuesta a hacer lo impensable. A pesar de que su madre le decía que no y arriesgándose a crearle problemas a Tate y a su mujer, le diría lo de Megan.

Mientras se acercaba a la mesa reconoció a Bert Atkins, el hombre que había sido sheriff en sus días de instituto. Desde su regreso había recuperado antiguos conocidos y, aunque no quería estar allí, aunque había planeado no regresar, no podía evitar sentir nostalgia por su ciudad natal.

—Hola, señor Atkins —dijo ella cordialmente, dirigiendo su mirada a él en vez de a Tate. Incluso así podía sentir la desaprobación que él sentía hacia ella.

—¿Qué tal, señorita Julee? ¿Cómo te va por la gran ciudad?

—Ah, es todo un caos, y muy ruidoso.

—Sí, así es como recuerdo yo las grandes ciudades.

—Pero Los Ángeles es una ciudad genial —se apresuró a decir ella antes de que pudiera parecer que echaba de menos Blackwood—. ¿Qué tal usted? ¿Cómo va la familia?

—Bien, bien. Shelly trabaja de orientadora en el instituto y tiene dos pequeños, Zack y Amy. Soy abuelo.

Una orientadora. Volvió a sentirse insignificante. Mientras ella mostraba las piernas delante de una cámara, Shelly ayudaba a los estudiantes a encontrar su camino en la vida.

Y Tate tenía más hijos. Lo miró, pero sus ojos verdes eran tan impenetrables como dos canicas.

—Me alegro, señor Atkins. Salúdelo de mi parte.

—Puedes hacerlo tú misma. Estará aquí el día de la donación. Creo que medio condado estará.

—Eso espero. Por eso tenía que ver al sheriff hoy.

—Entonces, siéntate —dijo el hombre mientras se levantaba—. Vosotros hablad mientras yo voy por una taza de café. Me temo que Mildred no va a traerme una.

Aunque Julee no tenía ni idea de lo que quería decir, sonrió en respuesta y aceptó la silla mientras Bert se alejaba. Por alguna razón sus piernas le temblaban cada vez que se encontraba con el Sheriff Simpático. Sus rodillas se tocaron por debajo de la mesa y el contacto provocó en ella un súbito escalofrío. En Tate tuvo el efecto contrario, pues dio un respingo como si lo hubiese apuñalado.

–¿Es tu rodilla? –preguntó ella al darse cuenta.

–No. La rodilla está bien.

–Ah, bien –dijo ella, y entonces vino el silencio, incómodo e interminable–. ¿Hacemos una tregua? ¿Comenzamos de nuevo?

–¿Comenzar de nuevo? –preguntó él extrañado.

Julee cerró los ojos un momento y se tragó un suspiro. Hubo un tiempo en que se había sentido capaz de decirle cualquier cosa, pero el tiempo había construido una pared entre ellos.

–La administradora del hospital dice que tú eres con el que tengo que hablar para el control del tráfico.

Él se inclinó hacia un lado y la luz de los fluorescentes resaltó la cicatriz que tenía en la cara. De pronto Julee recordó la noche que se había hecho esa cicatriz, por su culpa.

–¿Para qué iba a requerir una campaña de donación controles en el tráfico?

–Porque la banda del instituto se ha ofrecido para desfilar por la calle principal el sábado por la mañana, si no te importa. La gente oirá los tambores y recordará que ha empezado la donación.

–Mira, Julee –dijo él inclinándose hacia delante–. Soy el sheriff, no el organizador de los festejos. ¿Es que no se puede encargar de eso la policía de la ciudad?

A Julianna se le aceleró el pulso. A tan poca distancia podía incluso contar las pestañas que enmarcaban sus ojos verdes, tan llenos de misterio como él mismo.

Ella se puso las manos en el regazo y comenzó a moverlas con nerviosismo. ¿Por qué estaba pensando en Tate, en su cicatriz y en sus hermosos ojos? ¿Acaso no había tenido sufrientes malas experiencias con los hombres? ¿Y por qué estaba recordando cuando los dos iban en aquella furgoneta destartalada, con la calefacción al máximo, escuchando a Pearl Jam de camino a un partido de fútbol? Fue en esa misma furgoneta donde por primera vez habían... Julianna tuvo que echar el freno mentalmente.

«No vayas por ahí», se dijo en silencio.

—La policía de la ciudad está colaborando —dijo finalmente—. Pero sugirieron que en tu oficina podrían proporcionar las barreras necesarias para el tráfico. De hecho el jefe Little ha sugerido que los dos coordinéis vuestros esfuerzos.

Tate se recostó en su asiento con un suspiro y miró su reloj.

—Hablaré con él.

Aliviada, Julianna volvió a poner las manos sobre la mesa. Con suerte, ella y los entusiastas ciudadanos podrían acabar con su reticencia. Llegado el sábado, Tate extendería su brazo y le daría una oportunidad en la vida a su hija.

—Te lo agradezco. De veras.

—Menudo anillo ése que llevas.

—Gracias —dijo ella nerviosa llevándose la mano al pecho.

—¿Es de compromiso?

—No.

Él alzó una ceja. Ese movimiento tenía el poder de dejarla temblando. Avergonzada por lo salvaje de sus pensamientos y por lo ostentoso del zafiro, regalo de un antiguo galán, el calor inundó sus mejillas. El tamaño de la piedra no era tan raro en Los Ángeles, pero en

Blackwood ese anillo estaba fuera de lugar. Igual que ella.

—¿Así que no estás casada?

Incómoda al ver hacia donde se desviaba la conversación, Julee negó vagamente.

—En este momento no. Mi vida está demasiado ocupada.

No quería admitir la verdad, sobre todo ante Tate, pero el último hombre con el que había salido había perdido todo interés cuando el cáncer de Megan había reaparecido. Aunque Julianna estaba demasiado ocupada salvando a su hija como para llorar su pérdida, aquello no hacía más que acentuar su convencimiento de que ella no era más que un objeto de decoración.

—Demasiado ocupada —dijo él suavemente.

Las puertas dobles que daban acceso al centro se abrieron y una suave brisa corrió entre sus piernas, llevando consigo el aroma del café y de la comida de la Cámara. Un murmullo de voces, hablando de cosas incomprensibles, inundó la sala, pero Julee se sentía sola, capturada por el aura de Tate McIntyre. Una vieja sensación de deseo llenó su garganta.

Durante una décima de segundo vibraron los recuerdos. Julee miraba fijamente al tablero para así no tener que mirarlo a él directamente.

—Siento tener que irme de nuevo —dijo Tate finalmente mientras se levantaba—. Pero el deber me llama.

Ella lo miró, agradecida por aquella pequeña brecha que se había abierto en la pared que los separaba. Durante un minuto había vuelto a recuperar la esperanza.

—Tu trabajo parece ser muy importante para ti.

—Es mi vida. Y estoy bien con él, Julee. Estoy bien.

Se giró para marcharse, pero ella lo llamó.

—Tate —dijo, y él se volvió para mirarla—. Me alegro de que hayas rehecho tu vida, de que seas feliz.

De pronto sintió algo extraño en su mirada, algo doloroso, pero pronto disimulado. No quería mirarlo, no quería sentir el magnetismo de Tate y los viejos recuerdos, pero no parecía poder evitarlo. Y la verdad era que le alegraba ver que aquel chico problemático había conseguido llenar su vida.

–¿Y tú? –preguntó él–. ¿Eres feliz?

–Yo… yo… por supuesto.

–Bien –concluyó él, y durante otro interminable momento se la quedó mirando hasta hacerla enrojecer. Luego salió de la sala.

¿Por qué había preguntado eso? ¿Y por qué ella había dudado? Su vida estaba muy ocupada. Tenía una carrera, amigos y, sobre todo, tenía a Megan. Desde luego, era feliz con la vida que había elegido.

¿O no?

E L DÍA de la donación amaneció con el tiempo perfecto y soleado de mediados de abril en Oklahoma. Tate se despertó, como lo hacía al menos tres veces por semana, en el asiento delantero de su coche. Sólo que aquella mañana el estruendo de la banda del instituto por la calle lo despertó de golpe. Se golpeó la rodilla lesionada con el volante y maldijo en voz alta. A su lado, un perro era la única recompensa de una noche en vela

La noche anterior se había quedado sentado dentro de una furgoneta en el desguace de coches, observando una transacción que le parecía poco menos que sospechosa. Finalmente no había obtenido las pruebas deseadas.

Una lengua cálida y húmeda le lamió la mano.

–Hey, compañero –dijo Tate con una sonrisa mientras acariciaba al cachorro que se había encontrado la noche anterior mientras rastreaba los alrededores–. Apuesto a que estás hambriento. Yo también.

Llevando al cachorro como si fuera una pelota, abrió la puerta de su oficina y se metió dentro para ducharse y afeitarse. De camino consiguió unas lonchas de jamón del frigorífico que había en la sala de personal

–Aquí tienes, compañero. Esto tendrá que valer hasta que lleguemos a mi casa.

Lo cual no iba a ser pronto. Cansado como estaba, ése era el día de la donación. Y se alegraría cuando hubiese pasado. Entonces Julee y sus famosas piernas regresarían a Los Ángeles y lo dejarían en paz.

No es que le hubiese pedido mucho, pero su sola presencia en la ciudad le había causado no pocos problemas. Todos los que recordaban su romance lo sacaban a la luz. Y todos los demás parecían decididos y destinados a involucrarlo en el proyecto de Julee. No quería pensar en Julee ni en la ráfaga de deseo que experimentaba cada vez que alguien pronunciaba su nombre.

Desde fuera, una tuba entonaba algunas notas de calentamiento. Sería mejor que se diera prisa. Salió del pequeño baño y cerró la puerta.

Todo hombre en la ciudad estaba emocionado con Julee. ¿Qué hombre no se sentiría atraído por su combinación de belleza, inteligencia y éxito? El hecho de que no estuviese casada en ese momento no significaba que no lo hubiese estado ya media docena de veces antes. Pero iba a tener que morderse la lengua para no preguntarle si estaba saliendo con alguien. Y, si así era, ¿sería bueno para ella? ¿Le haría reír? ¿Le proporcionaría la vida con niños que ella siempre había querido?

Estaba volviendo a asumir que aquélla era la misma Julee que una vez conoció, cuando era evidente que no lo era. En aquella época sólo había dos cosas que ella quería. Una era ganar suficiente dinero para mantener a su madre y la otra era pasar el resto de su vida con él y con los hijos que tendrían juntos. Pero en la actualidad la familia era lo último en su cabeza.

Entonces ya sabía que el sueño era demasiado bueno para ser real, que la perdería a favor de California, demostrando lo que siempre había sabido. Un bastardo de una pequeña ciudad no era lo suficientemente bueno para ella. Él ya había aceptado quién era hacía tiempo. No la merecía y nunca lo había hecho.

Ella había sido muy buena, su Julee. El tipo de chica que apoyaba a los débiles y se enfrentaba a los abusones. Tate sonrió al recordar eso, cómo ella se había encarado con él cuando había querido romperle la nariz a algún tipo sólo porque estaba enfadado con el mundo. Sensata, gentil, Julee tenía un efecto calmante en su naturaleza salvaje. Podía convencerlo para hacer cualquier cosa.

Pero en aquella ocasión era distinto. Otra vez no. Casi no había podido sobrevivir a la última vez. No podía caer bajo su hechizo una vez más.

Agarró una toalla de un armario y abrió el grifo de la ducha a toda potencia.

Tenía que sacar a Julee de su cabeza y de su ciudad. Si podía mantenerla fuera de su vista veinticuatro horas más, se habría ido. Se colocó bajo el chorro y dejó que el agua caliente borrara cada pensamiento de Julianna Reynolds.

Minutos después, vestido con un uniforme limpio que guardaba en un armario, Tate estaba de nuevo en la calle. El cachorro iba detrás de él.

Aquella mañana, el normalmente puntual sheriff, llegaba tarde, lo cual le molestaba infinitamente. Para agravar la situación, Julee estaba en medio de la calle principal hablando con sus ayudantes. Entonces las células de su cuerpo comenzaron a vibrar.

–Buenos días, jefe –dijo Jeet con un donut en la mano. A Tate comenzó a sonarle el estómago. Le había dado el poco jamón que quedaba al perro–. ¿Qué es eso que te sigue?

–Es un perro que recogí anoche.

–¿Otro? –dijo Jeet con una sonrisa. Tate miró a Julee, que estaba más que guapa aquella mañana, con el pelo suelto–. El sheriff tiene una docena de estos dando vueltas por su casa. Se supone que los va a llevar al control de animales, pero nunca lo hace.

El cachorro se acercó a la primera boca de incendios que encontró y levantó la pata. Tate miró a Julee, que estaba a punto de echarse a reír.

–Estúpido cachorro –dijo él.

Ella se rió, un delicioso sonido que hizo que su estómago se encogiera. Justo lo que necesitaba. Más recuerdos de la Julee adolescente. Por alguna razón pensaba que habría perdido aquella risa en la seria atmósfera de California.

–¿Realmente tienes una docena de perros callejeros en casa? –preguntó ella mientras se apartaba un mechón de pelo de la cara.

Él la miró y recordó la suavidad de su tacto.

El sonido de un tambor lo llevó de nuevo a la realidad. Apartó la mirada de su cara y decidió que no iba a dejarse tentar por sus labios ni por sus largas piernas.

–Una docena no –dijo él.

–¿Cuántos?

–Demasiados.

–¿Por qué no se los das a los del control de animales?

Él frunció el ceño y su sonrisa desapareció. Muchos perros en la ciudad eran sacrificados, pero no en su turno. Aunque no esperaba que Julianna Reynolds comprendiera eso.

–Incluso un perro perdido merece una oportunidad.

–¿Te refieres a que los del control de animales…? –con un gesto se pasó los dedos por la garganta.

–Sí.

–Eso es horrible.

Julee se agachó para acariciar al cachorro. Tate la observó y vio que iba vestida con una falda roja que a él le parecía demasiado corta, aunque imaginaba que todos los hombres de la ciudad no estarían de acuerdo con él. Sus piernas eran el camino hacia la fama, y al parecer no le importaba utilizarlas para conseguir lo que quisiera. Hubo un tiempo en el que se había sentido avergonzada por eso, pero Tate se recordó una vez más que aquella había sido la antigua Julee.

Apartó los pensamientos de Julee y sus piernas y miró a los lados de la calle y vio las vallas en su sitio.

–Parece que todo está listo.

–Sí. La señorita Reynolds no nos dejaría descansar hasta que no lo estuviera –dijo Jeet con una sonrisa–. Lleva aquí desde antes del amanecer.

¿Amanecer? Punto a favor de Julee. No le asustaba el trabajo duro. Durante toda la semana, cada vez que miraba a algún sitio, ahí estaba ella, reclutando a alguien más para su causa. Jamás había observado una organización tan eficaz y eficiente.

–Habéis hecho todos un gran trabajo. Saldrá algo bueno de estos esfuerzos –dijo Julee mientras acariciaba al perro antes de enderezarse de nuevo–. No sé cómo agradecerlo.

–Señorita Reynolds, pero si nos encanta que haya vuelto por aquí. Tiene al condado entero revolucionado –dijo Jeet–. Diga, ¿querría tener un escolta para ir al centro comunitario? Sería un placer para mí llevarla en mi coche cuando se vacíe la calle.

–Será mejor que te quedes aquí, conmigo, Jeet –dijo Tate–. Por si acaso aparece tu mujer.

Jeet se sonrojó y Tate deseó haber mantenido la boca cerrada. Pero ¿qué diablos? Su ayudante estaba babeando como un idiota frente a una mujer que habría olvidado su nombre antes de haber aterrizado en Los Ángeles.

Una sirena atravesó el aire y el coche de la policía se abrió paso por la calle. El cachorro se asustó y se colocó detrás de Tate.

–Aquí vienen –exclamó Julee, y se subió a la acera junto a Tate.

Tate levantó al perro con un brazo y se quedó viendo a Julee y a su desfile. Sus ojos brillaban con una pasión que lo hizo pensar. Siempre había sido muy apasionada. Una apasionada defensora de los desfavorecidos. Apasionada en la búsqueda de una vida mejor para su madre y para ella misma. Apasionada en sus brazos. Pero aquello era diferente.

–Parece que vas a conseguir una buena asistencia –dijo él por encima del ruido.

Julee lo miró ilusionada.

–¿Significa eso que participarás? Di que lo harás, Tate. Por favor –exclamó ella agarrándolo del brazo–. Podrías ser la persona que salvase la vida del hijo de alguien.

Tate comenzaba a sentirse incómodo. Le estaba sucediendo otra vez. Un minuto más, una mirada más de esos ojos y caería bajo su hechizo una vez más. Aunque la disciplina que había adquirido durante los años, le permitía mantenerse firme.

–No me llevo muy bien con las agujas.

Parte del entusiasmo de Julee desapareció, le soltó el brazo y se giró para seguir viendo el desfile.

Tate se sintió rígido, Hubo un tiempo en el que habían estado los dos en esa misma calle viendo el desfile de bienvenida, él con su brazo sobre sus hombros, ella con el suyo alrededor de su cintura. Aquella noche él había fallado el pase que los habría conducido a la victoria, pero después del partido, Julee había estado allí, consolándolo.

En ese instante quería consolarla a ella, explicárselo. Pero la verdad era que no podía explicar algo que ni siquiera él comprendía del todo.

–Julee –comenzó suavemente. «Tonto, tonto, tonto», se repetía a sí mismo en silencio.

Ella lo miró con ojos esperanzados y, al tiempo, atemorizados y tristes. Tate volvió a preguntarse qué demonios eran los que perseguían a Julianna Reynolds

–¿Sí?

Antes de poder decir algo de lo que seguro iba a arrepentirse, el destino intervino. La banda de música pasó por delante de ellos tocando una versión de *Another One Bites the Dust*. Por encima de los tambores Tate oyó un grito.

–¡Sheriff!

Un par de adolescentes habían elegido aquella mañana para desatar su frustración enfrente de la hamburguesería. Cerca de ellos, una chica lloraba y gritaba mientras los dos chicos se pegaban.

Agradecido por aquella oportunidad de escapar, Tate se dirigió hacia la pelea.

Poco tiempo después, cuando llegó al centro comunitario, Tate casi no pudo creer lo que vieron sus ojos. Como si fuera un carnaval, los habitantes del condado de Seminole abarrotaban el parking y las animadoras del instituto representaban un baile. Más allá, la barbacoa de los Boy Scout desprendía su aroma, a lo que el estómago de Tate respondió con alegría. El cachorro debió de pensar lo mismo porque empezó a gimotear y a mover el rabo enloquecido.

–Pronto, compañero –murmuró Tate. Incluso el perro tenía que entender que el deber era lo primero. Cuando hubiese comprobado que todo iba correctamente, irían a comer.

Se dirigió al otro extremo del parking, donde un grupo de personal sanitario uniformado les enseñaba a los niños el funcionamiento de una ambulancia y del helicóptero salvavidas. Después iban al departamento de bomberos a aprender cómo actuar en un incendio.

Se quedó impresionado. La campaña de Julee estaba haciendo más bien para la comunidad de lo que habría imaginado.

Tate dio una vuelta por la zona sin parar de saludar a sus conciudadanos y charlar con ellos. Pero no importaba dónde fuera ni con quién hablara, su intención siempre era la misma.

En el centro de toda la actividad había un autocar para las donaciones. La glamurosa señorita Reynolds estaba fuera, con su falda demasiado corta y su sonrisa de millón de dólares. Llevaba todo el día de un lado para otro, saludando a la gente, entregando pegatinas de

Soy donante y esporádicamente, retirándose el pelo de la cara con una sonrisa.

Con tremenda admiración Tate se dio cuenta de que lo había logrado. En una semana había conseguido reunir a muchísimos grupos de gente para su causa. El grupo más pequeño era el de los seminoles, aquellos con sangre india, el grupo en el que Julee estaba más interesada. Estaba la poca gente que él había podido reunir con unas llamadas telefónicas, pero se sentía culpable porque sabía que podía haber hecho más. Tenía buena relación con las minorías indias de la zona y su participación plena habría hecho que acudiese bastante más gente.

Lleno de remordimientos, vio cómo se había dejado llevar por sus sentimientos de rencor por Julee en su concepción del deber, sabiendo que debería haber puesto más de su parte. Los niños con cáncer no tenían por qué sufrir sólo porque él fuese desafortunado en el amor.

La donación duraba hasta las siete. Con cuatro horas por delante, aún tenía tiempo de hacer algunas llamadas.

–Sheriff McIntyre –dijo Timothy, un chico del equipo de fútbol que entrenaba para la liga escolar.

–Hola, Tim. ¿Qué ocurre?

–Jeremy dice que duele donar sangre. ¿Es verdad?

Jeremy era el hermano mayor de Tim.

–¿Jeremy ha donado?

–Sí –dijo Tim con admiración–. Y tiene una tirita en el brazo.

–Qué valiente ha sido Jeremy queriendo ayudar a otra gente.

–Sí –dijo Tim–. Ha dicho que sólo un hombre puede donar sangre y que yo soy sólo un renacuajo que no puede hacer nada por nadie. Ojalá yo pudiera. Lo haría si pudiera.

–Sé que lo harías.

–Usted va a donar, ¿verdad, sheriff? –preguntó el chico–. Apuesto a que va a dejar que le saquen sangre de los dos brazos. Eso le demostrará a Jeremy que no es el hombre más valiente de la ciudad.

A Tate se le encogió el corazón. De niño habría dado lo que fuera por tener una figura paterna a la que admirar. En vez de eso, había tenido que pegarse con todo aquel que llamaba zorra a su madre mientras esperaba a que su padre regresara algún día y se hiciera cargo de él. Nunca ocurrió. Aunque su madre admitió lo que su cara ya le decía, que tenía parte seminol, nunca accedió a darle el nombre de su padre.

Tate miró de nuevo a Julee, que estaba hablando con el alcalde. Pareció notar su atención, porque giró la cabeza y lo pilló mirando. Sonrió y a Tate se le aceleró el pulso.

–Sheriff, ¿va a donar usted?

Si lo hacía, ¿desaparecería la culpa? ¿Cesarían las ganas de abrazar a Julee y protegerla de aquello que fuese que la inquietaba?

–Lo haré. ¿Quieres cuidar mientras de mi perro?

Julee apenas podía apartar la mirada del popular sheriff que la miraba por encima de la cabeza de un niño. Se emocionó al ver su mano sobre el hombro del niño, en actitud paterna. ¿Habría sido un buen padre para su hija?

Era un buen político, eso estaba claro. Y algo que ella nunca habría creído si no hubiera estado observándolo toda la tarde. Que lo estuviese mirando no tenía nada que ver con el hecho de que fuera guapo y muy simpático con todo el mundo. No importaba que la hubiese herido años atrás, era el padre de Megan y necesitaba saber en qué clase de hombre se había convertido. Ésa era la razón por la que no podía quitarle la vista de encima.

–Ese sheriff tiene algo, ¿verdad? –dijo la administradora del hospital, que había salido del autobús de donación para ver a Julee–. Todos los niños están locos por él.

–Debe de ser un padre estupendo.

–Lo sería si tuviera hijos.

–Pero, pensé que… ¿es que no tiene dos hijos con Shelly?

–En absoluto, Julee, ésas son viejas noticias, pero supongo que no lo sabes. Shelly y Tate sólo estuvieron juntos un par de años. Shelly se casó con Larry Wilkins hace cinco años y tiene dos hijos con él.

–He estado fuera demasiado tiempo, ¿verdad? –dijo Julee tratando de quitarle importancia, pero lo cierto es que aquella revelación la había dejado desconcertada. Tate no estaba casado y no lo había estado en mucho tiempo.

La administradora se perdió entre la gente, pero Julee siguió mirando a Tate. Pero lo miraba de forma completamente diferente.

Un grupo de niños había estado siguiéndolo por todo el parking durante todo el día. Al mediodía les había comprado sándwiches y refrescos e incluso le había comprado un perrito caliente a su cachorro. Y más de una mujer atractiva lo había parado también, y él había charlado con ellas con una sonrisa en la cara.

Sintió una gran distancia entre ella y el padre de su hija, y decidió regresar al autobús. Tate no podía soportar verla, no veía el momento de que se marchase de la ciudad. Pero una cosa era segura, por mucho que temiera la confrontación, sabiendo que no tenía familia, si Tate no había donado sangre cuando hubiera acabado el día, le diría que tenía una hija.

Entró en el autobús para repartir zumo a los donantes. Para su satisfacción, todas las cabinas de donación estaban llenas. Por cada tubo de sangre extraída, Julianna pensaba en alguna madre en algún lugar que no tendría que pasar por la agonía de esa búsqueda.

Preparó media docena de vasos de papel para el zumo y le entregó uno a un bombero que acababa de donar. En ese momento se abrió la puerta y apareció una figura alta y uniformada.

Cuando el sheriff del condado se quitó su sombrero gris, Julee se quedó alucinada y comenzó a temblarle la mano mientras le servía el zumo al bombero.

–Oh, lo siento –dijo mientras alcanzaba una toallita de papel y le limpiaba al hombre el zumo del pantalón. Pero lo único en lo que se fijaba era en la puerta del autobús.

El bombero tuvo que pararle la mano porque, debido a su preocupación por Tate, Julianna había subido la mano demasiado arriba por el muslo.

–Debo decir, señorita, que jamás me había divertido tanto habiéndome derramado alguien zumo encima, pero tenemos público.

Avergonzada, le dio al bombero otra toallita, se disculpó de nuevo y se dirigió al siguiente donante.

Tate estaba dentro del autobús. Julee tuvo que luchar para no dejar escapar las lágrimas. Estaba allí. ¿Significaba eso que…?

–Odio las agujas –le dijo Tate a una de las enfermeras con bata turquesa.

–Está usted en buenas manos, sheriff, soy la mejor.

–Será mejor que así sea o la pondré bajo arresto.

–¿De qué se me acusa? –preguntó la enfermera riéndose.

–Asalto a un oficial de la ley.

Con una puñalada de envidia, Julee observó la escena. Años atrás ella había visto esa parte de él, pero en la actualidad era más suave y gentil que antes.

Sin dejar de flirtear, la enfermera se rió de nuevo y guió a Tate a una de las cabinas. Con cierta dificultad, Tate consiguió colocar las piernas en el reducido espacio. Puso cara de dolor y Julee imaginó que su rodilla le estaría haciendo pasar un mal rato.

Estiró su largo y musculoso brazo sobre la pequeña mesa colocada para tal propósito. Julee sintió una alegría enorme.

Iba a hacerlo. Iba a salvarle la vida a Megan.

A cada gota de sangre que caía en el tubo, la esperanza de Julee aumentaba un poco. Todo saldría bien. Finalmente Tate había accedido a donar su sangre y estaba segura de que donaría también su médula cuando llegase el momento. Y la confidencialidad del paciente haría que nunca supiese que le había salvado la vida a su propia hija.

Nada podía salir mal a partir de ese momento. Absolutamente nada.

J ULEE caminaba de un lado a otro sobre la alfombra en su casa de Los Ángeles esperando la llamada de teléfono que salvaría la vida de su hija. Era el día en que sabrían si Tate era un donante apropiado. A pesar de que había llamado no menos de cuatro veces al laboratorio y le habían prometido que la llamarían en cuanto tuvieran los resultados, no sabía si podía resistir el suspense mucho más. Casi no había comido ni dormido desde su regreso de Oklahoma.

La campaña de donación había sido más exitosa de lo que ella habría imaginado, aunque aún estaba alucinada tras haber descubierto que Tate llevaba ocho años separado. Conseguir su donación habría sido mucho más fácil si lo hubiera sabido antes, pero el resultado seguía siendo el mismo. No sólo había conseguido que Tate donara, sino que había conseguido un buen número de nativos americanos para añadir a la base de datos. La certeza de que estaba ayudando a otros niños la llenaba de alegría. Por un momento había temido que los seminoles no apareciesen, pero al final, en las últimas horas de donación había aparecido un buen grupo para compartir su sangre con alguna persona necesitada.

Pero había llegado el día de la verdad y no podía aguantar más. Estaba contenta de saber que estaba ayudando a salvar a muchos niños, pero ese día sabría si uno de esos niños era su hija.

Levantó una de las fotografías más recientes de Megan de una estantería y la observó con atención para luego abrazar el marco. Estaba feliz de que su hija estuviese lo suficientemente bien como para poder ir al colegio. Julee no sabía si había conseguido ocultar su ansiedad de la niña, que había aprendido a ser muy sabia para su edad.

–Cariño, hacer un agujero en la alfombra no va a hacer que llamen antes –dijo Beverly Reynolds mirando a su hija con empatía.

–No entiendo por qué no han llamado aún –dijo Julee dejando la foto en su sitio.

–Llamarán. Tan pronto como…

En ese momento sonó el teléfono.

–Oh, Señor –dijo Julee llevándose una mano al pecho–. Oh, Señor.

El teléfono sonó de nuevo.

–Me da miedo contestar –dijo Julee.

–¿Lo hago yo? –preguntó su madre.

–No –dijo ella. Con las rodillas temblorosas se acercó a la mesa del teléfono y descolgó–. ¿Sí?

Comenzaron a zumbarle los oídos. Comenzaba a ver manchas por el salón y tuvo que apoyarse en la pared para no caerse.

–Sí, lo comprendo. Sí, lo sé. Gracias por llamar.

Lentamente dejó el auricular en su sitio y regresó junto a su madre. Beverly aguardaba con expresión de miedo y esperanza.

Casi sin poder respirar, Julee llegó junto a su madre y se derrumbó sobre la alfombra.

–No sirve. No sirve –dijo llorando–. Dios, mamá, Tate no sirve.

–¡No! Oh, cariño –dijo su madre mientras las lágrimas inundaban sus ojos y se agachaba para abrazar a su hija.

–Mi hija, mi hija. Mamá, mi hija se va a morir. Se va a morir y yo no puedo hacer nada por evitarlo.

Había estado tan segura de que Tate serviría, de que donaría su médula y le daría una segunda oportunidad a su hija. ¿Cómo podía ocurrir aquello? ¿Y qué iba a hacer a partir de entonces?

Devastadas, madre e hija se quedaron abrazadas como una roca mientras se balanceaban de un lado a otro. El teléfono sonó dos veces y el timbre se oyó por encima de la secadora, pero ninguna de las dos se separó sino que siguieron abrazadas hasta que el llanto desapareció.

Julianna recordaría el resto de su vida el aroma del suavizante en la ropa limpia de Megan. Igual que recordaría el torrente de lágrimas de su madre.

No podía soportarlo. Sencillamente no podía seguir adelante.

Julianna levantó la cabeza. A su alrededor estaba el resultado de años de duro trabajo. Muebles elegantes, ropa bonita, y más allá de las puertas del jardín, una piscina que reflejaba en el agua los rayos del sol de California. Apoyado contra una pared estaba el colchón de agua de Megan.

Derrotada, Julianna cerró los ojos.

Ni todo el dinero de todos los bancos de California podía salvar a la persona más importante del mundo, su hija.

Las lágrimas aparecieron de nuevo. La fibra de la alfombra se le estaba clavando en las rodillas pero no le importaba. ¿Qué importaban sus piernas sin Megan?

Julee se apartó y se frotó la cara con las manos. Necesitaba un pañuelo. Le dolía la garganta y los ojos le escocían. Al ver la cara de su madre vio la desesperación de nuevo.

–¿Por qué ocurre esto? ¿Es este lugar? ¿Acaso el vivir en esta ciudad infectada con humo y suciedad ha hecho que mi hija enferme?

–No, çariño, no.

–¿Entonces qué ha sido? ¿Yo? ¿Hice algo malo antes de que ella naciera? No me alimenté correctamente, y estaba nerviosa y asustada todo el tiempo, intentando siempre triunfar en la moda. Quizá dañé sus células.

¿Sería eso? ¿Le hice yo esto a mi hija y ahora Dios está haciendo que ella pague por mis errores?

Esas preguntas la habían atormentado durante mucho tiempo, aunque nunca las había expresado en voz alta hasta ese momento. De adolescente no había tenido la regla de forma regular, y con todo el estrés de su vida como modelo, había tardado cinco meses antes de darse cuenta de que estaba embarazada de Tate.

–Shh, no digas eso. Son tonterías y no pienso escucharlas –dijo su madre–. Escúchame, Julianna. No nos rendiremos. No podemos rendirnos. Debe de haber alguien por ahí que sirva como donante. Seguiremos buscando hasta que lo encontremos.

–Ojalá tuviera más hijos. Ojalá me hubiese casado hace tiempo y así tendría niños. Si no me hubiera mudado a Los Ángeles, si Tate y yo nos hubiéramos casado, si hubiéramos tenido más hijos. Seguro que alguno de ellos habría servido como donante.

–Calma, Julee, calma. Te estás poniendo histérica –dijo su madre mientras la abrazaba.

Desconsolada, Julee se apartó de su madre. No había manera de consolarla cuando su vida se derrumbaba frente a sus ojos.

–Si no hubiera sido tan egoísta, si no hubiese venido aquí para perseguir mi carrera.

–Julianna Rene, escúchame y escúchame bien. Tras la muerte de tu padre intenté arreglármelas mientras pude, pero tanto tú como yo sabemos que aquel contrato con la agencia de modelaos era la respuesta a nuestras plegarias. No aceptaste el contrato sólo por ti. Lo aceptaste por las dos. Necesitábamos ese dinero para vivir.

A pesar de saber que su madre tenía razón, Julianna no podía evitar pensar que sus malas decisiones le estaban costando la vida a Megan.

–¿Pero qué es el dinero sin una familia? Fui tonta al pensar que podría tenerlo todo. Dinero, matrimonio, hijos. Si me hubiera casado con Tate, Megan habría tenido los hermanos y hermanas que siempre deseó.

–Los dos erais muy jóvenes y Tate era demasiado impetuoso. Un matrimonio entre ambos habría resultado desastroso.

–Pero deberías verlo ahora, mamá. De algún modo ha conseguido superar el dolor de su niñez y se ha convertido en un hombre decente y bueno. Habría sido un padre maravilloso.

–No podemos cambiar el pasado, cariño.

Julianna se acercó a la puerta del jardín y apoyó la frente contra el cristal. Su madre tenía razón. No podía cambiar el pasado. No podía retroceder diez años y tener hijos con el chico que tanto había amado.

De pronto la sombra de una idea, una idea demasiado rocambolesca como para considerarla, surgió en su cabeza y comenzó a tomar forma.

–Mamá, ¿recuerdas la otra noche cuando Megan me estaba leyendo ese cuento?

Su madre asintió extrañada.

–Yo estaba tumbada en esa cama y la miré, y sentí su cuerpo contra el mío y supe que haría cualquier cosa con tal de salvarla.

–Ya lo sé, cariño. Sé que lo harías. Si sólo supiéramos qué cosa podríamos hacer.

La excitación mezclada con el miedo hizo que la sangre de Julee se llenara de adrenalina. ¿Acaso había perdido la poca cordura que le quedaba? ¿Estaría loca por estar pensando en eso?

–¿Y qué pasa si hay algo que podamos hacer? ¿Qué pasa si puedo proporcionarle a Megan un donante casi seguro?

–¿Es eso posible?

–Creo que sí –dijo Julianna cada vez más nerviosa–. Prométeme que no me odiarás por lo que voy a sugerir.

–Nunca podría odiarte pero, cariño, me estás poniendo nerviosa. No tienes nada ilegal en mente, ¿verdad?

¿Ilegal? No ¿Pero acaso estaba mal? ¿Estaría siendo mala e inmoral por pensar en ello? ¿O sería sólo una madre desesperada tratando de salvar a su hija?

–¿Qué ocurriría si Megan tuviera un hermano o hermana? ¿Qué ocurriría si Tate y yo tuviéramos otro hijo?

–Pero eso es imposible –dijo su madre asombrada–. Tú ya no conoces a Tate –de pronto se detuvo y miró a su hija a los ojos. Abrió los suyos al darse cuenta de lo que quería decir–. ¿Estás diciendo lo que creo que estás diciendo?

–He oído hablar de los trasplantes mediante el cordón umbilical, mamá. Tendría que pedirle los detalles al doctor Padinsky, pero por lo que tengo entendido, un trasplante así es un éxito seguro. Hay parejas que lo han hecho antes. Tener un segundo bebé para salvar al primero. Si tuviera otro hijo con Tate…

–¿Pero qué dices? Tate y tú no sois pareja.

Julee se sentó en el sofá y se cubrió la cara con las manos.

–Lo sé, lo sé. Debes de pensar que se me ha ido la cabeza, pero no sé qué otra cosa hacer.

Beverly fue a sentarse a su lado y le pasó un brazo sobre los hombros.

–No, cariño, no creo que se te haya ido la cabeza. Sólo estás triste y desesperada por salvar a esa nieta tan increíble que tengo.

–Megan se ha quedado sin opciones y ambas sabemos que la remisión no durará mucho tiempo. No puedo perderla. Si dejo que muera sin haber hecho todo lo que esté en mi mano nunca me lo perdonaré. Haré lo que sea por ella. Lo que sea.

Las lágrimas brotaron de sus ojos una vez más.

–Sí –dijo Beverly tras una larga pausa–. Tienes toda la razón. Por Megan lo que sea. Y si eso significa pedirle a ese McIntyre que te dé otro hijo, pues así sea.

Julianna, sorprendida por ese cambio de opinión,

miró a su madre y en sus ojos sólo vio aceptación. La semilla de la esperanza germinó de nuevo.

–¿Estás segura?

–No tenemos otra opción –dijo Beverly en voz baja mientras miraba al techo.

–¿Pero esto está bien? Si Tate accediese a tener otro hijo conmigo ¿no sería un pecado?

Incluso si su madre decía que sí, Julianna lo haría de todas formas. Vendería su alma por Megan si fuese necesario.

–¿Cómo puede ser malo salvarle la vida a otro ser humano? –preguntó Beverly.

–¿Pero qué pasaría con el bebé? ¿No es perverso engendrar un niño con el mero propósito de salvar a otro?

Le parecía casi imposible que estuviesen teniendo esa conversación. La idea era descabellada, impensable, y aun así, ahí estaba, considerando la posibilidad.

–Por desgracia, algunos niños han sido concebidos con mucha menos precaución que ésta.

–Pero un niño merece ser especial, ser deseado y querido por el mero hecho de existir.

–Oh, mi amor. ¿Es que no te conoces mejor a ti misma? Todo niño que lleves bajo tu corazón durante nueve meses será tan querido como Megan lo es para ti –dijo Beverly mientras le tomaba la mano a su hija–. Recuerda eso. Recuérdalo.

¿Tenía razón su madre? Ella siempre había querido más niños. De pronto comenzó a pensar que quizá su idea no fuese tan descabellada.

–La mayoría de nosotros vivimos nuestra vida pensando por qué estamos aquí, cuál es nuestra misión. La hermana o el hermano de Megan siempre sabría que su misión sería la más especial de todas. El bebé traería el regalo de la vida para su hermana. ¿Qué sería más maravilloso que saber eso?

Cerrando los ojos, Julianna rezó para que su madre tuviese razón. Porque, fuese bueno o malo, Julee sabía lo que debía hacer. Para salvar a su hija debía volver a Blackwood y pedirle a Tate McIntyre que engendrasen otro hijo.

Los ladridos de los perros hicieron que Tate saliera de la cocina a la puerta principal. Por su experiencia sabía que las noticias a una hora tan temprana de la mañana nunca eran buenas.

Un Toyota último modelo, alquilado a juzgar por su aspecto, estaba aparcado enfrente. Los faros estaban apagados e incluso con la escasa luz del amanecer, pudo reconocer al ocupante. Era Julee.

Maldiciendo la extraña sensación que tenía, Tate salió al porche de su casa estilo ranchero.

–Perros –dijo él–. ¡Silencio!

La media docena de perros dejó de ladrar y todos se dirigieron hacia él. Se agachó para acariciar al que más a mano tenía sin apartar los ojos del Toyota.

Julee abrió la puerta del coche y salió para acercarse después al césped de la casa. Iba vestida con unos pantalones negros y un jersey azul cielo. Llevaba el pelo suelto.

–¿Qué ha ocurrido? –preguntó él antes de que ella llegara al porche.

–¿¿Cómo sabes que ha ocurrido algo? –preguntó ella sorprendida.

–¿Por qué si no estarías aquí a las seis de la mañana?

–Necesito hablar contigo. Es urgente.

–Me lo figuro –dijo él, y la condujo dentro–. Estaba haciendo café. ¿Te apetece?

–Sí. Gracias.

Cuando Julee entró en la habitación iluminada, Tate pudo ver las ojeras y la preocupación en sus ojos. Definitivamente algo iba mal. ¿Pero qué tendría que ver con él?

Para su sorpresa lo siguió hasta la cocina. Aunque su

cocina estaba limpia, imaginaba que no tendría nada que ver con la casa que tendría en California. Tampoco le importaba. Él adoraba aquel lugar. Había trabajado duro para comprarlo y no cambiaría ni un acre de su tierra por las soleadas playas de Malibú. Aun así ver su casa a través de los ojos de Julee lo incomodaba. Era un recuerdo de que ella había hecho bien en marcharse, que él nunca habría podido darle lo que merecía.

–¿Azúcar?

–Por favor.

–Parece que también deberías tomar un par de donuts –dijo él, pues parecía más delgada de lo que lo estaba dos semanas antes–. Y un bourbon en lugar de café.

–Con el café bastará –dijo ella con una sonrisa.

Le dio la taza y luego se dirigió a la mesa de madera que había junto a la ventana.

–Siéntate mientras voy a buscar una camisa.

Cuando regresó a la cocina, poniéndose una camiseta blanca, Julianna estaba sentada frente a su taza de café, parecía una niña perdida. Él se sentó también y la miró.

–¿Me lo vas a contar? –preguntó Tate–. ¿O tendré que interrogarte como a un criminal?

–Gracias.

–¿Por qué?

–Por ser amable. Por hacerlo fácil.

–Me pillas en un buen día –por primera vez en semanas tenía un día libre. Y la noche anterior un patrocinador había firmado para llevar a cabo su campaña de reelección. Excepto por el hecho de encontrar a Julianna Reynolds en su casa al amanecer, todo iba sobre ruedas–. ¿Entonces vas a decirme qué te trae por Blackwood por segunda vez en menos de un mes?

–Sí. Pero no sé cómo. Llevo días buscando la mejor manera, pensando en las palabras que lo harán más llevadero, pero aún no lo sé.

Le temblaban los labios, y Tate tuvo que luchar por

controlar sus nervios. Algo serio ocurría. Y tenía un mal presagio.

—¿Tiene algo que ver con la campaña de donación de médula?

—Sí —dijo ella, y negó con la cabeza—. No. La campaña no era un asunto de famosos para desgravar impuestos. Era algo personal.

—Ah —dijo él. Al fin estaban llegando a alguna parte. Se recostó en su silla y la observó. ¿Estaría enferma?—. ¿Cómo de personal?

Julee tragó saliva.

—Mi hija tiene leucemia. Sin un trasplante de médula morirá.

Aquellas palabras retumbaron en la tranquilidad de la cocina. Lentamente, Tate dejó su taza sobre la mesa.

—Lo siento. No sabía que tenías una hija.

No era de extrañar que hubiese actuado de forma tan frenética con respecto a la campaña. Pero él no había oído nada de que estuviera casada. Pero no podía evitar pensar en su hija enferma. Julee siempre había querido tener hijos y no le cabía duda de que lucharía como una leona para salvarla.

—Se llama Megan y es preciosa. Oh, Tate, es preciosa. No puedo dejar que muera.

—Lo siento, Julee. De verdad que lo siento —dijo él inclinándose hacia delante para estirar un brazo sobre la mesa. Quería tocarla, pero le daba miedo que ella supiera lo mucho que le importaba—. Tienes todo mi apoyo, me encantaría ayudarte, pero sigo sin entender por qué has acudido a mí para ayudar a tu hija.

—Mi hija no, Tate. Nuestra hija.

—¿Nuestra hija? —dijo él sin dejar de parpadear—. ¿De qué estás hablando?

—Cuando me marché de aquí hace casi diez años, llevaba a tú bebé en mi interior.

—¿Una hija? Santo cielo. ¿Tengo una hija? —preguntó, y se recostó otra vez sobre la silla, con los brazos quietos, demasiado sorprendido como para hablar.

Entonces sonó la alarma de su reloj. Lo apagó sin inmutarse. ¿A quién le importaba la hora que fuese?

Tomó aliento y se pasó la mano por el pelo, tratando de no perder la cabeza.

Tenía una hija.

–Tiene tus ojos.

Tate sintió un escalofrío. Dejó caer la mano sobre su regazo. Se le vinieron mil preguntas a la cabeza. ¿Por qué? ¿Por qué no se lo había dicho? ¿Y por qué se lo decía en ese momento?

Quería estar furioso, culpar a Julee por su engaño, pero estaba demasiado sorprendido y asustado. Tenía una hija en California. Con sus ojos. Con su sangre. Se miró los brazos y entonces se dio cuenta.

–¿Mi sangre sirve? ¿Por eso estás aquí? –preguntó mientras se ponía en pie de un salto–. Lo haré. Ya mismo. Puede tener cualquier cosa mía. Cualquier cosa que la ayude. Dame cinco minutos y habré hecho la maleta.

Comenzó a moverse alrededor de la mesa. Julee lo agarró por el brazo cuando pasó a su lado.

–Tate, no –dijo con los ojos inundados de lágrimas–. No sirves. Nadie sirve.

Una vez Tate había tenido una pelea en un bar cuando un motero le golpeó en las costillas. En ese momento se sentía del mismo modo.

Tenía una hija que nunca había visto. Se estaba muriendo y él no podía hacer nada para salvarla. Se arrodilló junto a Julee. Su rodilla se resintió, pero se negó a rendirse ante el dolor. Una niña que tenía sus ojos sabía más del dolor de lo que él nunca sabría.

–Le encontraré un donante, Julee –dijo tomándole las manos–. Haremos más campañas, por todo el estado. Por todo el país si es necesario. Pero le encontraremos un donante.

Julee negó con la cabeza.

–Hemos estado buscando durante meses. Encontrar un donante apropiado que no fuera pariente sería un milagro. Y no sabemos cuánto tiempo tenemos.

Derrotado, Tate se apoyó sobre sus talones y miró al techo. Tenía emociones encontradas. Pena por su hija enferma y rabia contra Julee por habérselo ocultado durante tantos años. Nunca había sido suficientemente bueno para Julee ni lo era para conocer a su hija. Aquella certeza le llegó al corazón. Una parte perversa de él, del antiguo Tate, quería ampararse en su propio dolor y su pérdida, pero tuvo que luchar contra ese deseo. Hacía tiempo que había aprendido que anteponer sus necesidades a todo acababa perjudicándole a largo plazo.

–¿Por qué recurres a mí ahora, Julee? Si no sirvo como donante y no hay nada que yo pueda hacer, ¿por qué estás aquí?

Julee se enderezó en su silla. Nunca nadie había parecido tan elegante y tan trágica a la vez como Julianna Reynolds. Tate se levantó y se colocó detrás de su propia silla, tratando de controlar la necesidad que tenía de acariciarle los hombros. Sabía que tocarla era malo para su sentido común, y aquella mañana estaba seguro de necesitar toda su sensatez.

Porque aún no sabía exactamente lo que ella quería.

Julianna no podía encontrar las palabras. ¿Cómo se le pedía a un extraño, aunque familiar, que la dejase embarazada?

La tensión que sentía en los hombros crecía por momentos. Aquello era una locura. Estaba loca. O al menos lo estaría para cuando aquel día hubiese acabado.

Se levantó de la silla y se acercó a una de las ventanas dobles de la cocina. Fuera, en el prado, vio varios perros, uno de ellos era el pequeño cachorro que Tate había encontrado el día de la donación. El animal había ganado peso y tenía el pelo brillante a la luz del sol.

La idea de que aquel chico problemático de buen corazón se había convertido en un hombre educado y amable le proporcionaba coraje.

Se dio la vuelta y lo vio de pie junto a su silla, mirándola con sus intensos ojos verdes.

–Un hermano sería el donante ideal –dijo ella.

–¿Tiene Megan un hermano? –preguntó él extrañado.

–No, pero si yo tuviese otro bebé…

Tate frunció el ceño y miró la mano izquierda de Julee.

–Creí que no estabas prometida.

–Y no lo estoy –dijo ella, y tragó saliva–. Para estar seguros de que el donante sea apropiado, tiene que tener los mismos padres que Megan.

–Pero los padres de Megan somos tú y yo.

–Sí. Tú y yo –repitió Julee, y esperó conteniendo el aliento mientras Tate asimilaba las palabras.

–¿Estás diciendo lo que creo que estás diciendo?

–Es la única opción de darle a Megan la oportunidad de tener una vida normal. Tengo que tener otro bebé. Contigo.

Julianna sentía que le iba a estallar el cuello de la presión. ¿Qué estaría pensando Tate? Tras casi diez años reaparecía en su vida, le decía que era padre y pretendía que la dejase embarazada de nuevo.

Parecía anonadado, horrorizado, sorprendido. ¿Estaría pensando que estaba loca?

–No te pediría nada más –continuó ella desesperadamente, con miedo a dejarlo hablar, temiendo su respuesta–. No te pediría responsabilidades. Nada de ataduras. No interferiría en tu vida. Por favor, te lo ruego. Sólo dame otro bebé.

–Sólo otro bebé –dijo él. Por la manera en que pronunció las palabras, ella sospechó que no se lo estaba tomando muy bien–. Déjame ver si lo entiendo. ¿Quieres que nos acostemos, que engendremos un bebé y que luego sigamos con nuestras vidas como si nada hubiese ocurrido?

Dicho así, la idea sonaba fría y calculada, como un asesinato con premeditación.

–Sólo quiero decir que alteraría tu vida lo menos posible. Una vez que me quede embarazada volveré a California y asumiré toda la responsabilidad con los niños. Tú no tendrás que hacer nada más.

–Ni hablar.

Entonces ella comenzó a marearse y a ver manchas por la habitación. Parecía que se iba a desmayar.

–¡Tienes que hacerlo! –exclamó agarrándolo del brazo–. La vida de Megan depende de ello. Haré lo que sea, Tate. Incluso te pagaré. La cantidad que pidas pero, por Dios, no puedes darle la espalda.

Tate apartó el brazo de ella. La expresión dura reapareció y el hombre amable y de buen corazón desapareció, dejándola sola en la cocina con un horrible extraño. Él la miró, respirando con rapidez, como si hubiera corrido una maratón y sintió un escalofrío por la espalda.

Entonces sonó un teléfono que rompió el incómodo silencio. Julee dio un brinco. El sonido venía de su bolso. Vio que era el número de su madre.

–¿Sí?

La voz al otro lado del teléfono no mejoró su mañana.

–¿Qué ocurre? –preguntó ella–. ¿Cuándo?

Mientras hablaba, Tate la escuchaba sin apartar la vista de ella.

Con la poca fuerza que le quedaba, Julee se desplomó en la silla más cercana

–Tomaré el próximo avión de vuelta. Dile que la quiero y que ya voy.

Cerró el teléfono y lo dejó caer en su regazo. Luego apoyó la cabeza sobre la mesa.

–¿Qué ocurre? ¿Es Megan?

Ella elevó la cabeza y lo miró. ¿Por qué se molestaba en preguntar si ni siquiera le importaba su hija?

–Tengo que volver a California. Está en el hospital.

–¿Qué ha ocurrido?

–Tiene fiebre muy alta.

–¿Eso es suficiente para estar en el hospital?

–Para un niño con leucemia puede ser mortal. La fiebre puede significar infección o que ya no está en remisión –aquel último pensamiento la aterrorizaba más que nada. Si Megan salía del estado de remisión en ese momento, no tendría ninguna posibilidad de sobrevivir. Julianna alzó la cabeza y se levantó de la silla–. Tengo que regresar inmediatamente.

–¿Qué pasa con nuestro asunto?

–Ya has dejado clara tu postura. No conoces a Megan y me desprecias. Tú seguirás con tu vida mientras mi pequeña se muere de una enfermedad que tú tienes el poder de detener. Espero que puedas vivir con ello.

–Crees que tienes todas las respuestas, ¿verdad?

–Ojalá las tuviera –dijo ella sin ocultar más las lágrimas.

Un atisbo de compasión asomó a los ojos de Tate. Se pasó la mano por la cabeza y suspiró con frustración.

Se acercó a la ventana y miró a través de ella, al jardín, con los hombros completamente rígidos. Se quedó así tanto tiempo que Julianna perdió la esperanza. Se metió el teléfono en el bolso, dio un último sorbo al café y se alejó de la mesa.

Tate se giró al escucharla. Se acercó a la mesa y habló con una gentileza sorprendente.

–Siéntate. Bébete el café mientras hago unas llamadas. Hay zumo en el frigorífico si lo prefieres.

–Tengo que marcharme.

–No –dijo él, y la obligó a sentarse de nuevo–. Aún no. Quiero conocer a mi hija. Me voy contigo.

CAPÍTULO 6

JULIANNA miró a Tate, sentado a su lado, con sus brazos agarrando con fuerza los reposabrazos de los asientos del avión.

–No tienes que hacer esto, lo sabes.

–Sí, lo sé –dijo él con voz gélida. La miró fijamente y se dio la vuelta.

Desde el momento en que le había dicho que se iba con ella a California, Julee había visto cómo él reorganizaba su vida con eficiencia para poder hacer el viaje.

–No sé cuándo regresaré –le había dicho a su secretaria, la mujer a la que él llamaba Rita la Magnífica–. Jeet y Tom se ocuparán de cualquier cosa que surja… Sí. Puede decirse que es una emergencia familiar –había dicho mirando a Julee acusadoramente.

De ese modo había abandonado sus responsabilidades para irse a ver a la hija cuya existencia no había conocido hasta aquella mañana. Su decisión no tenía sentido. Si no tenía intención de ayudarla, ¿por qué se mostraba tan insistente en hacer ese viaje?

Sólo le quedaba rezar para que, tras ver a su maravillosa hija, cambiara de opinión y aceptase su propuesta.

Su estómago dio un salto mortal sólo de pensar en las implicaciones que eso traería consigo. Estar sentada junto a Tate McIntyre, viril y guapo, con sus fuertes piernas junto a las de ella, le recordaba que para tener un bebé había que hacer algo más que quedarse embarazada. Ella y Tate tendrían que acostarse juntos, tocarse, hacer el amor. Ese pensamiento hacía que se sonrojara. A pesar de lo enfadado que pudiera estar con ella, Julee no podía evitar sentir esa atracción física que le era tan familiar.

La luz que indicaba que se abrochasen los cinturones se encendió y los motores se pusieron en marcha. Julianna se centró en abrocharse su cinturón. Más adelante los auxiliares de vuelo hacían el ritual que ella había visto cientos de veces.

El avión despegó y la gente comenzó a moverse por la cabina. Tate se quedó en silencio, perdido en sus propios pensamientos. El rígido ángulo de su perfil parecía sacado de un bloque de mármol. La forma de su mandíbula, la severa expresión de su boca, sus ojos que emanaban emociones negativas. Una parte de ella comprendía su furia. ¿Cómo se habría sentido ella si se hubiesen cambiado las tornas? A pesar de que la hubiese traicionado años atrás, la magnitud del favor que le había pedido y el hecho de haberle ocultado que tenía una hija, eran factores más que suficientes para enervar a cualquier hombre.

El carrito de las bebidas llamó la atención de Julee. No quería nada, pero el vaso de zumo que había tomado en el avión la noche anterior era todo lo que había comido en dos días.

—Zumo de tomate, por favor, y cacahuetes.

—Café —dijo Tate cuando la auxiliar se dirigió a él. Él debía de vivir a base de café del mismo modo que ella vivía a base de zumos.

Cuando el carrito desapareció, Julee comenzó a juguetear con el hielo que había en el vaso de plástico. Puede que Tate pudiera quedarse como una estatua todo el camino hasta California, pero ella no.

—Tate, no he llevado esto de la manera más apropiada, lo siento.

—No quiero hablar de ello.

Julianna suspiró y giró la cabeza en su dirección para bloquear las conversaciones que había a su alrededor.

–Entonces, vamos a hablar de Megan. Probablemente te estarás preguntando por qué no te había hablado de ella hasta ahora.

–Ya sé por qué.

¿Lo sabía?

Ella tomó uno de los cacahuetes de la bolsa de plástico y se lo comió mientras estudiaba la impenetrable
expresión de Tate. ¿Realmente lo sabía? ¿Comprendía
la devastación que había sentido cuando había llamado
a su residencia para contarle lo del bebé y descubrir que
ya no estaba allí? Su compañero de habitación le explicó lo de la lesión, lo de la pérdida de la beca y, lo
peor de todo, lo de la nueva mujer que había ocupado su
puesto.

Entonces se había dado cuenta de que nunca la había amado, y desde ese momento había intentado olvidar cada recuerdo de Blackwood y de Tate McIntyre.
¿Realmente entendería lo mucho que le había hecho
sufrir? ¿O que nunca había pretendido herirlo a él
como respuesta?

–Puede que esto te suene estúpido, pero no supe que
estaba embarazada hasta pasado bastante tiempo.

–Tienes razón. Es difícil de creer –dijo él mientras se
echaba la leche en el café.

–Es cierto. Pensé que los síntomas serían por los nervios, hasta las primeras veces que la sentí moverse.
Cuando empecé a ganar peso hice dieta como una loca,
temiendo que pudiera perder el contrato con la agencia.

–Es un milagro que no tuvieras un aborto –dijo él
con mirada condenatoria.

–Lo sé. Al principio no iba a decírtelo pero, tras un
tiempo, me di cuenta de que no podía hacerlo.

Él se giró y la miró con escepticismo.

–Intenté llamarte. Iba a volver a casa por Acción de
Gracias, durante mi tiempo libre.

–Acción de Gracias –repitió él, y algo de su ira desapareció.

–Sí –contestó Julee, y se dio cuenta de que ya había hecho la conexión. Para Acción de Gracias él ya estaba casado.

Él regresó a su posición inicial, colocó la bandeja de la comida en su sitio y se giró incómodamente, tratando de estirar su rodilla mala. Él la había herido, pero tratando de hacer lo correcto, ella lo había herido a él también.

Cuando el avión aterrizó en Los Ángeles, Tate suspiró aliviado. Odiaba volar, pero tenía que ir. Julee estaba a punto de salir de su vida de nuevo, pero en esa ocasión él conocía la existencia del bebé. Sólo que ese bebé tenía nueve años.

En Blackwood tenía muchas cosas de las que ocuparse. Con las elecciones a final de año, debía estar haciendo campaña, ocupándose de la ciudad. La ciudad lo necesitaba. Pero también lo necesitaba una niña que tenía sus ojos y que puede que muriera sin saber que su padre la quería con toda su alma.

Su corazón dio un vuelco al pensar en todo lo que se había perdido. Julee lo había dejado al margen durante nueve años, pero no iba a volver a hacerlo.

–Puedes dejarme en algún hotel cercano –dijo él mientras colocaba su bolsa en el maletero de un taxi–. Dame la dirección del hospital e iré tan pronto como me haya instalado.

–Te quedarás con nosotras. Tenemos espacio –dijo Julee, luego se inclinó para delante y le dio al taxista la dirección.

Debía estar furioso con ella, pero la idea de vivir bajo el mismo techo que la mujer que le había pedido un bebé, hacía que su libido se disparase. Era un hombre, al fin y al cabo, y había querido a Julee Reynolds lo suficiente como para dejar que le rompiera el corazón. Aunque nunca volvería a otorgarle ese poder a una mujer, se ponía a sudar sólo de pensar en Julee, en la misma casa, queriendo tener sexo con él.

Apoyó la cabeza en el respaldo del asiento. ¿En qué estaba pensado? Julee no lo deseaba. Quería un semental de alquiler, y su oferta de pagarle por ello lo había herido. Para ella él seguía siendo el chico del lado malo de la ciudad que haría cualquier cosa por unos dólares. Pero no era un gigoló y un donante de esperma.

Comenzaron a sonar los claxon y los ruidos de la gran ciudad, haciendo que apretara de los dientes. Los rascacielos hicieron que se sintiera atrapado, claustrofóbico.

¿Qué diablos estaba haciendo él en Los Ángeles con una hermosa modelo? No sólo una modelo, sino una mujer con la que había tenido su bebé y que lo había olvidado hasta que necesitó algo.

Reflexionó sobre lo que ella había dicho de que no supo que estaba embarazada hasta después de que él estuviera casado con Shelly. Incluso si fuera cierto, no explicaba por qué no lo había llamado por lo de su lesión de rodilla o la pérdida de la beca. Sospechaba la verdadera razón de su silencio. Cuando Julee había abandonado Blackwood, nunca había tenido intención de volver la vista hacia la zona pobre de la ciudad.

Finalmente el taxi llegó a un complejo hospitalario más grande que toda la calle principal de Blackwood.

Tomó su bolsa del maletero junto con la pequeña maleta de Julee y la siguió a través de las puertas de cristal, hasta la extraña quietud del hospital infantil. Era evidente que Julee había pasado mucho tiempo allí. Fue directa a los ascensores, pulsó el botón y las puertas se abrieron. Varias personas salieron antes de que ellos pudieran entrar.

Dentro estuvieron solos. Tras pulsar el botón, Julee se giró hacia él nerviosa, dando vueltas al anillo que tenía en el dedo.

—Tengo que pedirte un favor.

Tate dejó la bolsa en el suelo, temiendo lo que estaba a punto de venir. ¿Es que su extravagante petición no había sido bastante por un solo día?

–¿Qué pasa ahora?

–El estado mental de Megan es esencial para su salud. Tenemos que mantenerla feliz. Lo último que debemos hacer es disgustarla.

–Yo no quiero disgustarla. Sólo quiero conocerla. Es mi hija.

–Pero ella no lo sabe –dijo ella dando más vueltas al anillo–. Megan piensa que su padre murió antes de que ella naciera.

Si lo hubiera golpeado con un ladrillo, le habría hecho menos daño. Sintió cómo la fuerza se le iba de los brazos. Julee se avergonzaba tanto de haberse quedado embarazada de él que le había dicho a su hija que había muerto. Se sentía humillado.

–Puede que esto te sorprenda, Julee, pero no estoy muerto. Quizá lo estaba para ti, pero no para ella. Soy su padre. ¿Por qué no decirle la verdad?

–Porque es demasiado peligroso. Su salud puede que no resista el shock. Imagina lo que sería para su salud mental descubrir que su padre está vivo y que su madre ha estado mintiéndola toda su vida.

–¿Y de quién es la culpa?

–La culpa no es lo importante ahora. Lo que importa es la salud de Megan. Nos enfrentamos a un caso de vida o muerte. Nada ni nadie puede interferir en nuestras posibilidades de ganar.

–De acuerdo –dijo Tate al darse cuenta de que tenía razón–. Éste es tu juego. Dime cómo jugar. Porque voy a verla. Y voy a formar parte de su vida, incluso aunque piense que soy el conejo de pascua.

–Creo que una verdad parcial funcionará mejor. Te presentaré como un viejo amigo de Blackwood que conocía a su padre.

–¿Y cómo explicarás mi presencia aquí?

–No lo haré aún. Ahora mismo está enferma. Ya pensaremos en algo cuando llegue el momento.

El ascensor se detuvo y las puertas se abrieron. Los dos caminaron en silencio por un largo pasillo. A un lado, niños enfermos yacían en sus camas rodeados de máquinas que ningún niño debería conocer. La idea de que su hija estaba familiarizada con algunas de esas máquinas le rompió el corazón de nuevo.

Julee se detuvo en la habitación 1421 y puso la mano en el picaporte.

–¿Me dejas entrar primero? ¿Sola?

–Claro –dijo él, y señaló las bolsas–. ¿Qué hacemos con esto?

–El coche de mi madre está fuera. Las pondremos en el maletero cuando haya visto a Megan –empujó la puerta y desapareció tras ella. Casi inmediatamente después, Beverly Reynolds, más vieja de lo que él recordaba, salió al pasillo. No pareció nada sorprendida de verlo.

–Señora Reynolds.

–Tate, hola –dijo ella con una sonrisa–. Vamos a poner las bolsas en el maletero mientras Julee habla con los médicos.

–¿Los médicos están ahí dentro?

–Enseguida volvemos –dijo ella poniéndole una mano en el brazo.

Finalmente, reticente a marcharse sin ver s su hija, Tate la siguió hasta el aparcamiento.

Para cuando regresaron, Julee los esperaba fuera de la habitación, apoyada contra la puerta.

–Está dormida –dijo ella.

–¿Qué han dicho los médicos?

–Tiene una ligera infección, gracias a Dios. Pueden controlarla con antibióticos.

–¿Se pondrá bien?

–Por ahora.

–Quiero verla –dijo Tate, y al ver la reticencia de Julee, su paciencia comenzó a agotarse–. Mira, Julee. He recorrido mil quinientas millas para ver a una niña que no sabía que existía, y no me voy de aquí hasta que no la haya visto. Ya no soy un chico alborotador que no sabe cómo comportarse cuando hay enfermos alrededor.

–Tienes razón, lo siento –dijo Julee, y lo condujo al interior de la habitación.

A Tate se le aceleró el corazón al ver a la niña. ¿Cómo se suponía que debía reaccionar en una situación así?

Una pequeña criatura, encogida, yacía bajo la sábana. Su mejilla descansaba sobre su mano y sus pestañas oscuras se movían sin parar. Estaba extremadamente delgada y tan hermosa que su corazón se hinchó de orgullo. El arrepentimiento, la pena, el placer y el terror se mezclaron en su interior.

–Es preciosa –susurró él–. Dios, Julee, es una belleza.

Un tubo intravenoso se deslizaba bajo las sábanas, inyectando gota a gota un líquido amarillo en los brazos de Megan. Una luz parpadeaba y un sonido intermitente emanaba del surtidor de suero. Odiaba la idea de que alguien hubiera tenido que clavar una aguja en esos bracitos tan delgados.

–Dormirá durante un rato –susurró Julee–. ¿Por qué no vamos a la cafetería a comer algo?

–Ve tú. Yo me quedaré aquí sentado a su lado –quería mirar a su hija, fotografiarla mentalmente. Nunca antes había sido padre.

–Mamá se quedará con ella. Tenemos que hablar. Pero no aquí.

Era evidente lo que quería decir. No podían arriesgarse a que Megan escuchase la verdad sobre él. Reticente, Tate se apartó de la cama y echó un último vistazo a la niña antes de seguir a Julee hacia el ascensor.

Llevaba años con su temperamento bajo control,

pero aquel día, desde que Julee le había confesado su gran secreto, le estaba costando mucho esfuerzo no explotar. Tras haber visto a su hija, enferma, muriéndose, la ira, la frustración y la impotencia se hicieron patentes. Apretó los puños y apoyó la cabeza contra la pared.

–¿Por qué? –preguntó con los dientes apretados–. ¿Por qué le ocurre algo así a una niña inocente?

–No lo sé –dijo ella con suavidad.

–¿Por qué no sirvo como donante? Podría haber tenido lo que fuera de mí, mi sangre, mis brazos, mi corazón, lo que fuera. ¿Por qué no puedo hacer algo tan simple por ella?

Julee le puso una mano en la espalda. Estaba tenso, necesitaba consuelo, pero estaba demasiado a la defensiva como para aceptarlo.

–¿Fui yo? ¿Yo hice esto? ¿Quizá algo maldito en mi sangre de bastardo le ha causado la enfermedad?

–No, Tate, no. Tú no eres el responsable del cáncer –dijo ella y le dio la vuelta para mirarlo–. Ninguno de los dos somos responsables de su enfermedad, pero juntos podemos hacer algo para salvarla.

–Es una locura. Lo sabes tan bien como yo.

Sabía que era una locura considerar la idea, pero habiendo visto a su hija, quería llegar a conocerla. ¿Pero cómo iba a ser eso posible si la leucemia se la llevaba?

–No sé qué otra cosa se puede hacer –dijo Julee–. ¿Y tú?

–No.

–¿Significa eso que…? –preguntó Julee con esperanza. Tate sentía que, si hacía aquello, estaría poniendo en peligro su corazón y su alma.

–Vamos a dejar una cosa clara, Julee. No me alquilo. No quiero tu dinero, pero quiero conocer a mi hija y haré lo que esté en mi mano para ayudarla, incluso algo tan descabellado como engendrar otro bebé.

–No te arrepentirás. Lo prometo.

–Espera, no he terminado. Toda mi vida he vivido

con la sombra de no haber tenido un padre. Eso es malo para un niño. Megan debería haberme conocido. Debería haber sabido al menos mi nombre.

–Pero no puedes decírselo. Es demasiado peligroso.

–No puedo cambiar las elecciones que tomaste por Megan, pero no pienso engendrar un hijo sabiendo que va a crecer siendo un bastardo como yo.

–Pero pensé que…

–¿Pensaste qué? ¿Que te dejaría embarazada y desaparecería por otros diez años? Ni hablar. Si vamos a tener un bebé junto, vamos a hacerlo bien.

–No lo comprendo.

–Entonces deja que te lo explique. Los niños merecen un padre y una madre. La única forma de que acceda a tener un hijo es que lleve mi nombre legalmente. Tendremos que casarnos.

–¿Casarnos?

Su horrorizada reacción hizo que Tate se pusiera más serio aún.

–Ése es el trato. ¿Lo tomas o lo dejas? Si quieres otro hijo, tendrás que casarte conmigo.

CAPÍTULO 7

JULIANNA no se lo pensó dos veces antes de acceder a casarse con él. Cuando dijo que haría cualquier cosa por salvar a Megan, lo decía en serio. Incluso Megan había aceptado la idea de que su madre y Tate se habían enamorado a «segunda vista». Y para sorpresa de Tate, su hija había dicho que él era lo mejor desde la Super Nintendo.

–Julee, esta niña es más guapa que Mis América –había dicho Tate mientras estaban junto a la cama del hospital. Julianna sabía que debía de estar ansioso por conocer a su hija en aquellas circunstancias, pero lo disimulaba bastante bien.

Megan sonrió al escuchar el cumplido.

–¿De verdad te vas a casar con mi madre?

–Ése es el plan. Cuanto antes mejor –dijo Tate deslizando un brazo alrededor de la cintura de Julee. Estaba siendo encantador por el bien de Megan, y Julianna agradecía eso. No importaba que su cuerpo reaccionara salvajemente ante su tacto. Dadas las circunstancias y el hecho de que le había pedido que se acostase con ella esa misma noche, se esperaba una cierta cantidad de interés anticipado.

–Mamá dice que la ciudad piensa que eres un superhéroe.

–Sí, ése soy yo –dijo Tate con una sonrisa–. El Super Sheriff. ¿Quieres verme volar?

Soltó a Julee y se puso a mover los brazos como un pollo. Megan comenzó a carcajearse.

–Eres muy gracioso –dijo la niña, y miró a su madre–. ¿De verdad fuiste al instituto con el super Sheriff?

–Sí, pero entonces era un jugador de fútbol, no un sheriff.

–Apuesto a que también eras un super jugador de fútbol.

–Me temo que no todo lo super que debía ser –dijo Tate mirando a Julee–. Me lesioné la rodilla y tuve que dejar de jugar.

–Es horrible cuando tienes que dejar de hacer algo que te gusta porque estás enfermo –dijo Megan compadeciéndose de él.

–Sí. Pero me gusta ser sheriff, y tú te vas a poner bien, de modo que podrás hacer lo que te apetezca.

Dos horas más tarde, Julee y Tate estaban ante el juez de paz recitando los votos. Ella tuvo que controlar sus nervios al ver que estaba casándose con aquel alto y guapo desconocido que había a su lado.

Él estaba guapísimo con su polo de golf blanco y sus chinos, y también estaba muy nervioso, teniendo que aclararse la garganta varias veces antes de tomarla como su esposa.

Tras firmar el certificado de matrimonio, él se ofreció a invitarla a cenar, pero ella se negó.

–No es necesario, Tate. Nuestro matrimonio no es por amor, así que no hace falta celebrarlo.

La idea de un matrimonio que sólo durase hasta que naciese otro bebé no era muy atrayente, pero ése era el trato que habían hecho. Una vez que naciera el bebé y a Megan se le realizase el trasplante, se divorciarían para poder seguir con sus vidas como antes.

Finalmente llegaron al hospital y se quedaron allí hasta que Megan se durmió, feliz tras conocer el matrimonio de su madre. Juliana sabía que una niña mayor habría hecho preguntas sobre la celeridad del matrimonio, pero para una niña de nueve años, ése era el único día que importaba.

Beverly se quedó en el hospital a pasar la noche y

Julee y Tate se fueron a casa. Estaban demasiado blo-
queados como para comer y demasiado cansados para
dormir. Era algo bueno para Julee, teniendo en cuenta
que ésa era su noche de bodas y que se habían casado
con el mero propósito de hacer el amor.

Se puso nerviosa sólo de pensarlo. Hacer el amor
con Tate otra vez después de tantos años la aterrorizaba
y la excitaba.

Encendieron la televisión, pero ninguno la miraba.
Tate paseaba por la casa como una pantera enjaulada,
mirando por la ventana, casi sin hablar. El momento
llegó cuando ella ya no pudo posponer lo inevitable. Se
levantó del sofá y dijo:

–Creo que voy a ducharme y a irme a la cama.

–Adelante –dijo él apartándose de la ventana–. Iré
enseguida.

Él esperó su turno para ducharse antes de tumbarse
bajo las sábanas junto a Julee.

Con la garganta seca, Julianna escuchó los sonidos
de un hombre en su baño, algo nada habitual. Y no era
cualquier hombre. Era su marido. Desde luego, cuando
se le había ocurrido la idea de tener otro bebé, ni se le
había pasado por la cabeza la idea del matrimonio.

Tate salió del baño. Su mirada dubitativa indicaba
que también estaba nervioso. Cuando se acercó a la
cama, Julee sintió que se le iba a salir el corazón por la
boca. Llevaba sólo los boxer. Los músculos de su pecho,
sus brazos y sus piernas se flexionaron al sentarse en su
lado de la cama. Su pelo, ligeramente húmedo, brillaba
con la tenue luz de las luces de seguridad de fuera.

Reprimiendo la inminente necesidad de alejarse
hasta el otro extremo de la cama, y demasiado avergonzada como para admirar su maravilloso cuerpo, Julianna se quedó quieta como una momia, mirando las
sombras del techo.

–¿Estás bien? –preguntó él con una voz grave que la
hizo estremecer. Ella asintió.

–Lo siento. Esto es muy extraño.

–Sí.

Él apartó las sábanas y se metió debajo.

–No sé si puedo seguir con esto –dijo ella al sentirlo tan cerca y ver la enormidad de lo que iban a hacer.

–Es un poco tarde para decidir eso, ¿no te parece?

–¿Qué ocurre si esto es un pecado, Tate? ¿Está mal querer desesperadamente a mi hija? ¿Es inmoral tener otro bebé de esta forma? Nunca quise hacer nada mal. Sólo quiero…

Él la escuchó atentamente. Cuando habló, su compasión la tranquilizó.

–Los dos hemos cometido errores. Pero intentar salvar a nuestra hija no es uno de ellos.

–Tienes razón –dijo ella con un suspiro–. Nuestros sentimientos no son importantes. Megan es lo único que importa.

La rigidez fue desapareciendo poco a poco. La cama crujió y el cuerpo atlético de Tate se colocó más cerca de ella. Julee sintió un nudo en el estómago.

–Tate.

–¿Sí? –le dijo él al oído. Nunca habían estado en una cama juntos.

–¿Podemos esperar hasta que…? Quiero decir que hoy ha sido un caos y es muy tarde –concluyó.

Intentó verlo, leer la expresión de su cara. Podía sentirlo, oler la fragancia de su jabón, pero no podía saber lo que pensaba.

–Tú mandas.

Aliviada, aunque decepcionada, Julianna se giró hacia su lado, dándole la espalda a su nuevo marido, y cerró los ojos. En su interior sentía como si se hubiese desencadenado un terremoto. ¿Cómo iba a conseguir hacer aquello?

Tate se quedó un rato en silencio, escuchando el aire acondicionado y mirando las sombras del techo. Había cierta pesadez que lo angustiaba.

Incluso en ese momento, cuando ella lo necesitaba, cuando Megan lo necesitaba, Julee no podía soportar que el sucio chico McIntyre la tocara. Se sentía desvalido, fuera de control, igual que se había sentido diez años atrás.

Quería estar furioso, furioso por el secreto que ella le había ocultado. Furioso porque la hija que nunca había conocido sufría una terrible enfermedad. Furioso porque el matrimonio con Julianna le proporcionaba a ella el poder para destruirlo de nuevo. Pero no estaba furioso. Estaba herido.

Impaciente por los pensamientos que estaba teniendo, se movió, y enseguida lo lamentó. Estaba acostumbrado a dormir solo y, al moverse, hizo que Julee se moviese en respuesta. La suave fragancia que emanaba de su cuerpo, hizo que él se excitase poco a poco.

Ella estaba justo a su lado. Casi sin esfuerzo podría tocarla, sentir la suavidad de sus largas piernas. ¿No era eso de lo que iba ese matrimonio tan precipitado?

Quizá. Pero Julee era la que llevaba las riendas. Hasta que ella no lo deseara, él no forzaría la situación.

Tras un rato sin moverse, decidió levantarse. Se quedó mirando a Julee, y al ver que no se movía, se apartó y se acercó a la ventana.

El destello de las luces de los coches le recordaba dónde estaba. El chico de campo que había en su interior quería regresar a casa, escuchar el ladrido de sus perros y el ocasional aullido de un coyote. Aunque Julee vivía en un vecindario exclusivo, seguía siendo una ciudad abarrotada, con casas y apartamentos unos encima de los otros.

Como un elefante en una fábrica de cristal, así se sentía. Fuera de lugar.

No supo cuánto tiempo estuvo ahí, mirando por la ventana la fachada de ladrillo del otro bloque, pensando, preguntándose cómo acabaría todo. Estaba perdido en sus pensamientos cuando la voz de Julee llegó a sus oídos.

–¿Tate, estás bien?

Él se dio la vuelta y vio que estaba apoyada sobre un hombro, con el pelo suelto, increíblemente sexy. En esa ocasión no luchó por ocultar su atracción.

–Claro, ¿y tú? –estaba de cualquier modo menos bien, pero él había estado de acuerdo con esta locura. ¿De qué serviría preocuparla con sus pensamientos?

–Hace veinticuatro horas ni siquiera sabías que tenías una hija. Y ahora estás casado con alguien a quien apenas conoces. Debes de estar alucinando.

Arrastrado por el tono de arrepentimiento en su voz, Tate se acercó a la cama y observó a su preciosa mujer. Diez años atrás habría matado por vivir un momento así.

–Mis últimas veinticuatro horas no pueden compararse con la pesadilla que tú has estado viviendo estos últimos meses.

Se quedó sorprendido al ver que Julee se apartaba para dejarle sitio en la cama y le hacía un gesto para que se tumbara. Él se sentó en la cama y ella deslizó los dedos por su brazo. Instintivamente, los músculos de Tate se tensaron.

–No muerdo –dijo ella.

–Quizá deberías –dijo él con una sonrisa.

Abrigados por la intimidad de la oscuridad, ambos se relajaron y bajaron la guardia.

–Háblame de ella –dijo Tate.

–¿Qué quieres saber?

–Cualquier cosa. Todo. ¿Qué le gusta? ¿En qué es buena? ¿Cuál es su comida favorita?

–Es la típica niña de nueve años en la mayoría de los aspectos. Puede ser muy divertida e increíblemente payasa. Siempre se está riendo. Escribe en su diario. Le gusta la pizza y las fiestas de pijamas. Se le dan mejor las matemáticas de lo que nunca se me dieron a mí.

–Tú siempre odiaste las matemáticas.

–Nunca habría aprobado si no me hubieses ayudado.

Casi ni él había aprobado, pero no porque no pudiera. Por aquel entonces no le había visto utilidad alguna, así que se había saltado más clases de las que había asistido. Por fortuna, presentarse los días de examen le había salvado el pescuezo y lo había mantenido jugando al fútbol.

–Y es capaz de dibujar cualquier cosa, igual que su padre –continuó Julee.

–¿Le gusta dibujar?

–Es muy buena. Como tú. Te enseñaré algunos de sus dibujos por la mañana.

Él no había dibujado nada más que su arma durante los últimos años aunque, en el instituto, el arte había sido la forma de expresar todo el tormento que sentía en su interior. En aquel tiempo no se daba cuenta, pero los años de servicio a la ley le habían enseñado mucho sobre la psicología humana.

–¿Recuerdas aquella vez que inscribiste uno de mis dibujos en un concurso de dibujo?

–Te enfadaste mucho.

–Hasta que me entregaron esos cincuenta pavos.

–Eso te quitó el enfado un poco, ¿verdad?

–Sí.

–Luego te gastaste cada penique en mí –dijo ella mientras comenzaba a dibujar círculos con sus dedos sobre el brazo de Tate.

–No todo. Le di a mi madre diez pavos para el bingo

–Aún conservo ese collar.

–Bromeas.

–No –dijo ella, y poco a poco fue bajando su mano hasta la de él para entrelazar sus dedos suavemente.

A Tate se le aceleró el pulso. Si quería seducirlo, no iba a tener que esforzarse mucho. Llevaba ocupado mucho tiempo, y no se le ocurría nada mejor que hacer el amor con la dulce Julianna Reynolds. Julianna McIntyre.

–¿Por qué no te tumbas en la cama? –susurró ella.

Nervioso, Tate se giró para mirarla. Y colocó sus muslos junto al cuerpo de ella. Sabía lo que le estaba pidiendo. Era eso por lo que se habían casado, para hacer el amor y engendrar un bebé.

Un bebé. Un ser vivo mezcla de Julee y de él. Quizá un chico al que le gustara el fútbol. U otra chica con los ojos verdes. La responsabilidad lo llamaba. Luchó contra su ética, pero perdió la batalla en el momento en que Julee se incorporó. La sábana se deslizó cuando ella se inclinó para acariciarle el hombro.

Llevaba deseando tocarla desde el día en que había aparecido en Blackwood pidiendo su sangre.

Le apartó el pelo de la cara. Tenía la cara ensombrecida por la oscuridad, pero él conocía perfectamente el azul de sus ojos, el rosa de sus labios y el color perla de su piel. Los había visto cientos de veces en sus sueños.

Ella enroscó uno de sus brazos con el de él y le llevó la mano a su mejilla. Tate podía sentir su boca, suave, contra la palma de su mano. Lentamente se echó hacia delante y la recostó sobre la almohada mientras se colocaba sobre ella sin dejar de mirarla a los ojos, disfrutando con su reacción, esperando la señal de que aquello era lo que ella deseaba. Cuando Julee deslizó sus manos por sus hombros hasta llegar a su pelo, él gimió de placer.

De algún modo tendría que hacer el amor con su mujer sin entregar su corazón a cambio. ¿Pero cómo sería eso posible cuando Julee entregaba su cuerpo de aquella manera y la historia que una vez había existido entre ambos resurgía con cada movimiento?

Cuando sus labios se tocaron, Tate casi estuvo a punto de cambiar de opinión. Julee era un abismo dulce y peligroso. Si volvía a caer, nunca sobreviviría. Apartó sus labios de los de ella y rozó su mejilla, luchando contra el pánico y el deseo.

—Tate —susurró ella contra su oído—. Bésame como lo hacías antes.

La fuerza de la pasión lo atravesó como un cuchillo. Volvió a pegar su boca a la de Julee, con ternura al principio y con fuerza después. Cuando ella correspondió con su lengua, Tate sintió que iba a explotar.

No podía pensar en otra cosa que no fuera ella. Sus largas piernas estaban enroscadas con las de él, sus manos acariciaban su espalda, su pecho, su pelo, sus brazos. Lo tocó por todas partes y él correspondió, revisitando lugares durante largo tiempo descuidados pero nunca olvidados. Estaba perdiendo el control.

Estaba hundiéndose poco a poco. Intentó resistirse como un hombre en un remolino. Intentó apartarse de aquella mezcla de dolor y placer que Julee representaba.

Pero finalmente, con su corazón latiendo sobre el de ella, no pudo resistirse y se dejó llevar.

Mientras su respiración regresaba a la normalidad y el sudor se iba evaporando de su cuerpo, agarró a Julee con fuerza y la acercó a su cuerpo.

Julee le puso una mano en el pecho. Él giró la cabeza para mirarla y su corazón se aceleró al ver la expresión de satisfacción en su cara. Siempre había tenido el mismo aspecto después de hacer el amor.

—Gracias —murmuró ella—. Por hacer que todo sea tan fácil.

Aquellas palabras fueron como un jarro de agua fría para sus cálidos pensamientos, un recuerdo del motivo por el que habían hecho el amor. No por él, ni por ella, sino por el bien de su hija.

Aquella certeza le hizo más daño que antes, pero trató de aceptarlo. Su propio tormento emocional no tenía cabida en aquel matrimonio, y sería mejor que se acostumbrara. Lo estaba utilizando. Era el medio para llegar a un fin. Un fin noble que él había aceptado, pero una vez que había hecho el amor con ella tendría que vivir con un hecho evidente. Julianna siempre sería demasiado para él. Y él nunca sería suficiente.

Julianna se despertó, relajada y descansada. Se estiró lánguidamente y sonrió al recordar. El día anterior se había casado con Tate McIntyre, y por la noche… El placer recorrió su cuerpo al pensarlo. Al principio había estado muy asustada, pero él había hecho que todo pareciese natural.

–Buenos días –dijo él mientras entraba al dormitorio con un vaso de zumo de naranja. Para su desilusión, ya estaba totalmente vestido.

El rubor asomó a las mejillas de Julee. Ahí estaba ella, fantaseando con pasar la mañana en la cama cuando, a juzgar por el aspecto de Tate, hacer el amor de nuevo era lo último que tenía en mente.

Ella se incorporó y la sábana se deslizó, revelando lo que ya había olvidado. Agarró la sábana con rapidez y se volvió a tapar para cubrir su desnudez.

Tate se detuvo y apartó la mirada educadamente, una acción que la avergonzó aún más. Era él el que le había quitado su camisón, pero sin embargo a la luz del día, era incapaz de mirarla.

–Muy bien, ya estoy presentable –dijo ella. Su pelo era un desastre, gracias de nuevo a Tate.

De forma tranquila y reservada, él le entregó el vaso de zumo.

–Gracias.

Quería que se sentara junto a ella en la cama y hablara, que regresara a ese punto en el que era dulce y tierno. Sin embargo se quedó de pie a unos metros de distancia.

–Espero que no te importe, pero he usado tu teléfono.

Ella se desanimó aún más. Era su marido. No importaba por cuánto tiempo. Se habían acostado juntos, por el amor de Dios. Podía usar su teléfono sin permiso.

–Por supuesto que no. Siempre que quieras.

–He llamado al hospital. Tu madre dice que Megan ha pasado una buena noche, le ha bajado la fiebre y están analizando su sangre. Si todo va bien, podrá volver a casa esta tarde.

–Has estado ocupado –dijo ella con resentimiento. No quería que su mañana fuese así.

–También he llamado a mi oficina. Tengo que regresar a Blackwood.

Un día de casados y no podía esperar a marcharse. Para su sorpresa, aquel descubrimiento le dolió. ¿Es que no se acordaba de que ella nunca sería un rollo de una sola noche?

–¿Qué pasa con nuestro acuerdo? ¿Cómo voy a quedarme embarazada si no estamos juntos?

–Con las prisas del momento no pensamos las cosas como es debido, ¿verdad?

Habían hablado del matrimonio y del posterior divorcio, pero no habían decidido dónde iban a vivir durante el año siguiente. Su vida estaba allí, en California, y la de él en Oklahoma.

Julee se bebió el zumo de naranja y dejó el vaso en la mesilla de noche.

–¿Existe alguna posibilidad de que consideres la idea de mudarte aquí hasta que me quede embarazada?

–No.

–De acuerdo –dijo ella con un suspiro–. Preguntarte eso no es justo por mi parte, pero nuestras vidas están aquí. Al igual que mi carrera. No puedo apartarme de esto.

–Siempre ha sido tu carera, ¿verdad?

–No, ahora no. Ahora es Megan.

Seguramente él comprendía lo mucho que temía perder el único medio de ayudar a Megan. Él conocía su pasado. Sabía que no tenía otros estudios. El bien de Megan era lo primero.

Tate relajó los hombros y se acercó a la cama para sentarse junto a Julee, pero asegurándose de que sus cuerpos no se tocaran. El aroma de su colonia despertó su libido. Ansiaba tocarlo, hacer regresar al Tate de la otra noche.

–¿Podrías viajar para ir a trabajar? –preguntó él–. Podrías ir a Blackwood un par de veces al mes.

–Eso llevaría demasiado tiempo. Cuantas mas veces hagamos… –se detuvo y miró hacia otro lado. La noche anterior habían hecho el amor en esa cama y sin embargo por la mañana no era capaz de pronunciar las palabras–. Cuanto antes me quede embarazada mejor.

Tate se levantó y se dirigió hacia la ventana con las manos en los bolsillos.

–Lo sé. Tendremos que vivir juntos, al menos durante un tiempo, nos guste o no.

El tono de su voz la hirió. El altruista sheriff había aceptado casarse con ella por Megan, lo cual le había parecido bien a Julianna el día anterior. Pero por la noche, en sus brazos, algo había ocurrido. Algo maravilloso, terrible e inaceptable. Tenía que recordar que Tate nunca la había querido. Por el bien de Megan y por el suyo propio, tendría que ignorar aquellas emociones confusas que crecían en su interior.

Alcanzó el zumo de naranja y bebió otro poco. El líquido ardía mientras le bajaba por la garganta.

Aunque no había querido considerar la posibilidad, había otra manera de que pudieran estar juntos. Había jurado no volver a vivir en esa pequeña ciudad nunca más, pero ¿acaso no había dicho que haría cualquier cosa?

–De acuerdo. Megan y yo nos mudaremos a Oklahoma.

–¿Harías eso? –preguntó Tate sorprendido.

–Haré cualquier cosa que sea necesaria –dijo asustada. Si se iba de California, ¿cómo trabajaría? ¿Cómo pagaría los recibos?

–¿Y qué pasa con el cuidado sanitario de Megan? ¿No necesita estar aquí con los médicos que la conocen?

–De hecho, Oklahoma sería el mejor lugar para su trasplante. Por lo que dice el oncólogo de Megan, un reconocido médico del Centro Médico de Oklahoma ha recibido recientemente una subvención para hacer investigaciones con células embrionarias.

–¿Qué tiene eso que ver con Megan? –preguntó Tate acercándose a ella.

Julee repitió las partes del discurso del doctor Padinsky que ella había comprendido.

–Una parte de la investigación con células embrionarias es el uso de sangre del cordón umbilical en vez de médula para los trasplantes. El procedimiento aún está en fase de experimentación, pero el porcentaje de éxitos entre hermanos es extremadamente alto. Cuando le pedí consejo al oncólogo sobre si tener otro bebé para ayudar a Megan, me habló de las células embrionarias. Siempre son compatibles. La parte complicada es ver si el debilitado sistema inmunológico de Megan es capaz de reproducir esas células.

–¿Has hablado de esto con el médico de Megan? ¿Antes de venir a mí?

–Había oído hablar sobre ese tipo de cosas, Tate. No sabía si serviría en el caso de Megan hasta que no hablé de la posibilidad con los médicos.

–Así que siempre supiste que yo accedería a tener otro bebé –dijo él apretando la mandíbula, como si ella lo hubiese engañado de algún modo.

–Claro que no. Pero una vez que me surgió la idea, tuve que investigar todos los posibles aspectos.

Como una pantera inquieta, Tate se apartó de la cama y se dirigió a la ventana, y después al vestidor, de donde tomó una fotografía de Megan y se quedó mirándola un rato.

A Julianna se le encogió el corazón. Lo había puesto

en una posición horrible, y aunque no fuera capaz de mirarla a la luz del día, su decencia innata no le permitiría ignorar las necesidades de una niña.

–¿Así que estás dispuesta a mudarte a Blackwood con Megan durante el próximo año?

–Si tengo que hacerlo.

–¿Y qué pasa con la moda? ¿Vas a dejarlo?

–¡Por supuesto que no! No permanentemente.

En el mundo de la moda, si desaparecía se olvidarían de ella, y era algo en lo que no quería ni pensar. Pero, si tenía que abandonar Los Ángeles y su carrera de modelo para salvar a su hija, lo haría.

–¿Qué pasar si Megan no quiere mudarse?

–Megan tiene nueve años. Para ella esto será una aventura, una oportunidad de hacer nuevos amigos en una nueva escuela, unas vacaciones en el campo.

Y para Julianna sería meterse de lleno en una pesadilla. Volver a la ciudad de la que había querido escapar y al hombre que le había roto el corazón.

–Unas vacaciones –dijo él suavemente mientras dejaba la fotografía en su sitio–. Me temo que lo tienes todo bien planeado, ¿no?

No, todo no. No sabía cómo iba a conseguir mantener su carrera y hacerse cargo de sus obligaciones financieras. Ni tampoco había planeado cómo engendrar un hijo con ese hombre enigmático y luego regresar a California como si nada hubiese ocurrido.

CAPÍTULO 8

TODO Blackwood era un hervidero de chismorreos sobre el repentino matrimonio del sheriff
McIntyre con Julianna Reynolds. Los rumores
decían que nunca habían conseguido superar su amor
adolescente y que ese amor había renacido durante la
campaña de donación. El viaje inesperado del sheriff a
California no hacía sino confirmar esa teoría. Todo el
mundo sabía que el sheriff odiaba volar y sólo un hombre enamorado habría ignorado ese miedo para ir en
busca de su verdadero amor. Y lo que era más importante, Tate nunca se tomaba un día libre, y aquella vez
se había tomado dos.

Algunos incluso decían que la hija de Julianna era de
Tate, pero ésa era una idea demasiado rocambolesca
cuando el matrimonio en sí mismo era un tema de conversación mucho más apasionante.

Tate, acostumbrado a ser el tema de todos los cotilleos, los ignoró y retomó su trabajo impaciente porque
su nueva familia llegase desde California. Habían pasado
cinco días desde que las había dejado. Atormentado por
los sueños sobre su noche de bodas, había preferido el
turno de doce de la noche a siete de la mañana. No podía
dormir de todas formas, y quizá no podría ni trabajar.

Cuando el coche aparcó frente a su casa poco después del medio día, a Tate se le aceleró el pulso. Ya habían llegado.

Con toda la normalidad que pudo, salió al porche y
vio cómo su mujer y su hija salían del sedán azul. Una
chispa de excitación, algo nuevo en él, comenzó a bro-

tar en su interior. No podía dejar de pensar que era su verdadera familia que regresaba a casa después de un largo viaje.

Julee, con un traje amarillo y el pelo suelto, lo miró y sonrió.

–Hola.

–Hola –contestó él, sintiéndose como un adolescente. Bajó los escalones del porche sin poderle quitar los ojos de encima a Julee. Ella tampoco parecía saber qué decir porque se quedó parada, sonriendo y sin de dejar de mirarlo. Tenía deseos de abrazarla y besarla, pero en su lugar se quedó junto al porche, esperando.

–¿Me morderán?

Los dos adultos se giraron al escuchar la voz de la niña. Megan, rodeada de varios perros exuberantes, esperaba junto al coche, sin moverse.

–Sólo si eres un filete –contestó Tate. Entonces Megan se agachó y abrazó al perro más grande y más peludo que había. Otro perro más pequeño, celoso por aquel afecto, se abrió paso por entre los brazos de Megan y la tiró al suelo.

–Eh, vosotros dos –dijo Tate y, lamentando tener que abandonar la sonrisa de Julee, pero decidido a hacer que su hija se sintiera como en casa, se acercó al coche y la levantó–. ¿Cómo estás, Miss América?

–Hola, super Sheriff. Me gustan tus perros. Nosotras no tenemos perros. También me gusta tu casa. Seguro que tienes mucho terreno. ¿Tienes vacas y caballos y cosas de ésas?

–No, Pero si quieres yo te los conseguiré.

–Tate –dijo Julee–. No le prometas cosas como ésa.

–¿Por qué no?

–Porque no.

Su corazón dio un vuelco al captar el sutil mensaje. No iban a estar allí para siempre y Julee no quería que Megan se encariñara con animales que no podría llevarse de vuelta a California.

Y Julee. Dios, después de una noche con ella, se sentía perdido. No sabía cómo iba a ser vivir con ella un año.

–¿Qué tal el vuelo? –pregunto él mientras ayudaba a Julee a sacar las maletas del maletero.

–Bien.

Luego la condujo al interior de la casa, ansioso porque su modesta casa fuese de su agrado y a la vez molesto porque aquel factor le importase.

–Alguien ha estado limpiando –dijo ella al oler el interior.

–Es ambientador.

Excepto alguna ocasión especial en la que contrataba a alguien para limpiar, normalmente Tate limpiaba su casa él mismo. Pero el día anterior había optado por la primera opción.

–¿Dónde está mi habitación? –preguntó Megan.

–Al fondo de ese pasillo –dio él, y la siguió con su equipaje, deteniéndose a mitad de camino para abrir otra puerta–. El baño está aquí.

–Bien –dijo la niña echando un vistazo al interior. Julee los siguió, asomándose con curiosidad a cada habitación.

–¿Dejas que los perros entren en la casa?

–Me temo que ahora sí.

Aún con la sonrisa en la cara y su gorra de béisbol en la cabeza, Megan observó las paredes blancas de su habitación y luego se tumbó en la cama.

–Este almohadón es muy cómodo. ¿Vosotros dormiréis en la habitación de al lado?

La pregunta era muy sencilla, pero Tate se sintió avergonzado. Julee se dio la vuelta y se dirigió a la ventana para descorrer las cortinas y mirar fuera.

–Mi habitación está al otro lado de la casa. Más cerca del garaje, por si me llaman en mitad de la noche y tengo que salir.

No sabía por qué estaba dando explicaciones. Él

siempre había dormido allí. Pero en realidad, una habitación al otro extremo de la casa, para una niña era una situación más bien incómoda que normal.

–¿Te apetece algo de beber? –preguntó él–. Tengo té y limonada, y todo tipo de refrescos. También hay zumo, si quieres. Manzana, naranja, uva.

–¿Eso es todo lo que tienes para ofrecernos a unas pobres viajeras sedientas? –preguntó Julee.

–¿Me he excedido? –preguntó él.

–Sí, pero al menos has conseguido que nos sintamos cómodas.

–¿Qué piensas hacer con el coche alquilado?

–No sólo es alquilado, tengo opción de compra. Como mi madre se ha quedado con el mío en Los Ángeles, yo tendré que conducir con algo mientras estemos aquí.

Otro recuerdo de que sólo era algo temporal.

–¿Tu madre no tiene coche?

–Siempre hemos compartido uno para ahorrar gastos. Conmigo fuera y teniendo que ocuparse del apartamento, mi madre está buscando un trabajo a tiempo parcial. Necesitará el coche.

Su respuesta lo dejó sorprendido. ¿Una famosa modelo preocupándose por los gastos?

–Con este coche –continuó Julee–, no tendrás que hacernos de taxistas cada vez que tengamos que ir al médico.

–No me importaría –de hecho había pensado hacerlo. Había perdido nueve años y tenía que ponerse al día.

–Tú tienes tu propia vida. Trataremos de no molestar.

–¿Cómo iba a ser una molestia el pasar tiempo con mi familia?

–No hagas eso, Tate –dijo ella en voz baja para que Megan no la oyera. Pero él lo comprendió. Había llegado sólo hacía cinco minutos y ya estaba pensando en marcharse. Como el día en que se habían casado. Casados y divorciados en un mismo día. Desde luego iba a tener todo el derecho del mundo a las visitas, e incluso le diría a Megan que era su padre una vez que el trasplante hubiera tenido éxito. Pero aun así, ella regresaría a California, a su vida de lujo. Y se llevaría a sus hijos consigo.

Julianna había estado muy nerviosa por tener que volver a ver a Tate, pero él había parecido encantado de verlas. Suponía que Megan sería la razón. No ocultaba la fascinación por su nueva hija. Después de su último día en California, desde luego Julee no pensaba que ella fuese el motivo de su amabilidad.

–Mamá, mamá –gritó Megan–. Mira lo que hay ahí fuera. Tienes que venir a verlo.

Julianna salió por la puerta trasera y Tate la siguió. Un porche cubierto recorría un lado de la casa unos tres metros. Un par de sillas de jardín, una parrilla y varios montones de comida de perro adornaban el porche.

De un gigantesco roble que había detrás de la casa colgaba un neumático a modo de columpio. Julee y Tate se quedaron en el porche mientras que Megan siguió corriendo hasta el columpio, se subió a él y comenzó a balancearse.

–Nunca la había visto tan contenta.

–Ponerse contenta no le afectará, ¿verdad?

–No, esto es maravilloso. Mientras esté en estado de remisión, podrá hacer lo que quiera.

–Bien –dijo él, y señaló hacia las sillas del jardín. Ambos se sentaron–. He preparado un pedazo de tierra en el lado sur de la casa, por si quiere hacerse su propio jardín. La época de la siembra llegará pronto y pensé que no tendría oportunidad de algo así en la ciudad.

–Muy inteligente por tu parte –dijo ella. Ese día, Tate le estaba mostrando su lado agradable. Si seguía así, pasar un año fuera de su casa, su madre y su trabajo, resultaría más fácil. Y marcharse sería mucho más duro–. A Megan le encantará esto.

Y a ella también. Las macetas que tenía alrededor de su piscina eran lo más cerca que había estado ella de un jardín en los últimos años.

–A la mayoría de los niños les gusta plantar cosas.

–¿Cómo es que sabes tanto de niños?

–Los grupos de chicos, la liga infantil, la iglesia, ese tipo de cosas. Como sheriff que soy, me gusta ser participativo. Enseñar a los niños a hacer cosas productivas en su tiempo hace que mi trabajo sea más fácil a largo plazo.

–Tú lo sabes mejor que nadie –dijo ella, y se llevó la mano a la boca al recordar lo que él había sido de joven–. Perdón.

Lo miró, preocupada de haberlo ofendido. Sin embargo él sonreía.

–Eso es lo que hace que sea un buen sheriff –dijo él alzando las cejas–. Conozco todos los trucos.

Los perros los habían encontrado y paseaban por el porche olisqueándolo todo.

–¿De verdad que te quedas con todos lo perros abandonados de la ciudad?

–No. Al final acabo encontrando un hogar para casi todos –dijo mientras acariciaba la cabeza de uno de ellos–. Éste es Satellite. Y ése que tanto da la lata se llama Junkyard. Lo conociste el día del desfile.

Ella tomó al cachorro con las manos y se lo colocó en el regazo para acariciarle las orejas.

–¿Les pones nombres a todos?

–Incluso un vagabundo merece un nombre.

–¿Y quién es este grandullón?

–Ése es Burger

–¿Burger, Junkyard, Satellite? ¿De dónde sacas unos nombres tan especiales?

–Los nombro según el lugar en que los encuentro.

Me ayuda a recordarlo. Por ejemplo, encontré a Burger detrás de la hamburguesería Johnson's. A Junkyard lo encontré en el depósito que hay fuera de la ciudad.

–¿Y Satellite?

–Alguien abandonó una de esas enormes y viejas antenas y cuando una tormenta la tiró al suelo, Satellite se quedó atrapado debajo.

–Ah. ¿Y quién es éste?

–Pitstop.

Julianna levantó una ceja y Tate sonrió.

–Una noche en una carretera local tuve que parar a… ya sabes.

–Oh –dijo ella tras comprenderlo–. ¿Tenías que ir a…?

–Tenía que ir.

–Pitstop. Qué gracioso. Los dos estuvieron riéndose durante un rato.

–Vamos –dijo Tate finalmente agarrándole la mano–. Quiero enseñarte algo.

Sintiéndose como una adolescente, Julee lo siguió tratando de caminar todo lo deprisa que él andaba.

Dejaron a Megan jugando en el columpio. Unos cuatro perros estaban tumbados viéndola jugar con expresión adorable. Cada vez que se columpiaba lo suficientemente cerca, los acariciaba con el pie y ellos movían el rabo al ritmo del columpio.

Julee vio que Tate la conducía hacia un pequeño edificio anexo.

–¿Es el granero?

–Más o menos.

–¿Qué hay dentro?

–Ya lo verás –dijo él misteriosamente. Julee recordó sus días de instituto, cuando estar con él había sido igual que en ese momento, sumamente estimulante, excitante, y ella nunca sabía lo que esperar de él. A pesar de que ya había crecido y era más responsable, no dejaba de ser peligroso.

Tenía que estar allí durante un año. Aunque su sentido común le decía que debía mantener las distancias, tal cosa era imposible dadas las circunstancias. Prefería disfrutar mientras pudiera. Sin importarle la habilidad de Tate para encerrarse en sí mismo y ser frío a veces, por lo general era un hombre con el que era fácil pasárselo bien. Siempre y cuando no se lo pasara demasiado bien.

Tate se detuvo en la entrada del granero. Un largo pestillo de madera yacía sobre la pesada puerta. Para abrirlo tuvo que soltarle la mano a Julee y ella sintió una inexplicable sensación de soledad.

La puerta se abrió para dar paso a un interior oscuro y frío. Entró detrás de Tate y sus ojos se acostumbraron a la oscuridad.

Tate llegó hasta la caja de los plomos, bajó una palanca y se encendieron unas luces fluorescentes.

—Ahora ya puedes ver.

Julianna observó el lugar con curiosidad, una mezcla de cobertizo y taller. Había herramientas que colgaban de un gancho que había sobre una mesa de trabajo. Un cortacésped rojo y algunas herramientas de jardín estaban apoyadas en una esquina. En el centro de todo había un vehículo cubierto con una lona.

—¿Qué es eso? —preguntó Julee mientras se acercaba, pero Tate se puso delante bloqueándole el camino. Los dos se miraron a los ojos y él esbozó una sonrisa. ¿Qué estaba ocurriendo allí?

—Cierra los ojos.

Sintiéndose una tonta, pero increíblemente joven y despreocupada, Julee obedeció. Escuchó el sonido de la lona deslizándose.

—Muy bien. Ya puedes mirar.

Abrió los ojos y vio a Tate apoyado contra una vieja furgoneta, con las piernas cruzadas y las manos colocadas bajo las axilas.

Julee dio un respingo al reconocer la furgoneta.

–¿Aún la tienes? –preguntó con incredulidad.

–No podía deshacerme de ella. Quiero dejarla como era antes. Estoy trabajando con un amigo. Es nuestro proyecto.

–La has pintado –dijo ella deslizando los dedos sobre el metal rojo y recordando el rojo gastado de años atrás–. ¿La puerta aún se atasca?

–Sí –dijo él con una sonrisa.

Cuando Julee entró dentro y se sentó en los asientos negros y grises, un millón de recuerdos le vinieron a la cabeza.

–Hicimos millones de kilómetros en esta furgoneta.

–No estaba seguro de que lo recordaras –dijo él entrando también–. Películas, partidos de fútbol –levantó una ceja–. La vieja autopista.

Era su lugar de aparcamiento favorito. Por aquel entonces eran muy jóvenes, inconscientes. E incluso aunque ella era ya una mujer adulta y mucho más sabia, el recuerdo de todo lo que habían hecho en aquella furgoneta hacía que su pulso se acelerase. Intentando mantener sus emociones a raya, le golpeó a Tate en el brazo.

–La autopista era mi favorita –dijo él con una sonrisa.

Julianna le devolvió la sonrisa, pensando en lo guapo que estaba con sus vaqueros y su camiseta amarilla.

Ahí en su propio mundo, Tate era divertido, cálido y lleno de nostalgia. Después de la tensión en Los Ángeles, allí por lo menos podían usar su pasado para algo que no fuese discutir.

–¿Aún funciona el estéreo? –preguntó ella inclinándose hacia delante para pulsar el botón de encendido de la radio.

–Sí, pero sólo suenan canciones antiguas –dijo él–. Como ésta.

Usando sus dedos índice comenzó a tamborilear en el techo de la furgoneta para luego salir por la ventana y colocarse en el capó mientras cantaba una famosa canción de M.C. Hammer.

–«Can't touch this. Dah-da-da-da.»

Julianna lo observaba a través del parabrisas. Parecía muy joven y relajado. ¿Dónde estaba el rígido sheriff de aspecto militar que se resistía a sus esfuerzos para la campaña de donación? ¿Dónde estaba el frío hombre que se había acostado con ella, le había dado un zumo de naranja y luego se había marchado?

–Y especialmente ésta –añadió Tate mientras comenzaba a cantar su particular versión de *I'm too Sexy* y a hacer posturas de culturista. Los dos comenzaron a reírse.

Julianna salió de la furgoneta para unirse a él y comenzó a bailar mientras él iba cantando una canción tras otra.

–¿Y qué tal ésta? –dijo ella–. «I-yi-will always love you-oo».

–Hey –dijo él–. Ésa era nuestra canción.

Julianna se arrepintió al instante. ¿Por qué había elegido esa canción? Quería que los dos se sintieran cómodos con su recién estrenado matrimonio, no tener que recordar la amargura de aquel tiempo en el que a ella se le había roto el corazón.

Antes de darse cuenta de lo que Tate intentaba, ya la había agarrado entre sus brazos y la llevaba envuelta en un suave baile, cantando la canción de amor en su oído. Su suave aliento hizo que a Julee se le pusieran los pelos de punta.

Vagamente le oyó cantar algo sobre que él no era lo que ella necesitaba. Entonces dejó de bailar y la apoyó contra la puerta de la furgoneta.

–Pero ahora sí soy lo que necesitas, ¿verdad, Julee? Entonces no. Y más tarde tampoco. Pero ahora sí lo soy.

La culpabilidad tomó su lugar mientras ella aceptaba la veracidad de sus palabras. Estaba utilizándolo. Si no hubiera sido por Megan, ella nunca habría regresado a

Blackwood y no le habría hecho una proposición tan descabellada. Ni tampoco habría vuelto a dormir en sus brazos nunca más.

Pero no importaba lo culpable que se sintiera, no había vuelta atrás. Desde la noche de bodas, se había sentido casi avergonzada por la cantidad de veces que había deseado volver a estar en sus brazos. Pero la verdad del asunto seguía siendo la misma. Para engendrar un bebé necesitaban ese elemento de deseo que parecía brotar entre ellos del mismo modo que hacía diez años.

Consciente de todas las partes donde sus cuerpos se tocaban, Julee se acercó más a él y lo besó.

—Sí —admitió ella—. Te necesito.

Como respuesta él apretó los labios con fuerza contra los suyos. Aquel beso hizo que el estómago comenzase a darle vueltas a causa del deseo.

Aquello estaba bien y era maravilloso. Aquella atracción haría que le resultase más fácil quedarse embarazada. Y una vez que eso ocurriera, ella regresaría a California y así Tate podría seguir con su vida. Habían hecho un trato. Y no podía permitirse volver a enamorarse de él.

Pero en ese momento, en ese mismo momento, un leve gemido escapó a sus labios mientras Tate la besaba, colocó las manos detrás de su cabeza y se entregó a la creciente pasión.

El olor a aceite, a polvo y la inolvidable esencia de Tate McIntyre llenaron sus sentidos. El duro metal de la furgoneta se le clavaba en la espalda. Cuando se movió para ponerse más cómoda, Tate la giró y los dos intercambiaron posiciones, de modo que ella pudiera estar cómodamente entre sus piernas.

—Mamá —dijo una vocecita desde algún lugar cercano.

Tate reaccionó antes de que Julianna tuviese oportunidad de parpadear. Rápidamente la apartó de él y se alejó. Megan se acercó lentamente.

–¿Mamá? ¿Dónde estáis? –preguntó Megan acercándose hacia el garaje.

Con el corazón aún a mil por hora, Julianna se colocó enfrente de la furgoneta para que Megan pudiera verla.

–Estamos aquí, cariño.

–¿Habéis estado corriendo? –preguntó la niña.

Julianna no supo qué decir, y se sintió aliviada cuando Tate apareció.

–Bailando. Tu madre y yo solíamos escuchar música en esta vieja furgoneta y bailar.

–Ah, por eso estáis sin aliento los dos –dijo Megan, y comenzó a inspeccionar la furgoneta–. Mola. ¿Tú y mamá ibais en esta furgoneta cuando salíais juntos en el instituto?

–Incluso la llevé al baile de fin de curso en ella –dijo Tate.

–Y ahora estáis casados –dijo Megan con una sonrisa–. Mi amiga Ashley dice que es muy romántica la manera en que os habéis vuelto a encontrar después de tantos años.

–Ashley es demasiado mayor. Ahora, ¿qué te parece si vamos a beber esa limonada que nos ha prometido Tate? –dijo Julee.

–Muy bien –dijo Megan mientras se dirigía hacia la puerta del garaje–. De todas formas estoy un poco cansada.

Julianna se tensó mientras veía las alas de ángel que había dibujadas en la parte de atrás de la camiseta de su hija. Puede que el largo viaje hubiese sido pesado, pero la palabra «cansada» no hacía sino recordar que Megan no era una niña sana.

–¿Está bien? –preguntó Tate.

–No puedo contestarte a eso, Tate. Pero, si tenemos suerte, tendremos una respuesta positiva a estas alturas dentro de un año.

Para su sorpresa, Tate le pasó un brazo por encima de los hombros y la colocó a su lado.

–Entonces tenemos que terminar lo que hemos empezado aquí mismo –dijo en voz baja–. Cuanto antes mejor.

Una deliciosa sensación de anticipación, inapropiada teniendo en cuenta el carácter temporal de su matrimonio, recorrió el cuerpo de Julianna. Pero, inapropiada o no, Julianna casi no podía esperar a estar de nuevo en brazos de Tate.

ESTÁ el super Sheriff en casa? –preguntó Megan desde detrás de su tazón de cereales–. He visto su furgoneta en el jardín.

Julee miró por encima de su hombro mientras alcanzaba un vaso del armario. Era sábado por la mañana, pero el trabajo de Tate no tenía fin.

–Ha llegado muy tarde y necesita descansar todo lo que pueda antes de que empiecen a llamarlo de la oficina, así que baja la televisión y estate tranquila.

Después de tres semanas viviendo con el sheriff, Julianna aún no sabía a qué hora regresaría a casa, medio muerto. Egoístamente, Julee lo mantenía despierto durante un rato más hasta que ambos quedaban exhaustos y se dormían el uno en brazos del otro. Por la mañana él se levantaba y volvía a marcharse.

La ciudad era lo primero para él, eso era evidente, pero él no se quejaba porque pensaba que les debía a los habitantes ese tipo de devoción. Ella había empezado a sentirse molesta, por el bien de él, ante cualquier encargo inútil.

–Esta noche tenemos partido de béisbol –dijo Megan mientras desayunaba–. Esperaba que Tate tuviera tiempo de hacerme algunos lanzamientos rasos. Soy muy mala en esos lanzamientos.

–No eres mala en esos lanzamientos –dijo Julee mientras se servía su zumo–. Sólo necesitas practicar. Si Tate no tiene tiempo, yo practicaré contigo.

Megan había estado encantada de aceptar la proposición de Tate de unirse a su liga infantil. Entre eso y su nueva escuela, había hecho nuevos amigos. Pero sobre todo, a la niña parecía encantarle la atención extra que Tate le dedicaba.

–No pasa nada, mamá. Esperaré a Tate –dijo Megan, apartó el tazón de cereales y se tragó las pastillas que su madre le había dado–. ¿Puedo llevarle unas cuantas salchichas a Pitstop? Lo estoy entrenando.

–¿Entrenándolo para qué? –preguntó Julee mientras se llevaba el tazón al fregadero.

–Para sentarse y recoger cosas –dijo Megan mientras se ponía la gorra–. Creo que tiene problemas psicológicos y necesita atención extra.

Julee se rió mientras su hija sacaba dos salchichas del frigorífico para salir después en silencio por la puerta trasera. La niña estaba disfrutando en el campo y Julee sabía que una de las razones era Tate. A pesar de estar muy ocupado, siempre encontraba tiempo para estar con ella. El sábado anterior Tate había llevado a un niño amigo suyo a la casa y habían incluido a Megan en sus actividades. Habían trabajado juntos en la furgoneta y habían estado lanzando algunos tiros a canasta mientras Julee cocinaba hamburguesas en la parrilla.

Julianna se daba cuenta de lo deprisa que se había vuelto a acostumbrar a la rutina en la pequeña ciudad. Se había apuntado a un club de salud para hacer régimen y así mantener su cuerpo en plena forma, había encontrado una iglesia a la que acudir e incluso había renovado antiguas amistades.

Pero en el fondo de su mente siempre estaba la preocupación por las finanzas. Ella pertenecía a California. Tenía que estar allí trabajando. ¿Qué harían ella y Megan si su carrera se iba a la ruina? Cuando su padre había muerto, sin seguro y lleno de deudas, ella y su madre lo habían perdido todo. No podía permitir que le ocurriese lo mismo a Megan. Pero sin esa oportunidad para que su hija se curase, nada de lo demás importaba.

Y para empeorar las cosas, cada momento que pa-

saba con Tate amenazaba con romper su determinación
por no implicar su corazón en aquel matrimonio. Nada
más pensar en el maravilloso hombre que dormía en la
otra habitación, y su cuerpo experimentaba un placer
inusitado.

Fuera podía oír a Megan hablando con los perros, y
de la habitación venía el sonido de Tate moviéndose.
Julianna miró el reloj. Sólo había dormido cuatro horas.

Meneó la cabeza y llenó la cafetera. Luego regresó a
la tarea de planificar la toma de medicamentos de Megan, contando cuidadosamente las pastillas que mantenían viva a su hija.

–Buenos días –dijo Tate.

–Buenos días. No has dormido.

–Lo suficiente.

Ya se había duchado y estaba parcialmente vestido,
tenía la camisa desabrochada.

–El café está listo.

–¿Qué estás haciendo? –preguntó él mientras se servía el café.

Julee lo vio mirando por encima de su hombro.
Nunca antes había estado presente cuando ella rellenaba
el calendario semanal con las pastillas de Megan, y parecía preocupado.

–Estoy preparando la medicación de Megan para la
semana –dijo, y le enseñó las del miércoles.

–¿Todas ésas en un día? –preguntó sorprendido.

–Te acostumbrarás –dijo ella encogiéndose de hombros.

–¿Cómo?

–No es verdad. No puedes acostumbrarte a saber que
un puñado de pastillas son las que mantienen con vida a
tu hija. No puedes dejar de temer que un día ya no fun-
cionen, o que el cáncer regrese. Cada vez que lleno esos
envases le agradezco a Dios la medicación y rezo por
un milagro. Porque eso es todo lo que nos queda, Tate
–dijo ella retirándose el pelo de la cara y mirando por la

ventana para ver a su hija, paciente, enseñando al perro a sentarse–. Eso es todo lo que nos queda.

Normalmente no dejaba que el miedo le ganase la baza, pero aquella mañana, con sus emociones a flor de piel por culpa del dinero y de sus sentimientos por Tate, el terror amenazaba con sobrepasarla.

Las lágrimas recorrieron sus mejillas. Pero intentó que Tate no se enterara. Él no había firmado para ver muestras gratuitas de dolor y ella no iba a hacerle partícipe de su angustia.

El ruido de pisadas de pies descalzos tras ella le advirtió de que Tate se acercaba. Tomó aliento y trató de mantener el control.

Un par de brazos fuertes la rodearon desde detrás, abrazándola contra su pecho. La compasión emanaba de él.

–Si pudiera quitarle la enfermedad y metérmela en el flujo sanguíneo te juro que lo haría –dijo él con voz intensa.

–La quiero tanto –dijo Julee llorando en silencio.

–Vamos a hacer que se ponga bien –murmuró Tate contra su oído–. Ya lo verás. Lo haremos juntos.

Julianna se dio la vuelta y enrolló los brazos alrededor de su cintura. Tate McIntyre era un buen hombre, lleno de compasión, un hombre que nunca diría que no a una buena causa. Por un momento deseó que las cosas fueran diferentes. Deseo que le gustase esa ciudad, que no fuera una esclava de su trabajo, y que Tate se hubiese casado con ella por amor y no por altruismo. Pero sabía que lo que tenían era un trato y no un matrimonio.

–Debes de pensar que soy una llorona –dijo ella entre lágrimas–. He llorado más en las últimas semanas de lo que lo he hecho en años.

Negándose a soltarla, Tate la acercó más a él.

–Eres cualquier cosa menos una llorona –dijo él–. Has luchado tú sola como una tigresa, pero ahora me tienes a mí. Y estamos luchando juntos, y vamos a ganar, Julee. ¿Me oyes? Con nuestra ayuda, Megan va a vencer a esa enfermedad.

Para sellar su promesa, Tate la besó, cubriendo su boca con el sabor del café.

Entonces Julianna se sintió enormemente fuerte y con ganas de seguir luchando.

–Tienes razón. Vamos a ganar. Y no sé cómo agradecerte el que le brindes esta oportunidad a Megan.

–También es mi hija.

Él nunca había cuestionado eso, y ella lo amaba por eso. De hecho, si no tenía cuidado, podía llegar a amar muchas cosas del super Sheriff, como Megan lo llamaba. Tate había cambiado a mejor.

–Has cambiado tu vida por completo sólo por nosotras.

–Las dos me lo ponéis fácil. Ahora cuéntame tus planes para hoy.

Julianna sabía que estaba tratando de apartar su mente de las preocupaciones y ella le estaba muy agradecida, pero contarle a Tate sus actividades diarias se había convertido en una rutina muy peligrosa.

–Nada especial. Megan quiere ir a nadar al club mientras yo hago ejercicio, y le dije al pastor Warick que podemos ayudarlo a organizar las donaciones para los bazares de primavera.

–Supongo que echas de menos tu gran iglesia en Los Ángeles.

–Pues sí –admitió ella–. Pero ésta es muy… cálida, acogedora. Me gusta.

Entonces abrió el periódico por la sección de anuncios y sacó sus tijeras.

–¿Qué haces? –preguntó Tate.

–Recortando cupones. Aquí hay uno para champú. Un dólar de descuento.

–¿Por qué estás recortando cupones? –preguntó Tate intrigado.

–Penique ahorrado, penique ganado –trató de reírse

ante la implicación de que alguien como ella no debería preocuparse por esas cosas.

–No necesitas hacer eso. Yo puedo pagar nuestra comida.

Antes de que ella pudiera contradecirle, el teléfono sonó. Julee contestó.

–Sí, está aquí –dijo, y le entregó el auricular con un suspiro de resignación. Él habló brevemente y luego colgó–. Déjame adivinar. Tienes que irte.

–Sí –dijo él mientras comenzaba a abrocharse la camisa.

–Estás cansado, Tate. ¿Es que no puedes quedarte un día en casa descansando? –preguntó, y se dio cuenta de que parecía una esposa quejica–. No soporto verte agotado todo el tiempo. Y la ciudad nunca parece notarlo.

Todo el mundo esperaba que él lo solucionase todo.

–Hoy no. Uno de los ayudantes ha llamado diciendo que está enfermo, y el grupo de vigilancia del vecindario se reúne a mediodía.

–¿Y si te pierdes una reunión te echarán de la oficina?

–Quizá. Estamos en año de elecciones. ¿Por qué no coméis conmigo Megan y tú?

Aunque su cerebro emitía señales de alarma, Julianna no pudo evitar sentirse emocionada ante tal expectativa.

–¿Tendrás tiempo?

–Lo sacaré de donde sea. Puedes venir a la reunión conmigo. Dame la oportunidad de mostrarte un poco más ante la gente. No todos los hombres de Blackwood están casados con las piernas más bonitas de todo el país.

Usando una de esas piernas, Julianna le golpeó en broma, pero su pregunta iba muy en serio.

–¿Es eso lo que piensas de mí? ¿Que soy un par de piernas?

Tate se inclinó hacia ella y, con voz sexy, contestó:

–El resto del mundo tiene tus piernas. Yo tengo todo lo demás.

Le dio un beso en la boca, le hizo un guiño y salió por la puerta trasera.

Julianna lo siguió hasta la puerta y vio cómo se subía al coche. El antiguo chico malo no deseaba una esposa, pero había decidido sacar el mayor provecho a la situación, al igual que ella.

La luz de peligro de su cerebro pasó a alerta máxima.

Julianna salió del baño, fresca tras haberse dado una ducha. Su estómago bailaba de excitación. Pero algo más bailaba en su estómago. Algo maravilloso.

El suave sonido de la voz de Tate se escuchó en algún lugar de la casa. La excitación se intensificó. Tras dos meses de decepciones, Julee había esperado cuatro días extra para estar segura de que no era una falsa alarma, pero esa noche se lo diría.

No lo había oído entrar, pero tampoco esperaba que llegase tan pronto. Eran sólo las nueve y cuarto. Aunque, desde que había acabado la escuela por el verano, llegaba a casa un poco antes, retomando su papel de padre.

Tras terminar de peinarse, siguió el sonido hasta la habitación de su hija, donde la aguardaba la imagen más dulce. Tate y Megan estaban los dos tumbados en la cama leyendo un cuento. Megan alzó la cabeza con una sonrisa en la cara.

–Hola, mamá. El super sheriff es un lector estupendo. Hace voces y todo.

–No le digas eso a tu madre. Esperará que le lea a ella también.

A Julianna le dio un vuelco el corazón. En el poco tiempo que habían estado juntos, padre e hija habían conectado. Le había enseñado múltiples cosas y cuando

Megan había tenido que ir a la clínica y había regresado exhausta, él había esperado pacientemente y había jugado con ella a un juego tras otro de la Nintendo. Más de una vez Julee los había encontrado dibujando juntos y se había llenado de alegría.

–Eres tonto –dijo Megan, y se llevó una mano a la boca riéndose–. Me alegro de que te hayas casado con nosotras. ¿Tú no, mamá?

Quizá sí que se alegraba. Y aquella idea la asustaba profundamente. No podía enamorarse de Tate de nuevo. Él no deseaba eso y ella tampoco. Ella tenía que volver a California a trabajar. Los gastos médicos de Megan implicaban una necesidad de trabajos extra.

Ya había dejado escapar un trabajo que estaba muy bien pagado. Era un dinero que necesitaban. Y le preocupaba el hecho de que la agencia se cansase de esperarla. Si eso ocurría, no tenía otra educación, ninguna otra habilidad ni nada a lo que dedicarse. ¿Y entonces qué le ocurriría a Megan? Aunque Tate estaba dispuesto a ayudar con los gastos, su salario no podía hacer frente a los costes.

Y con el nuevo bebé vendrían nuevos gastos. Instintivamente se llevó la mano al estómago. Un nuevo bebé. Rezaba para que fuese verdad. Deseaba ese niño con toda su alma, no sólo por Megan, sino por ella misma. La anticipación de llevar dentro otro bebé, de ella y de Tate, la dejaba sin aliento.

–Más le vale que se alegre de que me haya casado con ella –dijo Tate mirando a Julee–. ¿Quién si no iba a aguantar a una mujer tan desagradable? –bromeó, y le susurró a Megan al oído–, además ronca.

–¡No es verdad! –dijo Megan carcajeándose–. ¿Verdad que no, mamá?

Julianna sonrió.

–¿Algo te preocupa, Julee? –preguntó Tate.

–No. Todo está… bien.

Tate se inclinó y le dio un beso a Megan en la frente.

–Buenas noches, Miss América. Hora de irse a dormir.

–Buenas noches, super Sheriff –dijo Megan mientras se metía bajo las sábanas–. ¿Me enseñarás ese truco con las cartas mañana? Quiero hacérselo a Carly.

–Claro que sí –dijo Tate tapándola con la sábana hasta el cuello. Luego apagó la luz y siguió a Julianna fuera de la habitación–. ¿Qué ocurre? –preguntó una vez fuera–. No eres tú misma.

–Yo… –comenzó Julee. Las mariposas en su estómago se subieron a su garganta y casi no la dejaban hablar. ¿Reaccionaría él igual que ella ante la noticia? ¿O sólo se sentiría aliviado por haber cumplido con su tarea? Porque para ella el sexo se había convertido en algo más que una tarea.

–¿Qué es? –preguntó él poniéndole las manos sobre los hombros–, ¿hay algún problema con los análisis de Megan? ¿Es eso? ¿Está enferma otra vez?

–No, no. Son buenas noticias –dijo ella, y soltó una carcajada–. Al menos son las noticias que hemos estado esperando.

Las manos de Tate se relajaron sobre sus hombros. Entendió inmediatamente lo que quería decir y su cara se iluminó.

–¿Estás embarazada?

Ella asintió.

–Los test de embarazo de la farmacia dicen que lo estoy.

La sola idea de tener otro bebé al que cuidar y acariciar la ilusionaba más de lo que jamás habría imaginado.

–Julee –dijo él casi sin aliento–. Dios mío. Un bebé. Hemos engendrado un bebé –al instante la levantó en brazos y la balanceó en el aire–. Lo hemos conseguido, Julee. Lo hemos conseguido.

Su risa estaba llena de emoción y alegría, como un niño en una mañana de Navidad. Actuó como si estuvieran enamorados, una pareja casada de verdad que esperaba tener un hijo.

Cuando Tate finalmente la dejó en el suelo, ella se quedó rodeada por sus brazos, disfrutando de aquel momento tan especial. Le rodeó la cara con las manos con una expresión increíblemente tierna.

–Una mujer hermosa –dijo él en voz baja–, y unos bebés preciosos.

Entonces hizo algo alucinante. Tate McIntyre la tomó en brazos y la llevó a su dormitorio para la mejor celebración de todas.

Otra parte de él se había perdido. Si Tate admitía la verdad, se perdería por completo en aquella ocasión. No quedaba nada que le perteneciera. Debía sentirse vacío para entonces, pero no era así. Y eso era lo que más lo asustaba. Cuanto más daba de sí mismo, más satisfecho se sentía. Compartir su vida con Julee le hacía sentirse realizado de un modo que nunca había experimentado antes. Amar a Julee y saber que no podría mantenerla a su lado era algo que le llegaba al corazón.

La amaba, siempre la había amado. Pero, si lo descubría, huiría a California tan rápido que a él le resultaría casi imposible ver a sus hijos.

Sus hijos. Al pensar en ello una alegría inconmensurable recorría su cuerpo. Era padre, por duplicado. Unos niños que deseaba con todo su corazón. Y una mujer a la que amaba.

Suspiró mientras deslizaba los dedos por los hombros de Julee mientras ésta dormía. Un escalofrío premonitorio recorrió su cuerpo. El sufrimiento de diez años atrás no sería nada comparado con lo que se avecinaba.

TE SIENTES mejor? –preguntó Tate mientras le limpiaba el sudor de la frente a Julee.

Desde el momento en que ella se había levantado de la cama como un rayo y se había metido en el cuarto de baño, él había estado a su lado, con un paño mojado en la mano, esperando a que pasaran las náuseas. Ella no quería que la viese en ese estado, pero él se había negado a marcharse.

–Ya se me ha pasado –dijo ella echando la cabeza hacia atrás–. Gracias a Dios.

Se apartó del lavabo y se dirigió de vuelta al dormitorio.

–No, ni hablar –dijo Tate, la tomó en brazos y la llevó hasta la cama. Ella se recostó sobre las almohadas y suspiró aliviada.

–Definitivamente estamos embarazados –dijo Julee con una sonrisa.

–Estás pálida como un fantasma. ¿Estás segura de que estás bien?

–Estoy bien. En diez minutos o así, estaré magnífica.

–¿Te traigo zumo o algo de desayunar?

–Ni lo pienses –dijo ella con un escalofrío–. Sólo tráeme un caramelo de menta.

Tate encontró el caramelo y regresó a la cama junto a ella para apoyar la espalda contra el cabecero.

–Ven aquí –le dijo a Julee mientras la colocaba entre sus piernas. Al ver lo que intentaba hacer, el placer creció dentro de su cuerpo. Sintiendo cada vez menos náuseas, Julee se relajó y se recostó sobre su pecho.

Con suavidad, Tate comenzó a acariciarle el pelo. Se comportaba de manera muy tierna y Julee se preguntaba si sería a causa del bebé.

—Es maravilloso —dijo ella. Todos los ángulos del cuerpo de Tate se ajustaban a la perfección al suyo. Echó la cabeza hacia atrás para relajar el cuello y él detuvo las caricias para colocar una mano sobre el lugar en el que estaría su bebé. A Julee se le encogió el estómago como respuesta.

—Espero que las náuseas de esta mañana no signifiquen que nuestro hijo va a ser problemático como lo fue su padre.

—¿Un hijo? Me gusta.

—Pero otra Megan también estaría bien —dijo él mientras dibujaba círculos con los dedos sobre su tripa.

—Siempre he querido tener más hijos.

—Yo siempre quise tener al menos uno.

—¿Me odias por no habértelo dicho antes? No te lo oculté para hacerte daño. Iba a decírtelo, pero después de que te casaras… —se detuvo, no podía revivir de nuevo ese momento.

—Yo habría sido un padre horrible por aquel entonces, Julee. Después de que me lesionara la rodilla y perdiera la beca, entré en un mundo de perdición, bebiendo, peleando. Me tiré más tiempo en la celda de Bert Atkins que nadie. Quizá por eso me siento tan cómodo siendo sheriff.

—Todas tus esperanzas estaban puestas en aquella beca —los reclutas de las universidades habían estado observándolo. Iba a ser su gran oportunidad—. Debiste de quedar destrozado.

—Sí.

No dijo más. El chico malo había cambiado considerablemente. Hubo un tiempo en el que habría luchado con toda su ira contra las injusticias de la vida. Pero ahora simplemente trabajaba para cambiarlas o aceptarlas. Con todo lo que ella lo había amado entonces, en la actualidad era mucho más adorable y mucho más hombre. Una circunstancia muy peligrosa para una mujer cuyo medio principal de mantener a su hija enferma estaba a mil quinientas millas de distancia.

Para Tate no tenía sentido andar lamentándose del pasado. Sí, había estado destrozado. Sí, su vida había dado un cambio drástico. Pero se había convertido en un hombre fuerte y bueno. Lamentaba no haber podido conocer a Megan antes, pero no podía cambiar eso al igual que no podía cambiar los sentimientos de Julee por él.

Sólo había una cosa que podía cambiar, y ya lo había hecho.

Alcanzó el cepillo y comenzó a cepillar el pelo de Julee. Era lo más insignificante que podía hacer cuando era ella la que iba a sufrir para dar vida a su hijo.

—Me alegro por lo del bebé —dijo él en voz baja contra su oído.

El beso que Julee le dio en uno de sus bíceps despertó algo más dulce que deseo dentro de Tate.

—Gracias, Tate. A pesar de que nada de esto estaba en tus planes, te has portado maravillosamente bien.

Él no se atrevió a decirle la verdad, que siempre se había comportado como un tonto por ella. E incluso aunque él no estuviera locamente enamorado, ¿qué esperaba ella? ¿Que le hubiese dado la espalda a su hija al igual que su padre había hecho con él?

—Hacemos lo que debemos hacer en esta vida, Julee. Lo que pasa es que algunas cosas son más duras que otras.

Estaba pensando en lo duro que debía de haber sido para ella ir hasta él y pedirle que la dejara embarazada. Y lo duro que debía de ser para Megan vivir el infierno de la quimioterapia y la radiación.

Ella se enderezó ligeramente de modo que sus cuerpos dejaron de tocarse, y habló con voz distante.

—Hablando de las cosas que debemos hacer, ¿te he dicho que me llamaron de la agencia ayer?

Tate dejó de cepillarla. Sintió pánico en su interior. No soportaba cuando ella hablaba del trabajo, un recuerdo constante de que Julee sólo estaba de paso.

–No.

–Me dieron buenas noticias.

–¿Mejores que un bebé?

Ella deslizó sus dedos sobre los muslos desnudos de Tate y negó con la cabeza.

–Ni de lejos. Pero una campaña fantástica está a punto de salir y me quieren a mí.

En esos meses viviendo con una modelo, Tate había aprendido lo suficiente como para saber que una campaña era algo importante, una oportunidad para representar en exclusiva a una compañía o un producto nuevo.

–¿Te refieres a después de que nazca el bebé?

–Ésas son las buenas noticias. Es una oferta para ahora, que es cuando más necesito trabajar. La agencia me recomendó porque saben que quería quedarme embarazada y la campaña incluye ropa de premamá. Tendría que irme a Los Ángeles durante unas semanas, pero ahora que estoy embarazada ya no sería ningún problema. Y aquí viene la mejor parte –dijo, y se dio la vuelta para mirarlo–. Si consigo representación exclusiva, lo querrán todo de mí, no sólo mis piernas.

Tate deslizó las manos por su pelo sedoso. Durante dos meses había fingido que ella era suya, pero una vez más, la carrera que había elegido por encima de él iba a ganar la batalla. Escuchó la excitación en su voz y supo que iba a marcharse. Ya se había ido.

–Siempre he querido ser más que una modelo por partes, Tate. Y es uno de los diseñadores más importantes de Hollywood. Una campaña con su compañía se pagará por las nubes y los anuncios en televisión durarían mucho tiempo. Incluso están hablando de poner un anuncio durante la Super Bowl. ¿Puedes imaginarte el dinero que eso supondría?

Él sabía que a ella le preocupaba el dinero. La había oído hablar por teléfono con su agente. Como sheriff, él ganaba un sueldo decente, pero no era ni la mitad de aquello a lo que Julee estaba acostumbrada. Si aquel trabajo iba a hacerla más feliz, entonces deseaba que lo aceptara. Pero a él no tenía por qué parecerle bien.

–¿Cuándo te marchas?

–No me marcho. No de momento. La agencia ha enviado mis fotos y, si el diseñador piensa que soy la apropiada para el trabajo, le pediré a mi madre que venga aquí para ayudarte con Megan y yo me iré.

–¿Así que el trato no está cerrado? –preguntó él con una esperanza que lo hizo sentir culpable.

–No. Puede que tarden un tiempo en decidirse, pero he trabajado durante mucho tiempo para conseguir una oportunidad así. Quiero ese contrato, Tate. Lo quiero de verdad.

Un dolor recorrió el pecho de Tate. Le había dado un bebé, pero aún quería más. ¿Qué tenía él y aquella pequeña ciudad para ofrecerle a Julianna Reynolds? Allí no había trabajos glamurosos ni contratos desorbitados. Todo lo que él tenía era a sí mismo. Y eso nunca había sido suficiente para nadie.

–Si eso es lo que quieres, me alegro.

–Gracias –dijo ella con una sonrisa–. Si me dan el contrato todo será perfecto.

«Perfecto» no era la palabra que él quería usar.

Le tomó la barbilla con una mano e intentó sonreír, pero no pudo. Resignado, la besó en la frente, dejó el cepillo a un lado y se dispuso a levantarse de la cama.

–Creo que voy a prepararme para ir a trabajar, si estás bien.

–Estoy bien, Tate, de verdad. ¿Estás seguro de que no quieres llegar unos minutos tarde a trabajar y así celebrar nuestras buenas noticias un poco más?

A Tate se le puso la piel de gallina. Incluso entonces, cuando ella lo había rechazado a favor de su carrera, seguía queriendo complacerla. Durante semanas se había estado reprochando el hecho de no poder mantenerse alejado de ella. Lo único en lo que podía pensar era en llegar a casa para estar con ella, para hablar, escucharla, reírse, recordar viejos tiempos y compartir los nuevos.

Pero ahora que ella tenía lo que quería, iba a marcharse de nuevo. Y puede que en esa ocasión no regresase jamás. Si le quedaba algo de sentido común, tenía que dejar de actuar como uno de esos perros callejeros, rogando por un poco de atención.

—No creo que debiéramos —dijo finalmente mientras se levantaba de la cama.

—¿Por qué no?

—Mira, Julee, ya hemos hecho lo que debíamos. Estás embarazada. Quizá ése debería ser el final de todo.

—¿Quieres decir que no quieres que tú y yo…? —preguntó ella con expresión de sorpresa.

—Correcto. No quiero —mintió.

Incapaz de soportar su cara de angustia y temiendo que iba a arrodillarse y a pedirle que se quedara para siempre, Tate se dio la vuelta y comenzó a vestirse.

Durante ese día, Julianna estuvo vagando entre el dolor y la rabia ante lo que Tate había dicho. Mientras hacía ejercicio en el gimnasio, mientras Madeen le arreglaba la uña que se había roto plantando flores. Incluso cuando la señora Barkley se había ofrecido a enseñar a Megan a tocar el piano, Julee se había sentido incapaz de mostrarle su gratitud.

En ese momento, mientras conducía hacia la casa de Tate después de haber dejado a Megan en casa de una amiga, la humillación permanecía como el olor a pescado frito.

Tate la había dejado aquella mañana, sentada en la cama mientras él se vestía y salía de la habitación.

Sus palabras le habían caído como un jarro de agua fría. Él era un hombre que se desvivía por su deber. Lo había visto continuamente cuando cumplía con su ciudad. Había tenido que engendrar un bebé por el bien de Megan, y ahora que lo había hecho, no quería volver a tocarla.

¿Y qué esperaba? Nada de eso había sido idea de él. Ella había vuelto a su vida y le había cargado de responsabilidades. De ningún otro modo él la habría aceptado.

Pero daba igual. Ella no tenía espacio en su vida para el amor y el matrimonio de verdad, incluso aunque Tate se lo hubiera ofrecido. Tenía el deber de continuar con su carrera lo antes posible. Y si le daban la nueva campaña, todo sería magnífico.

¿Entonces por qué aquella mañana se había quedado hecha un ovillo llorando sobre la cama y luego había estado todo el día mareada?

Molesta consigo misma, dio un golpe con la mano en el volante.

Se levantó polvo tras el coche mientras tomaba la última curva hacia la casa de Tate tras pasar la granja iluminada. Un coyote pasó por en medio de la carretera frente a los faros de su coche y desapareció entre los árboles.

Llegaba más tarde de lo que había pretendido, pero la madre de Carly había sido compañera suya en el instituto y habían estado recordando viejos tiempos.

Aparcó el coche y entró en la casa con actitud rígida, sin saber lo que iba a decir. Se comportaría de manera fría y fingiría que era su amigo, no su amante.

Pero en cuanto lo vio, toda su determinación desapareció. Aún iba vestido con el uniforme y estaba echando hielo del congelador en una bolsa de plástico. Tenía los dientes apretados en expresión de dolor. El sonido de la televisión debía de haber enmascarado la llegada de Julee, porque cuando la vio, rápidamente cambió la expresión.

–Hola –dijo él.

–Hola. ¿Qué ha ocurrido? –preguntó ella, dejó el bolso en una silla cercana y se acercó a él–. Siéntate.

–Puedo apañármelas.

–Haz lo que te digo, sheriff.

Le quitó la bolsa de la mano y terminó de llenarla de hielo viendo cómo Tate se iba cojeando hacia el salón. Consiguió llegar hasta la puerta, entonces gimió y se agarró a la jamba.

–¡Mierda!

Julianna se apresuró para ofrecerle su hombro.

–Vamos, chico duro. Apóyate.

–Estás embarazada. No es bueno para ti.

–El bebé y yo estamos hechos de material resistente. Así que apóyate en mí o te doy una patada en la rodilla.

–Eres una mujer mala, Julee –dijo él con una sonrisa.

Tate dejó que lo condujese hasta el sofá. Con su ayuda consiguió poner las piernas en alto y luego se recostó sobre los cojines aliviado.

–Estoy bien –dijo mientras intentaba alcanzar la bolsa de hielo.

Julianna lo ignoró y le colocó la bolsa en la rodilla. Incluso por encima de los vaqueros, la rodilla parecía hinchada.

–Tiene mala pinta. Vamos a quitarte los pantalones.

–Oh. Una bella mujer quiere quitarme los pantalones y a mí me duele demasiado como para disfrutarlo.

Julianna lo miró con seriedad. Considerando lo que había dicho aquella mañana, aquella broma no tenía ninguna gracia.

Tate se desabrochó el cinturón y ella lo ayudó a bajarse los pantalones, que se quedaron atascados por culpa de las botas.

–Puede que te duela –dijo Julee, y se colocó uno de los pies en el regazo, preparada para tirar.

–¿No tienes una bala que pueda morder?

–Tú eres el sheriff. Consigue tus propias balas –dijo ella, y tiró con fuerza, arrepintiéndose en el momento en que vio su cara de dolor.

La otra bota, al igual que los vaqueros, salió mucho más fácilmente, aunque Tate ya estaba empapado en sudor.

–Lo siento –dijo ella–. Voy por una toalla para ponerla bajo el hielo. ¿Quieres alguna medicina?

–Sí. Hay un bote en el cajón de mis calcetines.

Ella se dio la vuelta sorprendida. En todo el tiempo que llevaban juntos, él nunca había tomado ninguna medicina. Él se encogió de hombros y Julianna supo que admitir que necesitaba medicación contra el dolor hería su orgullo.

Después de encontrar las pastillas, alcanzó una toalla y preparó un vaso de té para llevárselo a Tate.

–¿Son muy fuertes? –preguntó mientas le alcanzaba las pastillas.

–Sí. El doctor me dijo que las tomara sólo cuando el dolor fuese muy fuerte.

–¿Has tomado alguna antes?

–Una.

–Qué cabezón eres.

–Ya sabes lo que pienso de las drogas y el alcohol.

–Las medicinas no son lo mismo –dijo ella, pero conocía su preocupación. Su madre era adicta a ambas cosas. Y, después de su propia adicción a la bebida, Tate no volvería a arriesgarse.

–Déjame echar un vistazo a la rodilla.

–¿Qué crees que puedes hacer con ella, doctora?

–Sólo déjame echar un vistazo –dijo ella mientras levantaba la bolsa de hielo–. Santo cielo, Tate, está el doble de hinchada que la otra. ¿Qué has hecho?

–Un día duro en la oficina.

–No hace falta que lo jures –dijo mientras se sentaba

junto a él en el sofá para examinar la lesión más de cerca–. ¿Qué hiciste? ¿Le hablaste mal a Rita la Magnífica?

–Hice demasiado, sólo es eso –dijo él mientras comenzaba a masajearse el músculo justo por encima de la rodilla.

Su reticencia a querer explicarlo hizo que Julee sintiera curiosidad, pero no lo presionó. Estaba demasiado preocupada por su dolor.

–Aquí –dijo ella quitándole la mano y sustituyéndola por la suya–. Déjame a mí.

Mientras le daba el masaje, Julee miraba la cantidad de cicatrices que tenía en la pierna. Una de ellas se extendía desde la ingle hasta la rodilla. Otra marcaba su pantorrilla y zigzagueaba sobre la rótula.

–Una lesión catastrófica –murmuró ella al pensar lo mucho que él había sufrido a causa de aquella rodilla.

–Estaré bien por la mañana.

Julee recorrió las cicatrices con el dedo. Mirarlas siempre la había horrorizado y siempre había evitado preguntar los detalles. Pero necesitaba saberlos.

–No, me refiero a la primera vez. Cuando te lesionaste jugando al fútbol.

–Ah.

–Háblame de ello. Aquí parece que hay más de una operación.

–Dos. Las otras cicatrices son por donde se me salió la rótula.

–Dios –dijo ella, y cerró los ojos imaginando el dolor que debía de haber sentido, tirado en el campo de fútbol, gritando de agonía mientras ella paseaba sus caderas frente a una cámara.

Comparó sus piernas con las de él. Las suyas suaves, blancas y tersas. Las de él morenas, fuertes y llenas de cicatrices. Se agachó y colocó los labios sobre la zona hinchada, cubriendo de besos toda su rótula.

–¿Por qué haces eso? –preguntó Tate.

–Porque no estaba aquí para hacerlo hace diez años.

–Oh, Julee –dijo él cerrando los ojos–. Ven aquí.

–Pero esta mañana dijiste que…

–¿Acaso no puedo abrazarte? –dijo él, y la sensación de decepción hizo que Julee se sintiera avergonzada.

Tate la subió hacia arriba. Con cuidado de no tocarle la rodilla, ella colocó las piernas entre las suyas y se tumbó sobre su cuerpo. Con sus fuertes manos, Tate le apartó el pelo de la cara y luego la abrazó contra su pecho.

A través de su camisa, Julianna podía sentir el latido de su corazón contra su mejilla. Sintió que quería absorber todo su cuerpo para cuando estuviese sola en su cama de Los Ángeles.

Se quedaron así un buen rato, hasta que Julianna recordó su extraño comportamiento. Aquella mañana prácticamente la había echado de su cama. Y esa misma noche la estaba abrazando. Julee había pretendido reconfortarlo y, sin embargo, era ella la que se sentía reconfortada.

–¿Cómo lo haces? –preguntó ella.

–¿Hacer qué?

–Hacerme sentir mejor cuando tú eres el que sufre.

–Oh, Julee. No lo entiendes, ¿verdad? –dijo Tate con una sonrisa.

–No, creo que no.

–Deja que te lo enseñe –dijo, le tomó la cara entre las manos y la besó en la frente para luego quedarse mirándola durante unos segundos. Ella esperó con el pulso cada vez más acelerado hasta que él la besó de forma tan apasionada que casi se quedó sin aliento. Entonces Julee entendió su significado. La deseaba.

Ya era suficientemente malo no comprender sus propios sentimientos, pero parecía que Tate estaba tan confuso como ella.

–¿Pero qué pasa con lo de esta mañana? –preguntó Julee–. Dijiste que…

–Mentí –contestó Tate, y la besó de nuevo.

Más tarde, después de haber llegado al dormitorio, Julianna sustituyó la bolsa de hielo derretido por otra nueva.

–¿Vas a decirme qué le ha pasado a tu rodilla?

–Pillé a Melton Scott con las manos en la masa en el desguace de coches vendiendo piezas robadas. Evidentemente no se alegraron de verme.

De pronto Julianna comprendió lo que antes ya había visto. La camisa manchada de Tate, los arañazos en sus brazos y el moretón que tenía en la mejilla.

–Son los que has intentado pescar durante meses, ¿no? ¿Intentaron escapar?

–Tuvimos una pelea. Melton fue directo a mis rodillas.

–Espero que lo metan en la cárcel.

–Ahí está el problema. La mayoría de la gente de la ciudad piensa que es imposible que alguien tan adinerado y respetado como Melton pueda estar metido en algo ilegal. De pronto soy yo el tipo malo en vez de él.

–¿Por haberlo arrestado?

–Sí. Saldrá bajo fianza a medianoche.

–¿Estás en peligro? –preguntó Julee alarmada.

–No el tipo de peligro que tú piensas. Pero mi carrera como sheriff del condado podría estar en peligro.

–¡Eso es ridículo!

–No, cariño. Es política –dijo él acariciándole la mejilla con el pulgar–. Melton es un hombre rico con más amigos que pulgas tiene Pitstop.

Julianna vio su preocupación. A él le encantaba ser sheriff, pero siempre haría lo que estuviera bien, aunque no fuera popular.

–Trabajas demasiado duro. Y no lo aprecian lo suficiente.

–Sí, bueno, no te preocupes por mí. Tienes un nuevo bebé en el que pensar. Después de que tú y Megan hayáis vuelto a California, tendré tiempo de ocuparme de todo.

Ahí estaba el quid de la cuestión, el problema de Tate. La preocupación por ser un buen padre y marido interfería en su habilidad para ser el sheriff perfecto. Tan pronto como ella y Megan hubieran desaparecido, él podría retomar su carrera, y su vida.

CAPÍTULO 11

TATE salió de su coche en una perfecta tarde otoñal y se dejó llevar por el aroma del pollo a la parrilla que provenía del jardín, tratando de dejar a un lado las preocupaciones de su campaña. Pronto Julee leería las acusaciones contra él que aparecían en el periódico. No serviría de nada llevar las preocupaciones a la cena.

Llevando un delantal blanco de cocinero sobre su vestido de premamá, Julee saludó con la espátula y sonrió.

–Espero que estés hambriento.

–Muerto de hambre.

Según habían ido pasando los meses y su tripa había ido creciendo, Tate se sentía más fascinado que nunca por el cuerpo de Julee. Había oído que una mujer estaba increíblemente sexy y atractiva durante el embarazo, pero nunca había notado la diferencia en las otras mujeres. Pero con Julee sí, y se sentía encantado de tener tanto que ver con aquellos cambios.

–Pensé que podríamos comer fuera ya que hace tan buen tiempo –dijo señalando hacia una mesa con un mantel azul y crisantemos amarillos.

–Genial –dijo él inclinándose para besarla–. ¿Dónde está Megan?

–Dentro. ¿Por qué no le dices que salga ya para cenar?

–De acuerdo.

Minutos después, él y Megan regresaron y los tres se sentaron a cenar.

–Pollo, arroz, maíz. Mm –dijo Tate mientras llenaba su plato. Nunca había esperado que ella cocinara para él, claro que nunca había esperado que hiciera por él muchas otras cosas que había hecho. Si no lo supiera, habría jurado que a ella le gustaba estar allí.

–Y tarta de chocolate de postre.

–¿Postre? ¿Qué celebramos?

Pinchó un trozo de pollo con el tenedor y lo saboreó lentamente.

–Los de la agencia han llamado.

A Tate se le encogió el estómago. De pronto el pollo ya no era tan sabroso.

–La agencia de modelos.

Julee asintió con cara de alegría.

–Quieren que haga la campaña.

Habían pasado meses desde que había mencionado la campaña por primera vez. Lentamente, Tate tomó la servilleta y se limpió los dedos. Sabía que aquel momento tendría que llegar, pero el momento no podía se peor.

–Enhorabuena.

–Pensé que te haría ilusión –dijo ella con una sonrisa.

¿Ilusión? Difícilmente. Ella llevaba dentro a su bebé, y Tate quería experimentar cada momento que se había perdido con Megan. Deseaba a Julee también, pero no se atrevía a admitir ese pequeño secreto. Ella había dejado muy claro el aspecto temporal de su matrimonio.

–Necesitas descansar, no pasarte el día de pie frente a una cámara.

–Cariño –dijo Julee mirando a Megan–. ¿Por qué no vas dentro y traes la tarta de chocolate?

–Muy bien. ¿Traigo helado también? –preguntó la niña, esperanzada.

–Claro.

Cuando Megan se hubo marchado, Julee dijo:

–No he trabajado en meses, Tate. ¿Tienes idea de lo caro que puede ser un trasplante de células embrionarias? ¿O el tiempo que tendrá que estar Megan con cuidados especiales después?

–Yo no estoy precisamente arruinado, ya lo sabes. Tengo algunos ahorros, y si ocurriera lo peor, podría vender mi terreno y conseguir otro trabajo. Hay maneras, Julee –dijo él. Quería rogarle, arrodillarse y pedirle que no lo abandonara de nuevo–. Ayúdame. Dame la oportunidad de cuidar de ti y de Megan. Puedo hacerlo.

Ella lo miró desde detrás de su plato de ensalada y pollo. Él habría jurado que ella quería creerlo. De pronto se sintió seguro y jugó con el as que creía tener en la manga.

–Piensa en esto, Julee. Megan no puede irse a Los Ángeles. Tiene colegio, y su equipo médico está aquí. ¿Quién cuidará de ella si tú te marchas?

–Sí. Por Megan. Tienes razón. Como ya dije, mi madre vendrá para estar con vosotros dos mientras estoy fuera.

Ésa era la verdad, por mucho que a él le doliera. Fuera amor o dinero, lo que él podía ofrecerle nunca sería suficiente. Julee no quería estar allí. Pertenecía a Los Ángeles, con sus amigos ricos y llenos de éxito. Tate se sentía como uno de sus perros callejeros, arrastrándose por un poco de afecto.

Entonces regresó Megan llevando la tarta y el helado en una bandeja. Debió de notar la tensión entre ambos porque frunció el ceño según se sentó en la silla.

–¿Os estáis peleando?

–Por supuesto que no –dijo él. De ningún modo disgustaría a Megan. Era su problema, no el de ella, ni el de Julee. Ella nunca había tenido intención de quedarse–. Tu madre me estaba hablando de la genial oferta de trabajo que tiene. Va a volver a California durante un tiempo.

–Yo no tengo que ir, ¿verdad? Puede que Carly haga una fiesta de Halloween.

–Me temo que tú te quedas aquí conmigo y con tu abuela.

–¿Viene la abuela? –preguntó mirando a Julee–. ¿Cuándo?

–En un par de semanas.

–Pero las elecciones son dentro de tres semanas –dijo Tate más decepcionado aún.

–Lo siento, quería estar aquí– dijo Julee poniendo una mano sobre la de él.

A Tate le dolió tanto que pensó que iba a explotar. Estaba a punto de perder su trabajo y también a la mujer que amaba. Él no había tenido intención de amarla, no había planeado volver a dejar que se colase en su vida. Siempre había sabido que planeaba regresar, pero eso no evitaba que su corazón se rompiese en mil pedazos.

Durante la siguiente semana, la preocupación por la campaña de Tate creció aún más, y aquella preocupación hizo que el trabajo de Julianna fuese lo último en su mente. Ella se había sentido inexplicablemente disgustada al ver que a Tate no le importaba que ella se marchase siempre y cuando Megan se quedase, pero ver a Tate preocupado por las elecciones la disgustaba aún más.

Primero había sido una táctica ideada por los amigos de Melton Scott. Después había sido la resurrección de la estelar juventud de Tate y, finalmente, los rumores de que llevaba una oficina corrupta.

Para Julianna, el colmo fue el miércoles por la tarde en el supermercado. Ella estaba comprando cuando de pronto escuchó una voz hablando de su marido.

–Sabes por qué el sheriff quiere atrapar a Melton, ¿verdad?

–Algo que ver con Julianna Reynolds, eso es lo que he oído.

–Has oído bien. Cuando estaban los tres en el instituto, Tate siempre estuvo celoso del dinero y la posición de Melton. Los dos se metieron en una pelea una vez porque Julee y Melton no se quitaban la vista de encima. Ha habido malas relaciones entre ellos desde entonces.

Julianna recordaba aquella pelea. Una noche, después de un baile, Melton, muy borracho había intentado forzar a Julee para meterla en su coche. Tate todavía tenía la cicatriz de cuando Melton le golpeó con la botella de cerveza. Y aún recordaba a Melton burlándose de la familia de Tate y de su propia moralidad. En aquel entonces, como en la actualidad, Melton Scott era un crío decidido a salirse con la suya sin importarle a quien molestaba.

Furiosa como para poder abrir una lata con los dientes, Julianna abandonó el local sin comprar nada. Después de todo lo que Tate había hecho por esa ciudad, las personas seguían queriendo creer lo peor de él. A todos habría que recordarles lo duro que él había trabajado, o lo mucho que se entregaba a la liga infantil, a la escuela, y a todo programa social que surgía en el condado. Deberían recordar la cantidad de criminales que había alejado de las calles y las veces que se había puesto en peligro para conseguir que el condado de Seminole fuese un lugar seguro para vivir.

Él también había puesto mucho empeño en ella, al igual que en la ciudad. Ella le había pedido de todo, y el no había pedido nada a cambio más que sus hijos llevasen su apellido. ¿Y qué obtenía a cambio? La idea de perder el trabajo que tanto amaba. Seguro que ella podía ayudar de alguna forma, ¿pero cómo? ¿Qué podría ofrecer una modelo de piernas a una campaña electoral?

Julee entró en el coche y cerró la puerta de un portazo. No era buena en muchas cosas, pero podría dar una fiesta. Y eso era exactamente lo que iba a hacer. Blackwood estaba a punto de experimentar una campaña electoral en toda regla.

Durante toda la semana siguiente, una decidida Julianna recorrió las calles del condado reclutando voluntarios y consiguiendo donaciones de los negocios de la ciudad. Al igual que había organizado la donación de sangre con suma eficiencia, iba a organizar una campaña política digna de una profesional.

Pronto se dio cuenta de la magnitud de lo que estaba haciendo. No había manera de parar cuando Tate tanto la necesitaba. Al principio le costó decidirse porque tenía muchas ganas de trabajar y necesitaba pagar los gastos, pero el deseo de apoyar a Tate fue más fuerte. Si quería que su marido ganase las elecciones, marcharse a Los Ángeles estaba fuera de lugar. No podría quedarse allí para siempre, pero podría hacer aquello.

Aparecieron anuncios en el periódico, en la televisión local y en la radio. Se colocaron posters diseñados por Megan y sus amigas por toda la ciudad. Y sobre todo, Julianna se dedicó a hablar. Habló, sonrió y fue encantadora, usando su embarazo y su fama para sacar ventaja. Apareció en programas y coloquios haciéndole a Tate una publicidad gratuita por la que sus oponentes tendrían que pagar. Nunca se había sentido tan realizada en su vida.

Cuando llegó la noche de la fiesta, una barbacoa en el parque de la ciudad, la multitud se agolpó en los alrededores trayendo sillas consigo. Para sorpresa de Tate, incluso algunos miembros de la oposición aparecieron, ya fuera por curiosidad de ver lo que ocurría o porque fuesen demasiado avaros como para dejar escapar comida gratis.

El delicioso aroma de la barbacoa se extendía por todo el lugar en aquella tarde de octubre. Tenso, pero sumamente complacido, Tate estaba junto a Julee tras un trailer que había sido colocado para hacer de escenario. Detrás de ellos, una banda de música tocaba enérgicamente.

–Mira a toda esa gente, Julee. ¿Cómo lo has hecho?

–Oh, no fue nada.

–¿Nada? ¿Pero qué dices? Dos veces en este año te he visto involucrar a todo el condado en pos de tu causa. Podrías vivir de esto.

–Estás bromeando, ¿no?

Julee tenía un aspecto particularmente adorable aquella tarde. A Tate le encantaba mirarla. Y después de lo que había hecho por él, prácticamente la idolatraba.

–No estoy bromeando. Se te da muy bien. Conozco a una docena de políticos que darían lo que fuera por tener a alguien con tu habilidad para generar interés y expectación.

–Cualquiera podría hacer lo que he hecho yo.

–No, cariño, no es verdad –dijo mientras deslizaba un brazo a su alrededor para acariciarle la tripa. A pesar de estar de cinco meses y medio, no tenía mucha tripa, aunque la suficiente como para cansarse con facilidad. Y en las últimas dos semanas no había parado un momento–. ¿No deberías irte a casa ahora y descansar un rato?

–¿Y perderme toda la diversión? –dijo con una carcajada–. Ni hablar. Yo estoy bien y el bebé también. Esta noche esta ciudad va a sentarse y a escuchar, y no pienso perdérmelo –dijo, y señaló a Megan, que se acercaba al escenario con un grupo de amigas–. Aquí vamos.

Las niñas se subieron al escenario gritando:

«McIntyre para Sheriff. McIntyre es el único. Si no votan por McIntyre, no son divertidos.»

Siguieron así durante unos embarazosos versos más y luego se bajaron del escenario con aplausos y silbidos. En ese momento Megan se detuvo y le lanzó un beso, que lo llenó de un amor tal que le era casi imposible contenerlo.

Entonces comenzaron los discursos, y gente de la ciudad iba subiendo y hablaba del maravilloso sheriff que tanto los había ayudado cuando lo habían necesitado. Sin soltarle la mano a Julee, Tate observó los discursos, emocionado.

Durante todo el tiempo no tenía otra cosa en mente que el nombre de la mujer que había hecho eso posible. Julee. La defensora de los desfavorecidos. ¿Qué significaba? ¿Por qué se había tomado tantas molestias para ayudarlo?

Finalmente, la última de las personas que iba a hablar se levantó de la silla y se dirigió al escenario cojeando. Inmediatamente Tate se puso de pie y se apresuró a ayudar a la anciana señora.

Georgia Barkley lo vio venir y lo señaló con su bastón.

—Puedo hacerlo, chico. Vuelve ahí con esa hermosa mujer tuya. Está embarazada, recuerda —dijo la anciana—. Ahora —añadió, pero Tate se quedó junto al micrófono por si la mujer necesitaba algo—. Todos vosotros me conocéis. Enseñé a la mitad de esta ciudad a leer en mis años en la enseñanza. Y es una pena que estéis utilizando esa habilidad para extender esa tontería sobre nuestro sheriff —hizo una pausa y señaló a un hombre que había cerca de la primera fila—. Angus Fleming. Tu estación de servicio permanece abierta hasta media noche, ¿verdad?

—Sí, señora. Los siete días de la semana.

—¿Cuántas noches a la semana se ha pasado el sheriff para comprobar que todo estaba en orden antes de cerrar?

—Casi todas las noches, calculo yo.

—Y usted, Heck Jones. Cuando estás en el camión de basura a las cuatro de la mañana, ¿ves al sheriff?

—Claro que sí. Las luces de su oficina están encendidas casi todo el tiempo.

–¿Ven lo que quiero decir? Su oficina está abierta todo el día, y por las tardes pasa tiempo con vuestros hijos para luego pasarse trabajando casi toda la noche. Nosotros somos los que enfurecemos a este chico. No sé ni cuándo duerme. Dios, ni siquiera sé de dónde sacó tiempo para engendrar ese bebé.

La multitud comenzó a reír. Tate miró con una sonrisa a Julee, que estaba completamente roja.

–No me malinterpretéis –dijo la anciana apoyándose en su bastón–. Yo soy tan culpable como el resto. Ha ido muchas veces a mi casa para buscar a Tom el mirón. Bueno, vamos a ver, ¿quién iba a perder su tiempo en espiar a una vieja como yo? Pero el sheriff viene de todas formas. Entonces, si no mantenemos al sheriff McIntyre en su oficina, ¿quién se ocupará de esas cosas? ¿Y quién le traerá a Penélope su comida de gato? Os diré quien –hizo una pausa y golpeó la tarima de madera con su bastón–. Nadie.

Tate sintió un afecto especial por la adorable viuda y se dio cuenta de lo mucho que hacía que no lo llamaba para nada. Desde que Julee la había contratado para enseñar a Megan a tocar el piano. La echaba de menos.

–Así que –continuó la señora Barkley–, es hora de dejar de decir esas estúpidas mentiras sobre él. Algunos de vosotros os merecéis una patada en el trasero por pensar que el sheriff podría hacer cosas así. Pero esto no es un funeral, ¿sabéis? Es una celebración para honrar al mejor sheriff que jamás hemos tenido. Tengo una pequeña canción que me gustaría tocar –se dirigió hacia el teclado eléctrico que había a su derecha y le dijo al pianista–. ¿Le importa si tomo prestado su piano?

Con una sonrisa el pianista cedió su asiento. Georgia Barkley se sentó y se inclinó sobre el micrófono.

–Nunca he tocado uno de estos pianos eléctricos, así que sea lo que Dios quiera.

Tate no sabía qué esperar, pero finalmente la mujer

comenzó a tocar un tema de Scott Joplin con tal ritmo que la gente comenzó a levantarse de sus asientos y a bailar.

–Ya has oído a la señora –le dijo Tate a Julee–. A bailar.

Ambos bailaron por el escenario mientras duró la canción, pero cuando la señora Barkley dejó paso de nuevo a la banda, comenzó un baile lento y Tate apretó a su esposa junto a él.

–Me has dado ganas de bailar, señora McIntyre –dijo antes de besarla.

–Bien. Necesitabas relajarte un poco –dijo ella mientras pasaba los brazos por detrás de su cuello–. ¿Cómo está tu rodilla?

–Bien. No sé qué decir, o cómo agradecerte esto –murmuró él mientras todo el mundo a su alrededor bailaba, charlaba y disfrutaba de la barbacoa–. Me siento… me siento…

–La gente sólo necesitaba que se lo recordaran, Tate.

Pero él sabía lo que Julee había hecho. Le había hecho darse cuenta por primera vez de que aquella ciudad no sólo lo respetaba como hombre de la ley, sino también como persona. La acercó más a él para demostrarle su gratitud y amor.

–Has hecho tantas cosas.

–Pues aún no has visto nada –dijo ella con una sonrisa–. Aún tenemos mucho trabajo que hacer hasta el día de las elecciones.

–Pero tú te vas el martes.

–Algunas cosas son más importantes que el dinero, Tate. Después de todo lo que has hecho, no podía dejarte luchando contra esto tú solo.

Entonces él se apartó sin comprender nada. ¿Qué estaba insinuando?

–La campaña… es lo que tú querías. ¿No te vas a Los Ángeles?

–He cancelado el viaje y he rechazado el contrato.

Ya habrá otras campañas. Las elecciones son sólo cada cuatro años.

A Tate se le había acelerado el pulso y estaba seguro de que su rodilla estaba a punto de fallarle. ¿Julee había dejado de lado el sueño de su vida por él? ¿Qué significaba? ¿Que él era más que un donante de esperma y que confiaba en él para cuidar de ella y de Megan?

Colocó la barbilla sobre su cabeza y respiró hondo. Por primera vez en muchos años, el chico malo de la ciudad se sentía correspondido en el amor. Julee, la mujer que le había quitado la vida, estaba devolviéndosela.

—Julee, encontraré la manera de ocuparme de todo. Estaremos bien.

—Claro que sí —dijo ella acariciándole la mejilla.

Tate podía sentir entonces cómo la amargura que había encerrado dentro de sí durante tanto tiempo, por fin salía de él y se evaporaba en el aire mezclándose con el olor de las costillas asadas.

—Te quiero, Julee. Siempre te he querido.

Julee lo escuchó pero no contestó. Simplemente colocó la cabeza sobre su pecho y recordó la última vez que él había dicho eso, diez años atrás en la parada del autobús. Y tan pronto como ella hubo desaparecido, él había encontrado otra mujer. ¿Haría lo mismo la próxima vez que se marchara a Los Ángeles? Incluso aunque quería creer que la amaba, el recuerdo de aquella traición no desaparecería.

Julee trabajó como una loca en la campaña de Tate durante las semanas siguientes y, cuando finalmente llegó la victoria, se sintió pletórica de alegría. Tate también estaba mucho más feliz, más relajado, más a gusto consigo mismo.

Llegó Acción de Gracias y más tarde las navidades. Lo celebraron al estilo de las pequeñas ciudades, con un desfile por la calle principal y con Megan tocando en el auditorio de su colegio. Durante todo ese tiempo, la necesidad le pesaba a Julee del mismo modo que el bebé le pesaba en el corazón. Había perdido la oportunidad de trabajar durante el embarazo, así que lo único que le quedaba por hacer era esperar al parto. Era curioso que cada momento que pasaba con Tate hiciera que se plantease más la posibilidad de no regresar a Los Ángeles. Pero debía regresar. Su vida estaba allí, al igual que su trabajo. Pertenecía a California del mismo modo que Tate pertenecía a Blackwood. Habían hecho un trato.

CAPÍTULO 12

JULIANNA se despertó sobresaltada por el sonido de unas náuseas. Sobresaltada porque no eran suyas. En su octavo mes de embarazo ya no tenía náuseas matutinas.

El frío de aquella mañana de enero se sumó al escalofrío que sintió en su espalda al ir al baño y encontrar a Megan vomitando.

–¡Mamá! –dijo la niña sin dejar de temblar.

Tratando de controlar su propio temblor, Julianna le puso una mano en la cara a la niña.

–¿Qué ocurre? –preguntó Tate mientras se aproximaba al baño.

–No estoy segura. Tenemos que llevarla al hospital.

Tate desapareció y volvió a aparecer completamente vestido, llevando consigo una manta de franela.

–Dime cuándo estará lista para viajar –dijo él–. Puedo llevarla a la ciudad de Oklahoma en treinta minutos o menos.

–Tengo que vestirme.

–Ve. Yo me ocuparé de ella.

–Tate –dijo Megan en voz baja. Nunca lo llamaba Tate, así que el miedo de Julianna se intensificó.

Tan rápido como fue posible, dado el avanzado estado del embarazo, Julianna se vistió mientras escuchaba cómo Tate tranquilizaba a su hija. Para cuando regresó al baño, Megan estaba envuelta en la manta y arropada en brazos de Tate.

–¿Estás lista, Miss América?

Con la habilidad y velocidad que sólo un policía podía poseer, Tate las llevó a urgencias en menos de media hora. Julianna había llamado al hospital por teléfono así que cuando llegaron, los médicos y las enfermeras estaban preparados y se llevaron a Megan.

—¿Estás bien? —le preguntó Tate cuando Megan hubo desaparecido tras la puerta.

—No. ¿Tú?

—Quizá sólo sea un virus —dijo él mientras la abrazaba contra su pecho.

—A estas alturas del año las escuelas están llenas de enfermedades.

—¿Crees que hemos hecho mal llevándola a una escuela pública?

—No —dijo ella—. Recuerda lo orgullosa que estaba de su participación en el programa de Navidad. Después del trasplante tendrá que estar separada de la gente durante semanas, quizá meses. Necesitaba ese tiempo para comportarse como una niña normal.

Se abrió una de las puertas y apareció una mujer con bata blanca y gafas. Julee y Tate se acercaron a hablar con ella.

—Doctora Knight, ¿cómo está? ¿Qué ocurre?

—Estamos haciéndole algunas pruebas. No se preocupe en exceso de momento. Podría ser una reacción a la medicación, o incluso un virus de veinticuatro horas.

—Eso es lo que ha dicho Tate.

—¿Por qué no sube uno de ustedes para ayudar a instalarse a Megan mientras el otro se queda aquí rellenando los papeles mientras yo averiguo cuál es el problema? —sugirió la doctora.

—Yo iré con Megan —dijo Tate—. Julee, tú tienes más información sobre ella que yo.

Julianna estuvo de acuerdo. Caminó junto a Megan y Tate hacia los ascensores y luego le dio un beso a su hija.

—Estaré arriba en un minuto, cariño.

Cuando Julianna llegó arriba, poco después, encontró a una Megan pálida, tumbada entre las blancas sábanas y con el goteo en un brazo. No importaba el número de veces que hubiera repetido esa operación, Julianna la odiaba y quería llorar al ver la injusticia que sufría su hija.

Se le encogió el corazón al ver a Tate, sentado junto a la cama, con la mano de Megan entre las suyas. Parecía como si con su sola presencia pudiera hacer desaparecer el cáncer.

Sin soltarle la mano a Megan, Tate se levantó y le cedió la silla a Julee.

–Le han dado algo para las náuseas –dijo él–. La doctora dijo que la dejaría medio dormida.

–Estoy mejor. No te preocupes –dijo Megan casi sin voz abriendo los ojos con dificultad.

–Estarás fuera de aquí en menos que canta un gallo –le dijo Tate mientras le retiraba el pelo de la cara y ella volvía a cerrar los ojos.

La predicción de Tate fue errónea.

Más tarde, aquella mañana, la doctora Knight reapareció con el tocólogo de Julianna y con el especialista en células embrionarias. En el momento en que los vio a los tres juntos, a Julee se le llenaron los ojos de lágrimas. Eso no podían ser buenas noticias. Tate la llevó sin soltarla un solo momento a la sala de espera.

–Los resultados de los análisis señalan el regreso de la leucemia –dijo la doctora–. Nada de lo que no podamos ocuparnos, pero significa que tenemos que comenzar con la irradiación total del cuerpo y fijar una fecha para la inducción del parto.

Horrorizada por la idea de perjudicar a un niño para salvar a otro, Julianna se llevó la mano a la tripa.

–Es demasiado pronto –dijo.

–Diez días más, después de realizar las consecuentes pruebas y del tratamiento de radiación de Megan, y ya estarás cerca de las treinta y ocho semanas. Es una gestación perfectamente aceptable –dijo la doctora, y señaló al tocólogo de Julee–. El doctor Travis quiere hacer una ecografía hoy mismo para tomar la decisión final y fijar la fecha para el parto y para el trasplante.

Después de meses planeándolo todo con los médicos, Julee sabía exactamente lo que iba a pasar. Megan recibiría radiación para matar a todas las células cancerígenas ocultas, erradicando su sistema inmunológico en el proceso. Durante la última parte del tratamiento y durante semanas después de eso, estaría completamente aislada, separada de los gérmenes y la compañía de cualquier persona excepto sus padres y su equipo de médicos. Mientras tanto, el parto de Julianna sería inducido y el bebé nacería sin ningún problema. Finalmente, el doctor Franks extraería las células embrionarias del cordón umbilical y se las inyectaría a Megan en un procedimiento muy parecido a una transfusión de sangre. Si todo iba bien, La médula de Megan reproduciría las nuevas células y la niña se libraría del cáncer para siempre.

Pero ahora que el momento había llegado, Julianna estaba aterrorizada. Miró a Tate.

–Hemos luchado mucho y estamos muy cerca del final de la pesadilla de Megan, pero también quiero a este bebé y no quiero que le pase nada.

–No le ocurrirá nada a nuestro bebé –dijo Tate–. Ni a Megan tampoco.

Julianna deseó con todo su corazón que Tate tuviera razón.

Nueve días después, Julee estaba frente a la caja registradora de la tienda de donuts de Harper. Era la primera vez que dejaba a Megan desde el comienzo de la radiación, pero había tenido que ir a casa por ropa nueva y a buscar la ropa del bebé. Incluso en ese momento, con su madre y Tate en el hospital, seguía sintiendo la necesidad de darse prisa.

El bebé que tenía dentro se movía. Al día siguiente sería su cumpleaños. Además era San Valentín y a Megan le encantaban los pasteles de cereza. Quizá no podría comerlos, pero los tendría.

El rico aroma de la canela y el pan recién hecho rodeaba su cabeza. La tienda de donuts horneaba cada mañana las recetas que los abuelos de Clare Harper habían llevado desde Checoslovaquia. Y nadie hacía unos pasteles rellenos de fruta mejores que los suyos.

–Hola, Julee –dijo Clare–. ¿Cómo está tu hija?

–Muy bien, dadas las circunstancias –dijo. Y no se detuvo a dar más detalles porque quería regresar a la ciudad cuanto antes–. Quiero llevarle algunos de esos corazones de cereza que tanto le gustan.

–Oh, querida. Vendimos los últimos hace unos diez minutos. Pero tengo la masa preparada. Puedo hacer más en otros diez minutos.

–Tengo un poco de prisa, Clare.

–No estás de parto, ¿verdad? –preguntó Clare.

–No, no. Es que tengo que volver al hospital.

–Ocho minutos, Julee, y tendré algo especial para tu hija. Siéntate y toma un descanso. Ocho minutos, lo prometo. Me da rabia no tenerlos listos para ti. Y más cuando tu hija los quiere –dijo Clare mientras se metía en la cocina–. Me da rabia.

La tensión de tener que esperar hizo que Julee se sintiera más incómoda de lo que ya se sentía por lo mucho que le dolían los pies, así que se sentó. Habría jurado que nada en aquella pastelería había cambiado en los últimos diez años. En la pared del fondo colgaba la lista de precios escrita a mano. Y sobre la caja registradora, no electrónica, había un cartel en el que ponía: «Si no crees en la resurrección de los muertos, vuelve a la hora de cerrar.»

Julee se puso a mirar a su alrededor tratando de no pensar en el día de mañana y vio entrar a una mujer rubia y bajita. Se le encogió el estómago. En todos los meses que llevaba en Blackwood había conseguido evitar a la ex mujer de Tate, pero aquel día de invierno su suerte la abandonó. Intentó tragarse toda la amargura que crecía en su interior al contemplar aquel recuerdo viviente de la traición de Tate.

–Oh, hola, Shelly –dijo Clare desde la puerta de la cocina–. Tengo la tarta lista para Larry como siempre. Sois unos románticos. Haré que Kathy la traiga en un minuto –dijo, y miró en dirección a Julee–. Seis minutos, Julee.

Aquellas palabras llamaron la atención de la recién llegada, que se acercó a Julianna.

–¿Cómo está tu hija? He oído que está en el hospital.

–Muy bien, dadas las circunstancias.

¿Cómo se le explicaba a la gente que temía porque ésa podía ser la última semana de vida de su hija?

–¿Sigue el trasplante previsto para mañana?

Lo que tenía vivir en una ciudad pequeña era que la gente se enteraba se sus asuntos antes que ella misma.

–Sí, mañana.

–Y el bebé también, supongo –dijo Shelly mientras alcanzaba una silla y se sentaba a su lado.

–Sí.

–Tate debe de estar ansioso por el nuevo bebé. Le encantan los niños.

–Uh, sí –dijo Julee sintiéndose cada vez más incómoda.

–Julee… –comenzó a decir Shelly–. Espero no hacerte sentir incómoda.

–No, no. Por supuesto que no –dijo Julee forzando una sonrisa.

–Bien. No tienes ninguna razón para sentirte amenazada por mí. Tate es mi amigo. Eso es todo lo que ha sido siempre.

¿Un amigo? Eso sí que era interesante. Sin embargo sólo dijo:

—Lo comprendo.

Shelly no pareció convencida.

—¿Te ha hablado Tate de nosotros? ¿De lo que ocurrió por aquel entonces?

Julee no supo qué decir. Lo último que necesitaba era revivir la traición de Tate de diez años atrás.

—Veo que no lo ha hecho —añadió Shelly—. No me sorprende. Fue una época terrible para él.

—La beca de fútbol significaba mucho para él.

—¿Pero sabes por qué quería triunfar en el fútbol tan desesperadamente? —dijo Shelly.

—Era su billete para salir de esta ciudad.

—Era su billete para ir a Los Ángeles. Era la manera en la que había planeado recuperarte. Jugando al fútbol profesional tendría algo que ofrecerte y así regresarías a casa.

—Quizá al principio, pero…

—¿Pero se casó conmigo? ¿Es eso en lo que estás pensando? Tate es un buen hombre y nunca te lo diría, por respeto y mí y a mi familia. Pero si yo fuera tú, querría saberlo.

—De verdad, Shelly. No es asunto mío. Tate y yo… —dudó por un momento, habiendo admitido casi la verdad. Que ella y Tate formaban sólo un matrimonio temporal—. Todo eso es el pasado.

—El pasado es el padre del presente. Todo lo que hacemos afecta a otra persona. Yo aprendí eso de la peor manera, hace diez años. Tate era el chico malo de la ciudad, siempre metido en líos, y yo era de las pocas personas que sabía el por qué. A mí siempre me había gustado, no me digas que no lo sabías.

Julee negó con la cabeza. No lo sabía. En aquella época ella había estado demasiado ensimismada en ella misma como para darse cuenta de otras cosas.

—Tate pensó que lo había perdido todo, su educación

universitaria, su oportunidad de jugar al fútbol y, lo más importante, a ti. Llegamos a estar juntos porque yo lo escuchaba cuando me hablaba de ti. Y él me estaba muy agradecido y necesitaba a alguien desesperadamente, así que se casó conmigo cuando se lo pedí.

Julee miró a Shelly con una sonrisa.

–Sí, se lo pedí. Lo convencí para hacerlo sólo dos semanas después de que empezáramos a salir. Yo era una tonta joven y romántica. Creí que podía cambiarlo. Él estaba herido, era un alma torturada que pensaba que nunca sería bueno para ti sin su carrera en el fútbol. ¿Sabes que no soportaba que la gente se fijara en tus piernas? Tú fuiste mucho más que eso para él.

Julee meneó la cabeza. ¿Realmente Tate había dicho eso?

–No me malinterpretes. Yo no era una mártir. Sólo estaba loca por él, de manera alocada y juvenil, claro. Pero después de un par de año, crecí. Para entonces él había dejado de beber y de pelearse y se esforzaba por recompensarnos a mí y a mi padre. Pero nos habíamos casado por razones equivocadas. Tate lo intentó, lo intentó de veras, pero ambos sabíamos el tremendo error que habíamos cometido. Yo siempre supe que él te amaba. Porque no importaba lo mucho que lo intentara durante el día, ya que por la noche seguía teniendo esos sueños.

–¿Sueños?

–Cuando dormía la verdad salía a la luz. Decía tu nombre, y a veces lloraba.

Julee cerró los ojos imaginándose aquello.

«Oh, Tate, ¿qué hicimos? ¿Cómo pude estar tan ciega?»

Las palabras de Shelly eran como una aspiradora que se llevaba consigo todos los años de resentimiento. Julee pensaba que era la única que había llorado. Pero durante todo el tiempo que había estado sola, en una ciudad desconocida, llorando por él, él la había amado.

Entonces comprendió la verdad y se liberó de diez años de dolor. Amaba a Tate McIntyre, siempre lo había amado. Por eso había rechazado el trabajo más importante de su carrera. Porque Tate siempre la había hecho sentir como algo más que un par de piernas. La hacía sentirse querida.

Abrió los ojos y de pronto todo el mundo a su alrededor había cambiado. Vio todo lo que se había perdido diez años atrás, cuando se había marchado tan desesperadamente. Todo ese tiempo en el frío mundo de la moda se había sentido sola. Luchando contra el cáncer de Megan se había sentido sola. Regresando a Blackwood se había sentido sola.

Pero no lo había estado. La gente en esa pequeña ciudad, con sus chismorreos y su cariño, siempre había estado allí, preocupándose. El vacío sólo había estado en su interior. Ella se había convertido en una esnob por no haber dado crédito a las buenas intenciones de la gente que realmente se preocupaba por ella. Gente sin glamour que hacían las cosas lo mejor que sabían. Gente que había donado sangre y había confiado en Tate. Gente como Clare, a la que le había faltado tiempo para hacerle los corazones de cereza a Megan. Y gente como Shelly, una mujer dulce y normal que había tenido el valor de confesarle a una extraña sus errores del pasado.

Y sobre todo Tate, que siempre había estado ahí, amándola, esperándola.

–Aquí tienes, Julee –dijo Clare mientras salía de la cocina con una caja blanca–. Especiales de la casa.

Las lágrimas empañaron los ojos de Julee cuando Clare abrió la caja. Dentro había seis corazones recién hechos y olorosos, cada uno de ellos con una M roja dibujada encima.

Julee se había marchado a California en busca de éxito, persiguiendo un sueño cuando durante todo ese tiempo, lo que necesitaba había estado allí mismo, en

Blackwood. La gente de la ciudad había estado esperándola. Al igual que el hombre al que amaba.

El día se San Valentín amaneció frío. Excitado, nervioso, asustado, Tate no había dormido ni quince minutos. Su vida daría un cambio drástico ese día. Su hijo vendría al mundo, porque la ecografía había revelado que se trataba de un niño. Megan tendría su segunda oportunidad en la vida. Casi no podía pensar en otra cosa.

Mientras daba vueltas sin parar, Tate pensaba en lo mucho que aquella unidad de pediatría lo había cambiado en las últimas dos semanas. Como oficial de policía, había visto muchas tragedias humanas, pero nada comparado con la pérdida que resonaba dentro de aquellos muros. Pérdida de la inocencia. Pérdida de la vida. Aquél era un lugar en el que convivían la vida y la muerte. La curación y el sufrimiento. La esperanza y la desesperación. Entonces ya comprendía el compromiso que Julee había adquirido con su campaña de donación de médula.

Entró en el cubículo de aislamiento de Megan. Julee y su madre, que había volado hasta allí nada más enterarse, habían decorado la habitación para el día de San Valentín. Tarjetas de San Valentín dibujadas a mano por los compañeros de Megan, dibujos y todo tipo de adornos cubrían las paredes y las puertas y daban alegría a aquel inhóspito lugar.

–Hola, Mis América. Tienes buen aspecto.

En realidad Megan estaba calva como una pelota y tenía unas ojeras tremendas. Pero fiel a su espíritu inquebrantable, Megan se había puesto un gel brillante en la cabeza.

–Hola, super Sheriff. ¿Cómo está mamá?

Tate se sentó en la cama.

–Bien. Ahora mismo está en el segundo piso, preparándolo todo. En algún momento de esta tarde, serás hermana. Y más tarde, esta noche, el doctor Franks te realizará el trasplante. Antes de que te des cuenta estarás fuera de aquí jugando a béisbol de nuevo.

–Sí –dijo ella. Hizo una pausa y luego añadió–. Tate…

–¿Qué, cariño?

–No he querido preguntarle a mamá por esto porque está muy preocupada. Y con el bebé y todo pero… –volvió a detenerse y buscó el valor para decir las palabras–. ¿Qué pasa si me muero?

–No vas a morirte –dijo Tate. No podía ni siquiera imaginar la posibilidad.

–¿Pero qué pasa si ocurre? Nathan murió.

Tres noches antes, mientras Tate y Julee animaban a una cansada y agotada Megan, un niño de ocho años había perdido la batalla contra la leucemia. Los tres habían oído cómo su familia lloraba desconsolada en el exterior de la habitación. ¿Qué podía decirle a Megan? ¿Cómo podía prometerle algo que no estaba bajo su control?

–Sé que iré al cielo –continuó Megan en voz baja–. Pero preferiría quedarme aquí contigo, con mamá y con el bebé. Aún hay muchas cosas que quiero hacer.

–¿Como qué? –preguntó Tate. Quizá si la hacía hablar podría disipar sus miedos.

–Ya sabes. Ser una adolescente. Conducir un coche. Tener citas. Cosas de ésas.

–¡Conducir un coche! Eso sí que da miedo. Y las citas. Bueno, yo no sé mucho de eso. Tendría que comprarme una pistola para mantener a los chicos alejados de ti.

–Tú no harías eso –dijo Megan con una sonrisa.

–Espera y verás –bromeó él–. Harán cola en el porche de casa para llevarte al baile de fin de curso, y yo los echaré uno a uno.

–Tonto. Yo nunca llegaré a ir a uno baile de fin de curso.

¿Acaso tenía miedo de no vivir tanto tiempo?

–¿Por qué no?

–Porque no sé bailar.

–Claro que sí. Ven aquí –dijo Tate, y con cuidado de no dañar el goteo, la levantó de la cama. Prácticamente no pesaba nada–. Ponte sobre mis botas.

Ella colocó sus pies desnudos sobre sus botas y él le agarró las manos. Parecía tan indefensa como un recién nacido. Tate ansiaba abrazarla con todas sus fuerzas para poder dejar en su memoria aquella sonrisa, aquel espíritu combativo, pero simplemente la mantuvo ahí, casi sin apretarla y sonrió.

Mientras tarareaba *I Will Always Love You* comenzaron a bailar lentamente por la habitación. Él no estaría allí para su baile de fin de curso, pero estaba allí en ese momento y eso era lo importante.

Tras un minuto o dos, ella se bajó de sus botas casi sin aliento.

–¿Podemos descansar?

–Claro que sí –dijo él, la colocó de vuelta en la cama y se sentó a su lado–. Eres una gran bailarina. Serás la reina del baile.

–¿Me seguirás enseñando más tarde?

De nuevo Tate sintió el dolor al recordar que él no podría estar allí para enseñarle nada, sin embargo dijo:

–Claro que sí.

–He hecho algo para ti –dijo Megan, y alcanzó un corazón de papel rojo que había en la mesita–. Es tu tarjeta de San Valentín.

Cuando Tate leyó la inscripción, escrita con letra de niño, tuvo que hacer un esfuerzo por mantener la sonrisa, pero lo que quería hacer era llorar de alegría y a la vez de miedo.

Querido super Sheriff. A veces finjo que tú eres mi padre de verdad. Ojalá lo fueras. Te quiero. Megan.

–¿Te gusta?

–Me encanta. Y tú también me encantas y te quiero mucho.

–Lo sé. También quieres a mamá.

–Sí –dijo él honestamente.

–Me alegro. Nosotras te queremos también. Antes de que te casaras con nosotras, mamá estaba siempre estresada. Desde que nos mudamos aquí se ríe más, y actúa alegremente, sobre todo cuando tú estás en casa. Y no está preocupada todo el tiempo. Quiero decir hasta que no me he vuelto a poner enferma esta vez. Sé que está preocupada por mí ahora, y por el bebé. No me gusta cuando se preocupa.

A Tate le dio un vuelco el corazón. ¿Seria verdad lo que decía Megan? ¿Sería Julee más feliz allí que en Los Ángeles?

–Hablando de tu madre –dijo él tras mirar su reloj–. Tengo que volver abajo. Van a provocarle el parto dentro de poco. ¿Necesitas algo antes de que me vaya?

–¿Volverás tan pronto como nazca el bebé para contármelo?

–Claro que sí. Y más tarde, cuando haya descansado un poco, te traeré a tu madre.

–Bien. ¿Dónde está la abuela?

–Con tu madre. Pero subirá para estar contigo cuando yo llegue abajo –dijo él colocando las manos alrededor de su cara para darle un beso en la cabeza. Luego se marchó.

Una vez fuera, se quitó la bata amarilla que le obligaban a ponerse y la tiró a la papelera. Una enfermera que llevaba una bandeja con medicamentos, entró en la habitación.

Tate comenzó a caminar pero un sonido hizo que se diera la vuelta. Rodeada de corazones de San Valentín, Megan estaba detrás de la ventana de observación que la conectaba con la sala de las enfermeras. Tenía en la mano un walkie talkie, el ingenioso método que permitía el contacto con amigos que no podían entrar dentro.

Pegada a la pared al otro lado de la ventana estaba la otra radio. Tate la levantó del soporte y apretó el botón.

–¿Ya me echas de menos? –bromeó él.

Ella sonrió, pero de pronto su cara se volvió seria.

–Si algo malo me ocurre…

–No te ocurrirá nada.

–Pero, si ocurre, ¿cuidarás de mi madre? Estará muy triste, pero no la dejes que esté triste durante mucho tiempo.

–Megan…

–Promételo –insistió Megan mientras alzaba una mano y la colocaba sobre el cristal.

Él pensó en la música de piano que aquellos dedos habían tocado ya, los dibujos que ya habían creado y todo lo que aún le quedaba por experimentar.

–Lo prometo –dijo Tate finalmente mientras colocaba la mano sobre el cristal. No sabía cómo, pero, de algún modo conseguiría lo que prometía. No podía decepcionarla.

Durante toda su vida él había estado fuera, al otro lado del cristal, esperando a que lo dejaran entrar. Y por fin Megan y su madre lo habían dejado entrar en sus vidas. Y la maravillosa sensación de pertenencia lo había embargado.

Aquélla era su hija. Eran su familia y haría lo que fuera para mantenerlas con él. Megan lo quería. Y parecía que, a pesar de que él había estado ciego para verlo, Julee también lo quería. Estaba seguro de ello. Todo lo que había dicho era una prueba de su amor por él. Quizá él nunca fuera lo suficientemente bueno para ella, quizá no la merecía. Pero podía amarla de un modo que nadie antes lo había hecho.

Le había hecho una promesa a su hija y la mantendría, sin importar las consecuencias ni el precio. Aunque tuviera que abandonar el trabajo que amaba y tuviera que mudarse a una ciudad que odiaba, no dejaría que Julee se marchase sin luchar por ella.

Arrastrando tras de sí el soporte del goteo, Julianna, con la bata del hospital puesta, se subió a la cama. La enfermera reajustó los monitores y abandonó la habitación.

La noche anterior había regresado de Blackwood sumamente pensativa, tratando de hacerse cargo de las revelaciones de Shelly. Entonces, mientras Tate dormía sentado junto a Megan, ella había hecho una promesa.

Aún no había ultimado los detalles, pero no podía seguir viviendo una vida vacía. Hablar con Shelly le había enseñado una importante lección. Había puesto sus miras siempre en el trabajo y en el dinero, aunque tuviera de sobra. Pero había sido el amor, el de ella y el de Tate, lo que se necesitaba para salvar a Megan.

Amaba a Tate con cada célula de su cuerpo y en esa ocasión estaba segura de que él también la amaba a ella. No podía aguardar a decírselo.

En ese momento se abrió la puerta de la habitación y apareció Tate, que se acercó a la cama.

–He cambiado de opinión. No puedo hacer esto.

–¿Perdón? –preguntó ella. En ese momento la vía intravenosa que tenía pinchada en la mano comenzó a inyectarle el líquido que provocaría el parto. A un lado estaba el monitor que reproducía los latidos del bebé–. Estoy conectada a todas las máquinas conocidas por la comunidad médica. El goteo ha comenzado y en cualquier momento van a comenzar unas contracciones tan fuertes que serían capaces de derribar a un elefante. Lo siento, sheriff, pero cambiar de opinión no es una opción.

–No es eso sobre lo que he cambiado de opinión.

–Gracias a Dios –dijo ella con una sonrisa–. ¿Cómo está Megan?

–Bien. No, es mentira. No está bien. Está asustada. ¿Sabes lo que me ha preguntado?

–¿Qué?

–Me ha preguntado si yo cuidaría de ti y del bebé si algo le ocurriera. No quiere que estés triste.

–Oh –dijo ella con lágrimas en los ojos y llevándose una mano a la boca–. Mi dulce niña.

–Yo se lo he prometido, Julee. Y yo cumplo mis promesas.

–Muy bien.

–Te dije que me divorciaría tras el parto, pero no lo haré. No puedo. Megan se va a poner bien.

–Eso es lo que deseo de todo corazón –dijo ella, aunque no sabía qué tenía que ver la recuperación de Megan con el divorcio.

–Y ella necesita a su padre. Me necesita. Tengo que echar a los chicos del porche de la casa. ¿Quién si no puede hacerlo?

El monitor hacía cada vez más ruido y Julianna comenzaba a sentir algo en el estómago.

–Tate, ¿de qué estás hablando?

–De ti, de mí, de Megan, del bebé. Somos una familia. Y las familias se necesitan. Nunca lo supe porque no tuve ninguna, pero ahora que la tengo, no estoy dispuesto a dejarla escapar.

Julianna trató de proporcionarle algún sentido a sus palabras. Las molestias en su estómago eran cada vez mayores pero seguía con su atención puesta en Tate. Algo estaba ocurriendo allí y no pensaba perdérselo.

–Yo tampoco.

–No, no contestes. Si quieres vivir en California, entonces yo viviré allí también. Cueste lo que cueste. Seré tu jardinero, tu chófer, tu niñero. Maldita sea, supongo que necesitarán policías en esa enrome ciudad.

De pronto todo estuvo claro.

–¿Vivirías en Los Ángeles?

–Si es lo que quieres.

–No.

–Quizá nunca consiga suficiente dinero, pero me dejaré la vida intentándolo. Conduciré un taxi, me colgaré de un rascacielos y limpiaré ventanas. Lo que sea.

–Tate, ¿no me has oído? No quiero seguir viviendo en Los Ángeles.

–¿Ah, no?

–No –¿cómo iba a explicarle que seis corazones de cereza y su maravillosa ex mujer le habían abierto los ojos?

–¿Y qué es lo que quieres?

–Saber que estás dispuesto a dejar el trabajo que amas para venirte conmigo a Los Ángeles es muy especial, pero no quiero eso. Quiero educar a nuestros hijos en Blackwood, donde ambos pertenecemos. Te quiero, sheriff McIntyre.

–Gracias a Dios –dijo él mirando al techo–. Yo te he querido toda mi vida, Julee. Lo único que quería era hacerte feliz.

–Me llevó mucho tiempo darme cuenta de eso. Hace diez años, cuando te llamé para decirte lo de Megan y descubrí que tenías una esposa, pensé que nunca me habías amado en absoluto.

–Eso no era cierto.

–Ahora lo sé. Te echaba de menos. Tú me echabas de menos, Y ninguno de los dos tuvo el valor de confiar en el otro.

–Si hubiéramos sabido lo de Megan a tiempo, yo nunca me habría… Fue una época muy mala para mí.

–Lo sé. Ayer hablé con Shelly.

–Incluso aunque intenté esconderlo, ella siempre supo que yo te amaba. Es una buena mujer.

–Muy buena. Al igual que Blackwood es una gran ciudad.

Tate se inclinó sobre la cama y le dio un suave beso.

–Creí que odiabas Blackwood.

–Eso era hace mucho tiempo, Tate. Admitiré que

nunca pensé en volver, pero cuando lo hice, la ciudad me envolvió en un cálido fuego en una noche gélida. Y Megan es como si hubiese florecido en el campo, con los rayos del sol. No me di cuenta de lo estresada e infeliz que vivía antes hasta que no tuve tiempo de descansar un poco en mi ciudad natal y redescubrir al hombre más maravilloso que he conocido jamás.

–¿Y qué pasa con tu carrera? Has trabajado muy duro para tener éxito, y si es lo que quieres, entonces yo también lo quiero para ti.

–No es lo que quiero. No del todo. Me gusta mi trabajo, pero nada es tan importante como tú y los niños. Estar sin trabajo me asusta, pero estar sin ti me aterroriza.

–¿Y por qué no puedes tener ambas cosas? Puedes volar a Los Ángeles ocasionalmente mientras yo me ocupo aquí de todo. Estarías en casa más tiempo del que estarías fuera. Podemos hacer que funcione si nos esforzamos.

–¿Te refieres a volar a Los Ángeles y trabajar a media jornada?

–Claro, ¿por qué no?

–Bueno… yo… –se detuvo y de pronto sonrió–. Sí, ¿por qué no? –dijo finalmente, y le agarró la mano a Tate–. ¿Ves? Lo estás haciendo otra vez.

–¿Haciendo el qué?

–Haciéndome sentir mejor –ella localizó la pequeña cicatriz en su mandíbula y la recorrió con los dedos, recordando al hombre que se había puesto en peligro por ella, el mismo hombre que había accedido a poner su vida patas arriba para salvarle la vida a su hija–. Eres muy bueno conmigo, Tate. Te quiero.

–¿Sí? ¿Estás segura? ¿Te casarás conmigo? Quiero decir para siempre.

–Sí, claro que sí. Si prometes amarme para siempre.

–Te he amado toda mi vida. Te he querido durante estos diez años en los que no has estado. Pero hoy te quiero incluso más –concluyó con un beso–. Interpretaré eso como un sí.

–Claro que sí –de pronto un dolor intenso hizo que casi se le saltaran las lágrimas–. Espera. Me temo que vamos a tener que dejar esta conversación para más tarde. Porque ahora mismo tu hijo está destrozándome las entrañas.

–Mi hijo –dijo él, estupefacto–. Dios, Julee. Vamos a tener un bebé.

Y allí, el día de San Valentín, entre murmullos de «ánimo» y gritos de «te quiero», fue justo lo que ocurrió.

MAMÁ, estoy libre. Lánzamela.

Moviendo los brazos frenéticamente, Megan, a sus catorce años, corría como una loca hacia un espacio que había entre dos arbustos, también llamada línea de fondo.

Julee, casi sin aliento lanzó el balón y, en ese momento Tate y su compañero de cinco años, Nathaniel, se lanzaron sobre ella como dos toros furiosos. Ambos tenían la misma expresión en su cara.

Sin poder parar de reírse, Julee se levantó y corrió hacia su hija.

–¡*Touchdown!* –gritó Megan lanzando el balón al suelo. Luego, en un frenético baile de celebración comenzó a mover las piernas a lo loco. Entonces llegó su madre y las dos chocaron las manos–. Lo hemos conseguido. ¡Hemos ganado!

–Buena jugada, Miss América.

–Gracias, papá. Tuve un gran entrenador.

A Julee le encantaba la expresión de alegría que cruzaba el rostro de Tate cada vez que su hija lo llamaba papá. Megan había estado encantada de descubrir que el hombre al que ya adoraba, era su verdadero padre.

–¿Qué tal si jugamos otro?

–Sí –dijo Nathaniel–. Queremos vancha.

–Se dice revancha, enano –dijo Megan lanzándole la pelota.

–Me temo que la revancha habrá que dejarla para otro día –dijo Julianna–. Estoy rendida.

–Jooo –dijo Nathaniel desilusionado. Y la miró con

sus ojos azules. Julee tuvo que contener la risa. Su pequeño bebé, al igual que su padre, ya conocía su encanto y sabía utilizarlo.

–Eh, enano, ven aquí –dijo Megan–. Nosotros dos podemos jugar a algo. Los viejos tienen que descansar mucho.

–Sí. Los viejos tienen que descansar mucho –repitió el pequeño–. ¿Me montarás en la bicicleta?

Nathaniel estaba aprendiendo a montar sin los ruedines. Durante los últimos tres días, Megan había sido su red de seguridad, corriendo a su lado por si se caía y sujetándole el manillar.

–Claro. Vamos al porche –y los dos salieron corriendo.

Los dos adultos cruzaron el jardín mucho más despacio.

–¿De dónde sacan tanta energía? –preguntó Julee aún sin aliento. Al llegar al porche se sentó en los escalones desfallecida. Tate se sentó a su lado.

–Sea de donde sea, es algo fantástico.

–Sí, lo es, sheriff. ¿Quién habría dicho hace cinco años que tendríamos a dos niños hermosos y sanos corriendo por nuestro jardín?

Megan había pasado las pruebas que le habían hecho recientemente, cinco años después del trasplante, y había sido declarada, curada de leucemia.

–¿Quién habría dicho que tendríamos un jardín los dos?

–Lo digo en serio –dijo ella pensando en la cantidad de cambios que habían tenido lugar en esos cinco años.

–Mi madre ha llamado hoy –dijo Julee mientras acariciaba a uno de los perros.

–¿Cómo les va?

Beverly y Eugene se habían casado dos semanas después de que Julianna hubiese hecho pública su decisión de quedarse en Blackwood.

–Eugene se jubila el próximo mes. Van a comprarse

una furgoneta. Quieren viajar y conocer el país. Se pasarán por aquí para dejarme una llave que yo pueda usar cuando vaya a Los Ángeles, lo cual no ocurrirá muy a menudo ahora.

Hacía tiempo que había vendido su casa de Los Ángeles y le había pedido a Eugene que invirtiera los beneficios. De modo que cuando Julee iba a California, se quedaba con ellos.

—Me gusta eso de Dallas –dijo Tate–. ¿A ti no?

Recientemente Julee se había cambiado a una agencia en Dallas donde podía trabajar como modelo y además le pillaba cerca de Blackwood, de modo que podía ir y venir en el día.

—Claro que sí. Trabajar en Dallas me deja más tiempo para estar con vosotros y para trabajar en mi nuevo proyecto –dijo ella. Con la ayuda de Tate, Julee había comenzado a trabajar a tiempo parcial como organizadora de campaña para algunos políticos–. ¿Sabes una cosa, McIntyre? La vida es casi perfecta gracias a ti.

—No. Las gracias son para ti. Yo estaba vacío y era un adicto al trabajo hasta que tú irrumpiste en Blackwood demandando mi sangre y mi bebé.

—Aún trabajas duro.

Aunque se organizaba mejor el trabajo para poder estar más tiempo con su familia, Tate seguía siendo el adorable sheriff, dedicando su tiempo y su energía al condado de Seminole.

—Sí, pero ya no estoy vacío. Tú me llenaste, Julee. Los niños me llenaron. Nunca pensé que podría ser tan feliz.

—Cariño, tú no sabes la manera en que me completas. No sabes cómo me ayudaste a creer en unas habilidades que ni siquiera sabía que tenía. Cómo me hiciste sentir bien cuando estaba asustada. Y por supuesto nuestros hijos. Son preciosos. Deberíamos tener una docena.

—¿Qué quieres decir con deberíamos tener? –dijo

Tate mirándola a los ojos–. Te daré todos los bebés que quieras, mujer. Sólo dime cuándo.

–¿Así que estás dispuesto a tener otro bebé?

–Dispuesto –dijo él, y levantó las cejas–. Listo… y muy capaz –añadió mientras la recostaba en el suelo del porche y la besaba.

–Mamá, papá, mirad –gritó Nathaniel, muy excitado.

–A no ser que me equivoque –dijo Tate–, me parece que acaba de ocurrir algo muy importante en la vida de nuestro hijo.

–Está montando por sí solo –gritó Megan, que corría a su lado sin sujetar la bicicleta–. Es un milagro.

–Sí, un milagro.

«Al igual que tú. Los dos lo sois», pensó Julianna mientras los veía reír y gritar. Deslizó un brazo alrededor de la cintura de su marido y apoyó la cabeza sobre su pecho. «Todos lo sois».

Porque, en realidad, el milagro de Megan se había convertido en un milagro para todos.

JAZMÍN™

REBECCA WINTERS

PERSIGUIENDO UNA AMBICIÓN

HARLEQUIN™

PARA todos los que acaben de sintonizar el programa de Jack Hendley que se emite en directo todos los viernes desde Nueva York, esta noche tenemos en el estudio a la despampanante Mallory Ellis –la banda tocó un poco de música y el público aplaudió–. A cualquiera se le perdonaría por pensar que ella es una supermodelo o una actriz famosa, pero han de saber que estarían muy equivocados. A los veintinueve años, la señorita Ellis tiene la distinción de ser una de las ejecutivas más jóvenes reconocidas por el *Financial Wizards of Wall Street*. Licenciada en Derecho en la Universidad de Yale, la señorita Ellis trabajó para Windemere Cosmetics, una empresa nueva de Los Ángeles. En tres años y bajo su dirección, la empresa no sólo tiene un nuevo nombre, *Lady Windemere Cosmetics*, sino que también se ha expandido. Hasta el momento siguen aumentando sus beneficios, lo que supone una buena noticia para los empleados que poseen acciones en la empresa. Según el artículo que se publica en la revista, centra su talento en sus conocimientos sobre pérdidas y beneficios, pero esperamos que esta noche nos revele algunos secretos de su maravilloso éxito –desde la distancia, el público no podía percatarse de cómo

brillaban los ojos del presentador al mirarla–. Según
una fuente cercana, eres una mujer que sabe lo que
quieren las mujeres, y tienes al mando a mujeres muy
cualificadas. ¿Siempre quisiste ser una magnate?

El tono de la pregunta no era exactamente de
broma. Ella lo había visto antes en acción. Jack
Hendley era un machista que tenía ideas fijas acerca
del lugar que debían ocupar las mujeres en la vida.
A Mallory eso no le importaba. Muchos hombres in-
seguros tenían el mismo problema.

Asistir a su programa era lo último que deseaba
hacer. Pero cuando Liz Graffman, la viuda de setenta años, propietaria de *Lady Windemere Cosmetics*, recibió una llamada de la cadena de televisión
pidiéndole que la vicepresidenta de su empresa vo-
lara a Nueva York para participar en el programa de
Jack Hendley, Mallory no pudo negarse.

Con ese programa, Lady Windemere Cosmetics
conseguiría una publicidad que no podría lograr a
ningún precio.

Durante los tres años anteriores, la relación entre
Liz y Mallory había llegado a ser como la de una tía
abuela y una sobrina. Sin duda, Mallory podría soportar que uno de los presentadores más famosos de
la televisión la entrevistara durante media hora.

–Por definición, un magnate se refiere a alguien
que posee una o varias empresas. Yo sólo trabajo
para una –le corrigió con una sonrisa amistosa. Él
no correspondió con otra sonrisa, algo que no resultó sorprendente ya que era evidente que ella no
estaba dispuesta a seguirle el juego–. Sin embargo,
para responder a su pregunta, cuando me hice lo suficiente mayor como para empezar a pensar en el

mundo, sólo había una cosa que me hacía seguir adelante, mi insaciable amor por el *surf*.

La miró sorprendido al oír su respuesta.

–¿Dónde te criaste?

–En Huntington Beach, California.

–Eso lo explica todo. ¿Eras buena *surfera*?

–Gané algunos campeonatos regionales en Redondo Beach y Malibú.

El público comenzó a aplaudir y se oyeron algunos silbidos.

–Estoy seguro de que en estos momentos todos los solteros que nos estén viendo se preguntarán si hay algún futuro *Lord Windemere* esperando en algún sitio.

–No.

–Eso significa...

–Significa que no –lo interrumpió con una de sus sonrisas que hacían que se iluminaran sus ojos azules. Mallory ya había salido con suficientes hombres. Le gustaban como a cualquier mujer, pero no quería complicar su vida personal y profesional con una relación seria. De hecho, imaginaba que no sucedería en un futuro cercano. Quizá algún día.

–¿Y qué sucedió para que dejaras de ser *surfera* y te convirtieras en abogada de empresa?

Había conseguido que se pusiera nervioso con sus respuestas poco reveladoras. Bien.

–Si no estaba haciendo *surf*, estaba leyendo a la sombra de una sombrilla de playa. A temprana edad me aficioné a los cómics. Mi padre tiene una gran colección, desde ejemplares de los años cuarenta hasta los de la actualidad. He leído todos y sobre todo me gustaban los que trataban sobre las mujeres amazonas que vivían en la isla Paradise y tenían poderes secretos.

El presentador se volvió hacia el público.

—Vestidla con uno de esos modelitos sexys y se parecerá a una de ellas —su comentario provocó más silbidos.

Mallory ignoró el comentario. Cuando el plató volvió a quedar en silencio, dijo:

—Durante los años de la Segunda Guerra Mundial, el hombre que escribió esas historias dijo que si se les diera un poco más de tiempo a las mujeres y la fuerza necesaria, conseguirían terminar la guerra y comenzarían a controlar las cosas de una manera seria. Y que cuando las mujeres gobernaran ya no habría más guerras porque las chicas no querrían perder el tiempo matando hombres —un gran aplauso invadió la sala—. No hace falta decir que aquel comentario me caló hondo y desde entonces decidí que sería una de esas mujeres que controlan las cosas de manera seria.

Muchas mujeres se pusieron en pie y continuaron aplaudiendo mientras la banda tocaba música de ambiente. Cuando se sentaron de nuevo, el presentador dijo:

—Entonces, ¿es cierto que desde que has tomado las riendas, Lady Windemere se ha convertido en una empresa dirigida por mujeres?

—Así es. Las mujeres quieren estar guapas para los hombres, pero se visten y se maquillan para pasar la inspección de una mujer. Usted está casado, señor Hendley. Cuando su esposa le pregunta si le gusta más que se ponga lápiz de labios de color rosado o rojo, ¿qué le dice?

–Que me gusta se ponga lo que se ponga.

–Exacto. Parece un buen marido que sabe cómo no meterse en líos. Pero no es de gran ayuda, porque no quiere ofenderla dándole una respuesta equivocada. Las empleadas y directivas de Lady Windemere no tienen que tener el mismo cuidado. Pueden decirle la verdad a un cliente y crearle una paleta de colores para que se sienta bella y segura de sí misma. Al final comprará más productos y será fiel a la marca el resto de su vida.

–En otras palabras, si entro en una de sus tiendas no será un hombre quien me atienda.

–No.

–Algunos dirían que es sexista.

Mallory había estado esperando ese comentario. Cruzó sus piernas elegantes.

–Después de estudiar bien la situación de Windemere, descubrí lo que creía que era necesario hacer para convertirla en una empresa prometedora. Si dirigiera una empresa que no estuviera dedicada sólo a las mujeres, contratar a hombres o a mujeres no sería un asunto importante.

El presentador arqueó las cejas.

–¿Quieres decir que no despedirías a todos los hombres y pondrías a un montón de mujeres al mando si, por ejemplo, dirigieras una empresa de accesorios del automóvil que estuviera en quiebra?

Aquel hombre no estaba dispuesto a dejar el tema. Quizá por eso había bajado el índice de audiencia del programa. Mallory comprendía por qué la cadena de televisión estaba pensando en contratar también a una presentadora. Necesitaban a una mujer que neutralizara su actitud sexista.

–Si estuviera en mis manos contratar y despedir, consideraría quién es productivo y quién no lo es. Los despediría independientemente de si fueran hombres o mujeres, siempre que los intereses de la empresa no fueran su prioridad.

–Nos queda un minuto para terminar. Veo muchas manos levantadas entre el público –se volvió a la audiencia–. ¿Cuál es su pregunta?

–¿Qué tal una cita después del programa? –gritaron una docena de chicos.

Mallory sabía que, después de cómo había llevado el programa el presentador, nadie le haría una pregunta sobre Lady Windemere.

–Gracias, pero mi ocupada agenda no me lo permite –contestó con una sonrisa–. Habéis sido un público excelente, y quiero que tengáis unas muestras de algunos productos de Lady Windemere. Cuando salgáis estarán en la puerta –mientras el público aplaudía, ella sacó un paquete de su bolso–. Esto es para su esposa, señor Hendley. Recuerdo de Lady Windemere –era de Liz, quien había puesto una nota personal en su interior.

–Estoy seguro de que le gustarán sus productos. Gracias –dejó el paquete a un lado–. Antes de que terminemos, ¿puedes decirle al público qué planes tienes cuando te marches de Nueva York?

–Sí. Voy de camino a Europa para visitar la tienda que hemos abierto en Lisboa.

–Así que, viaje de negocios, como siempre. ¿También te graduaste en lengua portuguesa cuando estuviste en Yale?

Su condescendencia la aburría.

–Ojalá. Afortunadamente para mí, la nueva directiva habla inglés y español.

Él se volvió hacia la banda y se dirigió a uno de sus miembros en español, como para impresionar al público, pero Mallory estaba pensando en Lianor D'Afonso, la nueva directiva a la que iba a visitar.

La mujer era inteligente, moderna, encantadora, femenina y con un gran sentido empresarial.

Durante las tres semanas de formación que tuvieron en Los Ángeles, en donde se reunieron seis directivas europeas, Mallory sintió especial simpatía por Lianor, una soltera de veintinueve años.

Después del trabajo, Mallory la había acompañado a varios lugares turísticos y descubrieron que tenían muchas cosas en común.

Mallory era hija única, pero de haber tenido una hermana le hubiera gustado una tan encantadora como Lianor.

Habían pasado casi cuatro meses desde que terminó el curso de formación y Mallory estaba deseando ver a Lianor, quien al día siguiente iría a recogerla al aeropuerto.

–Tenemos que irnos, chicos –dijo Jack Handley, de nuevo en inglés–. Ha sido un placer tenerte en el programa, Mallory Ellis.

–Gracias por haberme invitado, señor Hendley –estrechó su mano y se puso de pie.

Al salir del plató, supo que él estaba pensando:

«Por qué no te vas a casa y encuentras un hombre. Te hará una mujer de verdad, cariño».

Mallory lo había oído muchas veces.

Aliviada porque el programa había terminado, salió del estudio. Un taxi la estaba esperando para llevarla al hotel. Había trabajado sin parar desde hacía mucho tiempo y le apetecía disfrutar del cambio que le proporcionaría el viaje a Portugal.

Rafael D'Afonso hizo una mueca cuando se percató de que la tienda de cosméticos de Lady Windemere que estaba en la calle Da Plata estaba a tope.

Era junio. Suponía que, para entonces, la empresa estadounidense que dirigía su hermana se hubiera visto obligada a cerrar sus puertas. Y a ella no le habría quedado más remedio que buscar otro trabajo. Quizá así habría podido convencerla de que abandonara el apartamento que tenía en Lisboa y regresara a casa.

Por desgracia, sus esperanzas se vieron truncadas cuando ella le comentó la semana anterior que los beneficios del primer trimestre habían sido superiores de lo que había previsto la empresa.

Le encantaba su nuevo trabajo y no estaba dispuesta a abandonarlo.

Desde que fallecieron sus padres doce años atrás, él había estado cuidando de su hermana, quien ya había rechazado varias propuestas de matrimonio. Si se centraba en su trabajo durante mucho más tiempo, perdería lo que era el papel más importante de la vida, convertirse en esposa.

Lianor tenía veintinueve años, seis menos que él. El tiempo pasaba deprisa. Pronto se quejaría por no tener esposo, ni hijos. Él se negaba a que las cicatrices del pasado le arruinaran el resto de la vida.

Aunque Rafael estaba apesadumbrado por las malas noticias que le habían dado, decidió que era el momento de utilizarlas para obligarla a regresar a casa y retomar el tipo de vida que debía llevar. Lo único que deseaba era que fuera feliz.

Al entrar en la tienda, sus miradas se cruzaron. Ella estaba atendiendo a una cliente. Las otras dos empleadas también estaban ocupadas. Respiró hondo para calmar su impaciencia y se dirigió al despacho de su hermana. La esperaría el tiempo que fuera necesario.

Por suerte, se reunió con él un par de minutos más tarde. Dejó el teléfono móvil a un lado y la abrazó. Después, ella se sentó tras el escritorio y sonrió, satisfecha de sí misma.

—Toma una silla, querido hermano. Caminas como un lobo hambriento. ¿Qué te ha hecho tener esa cara?

Él permaneció de pie.

—No es fácil decir esto. Como sabes, últimamente, María ha tenido un dolor de estómago insoportable. Ha ido al médico y le han diagnosticado cáncer. Está en estado terminal. Le han dicho que no saldrá del hospital.

—Oh, no... —exclamó Lianor. Al instante estaba llorando a su lado—. Pobrecilla. Y Apolonia, ¿lo sabe?

—No —él había dejado a su hija de diez años jugando con una amiga y al cuidado de Inés, su niñera—. Va a ser algo muy duro para ella.

—No puedo creerlo. María es muy joven. Pensé que permanecería contigo hasta que Apolonia creciera.

—Yo también —murmuró él.

—Es terrible —se lamentó.

Lo era. Desde que su esposa, Isabell, había fallecido de neumonía, a las pocas semanas de dar a luz,
María, que tenía sesenta y dos años y había sido la
doncella de la casa de los padres de Isabell, había
adoptado el papel de abuela suplente para Apolonia.

Últimamente, su hija estaba siempre callada y parecía triste, algo inusual. Sin duda, estaba preocupada por María, quien no había podido ocultar su
malestar a la familia. Rafael temía que cuando Apolonia se enterara de que la única figura materna que
había conocido en su vida estaba a punto de morir,
no pudiera soportarlo si Lianor no estaba allí para
ocupar su lugar.

—Por eso he venido en lugar de telefonearte.
Quiero que vengas a casa esta noche para que se lo
digamos juntos.

Ella se separó de su hermano y se frotó los ojos.

—Lo siento, Rafael, pero me temo que no puedo.

—¿Por qué? ¿Qué es más importante?

—La vicepresidenta de la empresa llega hoy desde
Nueva York. Tengo que recogerla en el aeropuerto
dentro de dos horas.

—¿Te refieres a la tan famosa Lady Windemere?

Su hermana parecía ofendida.

—Siento que el hecho de que sea una mujer brillante alabada en Wall Street te haga verla de manera tan desfavorable, Rafael.

—¿De qué otra manera puede ver un hombre a una
mujer así?

—Te equivocas. No es la dueña, y no es Lady
Windemere. Para tu información, ése es el nombre
que le ha dado a la empresa para revitalizarla y darle
un poco de romanticismo. El incremento de benefi-

cios es la prueba de su dedicación al negocio. Su nombre es Mallory Ellis. Y te pido que no hables de ella en ese tono despectivo nunca más.

Él no podía evitarlo.

«Mallory». Incluso su nombre sonaba demasiado masculino para sus oídos. No había nada delicado en el nuevo ídolo de su hermana Lianor. La idea de que su hermana pasara más tiempo con una mujer testaruda desinteresada por el matrimonio y la familia lo horrorizaba.

–¿Cuánto tiempo va a estar aquí?

–Hoy y mañana por la noche. Regresará a su casa al día siguiente.

Rafael masculló unas palabras.

Ella lo agarró del brazo.

–Mira, no le digas nada a Apolonia durante un par de días más. Te prometo que iré a casa en cuanto Mallory haya regresado a los Estados Unidos.

–Parece que no me queda otra opción. ¿Dónde va a alojarse esa magnate estadounidense?

–En mi apartamento.

–No, Lianor, no puedes hacer eso.

–Nos hemos hecho amigas, Rafael. Cuando estuve en California ella se esforzó por dedicarme algunos de los momentos más maravillosos de mi vida. Nos quedamos en casa de sus padres y se portaron fenomenal conmigo –Rafael no tenía ni idea de que eso hubiera sucedido cuando ella estuvo fuera del país–. Desde luego no voy a permitir que se quede en un hotel. Además, tú siempre agasajas a tus socios y amigos en casa.

–Resulta que yo vivo en la mansión familiar, donde resulta conveniente alojar a los invitados.

Su hermana lo miró con seriedad.

–Llevarla a casa habría sido mi primera opción, pero como sé lo que sientes por mi trabajo, pensé que sería mejor mantenerme alejada.

–También es tu casa –dijo él–. Llévala allí esta noche –decidió que quería conocer a esa extraña que se había convertido en la amiga de su hermana–. Le arreglaré una habitación.

–Esto es muy importante para mí, Rafael. ¿La alojarás en la suite Alfama?

¿En la Alfama? Su primera reacción fue recordarle que esa habitación estaba reservada para los jefes de estado y la realeza. Pero se contuvo a tiempo.

–Estoy dispuesto a hacerte ese favor... siempre que tú me hagas uno a mí más tarde.

–Por supuesto.

Su hermana no imaginaba lo que acababa de aceptar.

–Le diré a Vaz que tu amiga se quedará dos noches.

–Gracias –susurró, y lo besó en la mejilla–. Te quiero. Sé que estás muy preocupado por cómo va a reaccionar Apolonia. Durante los próximos días intentaré pensar en quién podría sustituir a María.

–Ya tengo en mente a la persona adecuada –murmuró él–, pero hablaremos de ello cuando pueda tener toda tu atención.

Después de abrazarla una vez más, él salió de su despacho de mejor humor que cuando entró. Apolonia y Lianor se adoraban mutuamente. Su hermana no podría negarse a aceptar el papel de María.

De esa manera, Lianor regresaría al círculo de amigos comunes y hombres. Para asegurarse de que ella diría que sí, visitaría a María en el hospital y le diría que Lianor había aceptado dedicarse a Apolonia a tiempo completo. Eso calmaría los temores de María.

Y respecto a Lianor, cuando fuera a visitar a María, la mujer le daría las gracias por ejercer el papel de tía de Apolonia, si es que todavía era capaz de comunicarse. Lianor no tendría valor para discutir con una mujer moribunda.

Su hermana no lo sabía todavía, pero ella necesitaba a su hija tanto como Apolonia la necesitaba a ella.

De camino a la ciudad desde el aeropuerto, Mallory pensó que nunca había visto un sitio tan romántico como Lisboa y se lo comentó a Lianor, que había ido a recogerla en un Jaguar de color plata.

—Si esto te parece bonito, espera a ver la casa con vistas al Atlántico que tiene mi familia. Es allí donde vas a alojarte mientras estés aquí. Está a sólo media hora de Lisboa en la costa de Estoril, y tiene una playa privada.

—Suena de maravilla.

—¿Quieres que paremos a comer algo primero?

—Gracias, pero han servido una comida en el avión justo antes de aterrizar. Todavía estoy llena.

—¿Estás segura?

—Segura. Ahora sólo quiero verlo todo.

—Eso es lo que me pasaba a mí cuando fui a Los Ángeles al curso de formación. Cuando terminó y me llevaste al aeropuerto no pude resistirme a pasar unos días en San Francisco. El avión aterrizó a estas horas más o menos. Durante un momento pensé que había regresado a Lisboa porque las dos ciudades se parecían.

–Yo también –murmuró Mallory–, pero Lisboa es una ciudad antigua. Eso es lo que hace que sea tan fascinante. A juzgar por los beneficios del primer trimestre, abrir la tienda en la parte medieval de la ciudad fue una decisión acertada.

–Lo sé. Cada vez tenemos más trabajo.

–A Liz le encantará oír eso. Ella y yo discutimos mucho sobre la localización de la tienda, el márketing y los departamentos de venta. Me alegra que la empresa decidiera correr el riesgo, y me alegro de que te hayan contratado.

–Soy yo quien está encantada.

A Mallory cada vez le caía mejor Lianor. De hecho, todo el personal de Windemere le había tomado cariño. Varias personas le habían comentado que, desde lejos, Mallory y ella podrían ser hermanas, ya que ambas eran altas, tenían buen tipo y cabello largo y oscuro.

Pero desde cerca, Lianor tenía la piel de color aceitunado y los ojos marrones, algo que contrastaba con la piel rosada que Mallory había heredado de su madre.

–Que te guste tu trabajo es una bendición, Lianor. No a todo el mundo le gusta. Sin la directora adecuada esa tienda no iría tan bien y, desde luego, no tan pronto. Liz ha decidido que te dará un incentivo en tu próxima paga por el duro trabajo que has hecho.

Lianor sonrió antes de murmurar agradecida.

–Cuando mi hermano se enteró de que me habían contratado para dirigir una tienda de cosméticos en la calle Da Plata, me advirtió de que en pocos meses me quedaría sin trabajo porque el casco antiguo no era un buen lugar. Sin embargo, entre los turistas y los locales ha tenido mucho éxito.

–Por lo que me has contado, tu hermano es uno de los hombres de negocios con más éxito del país. Pero como es hombre, no comprende que una mujer dejaría cualquier cosa para probar un nuevo cosmético.

Su amiga asintió.

–Isabell, la esposa de Rafael, la que te conté que falleció hace diez años, era muy bella. Raramente utilizaba maquillaje porque a él no le gustaba. Decía que los hombres prefieren a las mujeres al natural, así que les resta importancia.

–Pero no puede restar importancia a los beneficios que ha conseguido tu tienda, ¿no?

–No, y no quiere admitirlo.

–En ese caso, sería interesante que viera el resultado de los estudios que ha hecho nuestro departamento de márketing entre hombres europeos. He traído un gráfico. Las estadísticas de Portugal serían muy ilustradoras para él si dedicara un poco de su tiempo a mirarlas.

–¡Cuéntame! –exclamó Lianor.

–Sólo el veintiuno por ciento de los hombres portugueses prefieren que sus mujeres no lleven lápiz de labios.

–¡Lo sabía! –soltó la joven.

–El otro setenta y nueve por ciento está dividido, a un veintiocho por ciento le encanta que las mujeres lleven un lápiz de labios de color rosa brillante, a un diecisiete por ciento les gusta el brillo de labios incoloro, a un dieciséis por ciento el rosa pálido y los colores suaves. Un diez por ciento prefiere el rojo y un siete por ciento el beige o el marrón.

Lianor se rió.

–El fuerte de Rafael es el márketing. Como él dice: «Todo está en los números»

–Tiene razón. Los números no mienten.

–No puedo esperar a mostrarle el gráfico, pero me temo que se disgustará más.

–¿Por qué? ¡Seguro que desea que tengas éxito!

–No es eso. Está disgustado desde que me contrataron.

–No lo comprendo. Después de la universidad trabajaste en el departamento de márketing de unos grandes almacenes, varios años antes de incorporarte a nuestra empresa.

–Es cierto, pero no era la directora.

–Con tu talento y experiencia, deberías haberlo sido –dijo Mallory–. ¿Por qué le molesta tanto que estés al mando de todo?

–Ése no es el problema. Hablando claro, quiere que me case y forme una familia. Tendrías que ser portuguesa y hermana pequeña para comprenderlo. Es cosa de hombres. Él es mi hermano protector y...

–No me digas más –la interrumpió Mallory–. He conocido a esa clase de hombre antes. En los Estados Unidos también los hay. Sabrías a qué me refiero si hubieras visto el programa de televisión en el que participé anoche –comenzó a contarle a Lianor su experiencia con Jack Hendley.

Lianor asintió.

–Se parece a Rafael. Tiene miedo de que no conozca a ningún hombre por estar dirigiendo una tienda, y sobre todo una que vende productos para mujeres. De lo que no se da cuenta es de que podría salir todas las noches de la semana y aun así no cruzarme con un hombre que me interese de verdad.

–Lo mismo que yo pienso –Mallory la miró con compasión–. Debes recordarle a tu hermano que parte de nuestra nueva campaña publicitaria está dirigida a la población masculina, a aquellos que buscan un regalo especial para su esposa, novia o madre. Sabiendo lo que los hombres portugueses quieren, la empresa está preparada para ofrecerles lo que buscan. Asegúrale que a medida que pase el tiempo conocerás muchos clientes masculinos.

–Por desgracia, Rafael quiere que el milagro ocurra ahora mismo. ¡Esta noche!

Las dos soltaron una carcajada.

–Parece que te quiere mucho –comentó Mallory.

–Es cierto, y es mutuo –Mallory ya lo sabía. Desde que conocía a Lianor, había oído el nombre de su hermano muchas veces–. Tu padre es tan agradable y tranquilo. ¿Nunca se ha disgustado contigo porque no te hayas casado todavía?

–Puede. Pero ni mi madre ni él me han dicho nunca nada. Posiblemente porque ellos no se casaron hasta los treinta y pocos años y no quieren parecer unos hipócritas.

–Mi madre sólo tenía diecinueve cuando se casó con mi padre. Rafael le propuso matrimonio a Isabell cuando ella tenía veinte años.

–¿Y cuál crees que es el motivo por el que no se ha vuelto a casar?

–¡Desde luego no por falta de mujeres! Muchas veces me sorprendo de hasta dónde pueden llegar para captar la atención de mi hermano. Pero lo cierto es que él amaba tanto a Isabell que casi se muere cuando falleció. Desde entonces, se ha dedicado por completo a Apolonia y se ha centrado en su trabajo.

–A lo mejor podrías buscarle a alguien a quien pudiera amar. Lo conoces mejor que nadie. Si se casara de nuevo, quizá no estuviera tan preocupado porque estés soltera.

–No cuentes con ello –murmuró Lianor–. Sin embargo me has dado una idea para solucionar un problema que me lleva rondando desde que él vino a la tienda esta tarde con malas noticias. Me ha afectado por varios motivos.

El emotivo tono de voz de Lianor indicaba que se refería a algo serio.

–¿Quieres hablar de ello? –le preguntó Mallory.

–No debería haberlo mencionado, pero eres muy buena escuchando.

–Opino lo mismo de ti. ¿Por qué crees que he venido a Portugal?

–¿Qué quieres decir?

–La tienda la llevas muy bien, y no me parecía necesario venir. Pero puesto que ya estaba en Nueva York, me parecía la oportunidad perfecta para aceptar la oferta que me hiciste para que viniera a visitarte.

–Me alegro de que lo hicieras, Mallory.

–Yo también.

–Mañana es domingo y la tienda está cerrada. Te llevaré a ver la ciudad. Si quisieras, en un par de semanas serías capaz de conocerte a pie toda la ciudad.

–Me encantaría –le aseguró–. Si pudiera tomarme dos semanas libres para no hacer nada más que ver el ambiente. Sin embargo, mañana espero dormir hasta tarde y tumbarme en la playa. No he tenido vacaciones de verdad desde que trabajo para Liz.

–Eso es demasiado tiempo –dijo Lianor.

Mallory sonrió.

–Ahora que ya nos hemos puesto de acuerdo, háblame de las malas noticias que te ha dado tu hermano.

En pocos minutos, Lianor le contó a Mallory la situación.

–María es irremplazable. Todos la queremos, y Rafael depende tanto de ella que me preocupa. Por supuesto, tiene a Inés, su doncella. Puede confiar en ella para que lo ayude con mi sobrina, pero sólo es una solución temporal.

Lianor se quedó pensativa mientras conducía por la ciudad.

–Tengo que enfrentarme al hecho de que enterarse de que María está en estado terminal le ha cambiado el mundo. Y en cuanto a Apolonia, quedará destrozada cuando se entere de que María no va a regresar –Mallory asintió–. Mi mejor amiga de la infancia acaba de divorciarse de su marido español. Ha regresado de Madrid y necesita algo que le haga pasar el tiempo. Rafael conoce a Joana y siempre le ha caído bien. Y a Apolonia también. Estoy pensando en que si viniera a echar una mano, sería bueno para los tres.

–Puede que tengas razón –dijo Mallory–. Y quizá, con el tiempo, lleguen a enamorarse. Sería estupendo. Tu mejor amiga convertida en cuñada.

–No creas que no solía fantasear con ello. Pero hace mucho tiempo, antes de que Rafael se enamorara de Isabell y destrozara nuestro sueño.

–Quieres decir el tuyo y el de Joana.

–Sí. Ella estaba loca por mi hermano.

Mallory no se sorprendió al oír sus palabras, y menos si él era tan agradable como Lianor.

Llegaron a la costa y el olor del océano las invadió. Las olas rompían en la arena y Mallory recordó lo mucho que echaba de menos el mar. En la distancia había un palacete iluminado sobre una colina.

–No puedo creer que lo que estoy viendo sea real –susurró–. ¿Cómo se llama, Lianor?

–Rafael y yo lo llamamos nuestra casa, pero los turistas lo conocen por el palacio D'Afonso –Mallory miró a su amiga en silencio–. Es uno de los muchos palacetes que construyó el rey Pedro Segundo de Portugal. Algunos historiadores dicen que lo construyó y le dio nombre en honor a su hermano el rey Afonso, quien estaba paralítico y murió a los once años. Otros dicen que lo construyó porque se sentía culpable después de destronar a Afonso y exiliarlo a Las Azores cuando Pedro era regente.

–Oh, eso no me parece bien.

Lianor se rió.

–Cuando mi bisabuelo lo heredó, el coste del mantenimiento obligó a la familia a convertirlo en hotel para que no dejara de pertenecer a la línea sucesoria de la familia D'Afonso. Los historiadores todavía no se han puesto de acuerdo en si comenzó con uno de los romances ilícitos que Pedro tuvo con una cortesana. Nunca lo sabremos con seguridad. Cuando nuestros padres fallecieron en el mar, Rafael fue el que lo convirtió en el próspero lugar que es hoy en día. Debido a su talento, nuestra familia posee media docena de pequeños castillos y palacios en varios lugares del país que se han convertido en centros turísticos que llamamos posadas.

–¿Alguna vez le has preguntado a tu hermano si puedes regentar uno de ellos? –Mallory no pudo evitar hacer esa pregunta.

–No. Siempre he querido hacer mis cosas.

–Somos almas gemelas, Lianor.

–Lo sé. Eso es lo que le preocupa a Rafael.

–Ahora me estás poniendo nerviosa.

–No, por favor. Te diré que lo ha arreglado todo para que te alojes en la mejor suite. La semana pasada se alojaron en ella el presidente de México y su esposa.

–No quiero, ni necesito, un trato especial.

–Puede que no, pero vas a tenerlo. Sé lo mucho que has trabajado desde que te licenciaste en Derecho. Es hora de que te mimen, así que siéntate y disfruta.

Mallory soltó una carcajada.

–Si lo pones así...

–Gracias por no discutir. Estaremos allí en unos minutos.

CAPÍTULO 2

¿INÉS?

Rafael entró en el palacio y se dirigió a la cocina.

—Estoy aquí. ¿Cómo está María? —le preguntó ella en cuanto entró.

—Está empeorando muy deprisa.

A Inés se le humedecieron los ojos.

—Apolonia ya la echa de menos.

—¿Dónde está?

—Violente y ella fueron al otro lado del palacio para buscar unas postales mientas esperan a que el padre de Violente las recoja en recepción. Le he dicho a Apolonia que tiene que regresar dentro de media hora.

—Ahora que ha terminado el curso no me gusta la idea de que, además de tus quehaceres, tengas que ocuparte de ella todo el tiempo —Inés tenía unos setenta años y cada vez estaba más envejecida—. ¿En cuál de las doncellas confías lo suficiente para que te ayude cuidando de ella durante unas horas al día?

—En Nina o en Brianca.

—¿Brianca no es demasiado joven?

—Tiene dieciocho años, pero es muy responsable y se lleva muy bien con Apolonia. A tu hija le sentará bien tener a alguien que juegue con ella.

–Entonces, ¿hablarás con Brianca?

–A primera hora de la mañana.

–Bien. Dile que se lo compensaré económica-
mente hasta que Lianor esté dispuesta a encargarse
de ella.

–¿Ha aceptado? –preguntó la doncella ilusionada.

–Todavía no, pero lo hará. No le digas nada sobre
María o Lianor todavía. No quiero que se entere de
lo que está ocurriendo hasta que me vea obligado a
decirle que María no podrá regresar a casa.

–Claro –dijo la mujer antes de volverse.

Él miró el reloj. Lianor estaría a punto de llegar
con su invitada.

–Tengo que hacer unas llamadas. Después, iré a
buscar a Apolonia. Gracias por tu ayuda, Inés. *Boa
Noite*.

–*Boa Noite*, Rafael.

La arquitectura del palacio D'Afonso era una
mezcla morisca y barroca. Mallory oyó que Lianor
se dirigía a ella, pero estaba demasiado ocupada tratando de verlo todo como para hablar.

El suelo era de mármol y en el recibidor había
una escalinata tallada. Ella alzó la vista para obser-
var los cuadros que colgaban de las paredes y los te-
chos decorados con flores y pájaros.

–Mira todo lo necesario para saciar tu corazón
–dijo Lianor–. Han llevado tu maleta al piso de
arriba. Dame un minuto para asegurarme de que tu
habitación esté preparada. Enseguida vuelvo.

–El palacio es magnífico. Me he quedado sin habla –murmuró Mallory–. No tienes que darte prisa

–añadió con una sonrisa–, podría quedarme aquí para siempre.

–Espera a que veas dónde vas a dormir esta noche –Lianor se dirigió escaleras arriba, por dónde descendía una elegante pareja, hospedada en el hotel.

Mallory observó cómo desaparecían tras unas puertas de madera que daban al comedor y al contemplar la habitación, se le cortó la respiración.

«¡Qué sitio más maravilloso para crecer! ¡Y teniendo el océano Àtlántico a los pies!»

Sorprendida por tanto esplendor, no se percató de que alguien había entrado en el recibidor hasta que oyó la voz de una niña.

–¡Tía Lianor!

Mallory se volvió y descubrió a dos niñas de unos diez años que habían entrado por el otro lado de la habitación. Tras ellas había un mostrador y varias personas trabajando.

La niña que estaba mirando a Mallory tenía los ojos marrones y muy parecidos a los de Lianor. De pronto, soltó una risita y se llevó la mano a la boca. La otra niña también comenzó a reírse.

–¿Tú eres Apolonia? –la pequeña asintió–. ¿Hablas inglés? –preguntó Mallory.

–Sí.

–Tu tía Lianor me ha contado cosas maravillosas sobre ti –la niña sonrió–. Bajará dentro de un momento. Yo soy Mallory Ellis –le tendió la mano.

–¿Cómo está? –dijo Apolonia, y le estrechó la mano–. ¿Es su amiga de California?

–Sí. He venido a visitarla un par de días. Cuando me viste por detrás pensaste que era tu tía, ¿verdad?

–la niña asintió–. A otras personas les ha pasado lo mismo. ¿Quién es tu amiga?

–Oh... Ésta es mi mejor amiga, Violente Camoes. Estamos esperando a su padre.

Mallory le dio la mano.

–Un placer conocerte, Violente. Me encanta tu nombre.

–A ella no le gusta –dijo Apolonia–. Su hermano dice que la han llamado como a la reina María Primera de Portugal. Los sirvientes la llamaban Violente porque estaba loca.

–¿Loca?

–Sí.

–¿Cómo se llama tu hermano, Violente? –preguntó Mallory.

–Tomás.

–¡Ah! Eso lo explica todo.

–¿Qué quieres decir? –preguntó Apolonia.

–Su hermano está celoso porque no tiene nombre de rey.

Apolonia se volvió hacia su amiga y tradujo al portugués lo que Mallory había dicho. La otra niña sonrió y le susurró algo a Apolonia.

–Violente opina que eres muy agradable.

–Muchas gracias. Yo opino lo mismo de vosotras.

–Mi padre dijo que eres destacable.

–¿Destacable?

–Sí, no conozco esa palabra.

Ella contuvo una carcajada. Estaba deseando contárselo a Lianor.

–Creo que se ha confundido con la palabra trabajadora. Significa que me gusta trabajar y utilizar mi cerebro.

–Pero cuando lo dijo frunció el ceño –comentó imitando a su padre.

–¿Violente?

Al oír una voz masculina, las tres se volvieron. Un hombre de unos cuarenta años estaba en el recibidor. Hizo un gesto para que su hija se acercara. Ella se despidió de sus amigas y corrió hacia él.

Al poco tiempo de que salieran de allí, Lianor apareció por la escalera. Apolonia corrió hacia su tía y comenzó a hablar en portugués.

–¿Por qué no hablas en inglés delante de nuestra invitada? Será una buena práctica para ti.

–Ya lo ha hecho. Y muy bien –dijo Mallory–. Además, he descubierto algo interesante.

Enseguida le contó la conversación que había tenido con Apolonia. Lianor trató de no reírse delante de su sobrina.

–Tu padre habla muy bien inglés, Apolonia, pero a veces también se confunde.

Mallory miró a la niña.

–No puedo imaginar que yo a tu edad pudiera hablar portugués con tanta fluidez. Eres muy inteligente, igual que tu tía.

–Gracias.

–Acompáñanos –dijo Lianor–. Te enseñaremos tu habitación.

Mallory las siguió hasta la segunda planta. La escalinata terminaba en un largo pasillo cuyas paredes estaban cubiertas de tapices y cuadros. Pasaron por una puerta de doble hoja y después por otra escalinata de mármol. Al llegar al final del pasillo encontraron otro par de puertas con una inscripción grabada en los azulejos que la rodeaban.

–¿Qué pone?

–«Nuestros labios se encontrarán fácilmente en la calle estrecha» Es un verso de Federico de Brito, quien escribió sobre el barrio de Alfama de Lisboa, donde las calles son muy estrechas. La gente que vive a cada lado puede asomarse desde sus casas y tocarse. Algún romántico de la familia D'Afonso lo colocó aquí. Seguramente un hombre que quería recordarle a su esposa los deberes conyugales –comentó en voz baja.

–Sin duda –convino Mallory con una sonrisa. Miró a Apolonia, quien no podía seguir toda la conversación–. ¿Por qué hay dos pares de puertas? –le preguntó.

–Aquí es donde se alojaba el rey. Tenía soldados en cada puerta.

–Si hablamos de Pedro Segundo, comprendo por qué. Ese hombre debía de tener muchos enemigos.

Lianor la miró y ambas se rieron. Pero la risa de Mallory cesó en el momento en que entró en la suite y vio lo maravillosa que era. Era un palacio dentro de otro palacio.

Tenía una biblioteca, un cuarto de música con un piano, un salón, otro dormitorio, una cocina y un comedor orientado al oeste y con una terraza privada con vistas al océano.

Lianor tuvo que tirar de Mallory para mostrarle el dormitorio principal que tenía una cama con dosel y un balcón privado con vistas a la playa y orientado al suroeste. El romper constante de las olas contra la arena acompasaba con el latido del corazón de Mallory. Ella estaba encantada. Permaneció allí inhalando el aroma marino y dejando que la brisa ondeara su cabello.

–¿Te gusta? –preguntó Apolonia.

–Me gusta tanto que creo que esta noche voy a dormir aquí fuera, en esa tumbona, para soñar.

–¿Y con qué vas a soñar?

–Con navegantes portugueses que cruzaban océanos para explorar nuevos mundos.

–A mí también me encanta el mar.

–Viviendo aquí, ¿cómo no iba a gustarte?

–¿Te gusta nadar?

–Es mi deporte favorito.

–El mío también. Me enseñó mi padre.

–Hablando de tu padre –intervino Lianor–. Estoy segura de que te estará buscando.

–Ha ido a ver a María al hospital. Espero que me diga que podrá venir a casa mañana.

Mallory y Lianor se miraron.

–Estoy segura de que ya habrá regresado, así que puedes preguntárselo. Se está haciendo tarde y creo que todos estamos cansados, sobre todo Mallory. Ha volado hoy desde Nueva York –rodeó a su sobrina por los hombros–. Vamos a dormir ¿no?

Las tres atravesaron las primeras puertas.

Lianor se volvió hacia Mallory.

–¿A qué hora quieres que te sirvan el desayuno?

–¿Qué tal a las diez después de que me dé un baño matinal? Pero sólo si Apolonia y tú me acompañáis.

–Aquí estaremos.

Apolonia la miró.

–¿Te gusta la *salsicha*?

–Es una salchicha portuguesa –explicó Lianor.

–¿Es tu comida favorita?

–Sí.

–Entonces, la probaré. Buenas noches, Apolonia.

Se abrazaron de nuevo. Qué niña más maravillosa. Si Mallory alguna vez tenía una hija, querría que fuera como la sobrina de Lianor.

–Buenas noches.

–Hasta mañana –susurró Lianor.

–Gracias por todo.

–De nada.

Cerró la puerta cuando salieron. Al volverse, se sintió como si se hubiera trasladado en el tiempo. Aquella tierra había sido ocupada por los fenicios, los griegos, los romanos, los árabes... Vasco de Gama zarpó desde aquellas orillas. Se estremeció de emoción al pensar en ello.

Después de prepararse para acostarse y de dejar un mensaje en el contestador automático de sus padres diciéndoles que había llegado bien, salió al balcón con una almohada y una manta.

Mallory no tenía intención de dormir ahí fuera toda la noche, pero cuando escuchó el sonido de las gaviotas y abrió los ojos, el cielo estaba azul y la bruma matinal estaba desapareciendo. Parecía que iba a hacer un día estupendo.

Entró, preparó un chocolate caliente y se lo tomó en la terraza contemplando el océano. De vez en cuando, se veía un barco en la distancia.

Algunos huéspedes ya se estaban bañando en la playa. Los empleados del hotel preparaban tumbonas, sombrillas y toallas. Mallory no podía esperar para darse un baño. Tenía tiempo. El desayuno no se lo servirían hasta cuarenta y cinco minutos más tarde.

Antes de salir de su apartamento de Los Ángeles había guardado en la maleta el bañador amarillo y naranja que siempre utilizaba para hacer *surf*. También había metido un par de sandalias. En cuanto estuvo preparada, salió de la habitación y bajó por la escalera más cercana.

–*Bom dia* –un empleado del hotel le sujetó la puerta para que saliera

–*Bom dia* –contestó ella–. Gracias.

El océano la esperaba. Se detuvo junto a una tumbona, se quitó las sandalias y corrió hasta el agua.

Estaba más caliente que la de Huntington Beach. Lianor le había dicho que allí uno podía bañarse todo el año.

¡Era el paraíso!

Mallory aprovechó que la corriente no era muy fuerte para atravesar la rompiente. Por la tarde pediría una tabla de *surf* y se metería de nuevo, cuando las olas fueran más grandes. En aquellos momentos las olas eran perfectas para hacer *body surfing*.

Una vez dentro se divirtió tanto que perdió la noción del tiempo. No fue hasta que decidió tomar la última ola antes de salir cuando oyó que la gente gritaba. Había al menos veinte personas agrupadas en la orilla. Entre las voces, oyó que alguien gritaba el nombre de Apolonia una y otra vez.

Oh no...

Mallory comenzó a nadar en paralelo a la orilla tan rápido como pudo y en dirección a donde la gente señalaba. Varios nadadores trataban de atravesar la rompiente, pero no lo conseguían.

Vio que Apolonia estaba un poco más lejos. Debía haber atravesado la rompiente y estar agotada.

Tenía la cabeza echada hacia atrás y la boca abierta. Los brazos extendidos y moviéndolos hacia abajo. ¡Se estaba ahogando!

«Por favor, Dios. No lo permitas».

En unas brazadas más Mallory alcanzó a Apolonia. Se colocó tras ella y la agarró por la barbilla.

–Estoy aquí, cariño. Quédate quieta y deja que yo haga el resto. Tu padre no querrá seguir viviendo sin ti. Te llevaré con él –le prometió.

Empleando sus conocimientos de rescate, llegó a la orilla.

La multitud se agolpó alrededor de ella y observó cómo dejaba el cuerpo de la niña sobre la arena, colocándolo de lado para que expulsara el agua de los pulmones.

Un fuerte temor se apoderó de ella al ver que, aunque Apolonia tenía pulso, no respiraba. En un instante colocó a la niña boca arriba y comenzó a practicarle la respiración boca a boca.

«Mantén la calma, Mallory. Tranquila. Quince compresiones, dos ventilaciones. Quince compresiones, dos ventilaciones».

Mallory sólo había rescatado a otra persona en su vida, cuando estaba haciendo *surf*. Pero era un adulto y cuando llegaron a la playa comenzó a respirar.

Aquello era muy diferente. Apolonia había estado luchando mucho rato. Tenía que sobrevivir. En su casa ya habían sucedido demasiadas tragedias. Era una niña excepcional. Su familia la necesitaba.

«Déjala vivir».

Cuando estaba a punto de perder la esperanza, Mallory la oyó toser y la colocó de lado para que expulsara más agua.

–Papá –dijo la niña.

Mallory sintió que le daba un vuelco el corazón.

–Estoy aquí, cariño –se oyó una voz masculina llena de amor y emoción. A Mallory se le llenaron los ojos de lágrimas.

–Nosotros nos ocuparemos de ella –dijo alguien desde detrás.

Mallory se retiró aliviada al ver que los médicos se ocuparían de Apolonia. Levantó la vista y su mirada se cruzó con la de unos ojos negros humedecidos. Se miraron durante unos instantes, antes de que el hombre se pusiera de pie.

Sólo había sido un momento, pero lo suficiente para hacerla estremecer. Observó cómo el hombre se metía en la ambulancia con su hija y los vio alejarse.

Lianor se arrodilló y abrazó a Mallory. Permanecieron abrazadas hasta que Mallory dejó de temblar.

Cuando se pusieron de pie, una mujer mayor se persignó y murmuró algo que Mallory no podía comprender. Lianor las presentó.

–Ésta es Inés, nuestra doncella. Te está bendiciendo.

Mallory tragó saliva.

–Dile a Inés que fue Dios quien me ayudó.

Al oír sus palabras, Inés no pudo contener las lágrimas.

El resto de los empleados también la bendijeron antes de regresar a sus quehaceres. Inés los siguió dentro del palacio.

Los huéspedes que estaban en la playa se acercaron a Mallory para felicitarla por su heroico gesto.

Una joven permaneció llorando y tapándose el rostro con las manos. Lianor se acercó a ella y la abrazó para consolarla.

–Mallory, ésta es Brianca. Esta misma mañana Inés le ha pedido que cuidara de Apolonia hasta la hora del desayuno. Bajaron a nadar. Cuando mi sobrina te vio jugando con las olas quiso hacerlo también y se metió antes de que Brianca pudiera detenerla. El socorrista no entra a trabajar hasta las once, y Apolonia sabe que no puede ir a nadar lejos si no está Rafael. Como ves, Brianca está destrozada. He intentado convencerla de que no ha sido culpa suya.

«No. La culpa es mía», pensó Mallory.

–¿Te importa hacer de intérprete otra vez, Lianor?

–Por supuesto que no.

–Dile a Brianca que la culpable soy yo. Anoche, Apolonia se enteró de que me encanta nadar. Estoy segura de que pensaba que yo la estaba viendo y por eso se atrevió a cruzar la rompiente. Pregúntale a Brianca si fue ella la que gritó el nombre de Apolonia.

Lianor tradujo sus palabras. Una vez que Brianca comprendió lo que Mallory le había dicho, levantó la cabeza y asintió.

–Recuérdale que fue ella la que salvó la vida de Apolonia. Yo estaba muy ocupada disfrutando de las olas. No me habría enterado de lo que sucedía si no hubiera escuchado que ella gritaba el nombre de tu sobrina –la joven esbozó una sonrisa al oír lo que Lianor le traducía–. Dile que tenemos que estar agradecidas porque cada una hizo su papel. La ambulancia llegó en el momento oportuno y todo salió bien. Sé que Apolonia se recuperará.

Lianor continuó traduciendo pero la joven no parecía del todo convencida. Mallory abrazó a Brianca y, durante unos instantes, lloraron juntas. Después, se separaron con una sonrisa.

—Gracias —dijo Brianca en inglés, y se retiró al palacio.

Mientras se alejaba, Lianor apretó la mano de Mallory.

—Después de que todo el mundo la haya culpado por lo ocurrido, sobre todo Inés, que le dijo a mi hermano que podía confiar en Brianca, necesitaba tu apoyo. Eres una persona maravillosa, Mallory.

—Por favor, no me des el mérito. Lo único importante es que Apolonia está viva. ¿Dónde la ha llevado la ambulancia?

—Al hospital local en Atalaya, donde vive Violente. Está a cinco kilómetros de aquí.

—Quiero ir a verla.

—Iremos después de que hayas desayunado y descansado un rato. Sé que eres fuerte, pero acabas de pasar por una intensa experiencia tanto física como emocional. No quiero que te desmayes.

Caminaron por la arena. Mallory recogió sus sandalias pero no se las puso.

—Eso no sucederá, pero he de admitir que un té me sentará bien.

—Vamos a tu habitación.

Entraron en el palacio. Mallory se dio una ducha y se vistió con una falda y una blusa de algodón.

Cuando entró en el comedor y vio el desayuno que le habían preparado recuperó el apetito. Comieron un poco de todo, incluida la salchicha cocinada con pimienta verde, cebolla y salsa de queso.

–Qué rico. No me extraña que sea el plato favorito de Apolonia.

–Gracias a ti podrá comer muchas más, aunque no debería.

–¿Qué quieres decir?

–Apolonia ha engordado y se parece a mí cuando yo tenía su edad, pero María nunca se ha preocupado de esas cosas. Tampoco mi madre cuando me alimentaba constantemente. Cuando tenía diecisiete años, era enorme.

–Yo también tenía sobrepeso durante la adolescencia, pero después pegué el estirón y cambió todo.

–Conmigo no pasó lo mismo –se levantó de la mesa–. ¿Cuánto tiempo crees que Apolonia tendrá que quedarse en el hospital?

Lianor se apresuró a cambiar de tema y Mallory se percató de que trataba de ocultar una parte dolorosa de su vida. Quizá, algún día confiara en ella como para contarle el resto.

–No tengo ni idea. Cada caso es diferente. A lo mejor regresa a casa esta noche.

–Eso espero.

Mallory la miró con preocupación.

–Estoy lista para irnos cuando quieras –estaba deseando ver a Apolonia.

–Prepararé una bolsa para Apolonia y nos encontraremos en el coche.

Al cabo de quince minutos estaban en el hospital. Aunque no era muy grande, era moderno como cualquiera de Los Ángeles.

Apolonia ya había salido de urgencias y estaba en una habitación privada. Lianor averiguó en cuál estaba y se dirigieron a ella.

–Pasa tú primero –le dijo Mallory–. Tu hermano y tú tenéis que estar a solas con ella. Yo esperaré en la sala.

–Gracias. No tardaremos mucho.

Una vez a solas, Mallory se acercó a la sala de espera. Sonrió a los que estaban allí y se sentó.

Estaba inquieta y quería saber cuál era el estado de Apolonia. Se puso de pie y decidió salir a dar un paseo. De camino al exterior le dijo a la enfermera que regresaría enseguida.

Hacía un día soleado, pero al mirar al mar Mallory recordó un par de ojos negros mirándola con una mezcla de asombro y agonía. Agonía por pensar en que el mar podía haberse llevado a su hija y asombro por ver que la mujer que no le caía bien, aun sin conocerla, había salvado a Apolonia.

–¿Señorita Ellis?

Mallory sintió que se le encogía el corazón. Se volvió y vio al padre de Apolonia vestido con un bañador negro y una camiseta azul. Su intención había sido reunirse con su hija en el agua cuando descubrió que la pequeña tenía problemas.

Físicamente no había nada que se pudiera mejorar. Tenía la piel bronceada, los rasgos marcados y el cabello oscuro. Era increíblemente atractivo.

–¿Cómo está su hija? –preguntó ella con voz temblorosa.

–Le están administrando suero intravenoso. El médico dice que si no desarrolla más síntomas en las próximas cinco horas, podrá irse a casa.

–¡Eso es maravilloso! –exclamó Mallory.

–Ha salvado a mi hija. ¿Cómo se agradece el regalo de la vida?

Mallory apenas podía respirar.

–Acaba de hacerlo. ¿Serviría de algo si le digo que una vez, cuando tenía la edad de Apolonia y pensaba que el océano era mi amigo, un socorrista me salvó la vida?

Él entornó los ojos un instante. Quizá estuviera tratando de averiguar el pensamiento de Mallory. Que si ella hubiera muerto, no habría estado allí para salvar la vida de su hija. Pero Mallory sabía que si no hubiera ido a Portugal, Apolonia no se habría metido en líos.

–Gran parte de nuestro agradecimiento se lo debemos a Brianca. Ella gritó el nombre de su hija para que yo lo oyera, y continuó gritando hasta que yo le presté atención. Eso permitió que yo devolviera el favor que el socorrista me hizo a mí y a mi familia, sacando a Apolonia a tiempo.

–Si hubiera pasado unos segundos más en el agua se habría ahogado –susurró él.

–Pero no lo hizo. Al verlo así, imagino el susto que se llevaron mis padres cuando parecía que la reanimación cardiopulmonar no funcionaba conmigo. Yo también era hija única.

–Por Dios. Le dije que nadaría con ella por la mañana. Pero salió de mi habitación antes que yo porque me llamó por teléfono uno de los directores del hotel de Cabo Espichel. Seguía hablando con él en mi dormitorio cuando una de las doncellas me dijo que saliera rápido. Cuando llegué a la playa, usted estaba tratando de reanimarla –hizo una pausa–. Sólo he experimentado un dolor como ése una vez...

Mallory sabía que se refería a su esposa. Si pudiera hacerlo pensar en otra cosa...

–A su hija la conocí anoche. Es encantadora.

Él se aclaró la garganta.

–No ha parado de hablar de usted. Cuando Lianor entró en la habitación del hospital, Apolonia me suplicó que viniera a buscarla.

Mallory agachó la cabeza.

–¿El médico permitirá que reciba visitas?

–Sólo si es la mujer que me ha devuelto a mi hija. Cree que la ayudará a recuperarse –dijo en un tono seco.

MALLORY notó que Rafael colocaba la mano en su cintura para que comenzara a andar. Era un gesto impersonal, pero el calor de su piel se esparció por su cuerpo.

Entraron en el hospital y se dirigieron a la habitación de Apolonia.

–Tienes muy buen aspecto –le dijo Mallory a la niña de diez años. Ella la recibió con una sonrisa–. ¿Cómo te sientes?

–Bien. Quiero irme a casa.

–No me extraña. Espera un poquito más y podrás hacerlo.

–Gracias por rescatarme –las lágrimas se le escaparon de los ojos–. Intenté alcanzarte, pero me cansé –le temblaba el labio inferior.

–Lo sé, cariño –Mallory se acercó y la besó en la mejilla–. No pienses más en ello.

–¿Me llevarás a nadar contigo la próxima vez?

No habría próxima vez. Mallory se marcharía al día siguiente, pero Apolonia no debía enterarse por si la noticia retrasaba su recuperación en las próximas horas.

–Eso lo decidirá tu padre. Por ahora necesitas descansar y recuperar fuerzas.

La niña miró a Rafael.

–Cuando esté mejor, ¿podré ir a hacer *body surf* con Mallory?

–Creo que no hay nadie en quien pudiera confiar más.

–Gracias, papá. Creo que no deberías contarle a María lo que me ha sucedido. Se pondría a llorar.

Él le retiró el cabello de la frente.

–Estoy de acuerdo, cariño. Necesita oír cosas alegres.

Mallory observó la expresión de su rostro y se volvió. Con su hija y su abuela adoptiva en diferentes hospitales, el hombre tenía demasiado a lo que enfrentarse.

En realidad, Mallory también tenía problemas para enfrentarse a sus sentimientos. Sin duda, las ganas de llorar eran la reacción tardía de lo que había sucedido por la mañana. ¿Y si hubiera alcanzado a Apolonia demasiado tarde?

–¿Estás bien? –le preguntó Rafael desde el otro lado de la cama.

–Estoy bien. Quizá un poco cansada, como tu hija –agarró el brazo de Apolonia–. Tienes que dormir un poco, cariño. Hablaremos más tarde.

–¡No te vayas! –suplicó la niña cuando Mallory se volvió para marcharse.

Sus palabras le llegaron a lo más profundo del corazón. Lianor estaba a los pies de la cama con cara de preocupación. Mallory la miró pidiéndole ayuda.

–Mallory tiene razón, Apolonia. El médico quiere que permanezcas tranquila. No iremos muy lejos.

–No –lloriqueó Apolonia–. Quédate aquí conmigo. Papá, no permitas que Mallory se vaya.

–Tranquila, cariño. No se va a ir a ningún sitio –dijo con frialdad.

Enfadada consigo misma por haber disgustado a la pequeña, Mallory se sentó en una silla. Lianor hizo lo mismo.

Rafael permaneció junto a su hija, acariciándole la mano.

De vez en cuando, entraba una enfermera a tomar las constantes vitales de Apolonia. La niña se quedaba dormida a ratitos y entre siesta y siesta le preguntaba a Mallory cosas de los Estados Unidos. En un momento dado, Lianor salió de la habitación y regresó con comida para su hermano. Él se comió una parte, sin entusiasmo. ¿Quién podía culparlo cuando la vida de su hija había corrido peligro?

Hacia las seis de la tarde, el padre de Violente entró en la habitación. Se acercó a la cama para hablar con Rafael y darle un beso a Apolonia. Después de unos minutos de conversación, se dirigió a Lianor, pero sin dejar de mirar a Mallory.

Cuando los presentaron, él dijo en inglés:

–Anoche, durante un momento, pensé que era Lianor.

–Cuando ella estuvo en Los Ángeles, algunos empleados la confundieron conmigo desde lejos. Me alegro de haber conocido a su hija. Violente es una niña encantadora, señor Camoes.

–Por favor, llámame Luis. Ella quedó muy impresionada contigo –miró a las dos mujeres–. De cerca sí hay diferencia, pero las dos sois muy bellas –dijo con un brillo en la mirada.

–Gracias –dijeron Lianor y Mallory al mismo tiempo.

–Espero que te quedes aquí algún tiempo.

–Me encantaría pasar aquí unas vacaciones, pero pronto tengo que regresar a los Estados Unidos.

Él sonrió.

–No si Apolonia y mi hija tienen algo que decir al respecto. En Atalaya sólo se habla del rescate de esta mañana. Mi esposa y yo esperamos que vengas a cenar a casa una noche, cuando Apolonia se haya recuperado. A Carolina le habría gustado venir, pero a nuestro bebé le están saliendo los dientes y está molesto.

–Pobrecillo –murmuró Mallory–. Si todavía estoy en el palacio, sería estupendo.

–Bien. Lo organizaremos. *Boa noite*.

–*Boa noite* –contestó Mallory, tratando de imitar el acento.

Rafael lo acompañó afuera y regresó al cabo de un rato seguido con unos camareros cargados con bandejas de comida.

Mallory miró la comida, pero no tenía hambre. Tampoco Lianor.

Al momento entró el médico en la habitación. Sonrió a todos y habló con Rafael en portugués. Al cabo de un rato, comenzó a hablar en inglés.

–Le estaba diciendo a Rafael que parece que nuestra paciente se ha recuperado muy bien –le tomó el pulso y la auscultó.

–No quiero quedarme aquí más tiempo –se quejó Apolonia.

–En cuanto venga la enfermera a quitarte la vía, podrás marcharte. Te vamos a dar el alta.

–Gracias a Dios –susurró Rafael. Lianor agarró a Mallory del brazo. Todos se sentían aliviados.

–Pero tienes que seguir mis instrucciones cuando llegues a casa.

–Lo haré.

–Lo primero que tienes que hacer es meterte en la cama. Mañana, si te encuentras bien puedes levantarte y vestirte.

–¿Cuándo podré ir a nadar?

Él se rió.

–Espera al menos tres días. Para entonces ya estarás recuperada. ¿De acuerdo?

–¡Pero eso es mucho tiempo! Mallory se va a Estados Unidos mañana.

Mallory agachó la cabeza. Odiaba ser la causa de que Apolonia se pusiera nerviosa.

–Ha cambiado de planes –dijo Rafael con firmeza.

–¿Es verdad eso? –preguntó Apolonia. Incluso Lianor se quedó sorprendida.

Era la segunda vez que Rafael hablaba por Mallory cuando no le correspondía. Empezaba a comprender el deseo de independencia que Lianor sentía respecto a su hermano. Pero no era el momento de aclararle las cosas. No tenía el corazón para negarle nada a la hija de Rafael.

–Sí.

Llamaría a Liz y le explicaría lo sucedido. La mujer había insistido mucho en que Mallory debía tomarse unas vacaciones. Seis semanas, si quería. Mallory le había explicado que le encantaba su trabajo y que no le gustaba la idea de tomarse unas vacaciones sola.

Liz dijo que la comprendía y nunca más volvió a sacar el tema. Esa vez, Mallory tenía un motivo importante para quedarse en Portugal unos días más.

Le pareció ver cierto brillo de satisfacción en los ojos de Rafael cuando éste salió de la habitación con el doctor. Lianor dijo que los esperaría en la entrada con el coche. Mallory se quedó a solas con Apolonia.

Después de que una enfermera le quitara la vía a Apolonia, Mallory sacó un cepillo de la bolsa. Desenredó el cabello de la niña y le hizo una trenza.

Apolonia sonrió al tocársela con la mano.

–¡Me encanta! María no me deja llevar trenzas.

–¿Por qué?

–Dice que si Dios quisiera que las llevara, habría nacido con ellas.

Mallory tuvo que contener una carcajada.

–Bueno, a lo mejor por esta vez nos perdona porque soy extranjera –sacó la ropa y ayudó a vestir a la pequeña–. ¡Qué conjunto tan bonito!

–Me lo regaló mi tía Lianor.

–Tiene buen gusto.

–No me hace tan gorda.

–No estás gorda.

–Tomás dice que sí lo estoy. Y también algunos chicos del colegio –miró a Mallory con los ojos llenos de lágrimas.

Ella la abrazó.

–Tu tía me ha dicho que te pareces a tu madre. Tengo entendido que era muy bella. Estoy segura de que cuando tu padre te ve se acuerda de tu madre. Un día los chicos te dirán que eres igual de bella que ella. Ya lo verás.

–Quiero parecerme a ti y a mi tía –lloró contra el pecho de Mallory.

Ella la meció. Comprendía su tormento.

–Apolonia, yo también fui gordita durante la adolescencia. Muchos niños y niñas lo son.

–¿Tú? –la miró incrédula.

–Sí. También sufrí sus comentarios crueles, pero un día crecí y adelgacé.

Apolonia sonrió.

–Me alegra que hayas venido. Te quiero –la abrazó con más fuerza.

–Yo también te quiero –Mallory le susurró al oído, y se percató de que era verdad. Después de haber oído que Lianor había tenido problemas por el peso, parecía que la historia iba a repetirse de nuevo si nadie lo evitaba.

–Estoy preparada si vosotras lo estáis –Mallory soltó a la pequeña y miró a Rafael. No sabía cuánto tiempo llevaba allí, junto a una enfermera que les había llevado una silla de ruedas. Retiró la mirada y guardó el cepillo en la bolsa.

–Me gusta tu nuevo peinado, cariño.

–Y a mí, pero no podemos decírselo a María.

–No. Será nuestro secreto. Vamos a casa.

Rafael tomó a su hija en brazos y la sentó en la silla de ruedas. La enfermera la empujó por el pasillo.

–Vamos, Mallory.

–Estoy detrás de ti –dijo ella.

Rafael le sujetó la puerta para que pasara.

–Espero que se haya dado cuenta de que se ha ganado la devoción de mi hija.

Estaban tan cerca que ella podía sentir su calor. Se estremeció al sentir cómo reaccionaba su cuerpo.

–Apolonia se ganó la mía anoche. Tiene suficiente encanto para encandilar a cualquiera.

Rafael estaba pensando lo mismo sobre la mujer que pasaba a su lado. Minutos antes la había visto abrazar a su hija con cariño.

Rafael nunca habría pensado que Mallory pudiera hacer algo para cambiar los sentimientos que tenía hacia ella hasta que rescató a su hija y le salvó la vida. Sin duda, estaba en deuda con aquella mujer y nunca podría pagárselo.

Meses antes del terrible suceso, Mallory había causado tan buena impresión a su hermana Lianor que ella lo había preparado todo para acogerla en su apartamento.

Aparte de la familia y de unas pocas amigas como Joana, Lianor no solía permitir que otras mujeres se acercaran tanto a ella. Ni tampoco los hombres, por supuesto...

En aquellos momentos tenía demasiados sentimientos inesperados como para pensar con claridad en el efecto de la aparición de Mallory en sus vidas. La idea de que María estaba a punto de morir todavía rondaba su cabeza.

Sujetó las puertas del hospital para que la enfermera pasara con la silla de ruedas. Mallory salió detrás de ellos. Como Lianor, era más alta y mas voluptuosa que la mayoría de las mujeres que conocía.

—Gracias —dijo ella y le echó una breve mirada. El brillo de sus ojos azules lo pilló desprevenido.

—De nada.

Lianor estaba esperándolos junto al coche. Cuando se acercaron, agarró la bolsa y la guardó en el maletero. Mallory se subió delante con ella.

Rafael se sentó en el asiento trasero y colocó a su hija sobre su regazo. Le dio las gracias a la enfermera y cerró la puerta del coche.

—Papá, ¿puedo utilizar tu teléfono móvil para llamar a Violente?

Él la besó en la frente.

–Lo siento, pero no lo he traído, cariño.

–Quería contarle lo que me ha pasado.

–Luis ya se lo ha contado.

–Puedes utilizar mi teléfono –dijo Lianor–. Está en mi bolso. ¿Puedes sacarlo, Mallory?

–Por supuesto –contestó ella, y se volvió–. Toma, Apolonia.

–Gracias –dijo la niña.

Rafael notó que sus miradas se cruzaban y, de nuevo, se sintió atrapado por sus ojos azules.

A juzgar por la conversación que su hija mantuvo con su amiga, otras fuerzas estaban actuando. La pequeña decía que amaba a Mallory y que deseaba que nunca se marchara de Portugal. Sus palabras hicieron que se le encogiera el corazón.

–¿Vendrás a mi habitación, por favor? –le preguntó Apolonia a Mallory cuando bajaron del coche.

–No puede, cariño –intervino Rafael–. Necesita descansar después de haberte rescatado esta mañana.

–Tu padre tiene razón. Es más, todos deberíamos irnos a dormir –sacó la bolsa del maletero.

–Desayunaré contigo por la mañana –le prometió Mallory–. El que deberíamos haber tomado esta mañana –le guiñó el ojo y la besó en la mejilla–. ¿A qué hora sueles desayunar?

–Te esperamos a las ocho –contestó él antes de que hablara su hija–. Enviaré a Nina para que te acompañe. *Boa Noite*, Mallory.

–*Boa Noite*.

Rafael tomó a su hija en brazos y comenzó a subir por las escaleras que llevaban a la entrada privada del palacio. Lianor lo acompañó.

—¡Buenas noches! —Apolonia se despidió de Mallory—. ¡Gracias por rescatarme!

Mallory ya estaba entrando en el palacio. Se volvió y la saludó con la mano. La brisa marina hizo que su cabello castaño se moviera sobre sus hombros.

Incapaz de apartar la vista, Rafael se fijó en cómo la ropa que llevaba resaltaba su figura. Sintió que su cuerpo reaccionaba de una manera que no deseaba.

Y menos ante una mujer como aquélla.

Inés recibió a Apolonia con alegría. La doncella los siguió hasta la habitación de la niña, situada en la planta superior. Dejó una bandeja con zumo de manzana y bollos junto a la cama.

Cuando Apolonia se terminó la comida, se acostó para dormir. Cuando Rafael se aseguró de que ya no se levantaría más, hizo un gesto para que su hermana Lianor lo siguiera hasta la habitación contigua. Decidió dejar la puerta entreabierta por si su hija lo llamaba por la noche.

Una vez a solas con su hermana, le dijo:

—Tenemos que hablar.

—Estoy de acuerdo. Apolonia está demasiado sensible como para recibir las malas noticias de María. He pensado que éste es el mejor momento para que una niñera se encargue de ella. Alguien que pueda comenzar mañana y estar con ella. La ayudará a recuperarse cuando María pase a mejor vida.

—Sabía que podía contar contigo, Lianor —abrazó a su hermana—. Apolonia nunca te ha necesitado tanto como ahora. Mañana puedes decirle a Mallory que te marchas. Ahora que está en Portugal podrá entrevistar a las otras empleadas de la tienda y ofrecerles el puesto de directora.

Para su sorpresa, ella se retiró de golpe.

–No lo has comprendido, Rafael. No me refería a mí.

–¿Qué estás diciendo?

–Yo tengo una carrera profesional, igual que tú. Y me encanta. No voy a dejarla. Estaba hablando de Joana. Se ha divorciado y ha regresado de España para rehacer su vida. Apolonia y ella siempre se han llevado bien. Será perfecto.

Rafael apenas podía contenerse.

–Hay mucha diferencia entre quererse y caerse bien, Lianor. Y eso sólo es la punta del iceberg. Una mujer recién divorciada tiene demasiados problemas.

–Por favor, Rafael, ¿tienes idea de lo que estás diciendo?

–He salido con varias divorciadas, y créeme... sé de qué estoy hablando. Mi hija necesita...

–¿Alguien perfecto? –él miró a otro lado–. ¿Sabes qué? Esa persona no existe. Ahora crees que nadie puede sustituir a María, y tienes razón. Nadie podrá ser como ella. Pero Joana es una persona encantadora, y procede de una buena familia. Conoce a Apolonia desde que nació. Cuando María muera, ella estará allí con ella. En esta etapa de la vida de tu hija, sería bueno que tuviera alguien conocido en quien confiar, alguien joven, pero lo suficientemente maduro como para guiarla en la adolescencia.

–Esta conversación no tiene sentido, Lianor. Joana nunca permanecerá tanto tiempo. Su ex marido le causará problemas durante el resto de su vida. Lo último que deseo para Apolonia es que se vea envuelta en una crisis emocional. Y lo más importante, no quiero a una extraña implicada en nuestro negocio familiar. Puede que María no tenga nuestra sangre, pero estaba aquí desde el principio. Es lo mismo.

—Si pones esas condiciones, ¡me parece que tendrás que buscarte una esposa! A lo mejor ya es hora de que practiques lo que predicas. *Boa noite*, Rafael.

Lianor salió de la habitación por la puerta que daba al pasillo. Él la habría llamado, pero le daba miedo despertar a Apolonia. Sería mejor que continuaran la conversación por la mañana. No había terminado con su hermana. Quizá ella pensara que tenía la última palabra, pero al día siguiente él iba a pedirle que lo acompañara a visitar a María. Pensaría tantos planes como fuera necesario hasta que ella aceptara.

Temiendo no poder dormir en toda la noche salió al balcón, pero una sola mirada al océano bastó para recordarle que aquella mañana podía haber perdido a Apolonia.

El recuerdo de su rostro blanquecino, la imagen de Mallory tratando de reanimarla...

Cerró los ojos y se preguntó si nunca sería capaz de olvidar esa imagen y si cada vez que lo hiciera iba a darle un vuelco el corazón.

Pero entonces, otro recuerdo se apoderó de él. Aquél en el que oía cómo Apolonia pronunciaba su nombre y recordó que Mallory había sido el ángel que le había salvado la vida. Sin ella, su hija no estaría durmiendo plácidamente en la habitación contigua.

«Muchas gracias, Mallory».

–¿Papá?

Se volvió sorprendido.

–¿Cariño? ¿No puedes dormir?

Apolonia se acercó a él y lo miró a los ojos.

–¿Cuándo va a morir María?

–¿Quién te lo ha contado? –preguntó él con cierta presión en el pecho.

–Te he oído hablar con la tía Lianor.

Rafael se agachó y agarró a su hija por los hombros.

–Iba a decírtelo mañana, a la hora del desayuno. Siento que hayas tenido que descubrirlo de esta manera. El médico ha dicho que no tardará mucho.

–¿Puedo ir a verla al hospital? –trataba de contener las lágrimas.

–Por supuesto. En cuanto hayas descansado unos días –la abrazó.

–A veces María decía que el dolor era tan fuerte que deseaba morir. Quiero que se muera, papá. Entonces, no sufrirá más porque estará en el cielo.

Rafael no pudo contener las lágrimas.

–Yo también lo quiero. Así podrá descansar, sin dolor.

–Me alegro.

–Mi niña. Mi niña valiente –susurró con voz temblorosa, y la llevó de nuevo a la cama.

–¿Papá?

–¿Sí? –se agachó y le retiró el pelo de la frente.

–Me alegro de que no vayas a pedirle a Joana que cuide de mí.

–No lo haré. Sé que sólo quieres que te cuide una persona, y que es tu tía Lianor.

–No, no es eso.

–Sé que crees que eres lo bastante mayor como para quedarte sola cuando yo estoy de viaje. Sin embargo, Inés tiene sus quehaceres y no podemos contar siempre con la madre de Violente. Necesitas a tu tía. Ella te quiere, y cuidará de ti cuando yo no pueda hacerlo.

–Pero a la tía Lianor no le gusta vivir en el palacio.

–¿Te lo ha dicho ella? –preguntó asombrado.

–Sí.

–¿Cuándo?

–Hace mucho tiempo. Dijo que aquí tenía demasiados malos recuerdos. ¿Por qué no fue feliz, papá?

–Se enamoró de un hombre que trabajaba para la familia, y cuando se marchó, se le rompió el corazón.

Había mucho más, pero su hija no necesitaba conocer los detalles.

–Cuando la semana pasada dejó que Violente y yo durmiéramos en su apartamento, nos dijo que era feliz. Creo que ahora se siente mejor.

Rafael se puso de pie.

–Si conociera al hombre adecuado, estaría encantada de regresar al palacio. Te quiere como si fueras su propia hija.

–Lo sé. Pero hasta que eso suceda, ¿crees que Mallory se quedaría conmigo?

Rafael no sabía si reír o llorar.

–Apolonia... Mallory es la vicepresidenta de una

empresa estadounidense. Tiene muchas responsabilidades.

–Podría dejar su trabajo.

–No, cariño.

–¿Por qué no?

–Mallory es una brillante ejecutiva que algún día
poseerá su propia empresa. Está casada con su trabajo.

–Uno no puede casarse con su trabajo. Eres
tonto, papá.

–Lo que quiero decir es que le gusta tanto su trabajo como a mí el mío.

–¿Tu trabajo te gusta más que yo?

–¡No! –le dijo, y la besó en la mejilla–. Te quiero
tanto que no podría imaginar la vida sin ti. Hoy,
cuando pensaba que no ibas a despertar... –Rafael
no podía seguir hablando.

–Yo también te quiero, papá. ¿Quieres saber lo
que me dijo Mallory?

–¿Qué? –preguntó con miedo.

–Cuando me agarró en el agua, me dijo que me
querías más que a tu propia vida, y que si hacía lo
que ella me decía, me podría llevar hasta ti sana y
salva. Lo único que yo tenía que hacer era permanecer calmada. Ella haría el resto. ¡Es muy valiente!
¡Y divertida! Violente opina lo mismo que yo. La
quiero, papá.

«Dime algo que yo no sepa».

–Comprendo por qué sientes lo que sientes. Te ha
salvado la vida. Es algo que recordarás siempre.
Pero no es el tipo de mujer maternal y nunca lo será.
Lo que tú quieres es imposible.

–¿Todavía estás enfadado con ella?

–Enfadado...

–Sí. Recuerdo cómo te enfadaste cuando la tía Lianor aceptó el trabajo de directora y se fue a California.

–No estoy enfadada con Mallory, bonita. ¿Cómo iba a estarlo después de lo que ha pasado hoy?

Su hija le dedicó una amplia sonrisa.

–Bien –murmuró antes de cerrar los ojos y darse la vuelta–. *Boa noite*, papá.

C UANDO Mallory oyó que llamaban a la puerta miró el reloj. Sólo eran las siete y cuarto de la mañana. Demasiado temprano para que fuera la doncella.

–¿Liz? Ha venido alguien. Voy a tener que colgar. Gracias por ser tan comprensiva. Reservaré un vuelo para Los Ángeles para el viernes. Hablaremos más tarde –colgó el teléfono–. ¡Ya voy! ¡Un momento! –se puso el batín y se dirigió a la puerta.

–Apolonia... –la hija de Rafael iba vestida con unos vaqueros y un top amarillo. Había recuperado el color de cara y se notaba que había dormido bien. Nadie podría decir que el día anterior había estado en el hospital–. Pasa –le dijo, y dio un paso atrás–. Estás muy guapa esta mañana.

–Gracias. Ojalá tuviera un batín como ése.

El batín blanco con encaje en las mangas parecía de novia.

–Es precioso, ¿verdad? Me lo regaló mi madre hace unos años. Es la primera vez que me lo pongo.

–Estás preciosa.

Mallory la abrazó.

–Eres un encanto. Esta mañana debes sentirte mucho mejor.

La pequeña asintió.

–Quería hablar contigo antes del desayuno. ¿Te parece bien?

–Por supuesto. Pasa al dormitorio. Estaba a punto de ponerme un conjunto como el tuyo –mientras Apolonia esperaba, Mallory se quitó el batín y se puso unos vaqueros y una camiseta–. Ya estoy –le dio la mano a Apolonia y juntas salieron al balcón. Durante un minuto, ambas permanecieron en silencio contemplando el océano–. ¿Por qué no descansamos en esas tumbonas como si fuéramos mujeres ociosas? Así es como me siento. Como si fuera una reina que vive en un palacio y no tuviera nada más que hacer que soñar despierta.

–¿Cuándo tenías diez años también soñabas despierta?

–Oh sí... Todo el tiempo.

–¿Tenías un sueño favorito?

–Por supuesto. ¿Tú no?

–Sí.

–¿Puedes contarme cuál es?

–Después de que tú me cuentes el tuyo.

Mallory sonrió y comenzó a contarle la historia de los cómics de las mujeres amazonas con poderes especiales.

–Quería ser como ellas.

–¿Son guapas?

–Mucho. Cuando regrese a California te mandaré un libro. Tu inglés es bueno, así que posiblemente podrás comprenderlo todo sin que tu padre te ayude –al ver que Apolonia no contestaba, Mallory se volvió hacia ella. La niña estaba sentada y la miraba con inquietud–. ¿Cariño? ¿Estás bien?

–Me gusta lo del libro, pero ojalá no te fueras. Ahora que María va a morir, ¿crees que podrías ser mi niñera?

Aquella pregunta formulada con tanta simpleza hizo que Mallory se quedara boquiabierta. Se levantó de la tumbona preguntándose si había comprendido bien. En primer lugar, no sabía que Apolonia supiera el estado en que se encontraba María. Además, estaba convencida de que Rafael no sabía nada de todo aquello, si no, Apolonia no habría acudido a su habitación antes de la hora del desayuno, donde se reuniría toda la familia.

–A mi tía Lianor se le partió el corazón en el palacio –explicó Apolonia–. Por eso vive en Lisboa. Quiere que su amiga Joana cuide de mí, pero cuando mi tía no está, Joana actúa como si yo no le cayera bien. Y papá dijo que no lo permitiría porque está recién divorciada y tiene muchos problemas. Anoche, mi tía Lianor discutió con él. Se enfadó tanto que le dijo que se buscara una esposa. Pero yo tengo miedo de que se case porque a lo mejor elige a alguien con la que no me lleve bien –dijo con voz temblorosa–. Así que, estaba pensando que quizá podrías quedarte aquí y trabajar con el ordenador como hace papá. Tenemos muchas habitaciones, y no te molestaré cuando estés ocupada... Y cuando estés libre, podremos ir a nadar y a explorar sitios nuevos. ¿No crees que puede ser divertido? Cuando esté en el colegio tendrás todo el día para trabajar. Después, al llegar a casa haré mis deberes. Si tienes que salir de viaje, Inés cuidará de mí si papá también está fuera.

Cada palabra de Apolonia hacía que a Mallory se le encogiera más el corazón. ¿Qué podía decirle a esa niña vulnerable que ya se sentía perdida sin María?

A Lianor debía haberle sucedido algo traumático para que no quisiera tomar parte activa en la crianza de su sobrina. Desde que llegó a Portugal, Mallory había asumido que el deseo de independencia de la otra mujer tenía que ver con el deseo de separarse de su hermano.

Pero lo que Apolonia le había contado indicaba que además de Rafael había otra persona responsable de alejar a Lianor de su familia. De pronto, la perspectiva de Mallory sobre la situación había cambiado por completo.

Estaba de acuerdo con Rafael respecto a Joana. Una mujer recién divorciada necesitaba unos años para sí misma antes de poder cuidar del hijo de otra persona.

Sin la ayuda de Lianor, Rafael debía de estar desesperado. Mallory podía comprenderlo, sobre todo si el recuerdo de Isabell había evitado que él se casara de nuevo.

Nadie se casaba otra vez para darle a sus hijos una madre que quizá no les gustara, al menos que estuviera locamente enamorado.

—Papá ya no está enfadado contigo.

—Apolonia... ¿tu padre sabe que ibas a pedirme esto?

—No. Cuando le dije que quería que te quedaras para que cuidaras de mí me dijo que es imposible porque estás casada con tu trabajo y que un día poseerás una empresa.

—¿Una empresa?

—Sí. Dijo que no eres el tipo de mujer maternal y que nunca lo serás. ¿Es cierto? ¿No quieres tener un

bebé como la madre de Violente? Es tan lindo. A veces cuidamos de él mientras ella se echa la siesta y...

–Perdone, señora –una de las doncellas apareció
en la puerta del balcón. Miró a Apolonia–. Su padre
se ha llevado un buen susto al ver que no estaba en
la cama. Ha puesto a todo el mundo a buscarla.

–Íbamos a desayunar –dijo Mallory en defensa
de la niña.

–Te mostraré el camino –dijo Apolonia, y se dirigió por el pasillo hasta la escalera central. Antes de
comenzar a bajar miró a Mallory–. Papá se enfadará
si se entera de que te he pedido que seas mi niñera.
Dijo que no querrías cuidar de mí. Cuando lo veas,
no le digas nada, por favor.

–Apolonia... espera...

Pero la niña corrió escaleras abajo, evidentemente,
dolida por el silencio de Mallory. Y avergonzada.

Destrozada por haberle causado daño a la pequeña,
Mallory sabía que no sería capaz de probar bocado.

Rafael le había dicho a su hija que Mallory no
cuidaría de ella, y la había calificado de mujer poco
maternal.

Antes se habría reído, pero curiosamente, esa vez
no le había hecho gracia. ¿De veras Rafael la veía
de esa manera? Que el padre de Apolonia pensara
así después de lo que había sucedido el día anterior,
la molestaba.

Mallory tenía un fuerte instinto maternal. Y que
fuera una mujer a quien le gustaba controlar las cosas no significaba que no quisiera nada más que una
buena profesión en la vida.

Como Rafael, todavía no había conocido a nadie
que pudiera enriquecerle la vida hasta el punto de

querer casarse. Sin embargo, confiaba en que algún día sucedería.

¿Cómo se atrevía a hacer afirmaciones como ésas? Especialmente cuando Apolonia era una niña encantadora. Mallory la adoraba desde el primer momento en que la vio y, después de haberle salvado la vida, dudaba que pudiera sentir algo más fuerte por ella si fuera hija suya.

Cuando llegó al recibidor se paró en seco. Rafael había salido de un despacho que había detrás de la recepción vestido de traje. Estaba tan atractivo que ella sintió que se le paraba el corazón. Pero iba tan apresurado que estuvo a punto de chocarse con su hija.

Mallory se acercó a ellos. Había algo en la forma que tenía de agarrar a Apolonia mientras hablaba con ella. No era sólo el temor de no encontrarla lo que hacía que se comportara así.

De pronto, Apolonia rompió a llorar y se abrazó a su padre.

Mallory estaba segura de que María había fallecido. Lo corroboró al ver que Lianor salía de la misma habitación vestida con un traje azul oscuro. Se acercó a Mallory. Estaba pálida y tenía los ojos rojos.

–María ha fallecido en el hospital hace veinte minutos –susurró–. ¡No pensábamos que sucedería tan rápido! Rafael fue al dormitorio de Apolonia para decírselo, pero ella no estaba allí.

–Vino a mi habitación hace un rato.

–Imaginaba que había ido a verte, así que envié a Nina a buscarla. Gracias a Dios os encontró a las dos juntas. No creo que mi hermano hubiera podido soportar más sobresaltos. Tenemos que ir a Lisboa a solucionar un montón de cosas. Apolonia tiene que desayunar y vestirse.

–No permitirán que vea a María antes del funeral.

–No, pero Rafael tiene miedo de que Apolonia esté demasiado sensible como para dejarla con el servicio.

–Me quedaré con ella. Id vosotros dos.

–Rafael no lo permitiría. Has venido en viaje de negocios y no hemos vivido más que una situación de vida o muerte tras otra. Desearás no haber venido.

–Eso no es cierto, Lianor –la situación de aquella familia le había llegado a lo más profundo del corazón–. Hablaré con tu hermano.

Tuvo que correr para alcanzar a Rafael y a Apolonia. Acababan de entrar en la zona privada del palacio atravesando una habitación situada detrás de la recepción.

–¡Rafael! ¡Espera! –pudo oír que Lianor llegaba detrás de ella.

Él se volvió y la miró asombrado.

–¿Mallory?

–Siento lo de María. Lianor me ha dicho que hoy tenéis que solucionar muchas cosas. ¿Por qué no dejas que yo cuide de Apolonia?

El rostro de su hija se iluminó a pesar de las lágrimas.

–Por favor, papá, ¿puedo quedarme con ella? –suplicó la niña.

Mallory podía sentir que Rafael estaba muy tenso. Era una lucha entre lo que sabía que era mejor para su hija y el no querer contar con Mallory, una mujer a la que no consideraba como la niñera adecuada.

–Cuando Nina vino a buscarla a mi dormitorio estábamos en mitad de una interesante conversación. Podemos terminarla durante el desayuno, y después me aseguraré de que descanse –hizo una pausa–. Ésas fueron las órdenes que dio el médico –le recordó.

–Por favor, papá.

–Estará a salvo conmigo, lo prometo.

–¿Crees que eso no lo sé? –dijo dando un suspiro–. Si estás segura de que no será mucha molestia, te estaría muy agradecido.

–Será un placer –Mallory tomó la mano de Apolonia.

–Gracias –murmuró Lianor.

–Intentaremos no tardar demasiado –dijo Rafael.

–No te preocupes por nada. Estaremos bien –dijo Mallory mirándolo a los ojos.

–Vamos Mallory. Nuestro comedor privado está por aquí –la niña tiró de ella. Mallory sintió que él la observaba mientras se alejaban.

–¿Siempre coméis aquí? –preguntó una vez sentadas a la mesa. El comedor estaba amueblado para acoger, al menos, a dos docenas de comensales.

–Sí –bebió un poco de zumo–. ¿Te gusta?

–Es estupendo, pero ahora sé cómo deben sentirse dos ratoncitos cuando entran del exterior.

–Eres muy graciosa –dijo Apolonia, y se sirvió una salchicha.

–Todo mi apartamento de Los Ángeles entraría en una cuarta parte de esta habitación. Yo desayuno en una mesita pequeña que hay en la cocina. Sólo caben dos personas.

—Ojalá pudiera verlo.

—Ya oíste lo que tu padre dijo en el hospital. Dijo que algún día te llevaría a Estados Unidos.

—A lo mejor podemos marcharnos contigo e ir juntos a Disneylandia. La tía Lianor me dijo que me encantaría.

—A todo el mundo le encanta Disneylandia –sonrió Mallory–. Me gustaría ver a tu padre montado en la montaña rusa.

—¿Da miedo?

—Sí.

—Papá no tiene miedo de nada.

«Excepto de perderte», pensó Mallory.

—Creo que te encantaría la atracción de *Mister Toad Wild Ride*.

—No lo comprendo. ¿Qué es *toad*?

—Un sapo, parecido a una rana.

—¿Y *wild*?

Mallory hizo una mueca. La niña soltó una carcajada.

—¿Has oído la historia de *Wind in the Willows*?

—No, ¡cuéntamela!

—¿Tienes ordenador en tu habitación?

—No, pero papá tiene uno en el despacho. A veces juego con él.

Con suerte, a Rafael no le importaría que lo utilizaran.

—¿Has terminado de desayunar?

—Sí.

—Yo también. Vamos a intentar buscarlo en Internet. A lo mejor sale una foto de Mister Toad.

Se dirigieron al despacho y se sorprendió al ver

que era una habitación mucho más pequeña que las otras. Sobre el escritorio había una foto de una mujer de pelo negro que sólo podía ser la esposa de Rafael. Junto a ella, una fotografía de Apolonia.

–Papá se ha dejado el ordenador encendido.

–Bien. Veamos...

Mallory buscó *Wind in the Willows* en Internet y eligió la opción que mostraba fotografías.

–Mira, es un sapo con un vestido –le dijo a Apolonia–. Aquí cuentan parte de su historia –y empezó a leer.

Echaron más carbón y el tren se adentró en el túnel. El motor rugió, tembló y traqueteó hasta que llegaron al otro extremo, donde encontraron aire fresco y la luz de la luna. El conductor frenó, el sapo bajó al escalón y cuando el tren aminoró la marcha oyó que el maquinista decía, ¡Ahora, salta!

Apolonia la miró.

–Estoy deseando subirme en esa atracción. ¿Crees que también encontraremos una foto de las mujeres amazonas?

–Seguro que sí.

Al cabo de unos minutos Apolonia pudo ver a algunas de las protagonistas de los cómics.

–¿Qué lleva en la mano?

–Una cuerda de oro que se llama lazo. Cuando se rodea a alguien con ello tiene que decir la verdad.

La pequeña puso una amplia sonrisa.

–Es emocionante, ¿a que sí? –murmuró Mallory.

–Ésta que tiene los ojos azules se parece a ti.

–¡Ojalá! ¿Quieres ver a mi actor de Hollywood favorito?

–¡Sí! ¡Qué divertido!

–Estoy de acuerdo –hacía tiempo que Mallory no se lo pasaba tan bien–. Vale... –tecleó el nombre del actor y esperó un instante–. Aquí está. Éste es el hombre de mis sueños.

Apareció una foto de Larry «Buster» Crabbe, el nadador olímpico que actuó en las primeras películas de Flash Gordon.

–¿Y quién es?

–Se llama así porque era rápido y poderoso y sus enemigos no podían alcanzarlo. Era mi ídolo.

–¿Ídolo?

–Sólo de pensar en él se me aceleraba el corazón.

–¡Tiene el cabello más rubio que he visto nunca!

–Y rizado –Mallory le guiñó un ojo–. Siempre he querido casarme con él.

–¿Todavía?

–Si estuviera disponible, sería su esposa en un abrir y cerrar de ojos –dijo Mallory entre risas.

–¿En un abrir y cerrar de ojos?

–En este mismo instante.

–¿Es una broma?

–Para nada. ¿Cuándo eras pequeña no tenías una película o una historia favorita? –Apolonia asintió–. ¿Por qué no tecleas el título y vemos qué sale?

En un segundo apareció en la pantalla una lista de libros en portugués.

–Éste –dijo Apolonia, y señaló en la pantalla.

–¿Qué significa el título?

–Rose, mi hermana de color rosa.

–Parece interesante. ¿Por qué no me cuentas la

historia mientras vamos arriba? Quiero ver cómo es tu habitación –Mallory consideraba que Apolonia debía descansar un rato.

Cerraron todas las pantallas del ordenador y salieron del despacho. Subieron por otra escalera mientras Apolonia le contaba su historia de camino al dormitorio.

Aunque era una habitación grande, Mallory se percató de que había sido reformada.

–Me gusta –exclamó. Había un armario y una cómoda llena de muñecas y peluches. Una mesa de estudio, unas estanterías llenas de libros y otra llena de juguetes.

–El baño y el vestidor están allí –Apolonia señaló hacia una puerta de doble hoja que estaba a un lado de la habitación–. La habitación de mi padre está detrás de aquéllas.

La imagen de Rafael D'Afonso tumbado en su cama invadió su cabeza e hizo que se le entrecortara la respiración.

–¿María solía dormir aquí?

–No –contestó la niña–. Su habitación está al otro lado del pasillo.

Mallory se quitó las sandalias y se tumbó en la cama que todavía continuaba deshecha. Se volvió y apoyó la cabeza en su mano.

–¿Por qué no te tumbas y me hablas de María? ¿Qué es lo que más te gustaba de ella?

Para su alivio, Apolonia se quitó las zapatillas y se metió en la cama. Enseguida estaba poniendo a Mallory al día de su vida. Tenía mucho que contar, así que Mallory la escuchó con atención y la consoló cuando lloró.

Cuando cesaron las lágrimas, Mallory dijo:

–María parece maravillosa, creo que deberías escribirlo todo y hacer un libro sobre ella. Algún día, cuando te cases y tengas hijos, te preguntarán cómo era tu vida con María. Podrás leérselo.

Apolonia se sentó en la cama.

–¿Me ayudarás a hacerlo?

–Por supuesto. Podemos empezar esta tarde después de comer. Estoy segura de que tienes muchas fotos de ella.

–Y en su habitación hay fotos de cuando ella era pequeña, con su familia. ¡También podemos ponerlas! –Apolonia parecía entusiasmada.

–¿Tenía una flor favorita?

–Una vez papá le regaló rosas blancas por su cumpleaños y se puso a llorar.

–Entonces, compraremos algunas para que las pongas sobre su tumba. Puedes prensar una en tu libro para guardarla de recuerdo.

Tras un largo silencio, la niña susurró.

–Te quiero.

–Yo siento lo mismo por ti, cariño.

Mallory notó que Apolonia iba a decir algo más y que se había contenido, pero ella sabía lo que era. En realidad, no había podido pensar en otra cosa desde que la niña le había pedido que fuera su niñera. Al cabo de unos minutos, la niña se tumbó boca abajo y permaneció callada.

Cuando Mallory comprobó que se había quedado dormida, se levantó y se acercó a las ventanas que daban al océano. Estaba inquieta. Deseaba que la habitación tuviera terraza.

¿Qué haría Rafael respecto a su hija?

Quizá si Mallory hablara con Lianor y le dijera que no pasaba nada si renunciaba a su trabajo en Lady Windemere por el bien de su sobrina... Quizá su amiga necesitaba que Mallory se lo dijera para no sentirse culpable por dejar la empresa.

Pero si Lianor estaba tan asustada que no podía vivir en el palacio porque la atormentaban los recuerdos, quizá lo único que conseguiría sería empeorar la situación.

De cualquier modo, aquella familia sufriría un difícil periodo de transición. Suponía que Rafael tardaría semanas o meses en encontrar a la persona adecuada para cuidar a Apolonia.

Mallory trató de ponerse en el lugar de la pequeña, pero no lo consiguió. Si su madre hubiera muerto, habría sido impensable que una extraña se mudara a la casa de los Ellis en Huntington Beach, con Mallory y su padre, por muchas cualidades que la mujer tuviera.

Era cruel que María hubiera fallecido.

Pero lo más cruel era que Apolonia hubiera estado a punto de ahogarse y que por eso no hubiera podido ir al hospital a verla el día anterior. No habían podido decirse adiós.

Apenada, se acercó a la cama de Apolonia y la miró. Todavía llevaba la trenza en el pelo. De mayor se convertiría en una mujer bella.

Mallory miró el reloj. El día anterior, a la misma hora, ella y Lianor habían ido al hospital para ver a Apolonia. Por suerte, la niña no había sufrido complicaciones y la habían enviado a casa ese mismo día.

Al oír que se abría la puerta se volvió.

—Rafael... —susurró. Por algún motivo se le aceleró el corazón.

Él salía de su dormitorio vestido con unos pantalones y una camisa informal. La miró de arriba abajo con sus ojos negros, antes de que le diera tiempo de secarse las lágrimas.

–¿Ocurre algo? –susurró él con expresión seria. Ella se acercó a él.

–No. Estaba pensando en la muerte de María.

–Aunque no hubiera sucedido el accidente, María estaba demasiado mal como para hablar con mi hija. Creo que es mejor que Apolonia guarde el recuerdo de cuando ella aún estaba en el palacio –dijo como si le hubiera leído el pensamiento.

–Estoy segura de que tienes razón –se secó la última lágrima.

–¿Cuánto tiempo ha dormido?

–Como una hora y media.

–Eso significa que se despertará pronto. Vamos a mi habitación hasta entonces. Dejaré la puerta abierta –la guió hasta la terraza de su dormitorio, donde el cielo azul dominaba el día. Desde la playa provenían las voces de alguien que disfrutaba haciendo *surf*.

Rafael abrió una sombrilla y la colocó junto a la mesa donde había servido un buen festín. Después, agarró una silla y se sentó frente a Mallory. Ella sabía que había sido pura casualidad que le hubiera rozado el hombro al pasar, pero no pudo evitar estremecerse.

–He pensado que podíamos comer aquí. Mi hermana se está cambiando de ropa y vendrá enseguida.

Lianor apareció al momento y se sentó con ellos. Parecía triste. No dijo nada, pero le dedicó una sonrisa a Mallory. A ella le dio la sensación de que habían discutido otra vez.

–Prueba las gambas primero –dijo él, como si no

pasara nada malo–. Están marinadas en una salsa de lima que creo que te gustará.

–Mmm, ¡están buenísimas! –exclamó después de probar una–. Podría comer sólo eso.

–Si hicieras tal cosa, herirías los sentimientos del chef. Ha preparado algunos de los platos más famosos del palacio y espera que los pruebes todos. La gente viene de toda Europa para probar su caldo verde, ¿no es así, Lianor?

–Sí –murmuró ella–. Es una receta especial que prepara con salchicha, repollo, patata y aceite de oliva.

–Deja que te sirva un poco –dijo Rafael, y al momento colocó un cuenco frente a ella.

–No tenía que haberse tomado tantas molestias.

–Felipe quería hacerlo. Apolonia y él son grandes amigos. Lo que hiciste ayer ahí fuera ha hecho que te ganes su lealtad y la de todo el personal.

Mallory se sonrojó.

–Entonces tendré que agradecérselo personalmente.

–Le gustaría.

La sopa estaba deliciosa. También el queso Serpa y la paella con almejas del Algarve, beicon y hierbas.

–Más comidas como ésta y no seré capaz de levantarme sin la ayuda de una grúa.

Rafael la miró con detenimiento.

–Me temo que las grandes responsabilidades que tienes hacia tu empresa te mantendrán siempre lo bastante ocupada como para preocuparte por eso.

«El toque de gracia, pronunciado en el momento oportuno».

CAPÍTULO 5

MALLORY? –la voz de la niña se oyó desde la otra habitación.

–¡Estoy aquí, cariño! –iba a incorporarse cuando Rafael la agarró del brazo. Se notaba la tensión en su rostro.

–Ya has hecho más de lo que podré pagarte nunca. Yo iré a verla.

En cuanto desapareció, Lianor dijo:

–Estoy segura de que has notado que Rafael y yo hemos discutido.

–No es asunto mío, Lianor. La situación es difícil.

–No si yo dejo de trabajar y regreso a casa para cuidar de ella –dijo lloriqueando–. Pero no creo que pueda soportarlo, Mallory. Hay cosas que no sabes. Cosas muy dolorosas...

–¡Mallory! –exclamó Apolonia aliviada y corrió a abrazarla–. Cuando desperté... pensé que te habías ido.

Ella abrazó a la niña, consciente de que Rafael estaba observándola. Parecía que se había puesto pálido. Como si estuviera enfermo.

–Nunca haría tal cosa. Según tu padre, Felipe preparó estas cosas tan ricas en mi honor. Voy a tener que comer un poquito de cada. ¿Cuál es tu favorita?

–Lo que más me gustan son las gambas –dijo Apolonia mirando los platos.

–A mí también. Siéntate a mi lado. Todavía quedan muchas.

Rafael ayudó a sentarse a su hija y tomó asiento. Mallory sirvió un plato para la pequeña.

–¿Papá? ¿Cuándo va a ser el entierro de María?

–Pasado mañana.

–¿En nuestra capilla?

–Sí, cariño. Lianor y yo lo hemos acordado todo con el cura.

Apareció un camarero con la bandeja del postre.

–Creo que no me queda sitio para el postre –dijo Mallory.

–Pero tienes que probar la *barriga de freiras*, Felipe ganó un premio por ese postre.

–¿Un premio? ¿Cuál es?

Apolonia señaló un pastel.

–¿Cómo se traduce?

–Vientre de monja –murmuró el padre.

Mallory lo miró asombrada.

–¡Es terrible! –exclamó entre risas.

–Lo que está a su lado se llama mantecado.

–Yo solía utilizar manteca para hacer la corteza de la tarta de manzana. Es la favorita de mi padre.

–¿Sabes cocinar? –preguntó Apolonia asombrada.

–Cada dos domingos invito a mis padres a cenar. El otro domingo voy a su casa y ayudo a mi madre a hacer la cena.

–Así que viajas entre semana.

–De hecho, no soy yo la que sale de la oficina. Eso lo hacen los jefes de venta y márketing. El único motivo por el que estuve en Nueva York fue porque la dueña me pidió que fuera a un programa de televisión para promocionar nuestros productos.

–¿Saliste en televisión? –preguntó la niña.

–Sí. Estuve en uno de esos programas de entrevistas. Antes de regresar a Los Ángeles decidí tomarme unos días libres para visitar a Lianor. La verdad es que no tenía que hacer nada de trabajo con ella.

Vio cómo Rafael miraba a su hermana asombrado.

–¡Me alegro tanto de que vinieras! –exclamó Apolonia.

–Yo también, cariño.

–Papá, en cuanto terminemos el postre, Mallory va a ayudarme a hacer un libro sobre María.

–¿Qué quieres decir? –preguntó Lianor.

Apolonia lo explicó todo.

–Algún día podré leérselo a mi hija o a mi hijo para que conozcan cómo era María.

Se hizo un silencio. A Lianor se le llenaron los ojos de lágrimas. Mallory no tenía que mirar a Rafael para saber que él la estaba mirando. Era evidente que no sabía qué pensar de la destacable Lady Windemere.

Cuanto más pensaba en la descripción que había hecho de ella, más le molestaba.

Qué difícil debía resultar estarle agradecida por haber salvado la vida de Apolonia cuando no la consideraba una mujer de verdad.

–Tengo una idea, Apolonia. ¿Por qué no dejamos que tu padre se coma los postres mientras nosotras vamos a tu habitación? Felipe no se enterará.

Rafael protestó.

–Quédate donde estás y disfruta del resto del día con Lianor –habló en tono agradable, pero sus palabras ocultaban acero–. Yo te ayudaré con el libro, cariño. Mallory ha tenido una idea estupenda. Recuerdo los momentos que pasamos con tu madre y María antes de que tu nacieras. Lo contaremos todo.

–¿No podemos hacerlo los tres juntos?

Una vez más, Mallory era la causa del conflicto.

–No, cariño. Ya has oído a Mallory. Sólo a venido a ver a Lianor y, hasta ahora, no han pasado nada de tiempo juntas. Me he tomado libre el resto de la semana para estar contigo. Mañana iremos a Sintra a buscar a Eugenia, la amiga de María.

–Pero mañana no es el entierro...

–Le he pedido que se quede con nosotros algún tiempo.

–No, papá... –Apolonia se levantó de la silla. Las lágrimas rodaban por sus mejillas–. No quiero que Eugenia cuide de mí. Es vieja y fea.

Mallory miró a Lianor. Su amiga estaba sufriendo mucho. Aquello era una pesadilla.

–Eugenia sólo estará con nosotros hasta que encontremos a alguien que te guste.

–No la traigas...

–El asunto está zanjado.

–No, Rafael –Lianor se puso de pie–. Eugenia es una buena mujer, pero no tiene el carácter adecuado para estar con niños. Apolonia tiene razón. Yo... dejaré mi trabajo y regresaré a casa.

–Gracias a Dios –susurró su hermano.

Lianor miró a Mallory desesperada.

–¿Te doy a ti mi renuncia para que la lleves a Los Ángeles?

Mallory sabía que a Lianor se le estaba partiendo

el alma. Su lucha no consistía sólo en llegar a ser directora de una tienda.

Suponía que el antiguo problema de peso de Lianor estaba ligado a un mal de amores. Lo había pasado tan mal que no se atrevía a enfrentarse a los recuerdos. Quizá algún día podría confiar en Mallory.

Y en cuanto a Rafael, le dolía ver cómo sufría él tratando de solucionar la situación. Toda la familia estaba descolocada, sobre todo Apolonia, cuya única figura materna sería enterrada dentro de dos días.

Mallory adoraba a esa niña.

Salvarle la vida había hecho que se sintiera muy unida a ella. Lo único que sabía era que deseaba que la niña fuera feliz. A lo mejor debería tomarse un año sabático y ayudar a Apolonia durante el periodo de transición hasta que Rafael encontrara una buena sustituta para María.

Si él la dejara...

Por desgracia, sus comentarios habían herido su corazón.

«Lo que quieres no es posible, cariño. Mallory no es el tipo de mujer maternal y nunca lo será. Está casada con su trabajo. Un día poseerá una empresa».

Muchos hombres habían etiquetado a Mallory sin saber nada de ella. Pero Mallory sí sabía que otras mujeres más cualificadas que ella llamaban a la puerta de Liz para reemplazarla.

Liz no tendría problema alguno siempre que Mallory permaneciera en el grupo asesor y pudiera volar a Los Ángeles para las reuniones. Podría llevarse a Apolonia consigo si fuera necesario.

Llevaba unos días dándole vueltas al tema, así

que dejó la servilleta sobre la mesa y se dirigió a la hija de Rafael.

–¿Apolonia? –la tomó de la mano y la acercó–. ¿Por qué no le cuentas a tu padre la pregunta que me has hecho cuando entraste esta mañana en mi habitación?

Tras secarse las lágrimas, la niña dijo:

–Le he pedido a Mallory que sea mi niñera.

Lianor exclamó asombrada.

–Lo he pensado mucho –dijo Mallory–, y he decidido que me gustaría hacer el trabajo hasta que encontréis a alguien que sustituya a María. Suponiendo que deis vuestra aprobación, por supuesto.

Apolonia abrazó a Mallory y Rafael se levantó de la mesa, tratando de contenerse.

–Apolonia, ¿puedes ir a tu habitación mientras hablo con Mallory?

–Pero papá...

–Yo la llevaré –se ofreció Lianor–. Vamos –separó a su sobrina de Mallory y las dos desaparecieron en el interior del palacio.

–¿Qué diablos te ha hecho decir eso delante de mi hija?

–Me dijo que ya había hablado contigo de ello. Pero para responder a tu pregunta, la quiero. Sentimos gran afinidad desde el primer momento en que nos vimos. Ser la niñera de Apolonia hasta que encuentres a la persona adecuada para ella, me satisfaría más que nada en el mundo. Liz me dejará que me tome una excedencia de seis meses o un año.

Rafael soltó una carcajada con enfado.

–Eres una chica como las del póster de Wall Street.

Ella se puso de pie.

–Dejemos una cosa clara, ¿vale? Soy una mujer que ha ido a la universidad y se ha licenciado en Derecho. Trabajo en una empresa, y me gusta, pero no significa que sea toda mi vida.

–En cualquier caso, intentar cubrir el papel de madre de Apolonia no es como llevar una empresa o un despacho de abogados, independientemente de que sea para seis meses o para toda una vida. No estás entrenada para ello.

–¿Lo estabas tú cuando fuiste padre?

Rafael cerró los puños.

–María pensaba quedarse a mi lado para siempre.

–Lo sé. ¿No permitirás que te ayude en estos momentos difíciles?

–Apolonia no es una empresa que participa en la bolsa. Es de mi carne y de mi sangre, alguien a quien no permitiré que se abandone porque dentro de un mes te ofrezcan un puesto directivo que no puedas rechazar. Ha de tener estabilidad.

–¿Crees que no comprendo que cuidar de ella significa comprometerse a permanecer junto a ella hasta que encuentres a otra persona?

–Eso no puedes garantizarlo.

–¿Por qué no? La gente se toma años sabáticos. Según las mujeres de tu familia me consideras una máquina sin sentimientos ni deseos femeninos. Así que si pensabas decirme que a lo mejor me caso y me olvido de Apolonia, ¡no funcionará!

–Tras haberle salvado la vida, no dudo que compartas con ella un lazo especial. Pero en dos días no se decide abandonar la carrera profesional para cuidar de una niña de diez años que vive en otro país.

–Nunca he hablado de abandonar, sólo he dicho que me gustaría ayudar a Apolonia mientras encuentras a la persona adecuada para hacerlo. ¿También estás en contra de las estadounidenses? –al ver que no contestaba, añadió–. Sólo pensaba quedarme en la empresa hasta que se pusiera en marcha. Después, pensaba buscarme algo que me llenara más. Si quiero tomarme unos meses libres para estar con una adorable niña que se ha ganado mi corazón, ¿qué te importa?

–¿Cuál es tu verdadero motivo, Mallory?

–He invertido mi dinero, así que no pienses que voy detrás del tuyo. Y no es lo que tu vanidad masculina está imaginando. Claro que, supongo que cuando uno está acostumbrado a que las mujeres se tiren a sus pies, incluso la destacable Lady Windemere es sospechosa. Pues no, Rafael... Como tú, prefiero permanecer soltera. Si me contratas, no me encontrarás tumbada en tu cama una noche oscura tratando de cazarte. Puesto que nunca te has vuelto a casar, deduzco que eres un hombre de una sola mujer. Y si algún día decido casarme, será con un hombre que viva en el presente y cuyo corazón esté dispuesto a amarme –hizo una pausa–. Si te hará sentir mejor, puedo dejarlo por escrito.

–Mi hija es mi vida.

–Lo sé –susurró Mallory–. Lo vi en tus ojos cuando subiste a la ambulancia con ella. Pero antes de saberlo, algo sucedió en la playa –tomó aire–. Apolonia se convirtió en parte de mí, y yo, de ella. ¿Quieres que te cuente cuál es el verdadero motivo por el que estoy dispuesta a hacerlo? Sólo puedo decirte que ella me importa mucho. Lo suficiente como para que quiera tomarme unos meses libres para estar junto a ella y darle la estabilidad que deseas que tenga.

–Eso lo dices ahora...

–Porque lo siento. No sé cómo explicarte la conexión que tengo con ella. Ella también lo siente así. Sé que nunca seré como María. Apolonia y yo tendremos que aprender juntas. Pero será lo mismo con cualquier otra persona que contrates.

–No funcionará.

–¿Por lo que pensarán otras personas?

–Aunque esto fuera cosa del cielo, tengo una reputación que mantener. Ya hemos tenido demasiados escándalos en el pasado. Haré cualquier cosa para proteger a Apolonia.

–Entonces, supongo que no tienes más elección que contratar a alguien como Eugenia hasta que encuentres una esposa de forma apresurada.

–Sabes muy bien que no puedo, no después de que tú le hayas dicho a mi hija que ocuparás el lugar de María. ¿De veras crees que aceptará a otra persona?

–Eres su padre –le recordó–. Me marcharé de Portugal cuando estéis en el entierro. Apolonia estará enfadada unos días, pero después aceptará lo que tú consideres que es mejor para ella porque te quiere. No tardará mucho en olvidarlo todo –se detuvo en la puerta del balcón–. Si me disculpas, voy a tomar el sol en la playa mientras tú pasas el resto del día con ella.

Sin esperar una respuesta, Mallory salió de su habitación y bajó corriendo por la escalera. En pocos minutos estaba en su dormitorio, al otro lado del palacio.

Metió su ropa en la maleta. Sacó un papel del cajón, escribió una nota para Felipe agradeciéndole la comida y una carta para los tres D'Afonso.

Esperando que Rafael la perdonara por haber mentido diciendo que se marcharía durante el funeral, dejó las notas sobre el escritorio, segura de que Lianor las encontraría.

Comprobó que había recogido todo y salió del palacio por la escalera que estaba cerca de la suite Alfama. Esperó en la puerta hasta que un taxi se detuvo en la entrada.

Entró en el auto y le dijo al conductor que la llevara al aeropuerto.

Cuarenta y cinco minutos más tarde estaba en el mostrador de facturación. No había ningún vuelo directo hasta el día siguiente, así que compró un billete a Inglaterra, de donde salía un vuelo nocturno hasta Chicago.

Cuando el avión alcanzó la velocidad de crucero, las lágrimas que había tratado de contener rodaron por sus mejillas. No era la misma mujer que había volado a Portugal para visitar a Lianor. Sólo había necesitado tres días para darse cuenta de que se había enamorado de Rafael y de su hija. Puesto que él no había aceptado su ayuda, no le quedaba más remedio que desaparecer de sus vidas antes de que la niña se apegara más a ella.

Pero era doloroso...

Tan doloroso que quería morir...

Rafael permaneció en el balcón contemplando el océano durante mucho tiempo después de que Mallory se marchara. Temía el enfrentamiento inevitable que tendría con su hija, pero era algo más lo que lo hacía permanecer allí.

Durante un rato estuvo observando el movimiento que había en la playa. Su corazón latía con fuerza mientras esperaba encontrar a Mallory con la mirada. Pero esperó en vano. Pasaron diez minutos antes de que él decidiera que ella debía haberse quedado a tomar el sol en el balcón privado de su habitación.

Rafael nunca había soñado con una mujer. Pero si permanecía allí fantaseando con su cuerpo bajo la luz de la luna y su melena...

–¿Rafael? –la voz de Lianor interrumpió su pensamiento–. Apolonia quiere saber cuánto vas a tardar.

–Ya voy.

–¿De veras Mallory quería decir lo que dijo? –preguntó con voz temblorosa.

–No. Se dejó llevar por el momento.

–¿Dónde está?

–Dijo que iba a tomar el sol.

–Apolonia cree que habéis estado solucionando el tema.

–Todo está arreglado. Mallory marchará a los Estados Unidos durante el entierro. Cuando Apolonia descubra que se ha ido, cuento contigo para que permanezcas a su lado. Dijiste que dejarías el trabajo y regresarías a casa. ¿O también te dejaste llevar por el momento?

–No –dijo Lianor–. Dadas las circunstancias, creo que lo mejor será que Mallory regrese a California por la mañana, antes de que Apolonia vaya a buscarla.

Eso era lo que necesitaba. Una separación fría. Algo definitivo.

Rafael sabía que sería lo mejor para su hija, sin embargo, de camino a la habitación de la pequeña, se le formó un nudo en la garganta. La encontró en el escritorio, bolígrafo en mano.

—¿Cómo vas?

—He escrito tres páginas —lo miró—. ¿Dónde está Mallory?

—No quería molestarte. Creo que ha ido a descansar un rato —no quería decirle la verdad para que no fuera a buscarla.

Apolonia dejó el bolígrafo sobre la mesa y se puso de pie.

—¿Vas a permitir que cuide de mí?

—No, cariño —le dijo, poniéndose a su altura.

La niña lo miró fijamente. El dolor fue directo a su corazón.

—La odias, ¿verdad?

—Para nada. Estoy seguro de que sería una buena compañera para ti, pero hay muchos motivos por los que no puedo permitirlo.

—¡No son sus motivos! Mallory dijo que quería cuidar de mí. No me mentiría.

—No es eso —la agarró de los brazos—. No podemos tener a alguien viviendo aquí, como hacía María.

—¿Por qué? —preguntó con los ojos llenos de lágrimas.

—Porque la gente hablaría.

—¿De qué?

—María era como una abuela. Mallory... no lo es —se sonrojó sólo con pensar en ella.

–¿Quieres decir que es como una novia?

Rafael se aclaró la garganta.

–Algo así, sí.

–Vaz me preguntó si era tu novia. Le dije que no. Me dijo que iba a llevarla a bailar.

–¿Ves cuál es el problema, cariño? Incluso Vaz se ha imaginado algo que no es.

–No me importa.

–Tiene que importarnos. Hay mucha gente que pensaría que Mallory no es una mujer decente porque vive en nuestra casa sin estar casada. Eso no sería justo para ella.

–María no estaba casada.

–Eso es diferente. No era lo bastante joven como para ser mi esposa, así que nadie pensó nada sobre ello.

–Pues como has dicho que no odias a Mallory, puedes casarte con ella. Entonces, todo el mundo pensará que es buena. Violente oyó que su padre le decía a su madre que Mallory era incluso más guapa que mi madre. Dijo que si permitías que regresara a los Estados Unidos estabas loco. Y he oído que Felipe le decía a su ayudante que si no estuviera casado se casaría con Mallory.

«Por Dios», pensó. Todos los hombres se habían fijado en ella.

Por desgracia, Apolonia no hizo más que contarle todos los cotilleos de la zona. Y todos tenían que ver con Mallory. Cuánto antes se marchara de Portugal, mejor.

–Cariño... Uno no se casa con alguien a menos que ambos estén muy enamorados.

–Eso no es cierto, papá. Le dijiste a tía Lianor que la mayor parte de las mujeres querían casarse contigo por tu dinero. Y el otro día te oí decirle a Antonio por teléfono que el señor Figuras se había casado con su esposa por su dinero –Rafael dio un suspiro. No tenía ni idea de que su hija había estado escuchando la conversación que él había mantenido con su abogado–. Entonces, ¿por qué no te casas con Mallory para que sea mi niñera?

Apolonia no estaba dispuesta a dejar el tema.

–Vamos a dejar de hablar de Mallory por ahora. Quiero escuchar lo que has escrito sobre María. Después yo rellenaré alguna parte.

–¿Y si Mallory viviera en un apartamento en Atalaia y viniera al palacio durante el día? Entonces, ¿dejarías que viniera durante el día?

–No –dijo él–. Estás pidiendo algo imposible.

Los ojos de Apolonia se llenaron de tristeza.

–Ojalá Mallory no me hubiera salvado –susurró antes de salir corriendo.

–Apolonia...

Horrorizado, Rafael salió tras ella. Cuando la alcanzó, ya estaba en la escalera privada. Lianor estaba subiendo por ella. Al ver la cara de agonía que tenía su hermana, preguntó:

–¿Qué ocurre?

–Mallory se ha ido.

Rafael sintió como si una ola gigante lo hubiera golpeado contra las rocas.

–No... –Apolonia gritó antes de ponerse a llorar desconsolada.

Rafael corrió hasta su hija, pero Lianor llegó primero y la abrazó.

–Ha dejado una nota para Felipe y una carta para nosotros. Siéntate conmigo y te la leeré.

Rafael permaneció de pie en el escalón y escuchó con atención.

Querida Lianor, cuando leas esta carta yo estaré de regreso a Los Ángeles. Liz comprenderá por qué has tenido que renunciar a tu trabajo y pondrá a otra de las empleadas a cargo de la tienda. Te considero una de mis mejores amigas y nunca te olvidaré.

Me marcho hoy porque tu familia necesita intimidad para llorar la muerte de María, pero llevo conmigo todos los buenos recuerdos de Portugal.

Apolonia, siempre te llevaré en mi corazón. Espero verte de nuevo algún día, cuando seas mayor y estés haciendo algo emocionante con tu vida y esa maravillosa inteligencia. Te echaré de menos.

Rafael, gracias por tu generosa hospitalidad. Nunca olvidaré la ilusión que me ha hecho alojarme en la habitación que perteneció a un rey. Tampoco la admiración que siento por cómo has educado a tu hija. Es encantadora y la aprecio mucho.

Que Dios bendiga a la familia D'Afonso.

Mallory.

Mientras él digería la parte final de la carta, Apolonia se separó de Lianor y bajó corriendo el resto de las escaleras. Lianor lo agarró del brazo antes de que él saliera tras ella.

–Déjala sola unos minutos.

–No puedo –dijo él con voz temblorosa–. No después de que me haya dicho que preferiría estar muerta.

–Oh, no...

Su hija estaba en un estado emocional precario. Tenía miedo de que entre la pérdida de María y el susto de haber estado a punto de ahogarse, la noticia de que Mallory se había marchado la llevara de nuevo al hospital.

Para su sorpresa encontró a Apolonia en su despacho. Estaba delante del ordenador lloriqueando. Quizá fuera buena idea dejarla jugar un rato hasta que se calmara. Pero se acercó a ella y vio que estaba conectada a Internet. En la pantalla había una imagen de una mujer amazona.

Apolonia presionó el botón para imprimir y esperó a que saliera la hoja. La mujer de la foto tenía cierto parecido a Mallory. Tras recoger el papel, miró a su padre con rabia.

–Te odio, papá –le dijo antes de intentar marcharse. Rafael la agarró del brazo y la abrazó.

–No quieres decir eso –le susurró al oído.

–Sí, porque por tu culpa se ha marchado y no la volveré a ver. Ni siquiera le he podido decir adiós.

–Tengo una idea –le acarició la trenza que Mallory le había hecho–. Después del entierro, ¿te apetece que hagamos un viaje juntos? Al sitio que tú quieras.

–¿Podemos ir a Disneylandia?

En realidad le estaba preguntando que si podían ir a ver a Mallory. La esperanza que había en su mirada le llegó al corazón.

–¿Ése es el único sitio que se te ocurre?

–No, pero mi amiga Gabriela fue con su familia y le encantó. Mallory dijo que te daría miedo subir a la montaña rusa.

–¿Cuándo te contó eso?

–La mañana que estuvimos mirando fotos en Internet. ¡Te lo enseñaré! –exclamó animada. De nuevo, se sentó frente al ordenador–. ¿Ves? Éste es *Mister Toad*. Dijo que hay una atracción que se llama así –le contó la historia de *Wind of the Willows*.

–¿Qué más te enseñó? –Mallory tenía la capacidad de sorprenderlo.

–Hay una foto del hombre con el que piensa casarse cuando esté disponible –una ola de rabia lo invadió por dentro. Mallory le había mentido–. ¿Quieres que te lo enseñe?

–No especialmente –murmuró él, y apagó el ordenador–. Estaba pensando llevarte a dar un paseo en coche. A lo mejor Violente quiere venir con nosotros.

Su hija se puso de pie y caminó junto a él.

–Estoy deseando mostrarte el hombre que Mallory ama. Tiene el pelo rubio y rizado. ¡En Portugal no hay hombres que se parezcan a él! –Rafael apretó los dientes–. Dice que se casaría con él ahora mismo si pudiera, porque cuando lo ve se le acelera el corazón. Se llama...

–Hablemos sobre el viaje, ¿vale? Probablemente, en Los Ángeles hará calor. No necesitas llevarte más que algunos pantalones y unas camisetas.

CAPÍTULO 6

EL VIERNES, estaban en medio de la reunión de la junta directiva de Lady Windemere cuando la secretaria de Mallory la llamó por teléfono.

–¿Sí, Barb?

–Tengo a Sue, de la recepción, por la otra línea.

–¿Sí, Sue?

–Siento interrumpirte, pero tienes visita.

–Tendrán que pedir una cita con Barb.

–No, no. No lo comprendes –dijo la chica–. Hay un hombre estupendo en el vestíbulo que podría haber salido de un cuadro de El Prado. Tiene una voz sexy y habla con acento, y va acompañado de una niña lindísima. Pero no quiere darme su nombre. Al parecer, su hija quiere darte una sorpresa.

Mallory sintió que le daba un vuelco el corazón y que apenas podía respirar.

Rafael... ¿Estaba en Los Ángeles con Apolonia? ¿En su edificio?

Colgó el teléfono y miró a Liz.

–Me ha surgido una cosa que tengo que atender. Por favor, continúa con la reunión.

La propietaria de la empresa la miró con curiosidad antes de asentir. Conocía lo que había sucedido en Lisboa y el deseo de Mallory de cuidar a Apolonia durante un tiempo. Pero Liz había decidido esperar hasta el lunes para hablar con Lianor acerca de su renuncia. Con la familia D'Afonso de luto, creía que era mejor esperar un poco. Y Mallory también.

Después de su enfrentamiento con Rafael no esperaba volverlo a ver. Podía comprender que quisiera llevar a su hija de viaje para ayudarla a que olvidara la muerte de María, pero ir a California y buscarla en su despacho no tenía sentido, si lo que quería era evitar problemas.

Era demasiado pronto para verlo otra vez.

Desde que había regresado de Portugal apenas había podido comer ni dormir. Esa misma mañana Liz le había dicho que estaba muy pálida, y la ropa que llevaba no la favorecía demasiado. Sin embargo, después de la mala noche que había pasado no podía preocuparse por su aspecto. Tampoco podía centrarse en los asuntos legales de la empresa.

No quería centrarse en ello.

El viaje a Lisboa la había cambiado por completo. La noche anterior les había contado todo a sus padres. Ellos la habían escuchado pero, por primera vez en la vida, ella no se había sentido mejor tras desahogarse con ellos.

No estaba segura de si soportaría ver a Rafael por segunda vez. Si Apolonia no hubiera estado con él, se habría negado a hacerlo.

«Mentirosa», se dijo mientras corría por el pasillo hasta recepción.

–¡Mallory!

Apolonia corrió hasta ella y la abrazó por la cintura. Mallory la abrazó también y miró a Rafael.

Sue había dicho la verdad. Estaba estupendo. Los

pantalones vaqueros que llevaba moldeaban sus piernas y su torso quedaba definido por una camiseta azul.

–*Bom día*, Mallory. Anoche llegamos de Lisboa y nos alojamos en el Disneyland Hotel.

Ella notó cierta acusación en su mirada. ¿Por qué? ¿Estaría disgustado porque se había marchado sin decir adiós? Lo había hecho con la mejor de sus intenciones.

–Ya veo. ¿Lianor está con vosotros?

–No. Hasta que regresemos estará entrenando a una empleada de la tienda para que se encargue de todo hasta que contraten a una nueva encargada. ¿Le has dicho a la propietaria que ha presentado su renuncia?

–Sí. Ahora mismo estaba reunida con Liz. Dijo que iba a llamar a Lianor el lunes.

–Bien –dijo él, aliviado–. Entonces, todo está arreglado. Le dije a Apolonia que haríamos un viaje corto después del entierro de María. Siempre ha querido venir a Disneylandia.

–Me alegro de que llegaras bien a casa –intervino la pequeña.

–Le advertí que estarías trabajando y muy ocupada, que sólo podrías saludarnos y nada más.

–¡Qué va! Estoy libre como el viento –dijo Mallory con una amplia sonrisa–. Dejadme que vaya a por mi bolso y recoja unos pases para nosotros. Recorreremos todo Disneylandia.

–¿Es tan grande? ¿Tardaremos más de un día?

–Con la cantidad de gente que hay en verano supongo que sí.

–¿Y mañana también podrás acompañarnos?

–Pienso ser vuestra guía durante todo el tiempo que estéis en California. Desde este mismo instante, estoy de vacaciones con vosotros. El domingo cenaremos en casa de mis padres, en Huntington Beach. Les he hablado mucho de ti y están deseando conocerte.

La niña la miró con una sonrisa de felicidad. Mallory miró a Rafael a los ojos. «Piénsalo bien, Rafael D'Afonso».

–Por cierto, ¿cuánto tiempo puedes quedarte en California antes de regresar al trabajo?

Él se cruzó de brazos. Era evidente que le resultaba difícil controlar sus emociones después de que ella hubiera saboteado sus planes.

–Regresamos el lunes. Tengo ciertos asuntos que no puedo retrasar.

–Entonces, lo mejor será que nos lo pasemos lo mejor posible.

–Te quiero, Mallory.

–Yo también –contestó ella, y miró a Rafael–. Supongo que has alquilado un coche –Rafael tenía el ceño fruncido. Una vez más eran adversarios. Asintió despacio–. ¿Por qué no me acompañáis hasta mi apartamento para que prepare una bolsa de viaje? Así podré quedarme en el hotel con vosotros –Rafael se puso tenso–. De camino a Disneylandia podemos parar en *Knott's Berry Farm* y visitar *Camp Snoopy*. Es un perro de cómic que todo el mundo adora. Comeremos allí, junto a las *Grizzly Creek Falls*. Te encantará. Puedes mandarle una postal a Violente para darle envidia. Y también puedes comprarle un Snoopy de regalo. Le encantará. Bueno... dadme un minuto para decirle a mi secretaria que ya no regresaré hoy. Después, soy toda vuestra.

Se marchó sin decir nada más y se dirigió al despacho. Estaba tan emocionada que Barb se rió al verla.

–Necesito tres pases para Disneylandia.

La secretaria abrió un cajón y se los entregó.

–Creía que sólo eran para las familias de Lady Windemere.

–No se lo contaré a nadie si tú no lo haces –dijo ella, deseando que los tres fueran una familia de verdad.

–Y nosotros que pensábamos que en tu viaje a Portugal no había sucedido nada. Cielos... ¡ese hombre es increíble! Todas las mujeres del edificio se han fijado en él.

Sonrojada, Mallory murmuró:

–Su hija es la que me vuelve loca.

–Lo que tú digas.

–Voy a tomarme libre hoy y el lunes. ¿Se lo dirás a Liz de mi parte?

–Por supuesto.

–Puede localizarme en el teléfono móvil.

–Vete. Sal de aquí. Vigilaremos el fuerte mientras pasas unos días inolvidables.

Lo que le dijo la secretaria era cierto, así que no tenía sentido negarlo.

Mallory se había marchado de Portugal sin avisar porque consideraba que era lo mejor para Apolonia. Sin embargo, todo había cambiado. Rafael había llevado a su hija a su despacho, al otro lado del océano. Mallory consideraba que estaba en una batalla en la que Apolonia y su padre eran el tesoro.

Lo primero que tenía que conseguir era convertirse en la niñera de Apolonia. Después, haría todo lo posible para conseguir lo demás.

Sacó el bolso de un cajón de su escritorio y guardó los pases en él. Después se dirigió a la entrada del edificio. Rafael estaba hablando con su hija seriamente. Mallory supuso que le estaba recordando que aquello sólo era un viaje. El lunes tendrían que despedirse para siempre.

«Sobre mi cadáver», pensó Mallory.

Al ver a Mallory, Rafael se calló y se enderezó.

Ella le dedicó una amplia sonrisa.

–Mi coche está en el lateral del edificio. Es un Toyota de color rojo. Vamos, Apolonia –agarró la mano de la niña–. Vivo a cinco minutos de aquí. Puedes venir conmigo y contarme cómo fue el entierro.

Rafael las siguió hasta la calle.

–Le pedí a papá que comprara rosas blancas como tu dijiste. Cuando las puse en la tumba guardé una para ponerla en mi libro.

–¿Lo has terminado?

–Sí. Lo he traído. ¿Quieres verlo?

–Estoy deseando leerlo. Lo haremos esta noche antes de acostarnos –recordó que tenía que hacer una reserva en el hotel.

–Cuando lleguemos a Disneylandia, ¿podemos subir primero en *Mister Toad's Wild Ride*?

–Por supuesto. Estás en Fantasyland, mi sitio favorito –abrió el coche y ambas se subieron. Rafael se acercó a ellas con una expresión indescifrable en el rostro.

–Yo llevo un Buick blanco que está más atrás.

–Te esperaremos. No te preocupes por perderte. No tenemos que entrar en la autopista. Pero por si acaso, éste es el número de mi móvil –lo escribió en una tarjeta y se la entregó.

Mallory vio que murmuraba algo mientras se alejaba. Sin duda algo poco delicado para los oídos de una mujer. Sin embargo, no consiguió apartar la vista de él.

Agarró el bolso y sacó uno de los pases. Marcó el número del hotel y sacó la tarjeta de crédito.

–Apolonia, ¿en qué planta del hotel estáis?

–En la quinta.

Rafael colocó su coche detrás del de Mallory. Ella se estremeció al pensar que estaba muy cerca, en lugar de a miles de millas de distancia, en su palacio.

Tras hablar con la recepcionista, consiguió una habitación en la cuarta planta. Le dictó el número de la tarjeta y todo quedó solucionado.

–Vamos.

Salió a la calle principal. Apolonia exclamaba ante todo lo que veía y hacía muchas preguntas. A Mallory le encantó contestarlas todas.

No tardaron mucho en llegar a su apartamento. Se metió en su plaza de aparcamiento e hizo un gesto para que Rafael se metiera en el aparcamiento de visitantes. Él salió del coche y las alcanzó antes de que llegaran a la puerta del edificio. Agarró la mano de su hija.

–Te esperaremos aquí.

Mallory se quedó de piedra.

–Puede que esto no sea el palacio de los D'Afonso, pero es mi casa. Me gustaría devolverte tu hospitalidad, si me lo permites.

Rafael permaneció en silencio y ella lo tomó como un sí. Abrió la puerta, entraron en el edificio y después en el apartamento que había a la derecha.

El salón era la habitación más grande de la casa. tenía una librería llena de libros y revistas, la mayor parte de economía y finanzas. También hacía las veces de despacho. Sobre el escritorio había un ordenador. En la pared, una foto de cuando Mallory tenía siete años junto con sus padres y su perro. En cuanto a la decoración, nada combinaba.

–Mientras te pones cómodo, Apolonia y yo iremos a por algo de beber –lo único que tenía era un refresco *light*. Tendría que conformarse con eso. La niña la siguió hasta la cocina y lo miraba todo con fascinación–. Te dije que me sentía como un ratón en el palacio –Apolonia comenzó a reírse a carcajadas. Mallory sacó dos vasos del armario y un poco de hielo de la nevera. Después, dos latas de refresco. Los sirvió y sacó unas servilletas de papel. Entre las dos, lo llevaron al salón. Para su sorpresa, Rafael estaba agachado mirando dentro de una caja que tenía llena de cosas–. Aquí tienes.

Él se puso de pie y aceptó el vaso. Cuando sus dedos se rozaron, Mallory sintió que una ola de calor recorría su cuerpo.

–Gracias –murmuró él.

–Mientras os relajáis, me cambiaré –sacó un libro de SeaWorld de la estantería y se lo dio a Apolonia–. Si convences a tu padre para quedaros un poco más, hay otro sitio que me gustaría enseñaros aprovechando que estáis aquí –dijo antes de marcharse a su habitación. Una vez allí, se cambió de ropa y se hizo una trenza para que el pelo no le molestara en las atracciones. Liz le había dicho que estaba pálida, pero al mirarse en el espejo vio que tenía las mejillas sonrosadas. Se puso un poco de su lápiz de labios favorito y una pizca de perfume.

Metió algo de ropa, un camisón y un batín en una bolsa de viaje y la cerró. Al salir de la habitación, recogió su cámara de fotos.

Cuando salió al salón, Rafael estaba al lado de su hija hojeando un libro de Derecho.

—¡Estás muy guapa! —dijo Apolonia—. Ojalá pudiera peinarme como tú.

Rafael la miró fijamente, el libro se le escurrió de las manos y cayó al suelo. Lo recogió y lo dejó de nuevo en la estantería.

—¿Quieres que te peine ahora?

—¿Lo harías?

—Me encantaría. Deja que vaya al baño a por una horquilla.

A los pocos minutos, Apolonia iba peinada igual que Mallory. Mientras entraba a mirarse en el espejo del baño, ella llevó los vasos vacíos a la cocina. Cuando regresó al salón, Apolonia entró corriendo.

—Papá... Mallory y yo somos gemelas. ¿Cómo me queda?

En vaqueros y con un top blanco, Mallory pensó que podían pasar como madre e hija.

—Estás... estáis muy guapas —dijo él. Mallory se rió al ver cómo dudaba al incluirla a ella en el cumplido.

—Un gran cumplido, viniendo de tu padre. ¿Nos vamos?

Él se detuvo en la puerta y dijo:

—Yo conduciré a partir de ahora.

El resto del día pasó lleno de emociones. Apolonia estaba muy excitada, y consiguió transmitirle la alegría a su padre. Hasta que llegó la hora de despedirse en el hotel, él se había comportado con la ilusión de cualquier padre, cautivando a Mallory en todo momento.

Ella no podía esperar a revelar las fotos. Rafael no lo sabía, pero Mallory le había sacado muchas fotos sonriendo. Las guardaría para su propio deleite.

Durante el día, varias mujeres se habían parado a mirarlo con atención. Según Apolonia, una se había atrevido incluso a decirle que se alojaban en el mismo hotel y que si quería tomarse una copa después, estaba en la habitación doscientos diez.

Ese comentario hizo que Mallory se sintiera posesiva hacia él.

Cuando Rafael las acompañó hasta la puerta de su habitación, estaban agotadas y cargadas de *souvenirs*. Fue en ese momento cuando Mallory decidió continuar con la siguiente parte de su plan. En su habitación había dos camas.

–¿Te apetece quedarte conmigo esta noche? –le preguntó a Apolonia–. Puedes leerme tu libro antes de dormir. Por la mañana pediremos el desayuno y tu padre puede acompañarnos antes de ir a las atracciones.

–¿Puedo quedarme, papá? Por favor...

–He oído que has conocido a una mujer que se hospeda en este mismo hotel. A Apolonia y a mí no nos importa que salgas a tomar una copa con ella ¿a que no?

–No. Puedes quedarte hasta la hora que quieras, papá. Mallory y yo nos vamos a divertir.

Mallory le dio una palmadita a Apolonia en el brazo.

–¿Por qué no vas a tu habitación con tu padre y habláis un rato? Llámame si decides quedarte con él esta noche.

Sin dudarlo, entró en la habitación y cerró la puerta. Se metió en la ducha y se preparó para meterse en la cama.

Al cabo de diez minutos todavía no la habían llamado por teléfono.

Estaba atándose el batín cuando llamaron a la puerta. Se apresuró a abrir.

–Adelante.

–Me encanta ese batín –fue lo primero que dijo Apolonia–. ¿No te parece bonito, papá?

Mallory se estremeció al ver el deseo en la mirada de Rafael. Sin embargo, después pensó que quizá era sólo que ansiaba parecerle deseable.

–Sí – Rafael dejó la bolsa de Apolonia junto a una de las camas.

Durante diez años no había encontrado a una mujer con la que quisiera casarse. Sin embargo, su estado de soltero estaba a punto de terminar. Mallory quería que Rafael se diera cuenta de que la necesitaba.

Abrazó a Apolonia y le dijo:

–Mi madre puede hacerte un batín de tu talla. El domingo se lo pediremos.

–No puedo esperar a ver tu casa.

–Es una pequeña parte de tu residencia privada del palacio. Cualquier ratón que viniera a cenar a casa de mis padres se sentiría tan alto como un adulto.

–Eres muy divertida, Mallory –dijo riéndose–. Hoy es el día que mejor lo he pasado en toda mi vida.

–Para mí también, cariño. Vamos a deshacerte esa trenza y a meterte en la bañera para lavarte el pelo. Después, puedes darte un baño de espuma con el gel de Lady Windemere.

–¿Qué es eso?

Mallory miró a Rafael de reojo. Él no le había quitado la vista de encima.

–¿Se lo explicas a tu hija?

–¿El qué?

Al ver que él no había estado atento a la conversación, se le aceleró el pulso. Entró en el baño y sacó una botella de gel.

Él la miró y le dijo algo a su hija en portugués.

–¿Quieres probarlo tú también antes de irte, papá? Yo me voy a bañar. ¡No te vayas! –desapareció en el baño.

Mallory se fijó en que Rafael respiraba hondo.

–Ahora que estamos solos, hay algo que quiero decirte.

–Adelante –dijo ella, y se cruzó de brazos.

–Después de cómo te marchaste de Portugal, creí que habías comprendido la precariedad de nuestra situación.

–Así es –dijo ella.

–Entonces, ¿por qué diablos has agravado el problema esta mañana diciendo que estás disponible durante todo el fin de semana? Apolonia se encuentra en el paraíso ahora mismo, pero cuando el lunes tengamos que marcharnos, será otra historia.

–Deberías haber pensado en ello antes de traerla

a mi oficina –contestó Mallory–. Cuando estoy con ella, no puedo evitar actuar con naturalidad.

–Mañana por la noche, cuando te lleve a tu apartamento, te inventarás una excusa convincente por la que no podamos pasar el domingo contigo ni cenar con tus padres. No me importa que sea una mentira, siempre que mi hija comprenda que ya no puede manipularnos a ninguno de los dos.

–Se quedará destrozada, Rafael.

–Dime algo que no sepa, por favor.

Incapaz de resistirse, le dijo:

–Disfruta de la velada. Todo lo que dicen de las chicas de California es cierto.

La fulminó con la mirada antes de salir de su habitación de hotel. Ella se sorprendió de que todavía pudiera controlarse y no cerrara dando un portazo. Si hubieran estado en el palacio, él no se habría controlado tanto. De pronto, recordó la advertencia que le había hecho para el día siguiente. Era como si una densa niebla la hubiera invadido por dentro. No había manera de ver el sol.

Durante las siguientes veinticuatro horas Mallory tuvo que fingir que todo era maravilloso. En realidad, cada momento era agridulce. Parecía que Rafael había disfrutado del día, pero en todo momento evitó mirarla a los ojos. Si había salido a tomar una copa con la otra mujer, Mallory no lo sabía.

Apolonia disfrutó mucho, sobre todo del espectáculo de fuegos artificiales que vieron al final. Durante el día, Mallory no había sido capaz de concentrarse pensando en lo que sucedería cuando llegaran a su edificio.

–¿Papá? ¿Mañana podemos ir a SeaWorld?

–Apolonia hizo la pregunta veinte minutos más tarde. Iba sentada en el asiento delantero del coche de su padre.

A Mallory le entró el pánico.

–Sí, cariño. Mañana por la noche estaremos en San Diego y desde ahí regresaremos a casa el lunes.

–Pero vamos a ir a casa de Mallory a cenar.

–Me temo que eso va a ser imposible. ¿Quieres decírselo, Mallory?

Ella se aclaró la garganta.

–Mientras te estabas sacando la foto con Mickey Mouse, mi madre me llamó al móvil. Mi tío Steven está muy enfermo, así que mis padres tienen que ir a verlo mañana.

–¿Está tan enfermo como estaba María?

–Está enfermo del corazón –era la verdad, pero no se estaba muriendo–. Les da mucha pena no poder conocerte esta vez.

–¿Quieres a tu tío?

–Por supuesto que lo quiere –intervino Rafael–. Igual que tú quieres a tu tía Lianor. Por eso mañana Mallory va a pasar todo el día con sus padres, pero nosotros lo pasaremos bien en SeaWorld de todos modos.

Durante el resto del trayecto, los gemidos de la niña interrumpieron el silencio. Cuando Rafael aparcó el coche, Apolonia se quitó el cinturón y se volvió para mirar a Mallory.

–¿Puedo quedarme contigo esta noche?

–No –dijo el padre.

Ella apretó el brazo de la niña.

–Siempre recordaré estos dos últimos días.

–No quiero ir a SeaWorld sin ti –dijo Apolonia llorando.

–Entonces, volaremos a casa mañana –dijo el padre, y se bajó para sacar la bolsa de Mallory del maletero. Incapaz de permanecer allí un minuto más, ella también se bajó del coche.

Apolonia la siguió y la agarró de la mano.

–¿Crees que podrás venir al palacio de vacaciones la próxima semana?

–No es de buena educación hacer tantas preguntas –dijo el padre.

–Pero no quiero separarme de Mallory –gritó histérica.

–Adiós, Mallory. Gracias por ofrecernos una estancia maravillosa en Disneylandia. No lo olvidaremos.

–No, papá... –Apolonia gritó con fuerza mientras su padre la tomaba en brazos y la llevaba hasta el coche–. Mallory me quiere y yo la quiero. Si obligas a la tía Lianor a que cuide de mí, me escaparé –Mallory oyó que la pequeña amenazaba a su padre.

Era como una pesadilla, pero Rafael sólo trataba de evitar que a su hija se le partiera el corazón más adelante.

Mallory sabía muy bien lo que sentía Apolonia porque ella también experimentaba esa terrible sensación de pérdida.

Invadida por el dolor, agarró la maleta y se metió en casa para no escuchar los gritos de la pequeña. La pobrecilla había perdido a María y estaba expresando todo el dolor que sentía.

Al cabo de cinco minutos, Mallory decidió que no podía pasar la noche sola en su apartamento. Necesitaba hablar con alguien para no volverse loca.

Sin perder un momento, se dirigió a su dormitorio y metió ropa limpia en la maleta. Cuando estuviera en la autopista, llamaría a sus padres para decirles que iba a verlos.

Estaba en la puerta del apartamento cuando la llamaron al móvil. A las doce y media de la noche sólo podía ser su madre. Querría concretar los últimos detalles sobre la cena del domingo. Dadas las circunstancias, la llamada no podía haber sido más oportuna.

Dejó la maleta y contestó el teléfono.

–¿Mamá?

–No. Soy Rafael.

–¿Dónde estás? –Mallory sintió que le temblaban las piernas y se sentó.

–En el portal. Tenemos que hablar.

Ella cerró los ojos. Estaba de acuerdo, pero el corazón le latía muy deprisa.

–¿Por qué no traes a Apolonia? Sé que está agotada. Podemos acostarla en mi cama para que se duerma.

–Ahora mismo entramos.

Minutos más tarde, Apolonia entró con su padre. Estaba pálida. Al ver a Mallory se abrazó a ella en silencio.

–Ven a acostarte, cariño –la llevó hasta la habitación–. Sueña con el castillo de la Bella Durmiente –le dijo después de taparla con la colcha–. Tu padre y yo estaremos en la otra habitación, si nos necesitas.

–Te quiero –susurró la niña, y cerró los ojos.

Después de darle un beso en la frente, Mallory apagó la luz y se reunió con Rafael. Él estaba en mitad del salón con las manos en las caderas. La luz de la habitación revelaba su angustia.

Sus miradas se cruzaron.

–He traído a Apolonia a California por un único motivo: comprobar si eras sincera cuando dijiste que querías ser su niñera.

–¿Y he fallado?

–Sabes muy bien que no. ¿Puedes decirme que estás preparada para cuidar de mi hija como si fuera tuya hasta que encuentre a otra persona?

–Lo estoy.

«De hecho, he pensado mucho sobre ello y me gustaría ser la sustituta de María para siempre. Es en lo único que he podido pensar».

–¿Aunque signifique casarte conmigo? –le preguntó sin preámbulos.

AL OÍR esa pregunta, Mallory sintió dificultad para respirar. La felicidad la invadía por dentro, pero debía tener cuidado para no mostrarlo.

–No tenemos que llegar tan lejos, ¿no crees? He soportado rumores durante toda mi vida adulta. No me molestan.

–Quizá no –dijo él–. Sin embargo, en donde yo vivo, una mujer soltera con tu aspecto, viviendo en casa de un hombre soltero, no está aceptado por la sociedad. Estoy educando a Apolonia para que se convierta en una señorita como su madre.

–Siempre que Apolonia sepa que tú y yo, en privado, no viviremos como un matrimonio, a mí me da lo mismo.

–Mi hija ha propuesto que nos casemos para solucionar esta situación insostenible.

–Si tú quieres, supongo que no hay ningún problema. Mientras tus novias comprendan que no pueden llegar a ser nada más hasta que te separes legalmente de mí –Rafael puso una expresión extraña. Aquello se estaba poniendo divertido–. Puesto que soy abogada, puedo hacer un contrato prenupcial con tu abogado. Lo dejaremos todo aclarado para evitar que yo pueda llevarme nada más que mi salario durante los próximos ocho años, y sólo mi ropa y mi maleta cuando nos divorciemos. ¿Te parece justo?

—Mi hija me ha dicho que estás enamorada de un hombre y que te casarías con él si estuviera disponible.

—Pero no lo está —Mallory le siguió el juego. ¿Le habría dicho que era Flash Gordon?—. Quizá nunca esté disponible. Basta con decir que Apolonia sería mi única prioridad. Lo añadiré en el contrato prematrimonial para que no haya duda alguna de que pueda abandonarla.

—Tendrás que fingir que eres mi esposa en público, y vivirás en mi suite para que los empleados no se den cuenta.

—Naturalmente. De otro modo, esta locura no tendría sentido. Como la habitación de Apolonia está junto a la tuya, todas las noches podré pasar por la puerta que hay entre ambas y dormir en la otra cama. Además, tengo entendido que viajas bastante. No te haré preguntas sobre mujeres cuando estés fuera del palacio. Pienso vivir mi propia vida cuidando de tu hija y, por supuesto, permitiré que vivas la tuya.

Rafael echó la cabeza hacia atrás. El hombre había caído en la trampa que le había tendido su hija y no le gustaba ni una pizca. Pero le acabaría gustando.

—¿Cuándo quieres que se celebre la boda?

—Lo antes posible —dijo él—. El cura nos casará en la capilla familiar.

—Les diré a mis padres que vengan por la mañana. Pueden traerme el vestido de boda. Mi madre y yo tenemos la misma talla. Lo hizo ella y lo está guardando para mí.

Rafael se pasó los dedos por el cabello. Empezaba a sentirse nervioso a causa del compromiso.

–¿Qué vas a hacer con el apartamento?

–Alquilarlo. Cuando encuentres a otra persona para cuidar de Apolonia, me marcharé de Portugal y regresaré aquí. Mis padres me guardarán mis cosas en su casa. Mi madre necesita un coche nuevo. Podrá utilizar el mío hasta que yo regrese –Mallory sabía que estaba yendo demasiado rápido, pero no quería que él se echara atrás–. Podría irme a Lisboa con vosotros. El lunes. Si me dices los datos del vuelo, haré una reserva.

–Yo me ocuparé de ello –dijo él, y suspiró como si llevara todo el peso del mundo sobre los hombros. Para un hombre que había vivido soltero durante casi diez años, la idea de tener una esposa, aunque fuera temporal, debía de ser algo terrible–. ¿Y tu trabajo?

–Liz ya sabe que me gustaría ser la niñera de Apolonia. La noche que tu hija sacó el tema, estuvimos hablando una hora por teléfono para ver cómo solucionaríamos todo el tema laboral si tu decidías contratarme durante una temporada. Pareces cansado. ¿Por qué no regresas al hotel y duermes bien? Por la mañana puedes venir a buscar a Apolonia y contarle lo que hemos decidido.

–¿Papá?

Ambos se sorprendieron al ver que Apolonia estaba detrás de ellos. La niña corrió hacia su padre.

–¿De verdad vas a casarte con Mallory? –le preguntó con los ojos humedecidos por la emoción.

–Sí, cariño –contestó él, y se arrodilló a su lado.

–¡Oh, papá! ¡Estoy tan contenta! –le rodeó el cuello.

Las lágrimas afloraron a los ojos de Mallory a pesar de hacer todo lo posible para contenerlas.

–Que seas feliz es lo único que me importa –susurró.

Algún día Rafael también sería completamente feliz. Mallory pensaba ocuparse de ello personalmente.

–¿Podemos quedarnos aquí esta noche?

Él negó con la cabeza.

–Mallory sólo tiene una cama, pero mañana regresaremos para ayudarla a recoger.

Apolonia soltó a su padre y abrazó a Mallory. Rafael la miró a los ojos.

–Estaremos aquí a las ocho y media, con el desayuno.

–Perfecto.

Los acompañó a la puerta y escuchó cómo Apolonia hablaba emocionada a su padre taciturno hasta que salieron del edificio.

¡Mallory no podía esperar a que sus padres conocieran a su futura hija y a su futuro marido! Entonces lo comprenderían todo. Pero había otra persona que debía enterarse de la noticia.

Abrió el bolso para sacar el teléfono móvil y la agenda. Era domingo por la mañana en Lisboa. Con suerte, la hermana de Rafael estaría despierta.

–¿Diga?

–*Bom día*, Lianor.

–¿Mallory? –dijo su amiga, asombrada.

–Sí. ¿Recogiste la carta que dejé para tu familia?

–Por supuesto, y le di a Felipe tu nota. Le hizo mucha ilusión. Mallory... –se hizo una larga pausa–. Esperaba saber algo de Liz, pero todavía no me ha llamado. ¿Qué ocurre?

–Por eso te llamo –se sentó en una silla–. Ayer, Rafael trajo a Apolonia a mi despacho.

Otro largo silencio invadió la línea.

–Apolonia se quedó destrozada cuando te fuiste de Portugal sin decírselo. No me sorprende que mi hermano la haya llevado para que te dijera adiós.

–De hecho, no nos hemos dicho adiós. Llevamos juntas desde entonces –Mallory le contó todo lo que habían hecho–. Hace unos minutos me ha pedido que me case con él para que pueda cuidar de Apolonia sin que nadie comente nada. He aceptado su propuesta porque la quiero y deseo cuidar de ella –oyó un ruido de asombro al otro lado del teléfono–. No te preocupes, Lianor. Será un verdadero matrimonio de conveniencia, pero merece la pena para asegurar la felicidad de Apolonia... y la tuya –añadió–. Por eso no has recibido ninguna llamada de Liz. Puedes continuar dirigiendo la tienda.

–Te has enamorado de mi hermano, ¿verdad?

–Sí –susurró Mallory–. Pero ése será nuestro secreto. ¿Te importa que vayamos a ser cuñadas?

–Ya sabes la respuesta a esa pregunta –le tembló la voz–. Joana siempre amó a mi hermano. Ése es el verdadero motivo por el que su matrimonio no funcionó. No me gustaría verte destrozada a causa de la indiferencia de Rafael. Nunca ha sido capaz de amar a nadie excepto a Isabell.

–Soy consciente de ello. Sólo estaremos casados hasta que encuentre a una sustituta para María, pero eso puede llevarle tiempo.

–Oh, Mallory... Estoy preocupada por ti. Por favor, no creas que soy cruel, pero tengo motivos para tener dudas. También has de saber que durante toda la universidad fui gorda, hasta que me enamoré de un hombre llamado Mateus que vino a trabajar al palacio. Por primera vez en mi vida dejé de comer para adelgazar y que se fijara en mí. Cuando lo hizo, pasamos juntos cada momento y me propuso matrimonio. Le conté a Rafael que íbamos a casarnos. Pensé que se alegraría por mí. Sin embargo, dijo que quería hablar a solas con Mateus. Lo siguiente que supe fue que Mateus se había marchado del palacio y había desaparecido. Cuando exigí saber qué había pasado, Rafael dijo que le había dicho a Mateus que si se casaba conmigo, bien, pero que supiera que yo no iba a recibir ninguna herencia. Mateus tendría que mantenerme solo. No pude creer que Rafael hubiera hecho algo así para poner a prueba a Mateus. Pero lo peor fue que no pude soportar que Mateus no me amara lo suficiente como para casarse conmigo de todos modos. Yo había asumido que perder peso era el único obstáculo que me impedía conseguir lo que quería. Fue la peor experiencia de mi vida. En un momento dado dejé de comer por completo, sin importarme si fallecía. Rafael me llevó al hospital e insistió en que recibiera ayuda profesional.

–¡Menos mal que lo hizo, Lianor! –exclamó Mallory. Por fin había recibido la explicación que esperaba–. Siento que hayas pasado tanto sufrimiento.

–No lo sientas. Ya ha pasado mucho tiempo y aprendí una buena lección. No se puede hacer que otra persona te ame. No es posible. No quiero que tú sufras lo mismo que yo. Sé que Apolonia y tú os queréis mucho, pero mi hermano ha escondido sus sentimientos desde la muerte de Isabell. Puede ser un hombre muy duro. No podría soportar que te hiciera daño.

«También puede ser un hombre amable. Cariñoso y excitante».

Mallory había conocido esa faceta suya durante los dos últimos días, cuando había bajado la guardia para disfrutar de Disneylandia con Apolonia.

—Sé lo que estoy haciendo, Lianor.

—Pero vas a abandonar tu carrera profesional...

Mallory se puso a andar de un lado a otro de la habitación.

—Para empezar otra mucho más importante. Es lo que quiero hacer. Después regresaré a California.

Ése era el discurso que había pronunciado delante de Rafael. Continuaría con ello hasta que él le pidiera que fuera su esposa en el verdadero sentido de la palabra.

—¿Mi hermano sabe todo eso?

—Sí. Lo hemos hablado esta noche. Alquilaré mi apartamento, así tendré un sitio donde vivir cuando deje de trabajar para él. Quería una niñera, y eso es lo que va a tener. Nada más y nada menos.

—¿Y te conformarás con eso?

«No» Pero no estaba dispuesta a revelar su plan.

—Supongo que tendré que descubrirlo. ¿Lianor? ¿Me harías un favor?

—Lo que sea.

—Si hablas con Rafael antes de que lleguemos a Lisboa, hazle saber que hemos hablado y que has comprendido la situación tal y como es. Por si te lo estás preguntando, Apolonia fue quien sugirió que nos casáramos para satisfacer las normas sociales.

–No me sorprende –murmuró Lianor–. Nunca en la vida la he visto tan decidida por algo. Te adora.

–Yo también la adoro. No me importa lo que piense el resto de la gente, al menos entre nosotros cuatro habrá sinceridad. Eso es lo importante.

–No sólo eso es importante, pero permaneceré callada porque estoy emocionada con la idea de que vas a ser mi cuñada.

–Gracias, Lianor. Siento lo mismo que tú –se aclaró la garganta–. Tu hermano quiere que nos casemos en la capilla del palacio. ¿Serás mi dama de honor?

–Lo seré encantada... Oh, alguien me llama por la otra línea. Puede que sea Rafael. Buenas noches. Nos veremos el lunes.

Después de colgar, Mallory llamó a sus padres. Lo más probable era que le dijeran que estaba cometiendo el error más grande de su vida, pero no le importaba. La idea de vivir alejada de Rafael y de Apolonia no le gustaba nada.

Mallory recibió el abrazo de sus padres y de Liz. Después, el padre de Violente fue la siguiente persona en felicitarla por su matrimonio.

Rafael había abierto el comedor principal del palacio para celebrar el banquete de boda. Apenas podía creer que la escena que tuvo lugar tres semanas atrás frente al apartamento de Mallory fuera real.

–*Senhora D'Afonso* –dijo Luis con una sonrisa–, no sabes el placer que me da llamarte así. Carolina y yo somos muy felices por vuestro matrimonio. Que sea bendecido con más niños para que nuestros hijos jueguen juntos.

Rafael estaba hablando con la madre de Violente. Si su esposo había oído el comentario no había reaccionado.

–Creo que Rafael ya ha tenido bastante por ahora –dijo ella.

–Es un hombre afortunado.

–Soy yo la afortunada, Luis. Quizá Carolina y tú permitiréis que Violente reciba clases de tenis con Apolonia y conmigo este verano. Nos vamos a apuntar cuando regresemos de la luna de miel.

Lianor le había contado que Rafael había sido el jugador estrella del equipo de tenis que había en la universidad. De vez en cuando, todavía jugaba con sus amigos. Mallory pensó que sería divertido si Apolonia y ella aprendieran lo básico. ¿Por qué no darle una sorpresa? Era una actividad que podrían compartir los tres.

También había pensado en enseñarle a hacer *surf* a Apolonia. La niña era una excelente nadadora y, si aprendía, podría disfrutar más del océano.

–No será una gran luna de miel si os vais a llevar a Apolonia –dijo Luis, arqueando las cejas.

Algún día tendrían una luna de miel verdadera. Pero a juzgar por el breve beso que Rafael le había dado en el altar, probablemente no sería hasta dentro de mucho tiempo. No podía haber dejado más claro que no era un marido apasionado.

–Apolonia todavía está muy sensible después de la muerte de María. Creo que es mejor que pase el mayor tiempo con nosotros hasta que se recupere. Rafael está de acuerdo.

Habían decidido que harían un viaje de tres días a

una de las posadas que Rafael poseía al norte del país. Se marcharían en cuanto terminara el banquete.

—La quieres de verdad ¿no es así? —dijo Luis al cabo de un momento.

—Desde el principio.

—Entre tu belleza y el amor que sientes por Apolonia, no me extraña que Rafael haya sido incapaz de resistirse.

«Pero se resiste, Luis. Más que nunca».

Desde que regresaron a Lisboa, Rafael la había alojado en una de las habitaciones de invitados del palacio y la trataba del mismo modo que a Lianor. Continuaría resistiéndose hasta que Mallory encontrara la manera de que se enamorara de ella.

—Ya has hablado mucho con ella, Luis. Es mi turno —Carolina abrazó a Mallory y le susurró al oído—. Todas las mujeres de Portugal están llorando, pero te diré que estoy igual de emocionada que mi hija por el hecho de que te hayas casado con Rafael. Violente está loca por ti. Le ha hecho mucha ilusión llevar las flores, ¡lleva días sin dormir! ¡Mira a nuestras niñas!

—Son adorables, ¿verdad? —dijo Mallory al mirar a las pequeñas. Iban con un vestido largo y con coronas de flores.

Rafael iba con un esmoquin negro y parecía salido de un cuento de hadas. Mallory tuvo que controlarse para no estar mirándolo toda la ceremonia.

Se alegraba de que Rafael hubiera decidido celebrar la boda en la capilla del palacio. Ella llevaba el vestido de novia que había utilizado su madre. Era de seda blanca, de cuello redondo y manga larga de encaje. Estaba segura de que Rafael recordaba el día que se casó con Isabell, y de que siempre ocuparía un lugar en su memoria. Pero habían pasado diez años. Mallory era su esposa y, aunque se hubieran casado para asegurar la felicidad de Apolonia, tenía otros planes. Sólo tenía que tener paciencia.

Durante la siguiente hora, saludó al resto de los invitados y después se sentaron a la mesa. Felipe había preparado toda clase de exquisiteces para la celebración.

Mallory lo había arreglado todo para que Apolonia se sentara entre Rafael y ella. Lianor estaba al lado de su hermano. Los Ellis y Liz se sentaron cerca de Mallory.

Cuando el fotógrafo se acercó a la mesa y les dijo que posaran, Rafael rodeó a su hija y a Mallory con el brazo. Nadie habría adivinado que no eran una familia feliz.

Cuando terminaron de sacar fotos, él se acercó a Mallory y le dijo:

–¿Nos vamos?

Ella asintió.

–Apolonia, vamos arriba a cambiarnos de ropa.

Rafael las acompañó hasta la puerta que daba a la escalera privada.

Las cosas personales de Mallory las habían trasladado a la habitación principal. Excepto la ropa que se pondrían durante el viaje, lo demás estaba empaquetado y guardado en el maletero del coche de Rafael.

La semana anterior a la boda, Lianor había llevado de compras a Mallory y a Apolonia. A juzgar por la expresión que puso Rafael al verlas entrar en el recibidor del palacio, se sentía orgulloso de ellas. Él también se había cambiado de ropa.

Mallory tiró el ramo. Lianor lo agarró y le lanzó un beso a Mallory con la mano.

Para su sorpresa, Rafael la agarró por la cintura y la guió hasta el exterior. Los invitados los siguieron hasta el coche, donde el fotógrafo continuó sacando fotos.

Mientras Mallory se despedía de sus padres, Apolonia gritó a Violente desde la ventanilla de atrás:

–Te llamaré en cuanto volvamos.

–¿Qué le pasa a Violente? –preguntó Mallory, mientras Rafael salía del palacio con el coche–. Parece que está llorando.

–Su padre se ha enfadado con ella porque ha preguntado si podía venir con nosotros.

–Lo imaginaba –murmuró Rafael.

–¿Te gustaría que viniera? Tu padre aún está a tiempo de dar la vuelta.

–No. Sólo quiero estar contigo y con papá. ¿Crees que María ha visto la boda?

–Estoy seguro de que sí –dijo Rafael, tras aclararse la garganta.

–Eso espero. Le alegrará saber que tengo una madre nueva, aunque sea estadounidense.

Mallory se rió.

–¿Es eso tan terrible?

–No. A María no le gustaban los extranjeros, pero a ti te habría adorado, ¿a que sí, papá?

–Después de que Mallory te rescatara del mar, no me cabe ninguna duda.

Se dirigían hacia el norte por la costa y no habrían avanzado más de una milla cuando Apolonia dijo:

–Ahora que somos una familia, ¿puedo llamarte mamá?

CAPÍTULO 8

MALLORY agachó la cabeza.

No esperaba que le hicieran esa pregunta. Y menos cuando Apolonia sabía cuál era el verdadero motivo por el que se habían casado.

Miró a Rafael de reojo. ¿Qué se suponía que debía decir?

–Si a tu padre le parece bien, a mí me encantaría, cariño.

–Bien –dijo Apolonia, como si Rafael ya se hubiera pronunciado–. Cuando regrese al colegio, seré como las otras niñas cuyas madres ayudan a las monjas en las excursiones. María nunca lo hacía porque tantos niños la ponían nerviosa.

–¿Qué clase de sitios visitáis?

–Las iglesias, los museos, de Lisboa y de otros lugares.

–¿En autobús?

–Sí.

–Parece interesante. Mi colegio solía hacer lo mismo.

–¿Y a dónde íbais?

–Déjame pensar. A un observatorio y a una central nuclear. A veces a un estudio de cine.

–Ojalá nuestro colegio nos llevara a sitios como esos.

–Siempre parecen más divertidos los sitios distintos, Apolonia, pero lo cierto es que vives en un país con tanta riqueza histórica que se tardaría toda una vida en asimilarlo todo. ¿Sabes lo afortunada que eres por haber nacido en un lugar así? Yo empiezo a comprender lo maravilloso que es. Mientras esté cuidando de ti voy a intentar aprender todo lo que pueda. ¿Me enseñarás portugués?

–Sí.

–¿Cómo se dice maravilloso?

–*Admiravel*.

Mallory lo repitió. Al cabo de tres intentos, Rafael le dio su aprobación. Era lo único que había dicho desde hacía quince minutos.

–¿Dónde está la posada donde vamos a quedarnos esta noche?

–En Obidos. No llegaremos antes de que oscurezca.

–Háblame de la ciudad –dijo ella.

–Es una ciudad pequeña con casas de color blanco construidas sobre una colina y rodeadas por una muralla medieval. La *Pousada D'Afonso* es un antiguo convento construido en el siglo catorce.

–Estoy deseando verlo. Seguro que se llena todas las noches.

–Ésa es la idea.

Mallory se fijó en cómo agarraba el volante con sus fuertes manos. El anillo de oro que llevaba en el dedo anular brillaba con intensidad. Estaba tan feliz de que aquel hombre fuera su marido que le costaba respirar.

–Lianor me ha contado que eres uno de los ejecutivos más famosos de Portugal. Cuando vi el palacio a la luz del día, comprendí por qué.

–No me dejes a medias. Y menos después de un comentario como ése.

Cuando bromeaba era irresistible.

–No has construido una piscina ni una pista de tenis que estropeara el entorno. Los turistas selectos quieren algo auténtico, no algo comercial.

–Para mí, Portugal es como una corona de joyas preciosas. A nadie le gustaría que una piedra perdiera su brillo por haberla retirado de su sitio original. Eso es lo que haría el constructor equivocado –Mallory vio que respiraba hondo–. ¿Qué te parecería trabajar para mí a media jornada ahora que Lady Windemere tiene una nueva vicepresidenta?

–¿Haciendo qué?

–Buscando nuevas propiedades para un mercado potencial.

En otras circunstancias, Mallory se habría sentido halagada. ¡Pero acababa de casarse con ese hombre! Quería ser una verdadera esposa, quedarse en casa y cuidar de él y de su hija. Cocinar para él. Tener hijos con él.

–Imagino que estaré demasiado ocupada cuidando de Apolonia como para dedicarme a otra cosa –miró hacia el asiento trasero y dijo en voz baja–. Puesto que se ha quedado dormida, quizá sea el mejor momento para hablar contigo acerca de comprar un perro.

–¿De dónde has sacado esa idea?

–Cuando estuvimos en Camp Snoopy me dijo que siempre había querido un perro pero que tú le habías dicho que no porque María no soportaba los animales. Me he enterado de que amenazó con marcharse si Apolonia conseguía tener uno.

–Es cierto –murmuró él–. Tenía un odio irracional a los animales, así que no insistí en el tema para no ofenderla.

–A mí me encantan los perros y solía tener uno cuando era pequeña. Como era hija única era lo más parecido a un hermano. Apolonia está en la edad perfecta de tener uno y de responsabilizarse de él. Yo la ayudaré a educarlo.

–Es mucho trabajo.

–Lo sé, pero quedan dos meses antes de que empiece la escuela. El otro día busqué el nombre de algunos criaderos en Internet y encontré que en Lisboa hay uno que vende perros salchicha. Pensé que estaría bien darle una sorpresa y parar allí de regreso a casa. Ya sabes lo que dicen –lo miró con una amplia sonrisa–. Comprar un perro puede que sea la única oportunidad que tiene una persona de elegir a un pariente.

–Por si lo has olvidado, Apolonia te eligió a ti.

–¿Eso significa que estás en contra de tener perro?

–Para nada. Cuando era niño, mi familia tuvo varios. Desde que regresamos de California he estado pensando en comprarle uno. Sin embargo, pensaba hablar del tema contigo cuando regresáramos de Obidos.

–Me alegro de que quieras que tenga uno. Por supuesto, no es necesario que sea un salchicha.

–No, pero a los de pelo corto no hay que cepillarlos tanto y los salchichas tienen buen tamaño para ella. Sin mencionar que todas las noches pide un Snoopy de verdad en sus oraciones –a Mallory no le sorprendía nada. Apolonia sabía muy bien cómo convencer a su padre de cualquier cosa–. Ahora que está todo aclarado, quiero saber qué te gustaría de regalo de bodas –dijo él.

–Ya me has hecho un regalo dejando que sea su niñera –también le había entregado el coche de María.

–Creo que hoy hemos superado ese apelativo. Para ella eres su nueva mamá.

–¿Te importa? –susurró Mallory.

–Si me importara, sería demasiado tarde.

Sus palabras le hicieron tanto daño que Mallory tuvo que morderse el labio inferior para no llorar.

–No te levantes, Jose –el director de la posada de Obidos siempre estaba dispuesto a complacer.

–¿Hay algo que haya pasado por alto? Cuando me dijo que Apolonia vendría con ustedes, hice que pusieran una cama supletoria para ella en la habitación.

Rafael se había fijado en ello, sólo que no sería su hija la que dormiría en ella.

–Tranquilo, Jose. Todo está perfecto, especialmente la comida que has preparado. Mi familia opina que este sitio es fascinante, así que han ido a explorarlo. Me pareció que era un buen momento para bajar a agradecerte todo lo que has hecho –en realidad, pensaba que sería menos incómodo para Mallory si Apolonia y ella tenían la oportunidad de prepararse para acostarse antes de que él regresara a la suite de recién casados–. A mi esposa le ha encantado el detalle de las gardenias. No tenías manera de saber que es su flor favorita. Gracias.

–Ha sido un placer, créame. Enhorabuena por su matrimonio. La señora D'Afonso es una bella mujer y, al verla junto a su hija, es evidente que se adoran. Es muy afortunado.

–Pasaron por una experiencia que recordarán el resto de sus vidas –le contó que Apolonia había estado a punto de ahogarse.

–Eso explica que estén tan unidas en tan poco tiempo. Y en cuanto a usted... ¿fue amor a primera vista?

Rafael evitó su mirada. No exactamente. Aunque nunca olvidaría el momento en que vio a la mujer que rechazaba con toda su alma salir del océano como si fuera una sirena y llevar a su hija inconsciente hasta la playa, donde le devolvió la vida.

No podía decir en qué momento el amor apareció en escena, pero sí sabía que era muy intenso. A pesar de que ella estuviera enamorada de otro hombre, se había casado con él.

–¿Quiere que le sirvamos el desayuno en la habitación?

–No. Bajaremos al comedor. Apolonia está deseando desayunar en el comedor donde las monjas solían reunirse. Está fascinada con este asunto.

–Igual que yo cuando era joven, pero no por los mismos motivos que su hija, por supuesto.

Rafael se rió.

–Ya te entiendo. *Boa noite*, Jose.

Rafael regresó a su habitación. Sólo estaba encendida la luz del recibidor. Su hija estaba dormida en un lado de la cama de matrimonio.

Se volvió y vio que Mallory estaba en la cama supletoria y parecía dormida.

Todo iba bien. Tenía que ser paciente durante esa inusual luna de miel. Cuando regresaran a casa, las cosas cambiarían drásticamente.

–Ojalá no tuviéramos que irnos a casa. Me lo he pasado mejor que en toda mi vida.

Rafael miró a Mallory de reojo. Ella notó que estaba emocionado con la idea de parar en el criadero. Apolonia no imaginaba la sorpresa que le esperaba.

–Eso mismo dijiste cuando regresamos de Disneylandia.

Mallory miró a la niña.

–Yo opino lo mismo, cariño. Siempre que hemos estado juntos han sido los mejores momentos ¿a qué sí?

–Sí. Ojalá no tuvieras que trabajar nunca, papá.

La risa de Rafael invadió el coche. Mallory lo había oído reír muchas veces durante los tres días que habían pasado en Obidos. Eso le gustaba.

Parecía que él era feliz.

Confiaba en que ella tuviera algo que ver con su cambio de humor, y que no fuera sólo el hecho de haber encontrado una sustituta para María.

–¿Cómo es que vamos a parar aquí? –se detuvieron frente a una residencia privada.

–¿Ves la señal que hay en esa casa? –le dijo su padre.

–Sí.

–¿Por qué no se lo traduces a Mallory?

–No sé lo que significa.

Rafael sonrió antes de decir algo en portugués.

–¿Ahí venden perros? –preguntó Apolonia asombrada.

–Sí, cariño. Unos perros muy especiales que se llaman perros salchicha.

Apolonia salió del coche y corrió hacia la casa antes de que Rafael pudiera detenerla. Cuando Mallory se reunió con ellos, ya habían llamado al timbre.

Un hombre de mediana edad se acercó a la puerta y les dijo que dieran la vuelta.

Obedecieron y se encontraron con una pequeña perrera. El hombre les abrió la puerta y les presentó a su esposa. Ella estaba dentro de una jaula con una perra y dos crías. El hombre dijo algo en portugués y Rafael lo tradujo.

–Han vendido todas las crías menos estas dos. La grande es una hembra. Están destetadas y vacunadas, pero el pequeño sigue muy unido a su madre.

–¡Es tan mono! –exclamó Apolonia–. ¿Puedo sujetarlo?

–La hembra será más fácil de criar.

–Pero yo quiero éste.

Todos sonrieron cuando la mujer abrió la jaula y le entregó el cachorro a Apolonia. La niña se lo colocó sobre el hombro y comenzó a acariciarlo.

–Voy a llamarlo Flash.

Mallory se quedó boquiabierta.

–¿Flash? –preguntó Rafael, perplejo.

–Significa rayo de luz, ¿no es así, mamá?

«Mamá».

–Sí –contestó ella, con voz temblorosa. «No digas nada, por favor».

–Bueno –dijo Rafael resignado–. Supongo que éste es el que queremos –se dirígió al hombre en portugués mientras la mujer metía al cachorro en una caja. Lloraba sin parar.

Apolonia trató de calmarlo durante el camino hasta el coche.

–¿Por qué no se calla?

–Porque nunca se había separado de su madre. Se le pasará en unos días. Iremos a una tienda de animales y le compraremos todo lo que necesita.

El cachorro gemía tanto que Rafael no se demoró en hacer las compras.

–Asegúrate de comprar un pequeño calentador de suelo –le recordó Mallory cuando llegaron a la tienda. Ella se quedó con Apolonia tratando de calmar al cachorro.

–Me siento como si acabáramos de tener un bebé –dijo Rafael cuando regresó. Tenía las manos llenas de cosas. Las guardó en el maletero y se sentó al volante.

–Es que lo tenemos –bromeó Mallory.

Los tres días de tranquilidad habían terminado. A partir de entonces, todo sería el caos. A Mallory le encantaba su nueva vida.

Media hora más tarde llegaron al palacio. Los gemidos del perro se podían oír por toda la playa.

–De momento, dejaremos al cachorro en el balcón –le dijo Rafael a Apolonia. Los tres subieron a la suite principal.

Al cabo de unos minutos el balcón estaba preparado para el cachorro. Mallory llenó un cuenco con agua y otro de comida para perros.

–Aquí tienes la comida, Flash. Vamos –Apolonia agarró al animal y lo colocó junto a los cuencos, pero el perro continuó llorando.

–¿Por qué no te sientas ahí y te pones un poco de pienso en la mano? Enseguida se acostumbrará –sugirió Mallory.

Apolonia comenzó a reírse.

–Me hace cosquillas con la lengua.

–¿Lo ves, cariño? Ya empieza a confiar en ti –su padre se arrodilló junto a ella–. ¿Cómo se te ocurrió ponerle un nombre como Flash?

–Es el nombre del hombre que Mallory ama. ¡Vive en Hollywood!

Rafael se puso tenso y miró a Mallory. Ya no había brillo en su mirada.

–Es uno de los nombres más raros que he oído nunca.

A ella le dio la sensación de que el sarcasmo trataba de ocultar otro sentimiento. ¿Estaba disgustado por la idea de que ella amara a otra persona? Si eso fuera cierto...

–Es un hombre muy extraño –dijo Mallory con el corazón acelerado.

–Lo es, papá. Mamá me enseñó una foto de él. Es poderoso como un rayo –besó al perrito–. No me importa que seas pequeño, Flash. Un día también serás poderoso y... ¡ay! Me ha mojado.

Mallory se rió, pero Rafael no.

–Es hora de darse un baño, jovencita. Dejemos que tu padre se encargue de Flash.

Sin esperar a que él respondiera, puso al cachorro en las manos de Rafael y llevó a Apolonia al baño de su dormitorio.

–Mientras te bañas y te lavas el pelo, voy a darme una ducha, cariño. Después iremos a decirle adiós al cachorro.

–Ojalá pudiera dormir conmigo.

–Una día podrá, cuando esté entrenado.

–¿Cuánto tiempo crees que tardará?

–Varios meses.

–Lo quiero mucho.

–Es muy gracioso.

Agarró la ropa sucia de Apolonia y la metió en el cesto antes de regresar a la habitación principal. Sacó un camisón de la cómoda y un batín a juego. Después se metió en el baño de Rafael. Olía al jabón que él utilizaba, y a su espuma de afeitar. Mallory colocó sus cosméticos en la misma balda que utilizaba él. Aquello ya no era su territorio.

Diez minutos más tarde se reunió con Rafael en el balcón. Lo encontró apoyado contra la pared mientras dejaba que el perrito le lamiera los dedos de la mano.

–El baño está libre, Rafael. Ya me ocupo yo del cachorro, si quieres.

Él levantó la cabeza y la miró de arriba abajo.

–No tengo mucha prisa. Siéntate conmigo.

Ella se disponía a sentarse a su lado, cuando él tiró de ella y la sentó en su regazo.

–¿No es esto más cómodo que el suelo de piedra? –susurró contra su pelo mojado.

Mallory sentía la musculatura de su torso en la espalda. Apenas podía respirar y tenía el corazón acelerado. Rafael comenzó a acariciarle el brazo con una mano, y con la otra continuó acariciando al cachorro–. Hueles como la pradera de flores salvajes que atravesamos ayer. Me estoy haciendo adicto a tu aroma.

–Quizá ahora comprendas por qué los productos de Lady Windemere se venden tan bien.

–Me refería a ti... a tu piel... a tu cabello. Eres muy bella, Mallory. Desde que me advertiste de que no te encontraría tumbada en mi cama en una noche oscura, tratando de atraparme, no he sido capaz de borrar esa provocativa imagen de mi cabeza –le retiró el cabello y la besó en la nuca–. ¿Te sorprendería si te dijera que te quiero en mi cama?

–No. Has estado diez años solo. Eres un hombre normal, con las necesidades normales, y ahora estás casado otra vez, alejado de tus antiguas novias. Lo más natural es que recurras a mí, a pesar de que nuestra boda fuera sólo una farsa.

–Si me estás diciendo que no te sientes atraída por mí, mientes. Noto cómo se te acelera el corazón cada vez que te toco.

–Eres un hombre muy excitante, Rafael. Tendría que ser de piedra si no te encontrara atractivo.

–Tu sinceridad me quita la respiración –la agarró por la cintura y la atrajo hacia sí–. Quiero hacerte el amor, Mallory. Lo deseo desde hace tiempo –admitió–. Esta noche será nuestra verdadera luna de miel.

No era una declaración de amor, pero era el principio de algo. Él creía que ella amaba a otro hombre, así que se sentía seguro pidiéndole una noche de pasión.

Aunque ella nunca podría entregarse a un hombre si no le entregaba también el corazón, sabía que Rafael era capaz de separar sus sentimientos de la necesidad puramente física. Puesto que quizá él no volviera a ofrecérselo nunca más y por si encontraba consuelo en los brazos de otra mujer, Mallory decidió que no podía rechazar la oportunidad.

–Iré a verte cuando Apolonia se haya dormido –le prometió, y se soltó de su abrazo.

Nada más ponerse de pie, la niña apareció en pijama, con un cepillo y una goma en la mano. Se arrodilló junto al perro y lo besó.

—¿Me has echado de menos? Ya estoy aquí. Voy a quedarme contigo toda la noche.

—Me temo que no, cariño —dijo Rafael poniéndose de pie—. Tiene que aprender a dormir solo.

—Pero papá...

—Nada de peros.

—Deja que te peine antes de acostarte —dijo Mallory, tratando de ocultar su entusiasmo. Apolonia tomó al cachorro en brazos mientras Mallory le hacía una coleta—. Ya está.

Rafael le quitó el perro de las manos y lo colocó en la cama.

—Vamos. Te escucharé mientras dices tus oraciones.

—¿Y si Flash llora por mí?

—Tiene que acostumbrarse a estar solo.

Mallory la abrazó.

—Recuerda que te estará esperando por la mañana. Tendrás todo el día para jugar con él. Invitaremos a Violente a pasar el día.

—Cuando vea a Flash querrá tener uno como él —dijo, mientras Rafael la acompañaba al dormitorio. El hecho de que Rafael estuviera ansioso por acostar a su hija hizo que Mallory se estremeciera.

Dejó el cepillo en la mesa y se acercó al borde del balcón. El aire era fresco. Demasiado fresco para el cachorro.

—Ven, Flash —recogió su cama y la metió en una esquina del dormitorio—. Sé bueno y duérmete —lo acarició durante unos minutos hasta que se calmó. Después se dirigió al baño para secarse el pelo con el secador. Salió justo a tiempo de ver que Rafael cerraba con llave la puerta que los separaba del dormitorio de Apolonia. El clic de la cerradura le llegó a lo más profundo del corazón.

–Espérame –susurró él contra sus labios–. No tardaré mucho.

Cuando se metió en el baño, ella se tocó los labios que él había encendido.

Estuvo a punto de desmayarse antes de llegar a la cama. Le temblaban las manos y no conseguía desabrocharse el batín.

Aquélla no era sólo una noche de boda. ¡Era la primera vez que iba a estar con un hombre! Rafael no tenía ni idea de lo inocente que era, pero no importaba. Lo que le faltaba de experiencia personal le sobraba en capacidad de amarlo.

Se quitó el batín y se metió en la cama. Él salió del baño y apagó la luz del dormitorio. Al instante, se metió en la cama y la abrazó.

–*Por Deus, amada*. Acércate. Dame tu maravillosa boca.

Antes de darse cuenta, estaba tumbada sobre él, besándolo con una pasión incontrolable. No tenía sentido que fueran más despacio. Ambos estaban ardientes de deseo.

Mallory nunca había experimentado nada parecido. Cada caricia la hacía gemir de placer.

–Rafael...

–Sé cómo te sientes –la colocó boca arriba de manera que quedó tumbado sobre ella, sus piernas y brazos entrelazados.

No había beso que la saciara. Sentía que la cabeza le daba vueltas y que su cuerpo temblaba a causa de la excitación que él le había provocado.

En ese momento, los gemidos de lo que parecía un recién nacido invadieron la habitación.

—¡El cachorro!

Mallory se había olvidado de él.

Rafael masculló algo y se sentó en la cama a escuchar.

—Parece que está en nuestro dormitorio.

—Está —confesó ella—. Lo metí mientras estabas en la ducha porque tenía miedo de que se enfriara durante la noche.

Al oír un ruido en la puerta de la habitación, ambos miraron en esa dirección.

—¿Papá? ¡No puedo entrar! ¡El cachorro me necesita!

Rafael besó a Mallory en los labios, después salió de la cama y se ató el cinturón del albornoz.

—Yo cuidaré de él, cariño —le dijo a su hija—. Vuelve a la cama.

—No esperes que lo haga, Rafael. Hoy no —Mallory se puso de pie y se estiró el camisón—. Mientras la dejas entrar, iré a buscar el calentador.

Encendió la luz de la mesilla para buscar el batín. Se había caído al suelo. Se lo puso y salió al balcón para recoger el calentador.

Nada más regresar al dormitorio lo enchufó y esperó a que el ruido del motor tranquilizara al cachorro. Rafael abrió la puerta.

Apolonia entró corriendo. Agarró al cachorro y lo puso en su hombro.

—No llores, Flash. Estoy aquí —miró a su padre enojada.

—¿Cómo es que has cerrado la puerta, papá?

—Sí, *senhor* D'Afonso —dijo Mallory muy seria—, ¿por qué lo ha hecho?

Rafael la miró como diciéndole que la haría pagar por ello.

¡Ella no podía esperar! Pero tendría que hacerlo.

–Mallory y yo teníamos que discutir una cosa importante en privado, cariño.

Mallory se sonrojó. A pesar de que la interrupción no le había gustado, pensaba que había sido mejor parar antes de que las cosas llegaran más lejos.

Quizá, si él se veía obligado a esperar un poco antes de poseerla, durante los siguientes días sólo podría pensar en ella y volvería a seducirla.

–Te diré una cosa, cariño –puso la mano en el hombro de Apolonia–. ¿Por qué no dejamos que tu padre se encargue de Flash esta noche? Mañana pondremos al cachorro en tu habitación y tú cuidarás de él. Enseguida se acostumbrará a vivir aquí y no llorará más. ¿De acuerdo?

–Supongo –después de besarlo una docena de veces, lo dejó en la cesta–. *Boa noite*, papá.

–*Boa noite*, Rafael –dijo Mallory antes de acompañar a su hija. Oyó que él susurraba su nombre, pero no se atrevió a volverse porque si no querría regresar corriendo a su cama.

Era mejor dejarlo así, aunque pasara toda la noche despierta recordando cómo se sentía entre sus brazos y cuando él la besaba con pasión.

MALLORY no se sorprendió al ver que Apolonia ya no estaba en la cama cuando ella despertó. Como una buena madre, había ido a atender a su bebé.

Mallory se había pasado gran parte de la noche dando vueltas. Varias veces había sentido ganas de colarse en la habitación de Rafael, pero logró contenerse y quedarse dormida. Sentía un dolor que no podría curar hasta que ambos pudieran estar a solas sin nada que los interrumpiera. Eso, suponiendo que Rafael no hubiera perdido el interés en ella.

Se vistió con unos pantalones blancos y un top de rayas azules. Se recogió el cabello con un pañuelo y, nerviosa, se apresuró hasta la habitación contigua. Estaba deseando ver a Rafael.

Al entrar se fijó en la cama deshecha y vacía. Continuó hasta el balcón y encontró a Apolonia jugando con el cachorro. Rafael no estaba por ningún sitio.

–¿Cómo está Flash?

Apolonia la miró con una sonrisa.

–Me ha seguido por todas partes. Antes de que papá se marchara a Cabo Espichel me enseñó cómo tengo que adiestrar al cachorro para que haga sus necesidades en el papel.

Mallory sintió que le daba un vuelco el corazón al oír que Rafael se había marchado del palacio.

–No sabía que tenía planes de salir hoy.

–El director lo llamó para decirle que había una emergencia. Que fuera deprisa. Papá no sabía cuánto tiempo iba a estar allí.

–Ya –murmuró ella. Miró el reloj y se sorprendió al ver que eran casi las diez. ¡Menuda niñera! El primer día de trabajo y se había despertado más tarde que nadie–. Hay varias cosas que me gustaría hacer en Atalaia esta mañana. ¿Por qué no llamas a Violente y le preguntas si quiere venir? Si su madre le da permiso dile que la recogeremos. Recuérdale que lleve el bañador.

–Lo haré. ¿Podemos llevarnos a Flash?

–No, cariño. Estará mucho mejor aquí. Estaremos de vuelta cuando el sol de la tarde empiece a dar en el balcón.

–Me echará de menos.

–Estoy segura de ello. Pero es un bebé y tiene que dormir muchas siestas. No tardaremos –Apolonia dejó al perro en la cesta. Mallory le hizo una coleta y, después, la niña llamó a su amiga y quedó en que pasarían a recogerla–. ¿Quieres que primero comamos algo en la cocina?

–¿En la cocina?

–¿Por qué no? –bajaron juntas por la escalera–. ¿Nunca lo has hecho antes?

–No. María decía que no era apropiado.

–Creo que es apropiado cuando sólo estamos las dos, y los cocineros y los camareros están ocupados sirviendo a los huéspedes. ¿No crees?

–Sí. Mauricio se va a sorprender.

–¿Quién es Mauricio?

–El chef de la mañana. No es tan simpático como Felipe –confesó–, y no habla inglés.

Minutos más tarde entraron en la cocina y Mallory se convirtió en el punto de mira de todo el servicio. Después de que Apolonia los presentara, Mallory dijo:

–Pregúntale si podría hacer unos huevos revueltos en el fogón que no está utilizando. Dile que vamos a comprar las cosas para hacer nuestras comidas a partir de ahora.

–¿Lo haremos?

–Sí. Cocinar es divertido. Quiero enseñarte. Dile que prometemos no molestar.

Apolonia puso una amplia sonrisa antes de empezar a traducir.

Al hombre se le oscurecieron los ojos. Era evidente que no le gustaba que le invadieran la cocina, pero ella era la esposa de Rafael. Se hizo un silencio y después él dijo algo a uno de sus ayudantes.

–Me llamo Eduardo. ¿Puedo ayudarla?

–Si me enseñas dónde puedo guardar la comida que compre, dónde están los platos, las sartenes y cómo encender los fuegos, te estaré muy agradecida.

–Por supuesto. Cualquier cosa para ayudar a la nueva esposa de Rafael.

–Gracias. ¿Crees que a Mauricio le molestará si comemos en esa mesita que está contra la pared? Meteremos los platos en el lavavajillas cuando terminemos.

–Esa mesa nunca se utiliza. Pueden comer allí cuando quieran.

Al cabo de quince minutos habían desayunado huevos revueltos con queso y fruta fresca. Apolonia ayudó a prepararlos. Antes de marchar, Mallory se despidió de Mauricio y de Eduardo y les dio las gracias.

Se subieron al coche y se dirigieron a recoger a Violente. La niña las estaba esperando con una bolsa de playa. Su madre la acompañó a la puerta con el bebé de once meses en brazos. Nada mas verlo, Mallory sintió un fuerte deseo de tener un hijo con Rafael. Cuando trató de sostenerlo, el niño se aferró al cuello de su madre.

–Lo siento, Mallory, no quiere saber nada de nadie.

–Está bien. Todavía no me conoce.

–Hablando de bebés. ¿Ya habéis pensado en devolver el perro?

Mallory se rió.

–Todavía no, pero puede que Rafael opine otra cosa. Nos ha tenido despiertos la mayor parte de la noche.

–Vaya. Sé que en cuanto Violente lo vea va a querer uno.

–No te preocupes. Dejaremos que comparta el nuestro con Apolonia. ¿Crees que Violente podría quedarse hasta la hora de la cena? Después la traeré yo.

–Si a Rafael no le importa.

–Está en Cabo Espichel.

–¿Ha salido en viaje de negocios tan pronto?

–No ha podido evitarlo. Era una emergencia –Mallory había estado toda la mañana tratando de no pensar en la posibilidad de que Rafael estuviera con alguna novia, a la que no habría podido ver desde el mes anterior. La idea la atormentaba, sobre todo porque todavía podía sentir el roce de sus labios. Su cuerpo deseaba que la poseyera–. ¿Carolina? ¿Te ha dicho Luis que me gustaría que Violente recibiera clases de tenis con nosotras este verano?

–Sí. Es una idea estupenda. Me temo que este bebé ha hecho que deje de hacer muchas cosas. No tengo tiempo para nada.

–No me extraña. ¿Conoces algún sitio en Atalaia?

–Hay un club a dos millas por la autopista. En el lado derecho. Tengo entendido que dan clases a grupos.

–Pararé al regreso y veré lo que ofrecen. Te llamaré después. Por favor, guarda el secreto. Queremos darle una sorpresa a Rafael.

–No diré ni una palabra.

–Gracias. Te veré esta noche.

Violente le dio indicaciones a Mallory para llegar al club de tenis. No tardaron mucho en encontrar un horario para las clases. Martes y jueves de tres a cuatro de la tarde. Eso significaba que dos días después recibirían la primera clase. Mallory recogería a Violente con tiempo suficiente para comprar raquetas para las tres.

De camino a casa pararon en el supermercado. Al llegar al palacio, las niñas corrieron a ver a Flash, y Mallory guardó casi toda la comida en la cocina. El resto se la llevó a la habitación después de preguntar en la recepción si alguien podía ayudarla a llevar la nevera y el microondas que había comprado.

Durante las horas siguientes, las niñas jugaron con el cachorro. Mallory calentó unas tortillas congeladas rellenas de pollo y verduras. Las pequeñas nunca las habían probado y les encantaron.

Rafael no había llamado para decirle cuánto tiempo estaría fuera. Decidió que, para no ponerse nerviosa esperando su llamada, lo mejor sería que las tres fueran a darse un baño. Cuando regresaron a la habitación para ducharse no había ningún mensaje de él. La espera comenzaba a hacerse insoportable, así que sugirió que llevaran a Violente a su casa. Al salir se encontró con Inés y le dijo dónde iban, por si Rafael regresaba y preguntaba por ellas. Cuando volvieron de Atalaia, la doncella le dijo que él había dejado un mensaje diciendo que quizá no podría regresar hasta el viernes.

Apolonia recibió la noticia con normalidad, pero Mallory se quedó destrozada porque él ni siquiera había tratado de localizarla en el móvil nuevo.

Acostó a Apolonia y se metió en la cama. Abrazada a la almohada, comenzó a llorar. Por fortuna, el cachorro comenzó a lloriquear al mismo tiempo que ella y sus gemidos ahogaron el llanto que ella trataba de silenciar.

—¿Diga?

—Inés, soy Rafael. He terminado y voy para casa. ¿Alguna novedad?

—Mauricio amenaza con marcharse —dijo Inés.

—¿Mauricio? ¿Por qué?

—No es asunto mío, pero si quiere mantener la paz en el palacio, no debería haberle dicho a Mallory que podía cocinar. Apolonia ha estado ayudándola. Mauricio se siente dolido porque cree que a ella no le gusta cómo prepara la comida. Desde que utiliza el microondas y la nevera que ha puesto en el balcón, no bajan a comer. Creo que ha puesto a Apolonia a dieta. Me temo que Felipe también está disgustado.

Rafael no sabía si reír o llorar.

Tener cocineros de primera era vital para su negocio. Pero le encantaba que Mallory se preocupara por Apolonia y tratara de ofrecerle una auténtica vida familiar. Era algo que él había echado de menos durante muchos años. Algo que anhelaba con cada parte de su ser...

–Hablaré con ellos, Inés. Nos veremos dentro de una hora.

Rafael estaba deseando llegar a casa. Había tenido que salir corriendo el martes por la mañana y ni siquiera había apuntado el número de teléfono nuevo de Mallory. Pensaba que Apolonia lo llamaría en algún momento y así podría pedirle el número.

Su hija no lo llamó y él tuvo que aceptar que el cachorro se había convertido en el centro de su vida. También significaba que a Mallory no le importaba si hablaba con él o no. De otro modo, habría hecho que Apolonia llamara a su padre para poder hablar con él.

Sabía que se había comportado de manera sincera cuando estuvo con él en la cama. Pero le asombraba pensar que podía entregarse de esa manera sin estar enamorada de él.

Como no quería que Inés sospechara que algo iba mal en el matrimonio, no volvió a llamar al palacio.

Habían pasado dos días y dos noches desde que tuvo a Mallory entre sus brazos. No podría vivir otro día sin estar con ella.

Cuando llegó al palacio, el sol comenzaba a ocultarse en el horizonte. Era la mejor hora del día. Los huéspedes habían ido a cenar y la playa estaba desierta.

Aparcó el coche y vio una tabla de *surf* entre dos olas. No era habitual que los *surfistas* entraran en la zona de la playa del palacio, pero si lo hacían era a aquellas horas de la tarde, cuando las olas eran más grandes.

Se bajó del coche y miró de nuevo. Vio que había dos personas sobre la tabla.

Su corazón comenzó a latir con fuerza. ¡Eran Mallory y Apolonia! Podía oírlas gritar de alegría.

Sin dudarlo, se quitó los pantalones y se puso un bañador que sacó de la maleta. Corrió hacia el agua y comenzó a nadar hacia ellas. Buceó y salió a su lado.

—¿Qué tal si me hacéis un hueco?

Ambas gritaron con sorpresa, pero fue el brillo de los ojos de Mallory lo que habló con claridad. Sus ojos no mentían. Estaba contenta de verlo. Era todo lo que él necesitaba saber.

—¿Nos has visto *surfear* la ola? —preguntó su hija.

—Sí. Parece que viene otra.

—Allá vamos, Apolonia. ¡Sujétate fuerte! —Mallory comenzó a mover los brazos.

Rafael nadó junto a ellas y cuando llegó la ola los tres se montaron en ella y se dejaron llevar. Al llegar a la orilla, Rafael bajó a su hija de la tabla y la abrazó.

–Te he echado mucho de menos, cariño.

–Yo también, papá. Me alegro de que hayas vuelto.

Mallory permaneció en la tabla observándolos. Él dejó a la niña sobre la arena.

–¿Te importa si voy a tomar alguna ola con Mallory mientras tú nos esperas aquí? Después iremos a ver cómo está el cachorro.

–Flash me quiere, papá.

–No lo dudo. Vuelvo enseguida.

Mientras se acercaba a Mallory, notó cómo se le aceleraba el corazón al verla. Ella se tumbó sobre la tabla y nadó despacio hacia las olas.

Rafael la alcanzó.

–¿He oído que quieres tomar una ola conmigo? –preguntó ella.

–Has oído bien. Ahí voy.

Agarró la parte trasera de la tabla y se subió. El roce del cuerpo de Mallory contra su pecho hizo que una ola de calor recorriera su cuerpo.

Mallory se estremeció. Rafael sabía por qué... El deseo que sentía por él no era fácil de ocultar. Al ver que ella empezaba a nadar con los brazos, él se los sujetó.

–Todavía no. Deja que disfrute de estar a solas contigo durante unos minutos –se dejaron mecer al ritmo de las olas. Era un momento mágico–. Te he echado de menos, amada mía –la besó en la cabeza mojada–. Si hubiera podido regresar antes, lo habría hecho. Hubo un incendio en una de las habitaciones. No sabíamos si había sido provocado o no. Tuve que esperar a que viniera la policía y terminara la investigación. Después, tuve que contratar una em-

presa para que hiciera las reparaciones. El seguro...
No tenía escapatoria.

–Nos alegramos de que hayas regresado. También te hemos echado de menos.

Su respuesta no fue suficiente.

–Apolonia no está aquí. Quiero saber si tú me has echado de menos.

–Por supuesto.

–¿Lo bastante como para dormir conmigo esta noche?

–No estoy segura de que sea buena idea.

–¿Porque estás enamorada de otra persona?

–Porque Lianor me advirtió de que todavía estás enamorado de la madre de Apolonia. La otra noche, decidí no pensar en ello durante un rato. Mientras has estado fuera, he tenido tiempo de considerar la situación. Aunque sienta la tentación de hacer el amor contigo, Rafael, he decidido que quiero que la primera vez que esté con un hombre sea con alguien que me quiera de verdad.

Rafael se quedó sin respiración. ¿Nunca había estado con un hombre? Eso significaba que nunca había estado con el hombre que se suponía amaba.

Mientras él asimilaba sus palabras, ella comenzó a nadar cada vez con más fuerza. Tomaron una ola, se subieron a la cresta y dejaron que los llevara a la orilla con rapidez.

–Gracias por el viaje, amada mía –le dijo mordisqueándole el lóbulo de la oreja.

Se bajaron de la tabla y él la llevó hasta la arena.

Apolonia corrió hasta ellos.

–¿A que es divertido, papá? –estaba envuelta en una toalla pero seguía tiritando.

–Más que divertido, cariño. Vamos a casa –tenía planes para la noche, así que, cuánto antes acostara a su hija, mejor.

Entraron en el palacio y Apolonia lo agarró de la mano.

–Vas a ver al cachorro. Ya se come toda la comida. Creo que está más grande.

–No me sorprendería.

Su hija habló sin parar hasta que llegaron a la suite de Rafael. Una vez allí, la niña corrió a su habitación. Cuando Mallory entró en el baño, él le dijo:

–Después de ducharte no te vistas para meterte en la cama. Hay algo que quiero enseñarte.

–De acuerdo –contestó ella.

Rafael salió al balcón y vio que había cosas nuevas. Apoyó la tabla de *surf* contra la pared, abrió la nevera y sacó un refresco.

–Mira, papá, ¿a que Flash está más bonito que nunca?

–Pues sí –dijo acariciando al cachorro–. ¿Todavía llora porque echa de menos a su madre?

–Sí, pero Mallory dice que anoche no lloró tanto.

–Bien. Eso significa que empieza a sentirse como en casa. Apolonia... antes de que te bañes, necesito pedirte un favor.

–¿El qué?

–Quiero que esta noche sea especial para Mallory –le dijo mientras entraban en la habitación de la niña–. ¿Te importa que Inés duerma contigo esta noche? Eso significa que tendrás que levantarte si Flash llora.

–¡Vale! ¿A dónde vais?

–Si te lo digo, tienes que prometerme que no se lo contarás a Mallory. No sabe lo que he planeado.

–No diré nada.

Le susurró al oído.

Su hija puso una dulces sonrisa, dejó al cachorro en el suelo y entró en el baño.

Mientras las dos mujeres de su vida se acicalaban, él bajó al coche para sacar la maleta.

De regreso al despacho, habló con Inés para que lo ayudara esa noche. Después, encendió el ordenador para ver la foto del hombre que Apolonia había tratado de enseñarle un mes antes.

En aquel entonces, los celos impidieron que escuchara nada acerca del hombre del que Mallory estaba enamorada. Pero todo había cambiado cuando, una hora antes, ella le contó la verdad sobre una tabla de *surf*.

MALLORY no podía imaginar qué era lo que Rafael quería mostrarle, pero quería estar bella. Se puso un pantalón negro y se secó el pelo con secador, para que la melena cayera sobre sus hombros con naturalidad.

Rafael había desaparecido. Ella entró en la habitación de Apolonia para acostarla pero, para su sorpresa, la niña ya estaba metida en la cama.

–Esta semana no hemos parado. No me extraña que estés cansada –se sentó a su lado y la besó en la frente–. Creo que eres la niña más maravillosa del mundo. Te quiero, Apolonia.

–Yo también te quiero, mamá. Gracias por dejarme tener un perro.

–No olvides que tu padre también quería que tuvieras uno.

–Lo sé.

–Esta noche me ha dicho que quería mostrarme una cosa. Debe de ser importante. No sé cuánto tiempo tardaré. ¿Estarás bien aquí sola?

–Inés va a quedarse conmigo hasta que regreses.

Mallory no sabía que Rafael lo había pensado todo. Al parecer, iban a estar fuera mucho tiempo.

–Me alegro de que vaya a quedarse contigo.

¿Hay algo que pueda hacer por ti antes de que nos vayamos?

–Yo también iba a hacerle la misma pregunta.

Mallory se volvió y vio que Rafael había entrado con Inés.

Él se agachó para besar a su hija.

–*Boa noite, cariño* –miró a Mallory–. ¿Nos vamos?

–Sí –dijo ella, con el corazón acelerado –Inés sacó un libro de la estantería y se sentó en la otra cama para leérselo a Apolonia–. ¿Necesito llevar el bolso? –preguntó Mallory al entrar en la habitación de Rafael.

–No.

Cuando salieron al pasillo, él la agarró de la mano y no la soltó. Para los huéspedes y el personal de servicio, eran un matrimonio que se iba a dar un paseo antes de acostarse.

Rafael sonreía a la gente, como si tuviera un secreto que no estaba dispuesto a compartir. La guió hasta el otro lado del palacio y por la escalera principal. A medida que avanzaban por el pasillo, ella estaba más convencida de que la llevaba a la Alfama suite. ¿Y por qué?

Cruzaron las primeras puertas y ella vio los azulejos escritos que había en la pared.

Nuestros labios se encontrarán fácilmente en la calle estrecha.

Mallory recordó lo que Lianor le había dicho acerca del autor de la cita:

«Seguramente un hombre que quería recordarle a su esposa los deberes conyugales»

¿Qué estaba pasando?

¿Es que Rafael no sabía que no necesitaba recordárselo?

¿No se había dado cuenta la otra noche de que lo amaba más que a su vida?

Al entrar en la habitación del rey Pedro, se estremeció. Le hacía ilusión estar allí con Rafael. Después de todo, él era descendiente de la realeza. Si hubiera nacido muchos años antes, habría sido príncipe.

Cuando Rafael cerró la puerta de la habitación, a Mallory comenzaron a temblarle las piernas.

Permanecieron uno frente al otro en la semioscuridad. Él se cruzó de brazos.

—Cuando me casé con Isabell, vivimos en Sintra con su familia porque ella se quedó embarazada enseguida. Tenía muchas náuseas por la mañana y pasó varios meses en el hospital para alimentarla por vía intravenosa.

—Pobrecilla —susurró Mallory.

—No pude estar con ella todo el tiempo porque tenía que mantener el negocio familiar. Fue entonces cuando María, la doncella de su madre, empezó a ser su asistente personal y a cuidar de ella. Había veces que estaba tan enferma que me habría gustado que no se hubiera quedado embarazada. Cuando murió de neumonía porque tenía las defensas muy bajas, me sentí responsable de su muerte.

—Rafael...

—La vida fue un tormento a partir de entonces. Después vino la muerte de mis padres y la traumática relación amorosa de Lianor. ¿Te ha hablado de ello?

—Sí.

–Lianor todavía me rechaza por haberle demostrado lo oportunista que era Mateus.

–Te equivocas, Rafael. La salvaste de un dolor eterno. Te quiere mucho. Cuando estuvo en Los Ángeles en el curso de formación, sólo habló de ti.

–Me alegra oírlo –murmuró él.

–¡Pero es cierto! –dijo Mallory.

–Como sabrás, lo más importante de mi vida ha sido Apolonia.

–Es maravillosa.

–Tras el entierro de Isabell, traje a María y a ella al palacio. Me mudé a la habitación que solían ocupar mis padres. El dormitorio donde duerme Apolonia solía ser el de Lianor. María dormía en la habitación donde yo crecí –Mallory sintió ganas de llorar–. A partir de entonces, la vida continuó. Yo trabajaba mucho para sacar el negocio adelante. Mi padre nunca se mostró partidario de abrir la suite Alfama a los turistas, pero yo sabía que sería el mayor éxito del palacio. Así que corrí el riesgo y la reformé. Fue un riesgo bien recompensado. Los jeques, los reyes y los jefes de estado están dispuestos a pagar una buena cantidad por alojarse en ella.

–¿Y yo cómo fui tan afortunada? –intervino ella.

–Porque para Lianor significaba mucho.

–Es afortunada por tener un hermano como tú, que se preocupa por ella.

–¿Lo crees?

–Lo sé.

Él la miró durante largo rato.

–En resumen, recuperé mi inversión en poco tiempo y gané suficiente dinero como para abrir otra posada.

—Y el resto es historia —terminó ella.

La miró con deseo e hizo que se le acelerara el corazón.

—Así es. Es historia, Mallory. Hoy soy un hombre distinto en un mundo diferente. Hasta que vi cómo sacabas a mi hija del agua y le devolvías la vida, mi vida consistía en sobrevivir sin más. Pero todo cambió en ese momento. Supe que el amor había entrado de nuevo en mi vida. Un tipo de amor que me destrozaría si no me era correspondido. Luché contra él, y contra ti, porque el poder que ejercías sobre mí y sobre mi hija era absoluto. Sabía que eras una abogada excelente, que te habías forjado una carrera estupenda. Lianor hablaba muy bien de ti. Eras la primera persona que había hecho revivir a mi hermana después de que Mateus la abandonara. Por un lado, te quería, pero por otro te odiaba porque sentía que Lianor se estaba distanciando aún más de mí. De pequeños estábamos muy unidos. Con tu llegada, todo parecía terminar. Además, íbamos a perder a María.

—Lo siento mucho, Rafael.

—Y por si eso no era suficiente, Apolonia me dijo que estabas enamorada de otro hombre y que te casarías con él si pudieras. Me volví loco —se acercó a ella—. ¿Por qué permitiste que mi hija me hiciera creer que estabas enamorada de un estadounidense rubio y con el pelo rizado? Pensé que debía ser alguien de tu edificio. Hasta que anoche miré en el ordenador y descubrí que era Flash Gordon.

—Puedo explicártelo —dijo ella con las mejillas sonrosadas.

—Te escucho.

–Estaba mostrándole quién era Mister Toad, y pensé que le gustaría ver uno de mis personajes favoritos. Saqué una foto del actor que hacía el papel de Flash Gordon.

–Creo que falleció hace varios años.

–Así es. De todos modos, le dije a Apolonia que siempre había deseado casarme con él, pero que no estaba disponible. Hasta entonces no sabía que me había tomado en serio. Pero cuando tú sacaste la conclusión equivocada y ella no te corrigió, pensé que sería mejor que continuaras creyendo que estaba enamorada de otro.

–¿Por qué?

–Para que no pensaras que estaba detrás de ti.

–¿Y lo estabas?

–Sí –dijo mirándolo fijamente a los ojos.

–¡Menos mal! ¿No sabes que he estado sufriendo desde entonces?

–Yo también, Rafael. Tu hermana hablaba tan a menudo del amor que sentías por Isabell que nunca pensé que pudieras quererme de la misma manera –dijo con voz trémula.

–No os quiero de la misma manera –dijo él–. Sois dos mujeres distintas de mundos y momentos diferentes. Volví a nacer el día que salvaste la vida de Apolonia. Te convertiste en mi obsesión. Cuando Lianor me dijo que te habías ido a California, sentí que me secaba por dentro.

Se miraron a los ojos.

–Cuando mi secretaria me pasó con la recepcionista y ésta me dijo que estabas con Apolonia en el recibidor de Lady Windemere, sentí que recobraba la vida. Te quiero mucho, Rafael. ¡Habría hecho cualquier cosa por ser tuya! Si el cachorro no hubiera comenzado a llorar...

—No me lo recuerdes.

Se acercó a ella y la abrazó con fuerza.

—Menos mal que me amas y que nunca me dejarás. No tenía intención de buscar a alguien para sustituir a María, no después de que tú entraras a formar parte de mi vida.

Mallory apoyó la cabeza en su hombro.

—Había planeado convertirme en imprescindible para que me quisieras siempre a tu lado. Te adoro, cariño. Hazme el amor esta noche.

—No tengas miedo por eso. Voy a hacerte el amor día y noche durante el resto de nuestras vidas, aquí, en nuestra nueva casa.

—¿Qué quieres decir con nuestra nueva casa?

—La suite Alfama... Aquí es donde vamos a vivir a partir de ahora.

—No lo comprendo. La necesitas para el negocio...

—Sólo la necesito por un motivo. Para mantener contentos a los cocineros —la tumbó sobre la cama—. Ha llegado a mis oídos que, entre tus diversas actividades, has estado cocinando.

—¡Quería hacerlo todo para ti! —exclamó.

—Puesto que esta suite tiene cocina, he decidido que mi esposa necesita tener un lugar para demostrarle a su amado su talento culinario.

—Eso es lo que serás siempre. Hasta el final de los tiempos.

—Te quiero, Mallory. Has cambiado mi vida y la de Apolonia. Nos has convertido en una familia. No recordaba lo que era sentarse a la mesa en familia y disfrutar de una comida casera desde antes de que murieran mis padres. Podemos tenerlo todo aquí, durante el resto de nuestras vidas.

–Oh, Rafael... –se sentía eufórica y comenzó a besarle la cara y el cuello–. Estoy locamente enamorada de ti, *amado*. Un día podré decirte todo lo que quiera en tu idioma. Es más bonito que el inglés. Soy tan feliz que quiero gritárselo al mundo.

–Grita todo lo que quieras, *amada*. Los muros de esta habitación son muy gruesos, nadie te oirá, excepto yo. Lo que es perfecto, porque soy yo el único que necesita oírlo. Una y otra vez –sus labios se encontraron con añoranza–. Pero antes de que pierda el control, tenemos que hablar de una cosa importante –ella lo miró a los ojos y vio puro deseo en ellos.

–¿De qué?

–¿Quieres tener hijos?

–Deseo tener tus hijos, más de lo que imaginas. El momento, es cosa tuya –él se puso serio. Ella interpretó la expresión de su rostro–. No temas por nosotros, Rafael. Soy fuerte y saludable. Mi madre sobrevivió a su embarazo. El único motivo por el que no tuvieron más hijos fue que eran mayores. Siempre quise que me dieran un hermano o una hermana –le mordisqueó el labio inferior–. Apolonia ya me ha confesado que le gustaría tener uno.

Rafael le sujetó el rostro con las manos.

–Si te sucediera algo... –le temblaba la voz.

–No pasará nada, cariño. Siento que el destino nos ha unido por un motivo. ¿Tú no?

–Sí –susurró él.

Despacio, comenzaron a amarse mutuamente. Se

tomaron el tiempo necesario para descubrir juntos la fuerza del amor, hasta que la llama los consumió a ambos.

–Rafael... ¿has oído eso?

–¿El qué? –murmuró él, medio dormido. Después de una noche de pasión, habían caído derrotados.

–Alguien está llamando a la puerta de fuera.

–Ignóralo. Tenemos cosas más importantes que hacer –la besó en la boca. Estaba dispuesto a hacerle el amor otra vez.

–Pero no podemos. Creo que es Apolonia.

–Inés está cuidando de ella.

–Cariño, son las once de la mañana.

–No me importa qué hora sea. Estoy de luna de miel.

Llamaron con más fuerza. Rafael se incorporó apoyándose sobre un codo.

–Nadie sería tan insistente excepto tu hija –susurró ella–. Iré yo, pero ni siquiera tengo un batín para ponerme.

–No. No lo tienes. Nunca llevarás nada encima cuando estemos solos –sus palabras hicieron que una ola de calor invadiera el cuerpo de Mallory–. Eres preciosa, *amada*. Me dejas sin habla –la besó de forma apasionada–. Mantén la cama caliente mientras voy a ver qué quiere.

Rafael salió de la cama y se puso el pantalón. Cuando abrió la puerta, su hija lo miró:

–*Bom día*, papá. Decidí venir a visitaros. ¿Todo ha ido bien? –preguntó en voz baja.

Él puso una amplia sonrisa.

–¿Por qué no pasas y lo compruebas tú misma?

La niña corrió hasta la habitación.

Mallory extendió los brazos.

–Ven aquí, cariño. ¿Cómo está Flash esta mañana?

–Es tan mono. Lo he metido en mi cama un ratito. Se acurrucó contra mi pierna y se quedó dormido hasta que yo me levanté.

–Parece que todos estamos contentos –dijo Rafael, y se metió en la cama con ellas.

–¿Ahora eres mi verdadera mamá?

–Sí. Y tú eres mi verdadera hija –se abrazaron.

–¿Y un día vamos a tener un bebé como los padres de Violente?

Mallory se sonrojó.

–Sí –dijo Rafael–. Lo más pronto posible. Eso significa que tenemos que mudarnos.

–¿Dónde?

–Hemos pensado que vamos a convertir la suite Alfama en nuestro hogar. Me gusta la idea de que todos aprendamos a cocinar.

–¿Vamos a vivir en la casa del rey? –preguntó la niña asombrada.

–Sí, *cariño*. ¿Te gusta la idea?

–Siempre deseé vivir aquí.

–No lo sabía. ¿Qué habitación quieres que sea la tuya?

La niña se levantó y recorrió los aposentos. Entretanto, Rafael aprovechó para besar a su esposa. Seguía devorándola cuando entró Apolonia.

–¿Puedo quedarme con el cuarto de música?

–Creo que es una buena elección. Es grande y luminoso.

–Podemos trasladar el piano al salón –comentó Mallory–. La otra habitación puede ser la del bebé. Y el perro tendrá dos balcones para él solo.

–¡Será perfecto! –dijo Apolonia, y corrió hacia la puerta–. ¡Tengo que llamar a Violente para contárselo!

–No le digas nada acerca de que vamos a tener un bebé –le advirtió él.

–¿Por qué no?

Mallory comenzó a reírse y a Rafael se le contagió la risa.

–Porque esas cosas llevan tiempo –le recordó.

–Entonces, ¡date prisa, papá! –salió corriendo de la habitación.

–Sí, papá, ¡corre! –suplicó Mallory–. Mis padres se mueren por ser abuelos.

–¡Se me olvidaba! –Apolonia entró de nuevo en la habitación–. Tía Lianor llamó esta mañana. Quería hablar contigo pero le dije que no podían molestarte. Se disgustó mucho, así que le dije que estabas durmiendo con mamá en la suite Alfama porque la querías más que a tu propia vida.

Mallory miró a Rafael a los ojos y vio que brillaban de amor.

–¿Y qué dijo Lianor?

–Empezó a llorar porque estaba muy feliz. Después colgó. Tengo que hablar con Violente, pero vendré más tarde con Flash. Quiero enseñarle nuestra casa nueva.

–Nuestra casa nueva –repitió Rafael. Se quitó los

pantalones y se metió en la cama otra vez–. Me encanta como suena.

–Y a mí, cariño –lo besó–. Y respecto a Lianor...

–¿Sí?

Mallory era como una droga y él no quería perder el tiempo hablando.

–Creo que voy a pedirle que el próximo martes nos lleve a Apolonia y a mí a nuestra clase de tenis.

–¿Tenis?

–Sí. Me enteré de que juegas muy bien, así que pensé que debíamos aprender. Nuestro profesor es muy atractivo.

–¿Atractivo?

–A Lianor le dará un ataque al corazón cuando lo vea. Es soltero, y es antiguo campeón de tenis de la zona de Braga. Se lesionó en un accidente de coche y se vio obligado a replantearse la carrera. Ahora tiene su propia empresa de informática en Atalaia y entrena a niños por las tardes. Te gustaría...

–Me has convencido –dijo él, besándola de nuevo–. Ahora tengo que convencerme de que lo de anoche no fue un sueño, que mi maravillosa esposa no es producto de mi imaginación. Quiéreme, amor mío. Ámame como si no existiera el mañana.

–Sí, señor.

La risa de Rafael invadió la habitación antes de que ella lo hiciera sentir más inmortal que el resto de los hombres, incluso más que el mismísimo rey Pedro.

JAZMÍN™

CAROLINE ANDERSON
EN BUSCA
DEL AMOR

CAPÍTULO 1

*Feliz Cumpleaños, Izzy. Has llegado a los treinta.
Increíble.*

Izzy hizo un esfuerzo por volver a sonreír. Llevaba horas riendo las ingeniosas bromas de sus amigos y ya había tenido bastante. Si no lograba salir de allí pronto iba a gritar.

Era su treinta cumpleaños y estaba en una fiesta. No era su fiesta, pero de algún modo era su celebración. Aquella fiesta era para celebrar la exitosa salida a Bolsa de otra empresa que ella se había ocupado de rescatar de una muerte segura.

Ya lo había hecho otras veces, pero todo el mundo estaba muy contento y sólo una aguafiestas se habría negado a celebrarlo con sus amigos.

¿Amigos? Rió sin humor. Aparte de a Kate, apenas conocía a ninguno de los allí reunidos hacía más de un año. ¿De verdad eran amigos suyos, o sólo estaban allí porque ella era quien era y se dedicaba a lo que se dedicaba?

¿Y quién era ella? Sabía lo que era, y si alguna vez llegara a olvidarlo la prensa no perdería tiempo en recordárselo con uno de los motes que tan divertidos encontraban.

El último que se les había ocurrido había sido Godzilla. Y todo porque se metía donde nadie se atrevía, reestructuraba empresas renqueantes y las orientaba en la dirección correcta.

El hecho de que fuera una mujer y además joven también había llamado mucho la atención.

Mucha gente se dedicaba a lo mismo, pero debía admitir que no con tanto éxito. Había tenido mucha suerte. Su instinto sólo le había fallado una vez, y a la prensa le había encantado.

Pero la operación que estaban celebrando había sido todo un éxito y sabía que si quería no iba a necesitar seguir trabajando para vivir.

Pero seguiría trabajando, porque si no, ¿qué haría con su vida? Sin su trabajo su vida estaba vacía.

«Tonterías», se dijo. «Tienes una magnífico apartamento que da al río y además cuentas con Kate, una secretaria estupenda. Puedes tener todo lo que quieras... excepto intimidad»

Aquélla era su cruz. Aparecía en las columnas de sociedad más que la propia realeza. Cada vez que salía con un hombre la prensa convertía la cita en toda una aventura, lo que resultaba irónico, porque la mayoría de los hombres se sentían tan aterrorizados por ella que salían corriendo antes de llegar al dormitorio. Estaba rodeada de gente que ni siquiera la conocía.

«Ni siquiera yo me conozco. ¿Dónde están mis verdaderos amigos? ¿Acaso tengo alguno?»

–Disculpad –murmuró con una vaga sonrisa, y se encaminó hacia el baño. Unos minutos a solas...

–¿Estás bien?

Izzy miró a Kate, su mano derecha y lo más cercano que tenía a una amiga, y sonrió.

–Sí, estoy bien.

–Es una fiesta estupenda. Voy a echar de menos a estos amigos... aunque siempre hay otros esperando –dijo Kate mientras entraban en el baño. Mientras se refrescaban siguió hablando–. ¿Cómo llevas tu cumpleaños? Recuerdo cuando cumplí los treinta. Fue tremendo. Entré en Internet, en esa página para contactar con viejos compañeros del colegio. Averigüé lo que estaban haciendo casi todos. Increíble.

Kate continuó con su charla, pero Izzy ya no la estaba escuchando. Su atención se había visto atrapada por las palabras «viejos compañeros» y había volado hacia atrás en el tiempo. Concretamente doce años atrás, a Suffolk, al verano anterior a ir a la universidad, cuando estuvo de acampada con unos amigos en un terreno perteneciente a los padres de Will. Se divirtieron mucho, con la energía y la despreocupación típicas de la juventud.

¿Dónde estarían sus amigos?

Rob y Emma, Julia y Sam, Lucy y Will. Su corazón se encogió. ¿Dónde estaría Will? La besó allí, junto al río, a la sombra de los sauces. Aquél fue su primer beso... el primero de otros muchos durante aquel maravilloso verano, y el preludio a más que unos besos. A mucho más, recordó con una punzada de nostalgia.

Después, empujada por la necesidad de seguir adelante con su vida, ella fue a la universidad mientras Will, Julia, Rob y Emma fueron a viajar por el mundo y regresaron con una noticia que destrozó sus sueños. Su amiga Julia, con la que lo había compartido todo, incluyendo aparentemente a Will, había quedado embarazada de éste e iban a casarse.

Su mundo se desmoronó aquel día. Pasó el año siguiente reconstruyéndolo ladrillo a ladrillo, hasta que la pared tras la que se ocultó llegó a ser tan alta que nada ni nadie volvió a alcanzarla.

No había vuelto a ver a Will.

¿Dónde estaría? ¿A qué se dedicaría? ¿Seguiría con Julia? ¿Habría tenido un niño, o una niña? ¿Tendría más hijos?

Respiró profundamente mientras se miraba en el espejo. Ver su reflejo no sirvió para que le mejorara el humor. Su pelo castaño, ondulado en un día normal y totalmente rizado cuando llovía, enmarcaba un rostro de ojos color gris verde con unos destellos dorados. Una persona amable habría dicho que eran color avellana. Su madre los llamaba turbios. Su rasgos, pequeños e uniformes, no llamaban especialmente la atención, pero al menos suponía que no era claramente fea, y su sonrisa no estaba mal.

–¿Ya has terminado?

Izzy miró a Kate en el espejo y sonrió.

–Sí. Volvamos a la fiesta.

Steve la estaba esperando. Era un hombre amable, sofisticado... y, por algún motivo, totalmente incapaz de encender su pasión.

Aunque no era el único con el que le pasaba aquello. Nada la estimulaba en los últimos tiempos, ni personal, ni profesionalmente.

–Pensaba que me habías abandonado, Isabella –dijo Steve cuando la vio llegar.

–No ha habido tanta suerte –replicó ella.

Steve le dedicó una peculiar mirada, como si no supiera si aquello había sido un insulto o no.

–¿Te encuentras bien, Bella?

Izzy pensó que lo más probable era que Steve estuviera buscando una excusa para llevarla a casa, pero lo último que necesitaba era tener que ponerse a rechazar sus insinuaciones. Conociendo su suerte, seguro que habría un fotógrafo cerca... y ella no creía en la vieja máxima que aseguraba que no existía la mala publicidad.

Por supuesto que existía, y ella ya había tenido que soportarla lo suficiente. Si fuera vista del brazo del recién divorciado empresario, la prensa amarilla añadiría un nombre más a la lista de supuestos amantes que ya le había asignado.

–Sólo me duele un poco la cabeza –contestó a la vez que se obligaba a sonreír–. Enseguida estaré bien... y no me llames Bella. Sabes que no es mi nombre.

Steve rió sin mostrarse en lo más mínimo afectado por la reprimenda de Izzy. Apenas parecía afectarlo nada, y ella se preguntó una vez más qué sería lo que estimulaba a aquel hombre. Probablemente el dinero... y preferiblemente el de algún otro. Pero desde que ella había sacado a flote su compañía ya no tenía que preocuparse por ello. Lo había hecho más rico de lo que jamás habría imaginado y no le iban a faltar precisamente mujeres alrededor.

Steve deslizó un dedo por el brazo de Izzy.

–Deberíamos salir juntos, Isabel –murmuró–. ¿Qué te parece el viernes por la noche? Podríamos ir a cenar a algún sitio tranquilo.

–Suena bien –murmuró Izzy, aunque en realidad sólo se refería a lo de la tranquilidad.

Pero un instante después Steve ya había decidido dónde irían, a qué hora y le había dicho lo que debía ponerse. Si Izzy no hubiera tenido dolor de cabeza le habría dicho lo que podía hacer con su noche tranquila, pero se limitó a suspirar y a asentir.

Aguantó hasta medianoche y luego tomó un taxi que la llevó a su apartamento.

En cuanto entró se quitó los zapatos con un suspiro de alivio y se tumbó en el sofá tras servirse un vaso de agua fresca. El dolor de cabeza remitió en cuanto se soltó el pelo.

Le habría gustado abrir las puertas correderas del salón para salir al jardín de la terraza, pero el ruido de los coches y la ciudad habría invadido de inmediato su espacio.

Echaba de menos la tranquilidad y el silencio del campo. Recordó de nuevo el verano que acampó con sus amigos junto al río en las tierras del padre de Will. Recordó lo que le había dicho Kate y, picada por la curiosidad, se levantó y fue hasta su ordenador.

Unos minutos después estaba conectada a la página que le había mencionado su secretaria y repasaba una lista de nombres. En cuanto encontró el de Rob pulsó el sobre que aparecía a su lado para leer su mensaje. Era abogado, se había casado con Emma, tenían tres niños y aún vivían en el pueblo.

Resultaba increíble que después de tanto tiempo siguieran en el mismo sitio. Izzy sintió una punzada de algo que podría haber sido envidia, pero la reprimió de inmediato. ¿En qué estaba pensando? Su vida era fantástica. Había triunfado, tenía más dinero del que jamás habría imaginado y una agenda repleta.

¿Qué más podía pedir?

A Will.

Ignoró la dolorosa respuesta antes de que pudiera asentarse en su mente. Escribiría un mensaje a Rob para preguntarle qué tal estaba todo el mundo. Sin pensárselo dos veces se puso a teclear el mensaje, en el que incluyó su número de teléfono.

Si Rob la llamaba, podrían charlar de los viejos tiempos.

–No voy a repetírtelo más veces, Michael; haz tus deberes o tu GameBoy acabará en la basura. ¿Y dónde está Rebecca? Sus cosas están desperdigadas por todas partes.

La niña entró en el cuarto con el ceño fruncido, metió de mala gana sus libros en la mochila del colegio y volvió a marcharse.

Will suspiró. Tenía que ocuparse de la contabilidad y los papeleos antes de volver a ver a las ovejas. De todos modos, resultaba más agradable ocuparse de los partos en abril que en febrero, aunque fuera por accidente.

Cuando sonó el teléfono lo descolgó casi con agradecimiento.

–Hola. Aquí la granja Valley.

–Soy Rob, Will. Sólo quería asegurarme de que no has olvidado la fiesta.

–No la he olvidado –mintió Will–. ¿Cuándo es?

–El viernes a las siete y media, en casa. Vas a venir, ¿no? Emma no va a dejar de darme la lata si no vienes.

Y él también, sin duda.

–Lo intentaré –prometió Will evasivamente–. Puede que consiga librarme un par de horas, pero aún estoy ocupado con los corderos, así que no cuentes conmigo con seguridad –no quería que nadie más contara con él. Tal y como estaban las cosas sentía que llevaba todo el peso del mundo sobre los hombros, y la fiesta era una carga más.

–Tú ven –replicó Rod con firmeza, y a continuación colgó.

Will se quedó mirando el auricular con el ceño fruncido. Si hubiera sido algún otro habría buscado cualquier excusa para librarse. Pero era la celebración del treinta cumpleaños de Rob y Emma, además de su décimo aniversario de boda, y no podía faltar.

Pero como mucho pensaba estar dos horas. Luego volvería a casa y...

¿Y qué? ¿Se sentaría allí a solas a mirar las cuatro paredes que lo rodeaban? ¿O se acostaría en su cama vacía y miraría el techo hasta que el sueño se adueñara de él?

Mientras cruzaba la cocina notó distraídamente que Michael estaba haciendo sus deberes, aunque con la televisión encendida. Rebecca estaba sentada en la silla grande con el perro acurrucado a sus pies y el gato en su regazo.

–Voy a echar un vistazo a las ovejas –dijo Will mientras se ponía su vieja chaqueta y sus embarradas botas–. A la cama en veinte minutos, Beccy. Y tú tienes una hora, Michael.

Echó un rápido vistazo a los corderos y se aseguró de que ninguna de las ovejas tenía problemas. Luego fue a ver a las gallinas y los patos, a la vaca y algunos terneros que pastaban tras la casa. A continuación fue a ver a los caballos. Aunque no eran suyos le gustaba comprobar que tenían agua.

Todo parecía en orden, de manera que se acercó caminando al viejo corral que había al otro lado de la casa, fijándose en todos los cambios que habían tenido lugar a lo largo de los últimos años.

El viejo establo había sido transformado en una tienda en la que se vendía una amplia gama de alimentos orgánicos, la mayoría cocinados por su madre. Ella se ocupaba de aquella faceta del negocio mientras el padre de Will elaboraba el mobiliario de jardín, los juguetes de madera y el material para vallado en otro antiguo almacén de la granja.

Les habían sugerido que diversificaran el negocio y eso habían hecho. Comprar la granja de la señora Jenks había sido una inversión que apenas se habían podido permitir, pero no habían tenido más remedio que aprovechar la oportunidad. Pero había servido para aumentar sus recursos... y para darle a él más trabajo.

No era de extrañar que se sintiera cansado todo

el tiempo. Pero la granja estaba prosperando de nuevo, el futuro parecía seguro y eso era todo lo que pedía.

Cuando volvió a la casa sonrió al ver que su hija desaparecía a toda prisa por la puerta. Reprimió una sonrisa y apoyó una amistosa mano en el hombro de su hijo Michael.

–¿Cómo te va?

–Supongo que bien. Sólo me queda el francés.

–Me temo que ése no es mi punto fuerte. Si tienes problemas tendrás que preguntarle a tu abuela.

Tras poner agua a hervir subió a ver a Rebecca, que ya estaba en la cama, aunque, según todos los indicios, no se había lavado la cara ni los dientes. Will la acompañó al baño y luego la arropó de nuevo en la cama.

–Léeme un cuento –rogó la niña y, aunque estaba agotado, su padre accedió.

–¿Papá?

Will hizo un esfuerzo por abrir los ojos.

–¿Michael? ¿Qué hora es?

–Casi las diez. Llevas mucho rato dormido.

Will miró a Rebecca, que dormía acurrucada contra su pecho, y retiró cuidadosamente el brazo.

–Lo siento –murmuró mientras se ponía en pie–. Me he sentado a leerle un cuento y me he dormido.

–Pareces agotado, papá. Trabajas demasiado duro estos días.

Will revolvió afectuosamente el pelo de su hijo.

–Sobreviviré –dijo.

–¡Cielo santo, Emma! –Rob se apartó del ordenador y se volvió hacia su esposa, que acababa de entrar en el estudio.

–¿Qué sucede? Parece que has visto un fantasma.

–Así ha sido en cierto modo. Isabel Brooke me ha enviado un correo electrónico. Quiere ponerse en contacto y me ha dejado su número de teléfono. ¿La llamo?

–¿La famosa Isabel Brooke? Siempre podrías invitarla a la fiesta.

Rob rió.

–Tienes que estar bromeando. ¿Por qué iba a querer venir a nuestra aburrida, pedestre y provinciana fiesta?

Emma palmeó el hombro de su marido.

–¡Eh! Estas hablando de nuestra fiesta. Va a ser la mejor que se ha celebrado en el condado en mucho tiempo.

Rob volvió a reír.

–En ese caso, ¿qué te parece si la llamo?

Emma se encogió de hombros.

–¿Por qué no? Seguro que dirá sí, o no.

–A veces eres tan profunda, querida... –Rod se levantó y rodeó a su mujer con los brazos–. Ya es muy tarde para llamar ahora. Además, tengo mejores cosas que hacer...

—¿Isabel? Te llama alguien llamado Rob. Le he dicho que estabas en una reunión, pero me ha dicho que no podía esperar.

Asomada a la sala de juntas, Kate aguardó la respuesta de Izzy.

—¿Te ha dicho su apellido?

—Sólo ha dicho que os conocías hacía tiempo.

Izzy sonrió con expresión de disculpa a las personas con las que estaba reunida.

—¿Me disculpan? Sólo tardaré un momento.

Fue a su despacho y descolgó el teléfono.

—Isabel Brooke al aparato —dijo con una mezcla de curiosidad y cautela.

—Empezaba a pensar que lo de ponerte en contacto con nosotros no iba en serio... ¿o sólo pretendías ponerme en mi sitio?

Izzy sonrió al oír la familiar voz.

—Hola a ti también —dijo mientras se sentaba—. Lo siento, pero es cierto que estaba reunida. Supongo que te di por error el teléfono de mi despacho en lugar del de mi casa.

—No, pero no quería retrasar la llamada y he pedido a mi secretaria que buscara el teléfono de tu despacho. ¿Cómo estás?

—Muy bien. ¿Y tú? ¿Y Emma? ¡Ya tenéis tres hijos! Estoy realmente impresionada.

Rob rió.

–Todos estamos bien... pero lo nuestro no ha sido tan espectacular como lo tuyo. ¡Menuda ascensión meteórica!

–Sólo supone dinero –dijo Izzy en tono desdeñoso y sincero. ¿Qué suponía su éxito comparado con la felicidad de Rob y Emma y el nacimiento de sus tres hijos?–. Escucha, Rob, estoy realmente ocupada esta mañana, pero me encantaría veros a todos. ¿Podemos reunirnos de alguna forma?

–Por eso te estoy llamando. Emma y yo vamos a dar una fiesta para celebrar nuestro décimo aniversario y nuestro cumpleaños y queremos que vengas. El problema es que la fiesta se celebra mañana por la noche y supongo que será muy precipitado para ti...

–Por supuesto que iré –dijo Izzy emocionada–. ¡No me la perdería por nada del mundo! Voy a ponerte de nuevo con mi secretaria para que le des todos los detalles. Nos vemos el viernes. Gracias por llamar, Rob.

Tras hablar con Kate y pedirle con una punzada de remordimiento que suspendiera su cita con Steve, volvió a la sala de juntas con una animada sonrisa en el rostro.

Izzy era un manojo de nervios. Resultaba ridículo. Estaba acostumbrada a hacer cosas más inquietantes que aquélla a diario, pero aquel acontecimiento había adquirido un significado enorme.

¿A causa de Will? ¿Y si estaba allí? ¿Y Julia?

Miró la casa con cautela, reacia a entrar. Doce años era mucho tiempo y habían pasado muchas cosas.

Se miró una última vez en el retrovisor del coche antes de salir y luego avanzó con paso firme hacia la casa con el ramo de flores que llevaba de regalo.

Mientras se acercaba fue aumentando el sonido de voces, risas y música que llegaba de la fiesta. Habría sido absurdo llamar al timbre, de manera que, con el corazón latiéndole a toda velocidad, entró en la casa con una forzada sonrisa en el rostro.

Por un momento nadie se fijó en ella, pero de pronto se hizo un intenso silencio y todos se volvieron a mirarla.

Un hombre se separó de los demás y avanzó hacia ella. Era más pequeño de lo que recordaba, y tenía menos pelo, pero sus brillantes ojos verdes y su sonrisa seguían siendo los de siempre.

–¡Izzy!

–¡Rob! –dijo Izzy, aliviada. Cuando se abrazaron se sintió como si le estuvieran dando la bienvenida a su hogar.

Rob se apartó de ella para observarla y luego volvió a abrazarla.

–¡Emma! –exclamó–. Mira quién está aquí.

Emma no había cambiado nada. Seguía siendo

la chica encantadora y amistosa que siempre había sido. Abrazó a Izzy, tomó las flores con una exclamación de placer y luego tiró de ella para presentarla a los demás.

Izzy trató de hacer caso omiso de su decepción al no ver a Will por allí. Además, si hubiera estado él también habría estado Julia y, a pesar del tiempo transcurrido, no se sentía preparada para verla.

Entonces se produjo otro repentino silencio. Izzy volvió la mirada hacia la puerta. En el umbral había un hombre cuyo pelo moreno parecía ligeramente revuelto, como si acabara de peinárselo con las manos. Parecía incómodo, como si quisiera irse incluso antes de haber entrado, pero antes de que pudiera hacerlo se rompió el embrujo y todos acudieron a darle la bienvenida.

Cuando sus miradas se encontraron, Izzy sintió que el corazón se le subía a la garganta.

«No ha cambiado», pensó, y luego movió la cabeza lentamente. «Sí ha cambiado, pero sigue siendo... Will. Mi Will».

No.

¡Sí!

«Basta. Olvida eso. Míralo. Fíjate en los cambios. Es más grande... más pesado, mayor. Sus ojos parecen cansados. Siguen siendo preciosos, pero parecen cansados. ¿Por qué está tan cansado?»

Quería llorar, reír, abrazarlo... y como no podía hacer nada de aquello, se retiró por la puerta que por fortuna tenía a sus espaldas y salió a otro vestíbulo.

Necesitaba tiempo para pensar, para controlarse antes de decir o cometer alguna estupidez.

CAPÍTULO 2

WILL estaba anonadado. Jamás habría imaginado que Izzy fuera a estar allí.

Alguien le puso una bebida en la mano mientras alguien más palmeaba su espalda, pero él sólo podía pensar en Izzy.

Su Izzy.

Pero ya no era su Izzy. Dejó de serlo cuando él traicionó su confianza...

¿Por qué no le había advertido Rob? ¿Habría ido aunque lo hubiera hecho?

Por supuesto que sí. Necesitaba hablar con ella, pero antes tenía que saludar a toda aquella gente... buenas personas que lo habían apoyado durante la pesadilla de los pasados años. Sonrió, rió, hizo comentarios razonables... y cuando volvió a alzar la mirada Izzy había desaparecido. Sintió un pánico inexplicable.

–Disculpadme –murmuró, y se encaminó rápidamente hacia la puerta junto a la que la había visto. No podía dejar que se fuera sin haber hablado antes con ella.

Había tanto que decir...

La encontró en el vestíbulo trasero, acariciando distraídamente la hoja de una planta. La poderosa y dinámica mujer de las brillantes revistas de sociedad no aparecía por ningún lado, y su rostro mostraba una increíble vulnerabilidad. El pánico de Will se evaporó al instante.

–Hola, Izzy. Cuánto tiempo.

Ella sonrió.

–Hola, Will. ¿Cómo estás?

–Oh, ya sabes –Will sonrió con ironía–. Sigo dedicándome a la granja –deslizó la mirada por el sofisticado pantalón y la chaqueta de Izzy–. Estás tan guapa como siempre. No pareces en lo más mínimo una asesina.

Cuando Izzy sonrió, Will sintió que se le debilitaban las rodillas.

–Me sorprende que lo recuerdes. Ha pasado mucho tiempo... doce años.

–Once desde que te vi la última vez... pero tengo los periódicos y las revistas para mantenerme al día.

Izzy puso los ojos en blanco y rió roncamente.

–¿Cómo está... Julia? –preguntó.

Will dejó de sonreír. No había un modo fácil de hacer aquello.

–Murió, Izzy. Hace poco más de dos años. Tenía cáncer.

Izzy abrió los ojos de par en par y se llevó una mano a la boca a la vez que dejaba escapar un pequeño grito.

–Will... lo siento. Lo siento tanto. No tenía ni idea. Oh, Will...

Si hubiera tenido algo de sentido común, Will habría mantenido las distancias, pero no pudo. En cuanto dio un paso hacia ella, Izzy corrió hacia él y lo abrazó en un gesto típicamente suyo. De pronto, al sentir su contacto, al aspirar su aroma, fue como si aquellos doce últimos años no hubieran pasado, como si su matrimonio con Julia y todo lo sucedido después sólo hubiera sido un sueño.

Al sentir que Izzy estaba temblando la estrechó con fuerza entre sus brazos.

–Tranquila... ya ha pasado todo –susurró.

Un momento después, Izzy se apartó de él y lo miró a los ojos.

–Lo siento. No tenía ni idea, Will. Imagino que debió ser terrible para todos vosotros. ¿Por qué no me lo dijo Rob? No puedo creerlo... Siento tanto haber sacado el tema así, en medio de la fiesta...

Will rió con aspereza.

–No has estropeado la fiesta. Odio las fiestas. Además, el hecho de que hayas mencionado a Julia no cambia nada. Hablamos de ella todo el rato. Su muerte es sólo un hecho de la vida.

Will quería seguir hablando con Izzy de todo lo que les había sucedido durante aquellos años, pero la gente empezó a pasar por el vestíbulo en dirección a la cocina o al lavabo, y todos se paraban a charlar un rato. Y no era probable que las cosas fueran a cambiar mucho durante la fiesta.

–Supongo que mañana no tendrás tiempo para nada, ¿no? –dijo a la vez que se preguntaba de dónde iba a sacar él un rato en su ajetreada agenda.

–Voy a alojarme en el White Hart esta noche y pensaba irme mañana en algún momento, pero no tengo planes definitivos. ¿En qué estabas pensando?

Will cruzó los dedos a sus espaldas con la esperanza de que su padre pudiera quedarse con los niños.

–¿Por qué no vienes a almorzar a casa? La granja sigue estando donde siempre.

–Me encantará ir –dijo Izzy con una sonrisa.

Rob apareció en aquel momento junto a ellos y palmeó sonoramente la espalda de Will.

–¡Aquí estáis! Vamos, tenéis que circular por la fiesta. No podéis acapararos mutuamente. Todo el mundo quiere hablar con vosotros.

Sin más ceremonias los arrastró de vuelta al salón y los obligó a mezclarse con los demás. Al cabo de unos momentos estaban separados. Cuando Will recibió una llamada para que acudiera urgentemente a atender un parto complicado de una de sus ovejas, miró a su alrededor en busca de Izzy. No logró localizarla, pero se dijo que daba igual, pues al día siguiente iban a verse.

Regresó a la granja tras despedirse de Emma y Rob. Sólo más tarde, mientras se metía en la cama casi a las tres de la mañana, recordó que no había quedado con Izzy a ninguna hora concreta.

Izzy detuvo el coche ante la granja y miró a su alrededor, asombrada.

No había duda de que el lugar había experimentado un gran cambio. La casa seguía siendo la misma, y los establos que había tras ella, pero el resto había cambiado considerablemente.

Las demás edificaciones eran nuevas y en una de ellas había un cartel que decía *The Old Crock's Café*. En torno a éste había una valla que rodeaba una zona con mesas y sillas, y aunque aún era sólo abril, ya había bastante gente sentada bebiendo algo y disfrutando del sol.

Junto a una zona destinada a aparcamiento había otro edificio con un cartel que decía *Valley Timber Products*. A través de las cristaleras Izzy distinguió algunos juguetes de madera y, en una extensión de césped adyacente, varios muebles de jardín.

Se preguntó quién se ocuparía de todo aquello. El día no tenía suficientes horas para dedicarse a las labores de la granja y además sacar adelante aquellos negocios.

Se volvió hacia la casa consciente de que apenas eran las once y probablemente había llegado demasiado pronto para el almuerzo, pero se había despertado muy temprano y, tras dar una vuelta en coche por la zona había decidido acudir allí para acabar con aquello cuanto antes.

«Acabar con aquello cuanto antes», pensó. «Casi parece que lo que tengo es una cita con el dentista».

Era extraño que la idea de ver precisamente a Will le hiciera sentirse tan nerviosa, pero lo cierto era que su corazón latía con más fuerza de la habitual y que tenía las palmas de las manos húmedas.

–Si buscas a Will, está con los corderos –dijo una mujer a la vez que señalaba la parte trasera de la casa.

Izzy le dio las gracias y se encaminó hacia los establos.

–¿Will? ¿Estás ahí?

Un perro salió a recibirla ladrando y saltando y luego volvió a entrar en uno de los establos.

Izzy miró el barro del suelo y luego contempló con pesar sus botas Gucci mientras avanzaba hacia la entrada.

–¿Will?

–¡Aquí! –exclamó una voz desde el interior.

La mirada de Izzy tardó unos momentos en adaptarse a la penumbra reinante. Finalmente localizó a Will agachado en un extremo del establo junto a una oveja que balaba penosamente. Él pareció un poco sorprendido al verla.

–Lo siento, no me había dado cuenta de que eras tú. Bienvenida al loquero. Llegas temprano.

–Lo sé. Lo siento... ¿quieres que me vaya?

–No. ¿Puedes concederme unos minutos? En estos momentos estoy un tanto liado.

De pronto, Izzy se dio cuenta de lo que estaba haciendo, y por un momento consideró la posibilidad de ir a esperarlo al café, pero entonces la oveja trató de ponerse de pie y, con la mano que no tenía introducida hasta el codo en su parte trasera, Will la aferró y la tumbó de nuevo sobre la paja.

–¿Puedo ayudar?

Él la miró con expresión incrédula.

–Si lo dices en serio, podrías apoyar una rodilla sobre su cuello –dijo, aunque se notó que esperaba que Izzy saliera corriendo.

Ella también lo esperaba, pero se encogió de hombros, dejó su bolso Louis Vuitton en el suelo, se arrodilló con sus vaqueros Versace y apoyó una rodilla en el cuello de la oveja.

–Por cierto, buenos días –dijo, y sonrió.

Will estaba anonadado.

Si los periodistas que la perseguían hubiera podido verla en aquellos momentos nunca la habrían creído.

–Buenos días –dijo él, y luego dejó escapar un gruñido de dolor cuando la oveja tuvo una contracción y una pequeña y afilada pezuña le dio en los dedos. Al menos ya sabía dónde estaba una pata, pensó filosóficamente, y cuando la contracción terminó logró aferrar la otra pata y tirar del cordero para que saliera. Al primero le siguieron otros dos.

–¿Trillizos? –dijo Izzy, sobrecogida.

Will la miró y sonrió. Luego se sentó en el suelo y tomó un poco de paja para secar a los pequeños, que enseguida se pusieron en pie sobre sus tambaleantes patas para acudir junto a su madre.

–Ha sido maravilloso –dijo Izzy emocionada mientras se levantaba.

Al mirar sus brillantes ojos verdes, Will se sorprendió al sentir que su corazón latía más deprisa. Habría querido abrazarla, pero se contuvo.

–Ahora dejaremos tranquila a la familia. Ya tienen todo lo que necesitan.

–¿Por qué no está mamando ése? –Izzy señaló uno de los corderos con expresión preocupada.

–Su madre sólo tiene dos ubres, pero ya ha tenido tres corderos antes. Harán turnos. Es una buena madre. Vamos, Banjo.

Will indicó la puerta trasera, que daba a la cocina de la casa, y salieron del establo con el perro pisándoles los talones. Una vez en la cocina, se quitó la camisa y se lavó los brazos en el fregadero.

–No te preocupes por mí –dijo Izzy, que apartó la mirada. Will la miró y vio que estaba sonriendo.

–Lo siento. No había pensado. Lo cierto es que me vendría bien una ducha. ¿Puedes concederme cinco minutos?

–Por supuesto.

–Estás en tu casa –dijo Will. Mientras subía las escaleras recordó las fotos de Julia y los niños que había sobre el piano.

Se encogió de hombros. ¿Qué podía hacer? Julia había sido su esposa, la madre de sus hijos. Merecía ser recordada, y él no podía proteger a Izzy de la realidad más de lo que podía haber prevenido la muerte de Julia.

Izzy miró a su alrededor en la cocina, que seguía casi igual que siempre, y sintió que volvía atrás en el tiempo.

En cualquier momento aparecerían por la puerta Rob, Emma y Julia, y tal vez Sam y Lucy, cantando y charlando como cotorras, y la señora Thompson pondría agua a hervir para preparar un té y sacaría del horno una bandeja llena de bollos. Todo el mundo era bien recibido en aquella casa.

Sonriendo con ternura, Izzy se asomó al cuarto de estar... y se quedó petrificada al volver la mirada hacia el piano. Despacio, como si no tuviera derecho a estar allí pero no pudiera evitarlo, cruzó la habitación y contempló las fotos.

Julia y Will riendo juntos en el columpio bajo el manzano. Julia con un bebé en sus brazos y otro de pie junto a ella. Will de nuevo en el columpio con el bebé, mirándolo con una ternura que hizo que los ojos de Izzy se llenaran de lágrimas.

«¿Qué estoy haciendo aquí? No debería haber venido. Ésta es la casa de Julia... Will es su marido...»

Tambaleante, se volvió hacia la puerta, dispuesta a salir, pero Will la abrazó y la acunó contra su pecho mientras ella se ponía a sollozar.

–Shh. Lo siento. Debería haber comprendido que te disgustaría ver las fotos. Había olvidado cuánto querías a Julia.

«A ti», corrigió Izzy en silencio.

Cuando sus sollozos remitieron, Will se apartó y la miró con preocupación.

–¿Te encuentras mejor?

Izzy asintió mientras él le daba un trozo de papel de cocina para que se secara los ojos.

–Lo siento –murmuró–. Demasiados recuerdos repentinos.

Will asintió, tenso, y se volvió. Izzy podría haberse abofeteado. Si ella tenía demasiados recuerdos, ¿qué tenía él?

–¿Te apetece un té?

–Por favor.

Mientras esperaba a que el agua hirviera, Will se apoyó contra la encimera y miró a Izzy pensativamente. Incómoda, ella también lo miró y lanzó la primera salva.

–Has cambiado –dijo en tono casi acusador.

–Eso espero. A fin de cuentas era un joven de diecinueve años la última vez que me viste. He crecido y he engordado un poco. Además trabajo duro, lo que fortalece los músculos.

–No me refería a eso –Izzy rió sin humor–. Lo siento. Por supuesto que has cambiado después de todo lo que has tenido que pasar. ¿Quién no lo habría hecho?

–Desde luego. Pero todo ha terminado y hay que seguir avanzando –Will ladeó la cabeza y sonrió con suavidad–. Sin embargo, tú no pareces distinta.

–¿Con todo mi dinero y el sofisticado mundo en que vivo? –Izzy trató de utilizar un tono desenfadado, pero sonó como una cría petulante. Era una tontería sentirse dolida. Después de todo, era probable que no hubiera cambiado mucho. Nada le había afectado como a Will.

Al menos desde que él se había ido.

Will se pasó una mano por el pelo, incómodo.

–No lo he dicho con intención de insultarte. Lo siento.

Izzy apoyó una mano en su brazo.

–Claro que no. Lo que sucede es que yo me siento distinta y suponía que se me notaría en la cara, pero cualquier mujer razonable se habría sentido halagada. Además, no me gustaría nada que el dinero me hubiera cambiado y, desde luego, no querría parecerme a Godzilla, así que debería estar agradecida por tu comentario.

Will sonrió con ternura.

–Supongo que has cambiado un poco, pero sigues tan guapa como siempre y es un placer volver a verte. Eso era lo que trataba de decir.

Izzy rió, avergonzada, y negó con la cabeza.

–No soy guapa...

–No pienso discutir eso contigo –Will alzó una mano para frotar con el pulgar el resto de las lágrimas de la mejilla de Izzy. La retiró enseguida y cuando volvió a hablar su voz sonó ligeramente ronca–. La verdad es que volver a verte ha supuesto toda una conmoción. Me ha hecho regresar en el tiempo... aunque eso nunca es buena idea. Uno no puede volver atrás, ¿verdad? Ha pasado demasiada agua bajo el puente.

Justo en aquel momento, parte de aquel agua entró a raudales en la cocina transformada en dos niños que se detuvieron en seco al ver a Izzy. La niña, con su pelo negro y sus ojos azules era la viva imagen de su padre. Pero el niño se parecía mucho a su madre, Julia.

Will los miró con orgullo.

–Izzy, te presento a mis hijos, Michael y Rebecca. Niños, ésta es Isabel. Vuestra madre y yo fuimos con ella a la escuela.

–Hola –dijeron los niños al unísono, que enseguida volvieron a mirar a su padre con expresión traviesa.

–La abuela nos ha dicho que te pidamos unos

huevos porque todo el mundo le está pidiendo tortillas y se le están acabando –dijo Rebecca.

–El abuelo ha vendido un biombo y dos juguetes, y la señora Jenks le ha encargado un ataúd de
sauce y su hijo está furioso –añadió Michael con
ojos brillantes–. La abuela también nos ha dicho
que te digamos que hoy hay pimientos asados
para comer.

Will sonrió y revolvió el pelo de su hijo mientras pasaba un brazo por los hombros de su hija.

Izzy se sintió repentinamente vacía.

«Yo no tengo nada. Treinta años y no tengo
nada. Nada que dar excepto dinero, y ni siquiera
tengo a quién dárselo. No es de extrañar que no
haya cambiado».

El silbato del hervidor la liberó de aquellos
pensamientos.

–Yo me ocupo de preparar el té. Tú ve por los
huevos –dijo mientras se dirigía hacia el armario
en que siempre habían estado las tazas.

–Están en el lavavajillas –dijo Will por encima
del hombro mientras salía con los niños.

Cuando lo abrió, Izzy comprobó que la vajilla
aún estaba sucia. Sacó dos tazas, buscó el jabón y
puso el lavavajillas en marcha.

Acababa de terminar de preparar el té cuando
Will volvió.

–¿Has encontrado todo?

–Más o menos. He puesto el lavavajillas.

–Oh, lo había olvidado –Will sonrió con ironía–. Pretendía hacer un montón de cosas, pero tú has llegado pronto, la oveja se ha retrasado en el parto... –se interrumpió a la vez que se encogía de hombros. Luego volvió a abrazar a Izzy–. Me alegro mucho de volver a verte –cuando la soltó miró atentamente sus ojos–. ¿Estás bien? ¿Realmente bien?

Izzy logró sonreír.

–Estoy bien –mintió–. ¿Y tú? Has tenido tanto a lo que enfrentarte...

Will apartó la mirada y luego sonrió fugazmente.

–Ahora estoy bien. Pero han sido unos años muy duros.

–Háblame de ellos –dijo Izzy con suavidad.

Will apartó una silla de la mesa para que se sentara y luego ocupó otra frente a ella.

–Fue hace casi tres años. Julia estaba teniendo dificultades para tragar y fue al médico. Le diagnosticaron un cáncer de esófago. La sometieron a tratamiento, pero sólo para aliviarla un poco. Desde el principio supimos que no tenía remedio. Julia pensaba que se debía a los compuestos químicos que hoy en día llevan casi todos los alimentos, y ya llevábamos un tiempo comiendo sólo comida orgánica y transformando la granja para producirla.

–¿No pudieron hacer nada más por ella?

–No. Acabó en una residencia para enfermos terminales. Fue terrible ver su agonía.

Izzy apenas podía imaginarlo.

–¿Y los niños? ¿Lo sabían?

–Sí. Les contamos que su madre estaba muy enferma, y cuando fue inevitable les dijimos que se estaba muriendo...

Izzy notó que algo caía en su mano y parpadeó. Lágrimas. Lágrimas por Julia, que siempre quiso salvar el mundo, y por los niños... y por Will, que seguía hablándole con suavidad de los últimos días de Julia. Comprendió conmocionada que la había amado de verdad. No había querido creerlo, pero así era.

Volvió a parpadear y Will le dio otro trozo de papel de cocina para que se secara los ojos.

–Lo siento. Es todo tan... repentino. No me enteré de lo sucedido hasta anoche, y ahora, hablando contigo así... todo es tan real...

–Yo tengo la impresión de que ya han pasado muchos años desde entonces –dijo Will–. La vida continúa y sólo el paso del tiempo sirve para sanar las heridas. Los niños no han dejado de crecer por el hecho de que su madre muriera, y me han arrastrado consigo. Hemos superado esto juntos y en cierto sentido ha sido una experiencia muy positiva.

–Y lo único que he hecho yo mientras ha sido conseguir que algunas personas ricas se vuelvan aún más ricas y de paso enriquecerme. ¡Cielo santo! –la voz de Izzy sonó adecuadamente hueca. Así era como se sentía, hueca, vacía, sin ningún valor–. No debería estar aquí... –sus ojos volvieron a llenarse de lágrimas y Will la rodeó de nuevo con sus brazos.

–No seas tonta –murmuró–. Claro que deberías estar aquí. Es un placer volver a verte, Izzy. Ha pasado mucho tiempo.

Era cierto, pensó ella con tristeza. Había pasado demasiado tiempo. Tanto que ya era demasiado tarde.

¿Demasiado tarde para qué?

Pero no quería pensar en ello. No mientras estaba abrazada a Will, sintiendo los latidos de su corazón. Entonces oyó que su estómago gruñía y no pudo evitar una risa a la vez que se apartaba.

–Parece que tienes hambre.

Will también rió.

–La tengo. Me he saltado el desayuno y no recuerdo si anoche comí algo. Me perdí la comida de la fiesta. Vamos al café. Mamá nos dará de comer. Ella se ocupa del café y de la tienda de productos orgánicos y papá de la tienda de objetos de madera.

Izzy asintió.

–El biombo, los juguetes y el ataúd –dijo al recordar las palabras de Michael, y no pudo evitar preguntarse dónde estaría enterrada Julia. Probablemente en el cementerio de la iglesia, ya que su padre había sido el vicario. Tendría que preguntárselo a Will... pero no en aquel momento. Ya había visto y oído suficiente, y necesitaba tiempo para asimilar la información, tanto en su mente como en su corazón.

–Papá elabora los productos de madera con ayuda de varias personas, la mayoría discapacitados. Desde que descubrió las vallas hechas con madera de sauce el negocio no hace más que prosperar. Vamos. Te enseñaré todo después de que hayamos comido algo.

Cuando salieron, Izzy volvió a fijarse en todos los cambios experimentados en la granja.

–Ha cambiado tanto...

–En realidad no. Al menos no en lo esencial. Sigue siendo nuestro hogar.

Will no podría haber buscado una palabra más precisa para horadar el corazón de Izzy, que pensó de inmediato en su apartamento de Londres, con todas sus comodidades. ¿Acaso podía considerarlo su hogar?

Una vaca mugió a lo lejos y de entre unos matorrales cercanos salieron unas gallinas que estaban picoteando las hojas.

«No», se dijo Izzy. «Mi apartamento no es un hogar. Esto sí lo es. Pero no es mi hogar. Y nunca lo será».

–Eres muy afortunado por vivir aquí rodeado de los tuyos.

–Lo sé –dijo Will, e Izzy vio el orgullo y el afecto reflejados en su expresión–. Vamos al café.

Estoy seguro de que a mamá le encantará volver a verte. Te quería mucho.

«Tú me querías. O eso creía yo al menos. Y yo te amaba...»

–A mí también me encantará volver a verla. Tu madre siempre fue un encanto –dijo Izzy con firmeza mientras avanzaba junto a Will por el patio.

CAPÍTULO 3

MIENTRAS caminaban por el patio fueron saludados por todos aquellos con los que se cruzaron. Era evidente que Will era querido y respetado por la comunidad... y también que el rumor de la presencia de Izzy en la granja había corrido como la pólvora.

Pero algunos no se limitaron a saludar de lejos, como dos señoras mayores que les hicieron detenerse a escasos metros de la entrada del café.

–Qué buen día hace, Will.

–Es cierto–dijo él, pero cuando trató de seguir avanzando una de las mujeres apoyó una mano en su brazo.

–¿No vas a presentarnos a tu amiga?

Will suspiró e Izzy quiso reír al ver su expresión.

–Lo siento. Señora Jones, señora Willis, les presento a Isabel Brooke.

La señora Willis asintió, sonriente.

–Por supuesto. Ha estado muy ocupada desde que se fue de aquí, ¿no? Pero parece que la prensa no la tiene en gran estima.

Izzy sonrió con dulzura.

–Ah, ¿no? La verdad es que no tenía ni idea, porque tengo cosas mejores que hacer que leer las revistas de cotilleos.

La mujer no ocultó su sobresalto, y parecía dispuesta a replicar cuando Will se puso a toser aparatosamente a su lado para contener la risa.

–Lo siento... necesito... beber algo –dijo a la vez que tomaba a Izzy del brazo y tiraba de ella hacia el café.

–¡Vaya! –murmuró la señora Willis cuando recuperó el aliento.

–Solían salir juntos –dijo la señora Jones–. En mi opinión, Will se libró justo a tiempo. Julia era una chica encantadora.

Izzy pensó que no iban a tardar ni un minuto en ponerse a hablar sobre su mítica fama de conquistadora.

Pero apenas tardaron un segundo.

–Esa mujer no es de fiar –continuó la señora Willis–. Según dicen tiene una puerta giratoria en su dormitorio.

–No lo dudo. Y no es difícil deducir qué está buscando ahora –dijo la señora Jones con rencor.

Will suspiró, exasperado y dedicó a Izzy una mirada de disculpa.

–Lo siento –murmuró–. No imaginaba que pudieran ser tan arpías.

Izzy se encogió de hombros.

–No te preocupes. Estoy acostumbrada. He

oído lo de la puerta giratoria tantas veces que ya soy inmune a los comentarios –mintió. Oír aquello en aquel lugar, que consideraba una especie de santuario, le había dolido más de lo que le habría querido reconocer.

¿Y si la madre de Will pensaba igual que aquellas mujeres?

Pero ya no iba a poder hacer nada al respecto, porque Will apoyó una mano firme en su espalda y prácticamente la obligó a entrar en el café.

En cuanto la vio, la señora Thompson dejó la cafetera que sostenía en la mano y se acercó a abrazarla.

–¡Mi querida niña! ¡Qué alegría verte! –dijo cálidamente. Luego la apartó un poco de sí para mirar su rostro y volvió a estrecharla contra su maternal seno–. Tienes aspecto de haber estado trabajando demasiado últimamente, pero sigues tan guapa como siempre.

–Eres muy amable, pero sé que tengo un aspecto terrible –el cariñoso recibimiento de la madre de Will estuvo a punto de lograr que Izzy llorara de nuevo, pero logró contenerse mientras miraba a su alrededor–. Pareces muy ocupada en estos momentos. ¿Quieres que volvamos más tarde?

–Ni hablar. Nunca estoy demasiado ocupada para los viejos amigos –la señora Thompson dijo a una de sus ayudantes que iba a tomarse un descanso y luego se volvió de nuevo hacia Izzy–. ¿Te apetece un café?

–Sí, gracias.

–Tres cafés, por favor, Jo. Lo tomaremos fuera.

A Izzy no le hacía ninguna gracia la idea de salir a sentarse cerca de aquellas cotillas, pero la señora Thompson parecía tener su propio plan. Por lo visto quería dejar bien claro a todo el mundo que Izzy era bienvenida en su casa.

–¿Se han ido ya esas brujas? –preguntó a su hijo.

–Eso creo.

–Bien. He visto cómo os han abordado y sabía que se traían algo entre manos. Puede que no les deje volver por aquí. Son perjudiciales para el negocio –miró a Izzy pensativamente–. Siento lo que ha pasado, y espero que no te hayan dicho nada demasiado desagradable.

–Aún les falta mucho que aprender para competir con la prensa amarilla –dijo Izzy con una ligera sonrisa–. Ya había oído antes todo lo que me han dicho.

–Pero no aquí, en tu hogar.

Izzy comprendió que la señora Thompson se refería al pueblo.

–Ya no lo considero mi hogar –confesó–. Mis padres se fueron durante mi primer año de universidad y... ya no tuve motivos para volver.

Se produjo un repentino y tenso silencio hasta que la madre de Will se volvió hacia éste.

–Ve a ver qué pasa con el café, cariño. Y pregunta cuánto queda de la tarta de pimientos. Quería guardar un poco para que la probarais. Sé que a Izzy le encanta.

Tras un momento de duda, Will se levantó y entró en el café.

La señora Thompson se volvió de inmediato hacia Izzy y tomó su mano.

–Siento de veras lo que sucedió ese año. Julia fue una buena madre e hizo todo lo posible por ser una buena esposa para Will, pero te aseguro que todos te echamos mucho de menos. No se te ocurra pensar lo contrario.

Izzy sintió que sus ojos se llenaban de lágrimas y se los frotó rápidamente.

–Juro que no he llorado tanto desde que era un bebé –dijo, en un intento de aligerar la situación.

–Pobre niña –la señora Thompson le palmeó una mano cariñosamente–. Ha sido duro para ti soportar toda esa publicidad adversa. ¿De verdad piensan que eres tan dura y mercenaria?

Izzy se encogió de hombros.

–No sé. Da igual. Supongo que en el fondo es comprensible.

Will volvió en ese momento con la bandeja de café y miró a Izzy a los ojos mientras se sentaba

–¿Estás bien?

–Claro que estoy bien.

–Claro que lo está. ¿Qué pensabas que iba a hacerle? –preguntó la señora Thompson mientras alcanzaba una taza a Izzy–. ¿Solo o con leche?

–Solo, por favor. Creo que me vendrá bien un poco de cafeína.

Will parecía a punto de decir algo, pero su madre se le adelantó.

–¿Qué te parecen los cambios que ha experimentado la granja, Izzy?

Izzy agradeció el cambio de tema.

–Asombrosos –confesó–. Esperaba que todo siguiera igual, pero no es así, por supuesto. Nada es igual. Will me ha dicho que te ocupas de llevar la cafetería y la tienda de productos orgánicos. ¿De dónde sacas tiempo para dormir?

La señora Thompson rió.

–Suelo aprovechar algunas horas entre medianoche y el amanecer.

–Trabaja demasiado –dijo Will afectuosamente.

–Siempre lo he hecho, y me siento en plena forma. Cuando esté lista para la mecedora, tú serás el primero en saberlo.

Will rió y se apoyó contra el respaldo del asiento. Izzy lo miró a los ojos y algo en su expresión la dejó paralizada.

Había visto aquella misma expresión hacía años y le había producido el mismo efecto demoledor. Sintió cómo se acaloraba y apartó la mirada rápidamente, simulando interesarse por lo que la rodeaba.

–¿Y cómo está tu marido? –preguntó a la señora Thompson, aunque apenas escuchó la respuesta. Sólo era capaz de pensar en Will, en el calor de sus ojos, en la forma en que la miró aquel verano...

La deseaba.

La había deseado desde el momento en que la conoció, cuando tenían dieciséis años, pero entonces Izzy estaba muy concentrada en sus estudios y apenas se fijó en él.

Hasta aquel último verano. Al notar que Izzy parecía más interesada en él, organizó una acampada junto al río y, en un momento de tranquilidad, cuando los demás estaban riendo y jugueteando, fueron a dar un paseo bajo los sauces y la besó.

Fue un beso realmente impactante. Tuvo que apartarse, asombrado por la fuerza de sus sentimientos. Izzy se alejó, ruborizada y riendo, pero igualmente conmocionada. Pero superaron aquel primer momento y volvieron a por más... y más, y más. Hasta que una noche que se quedaron a solas en la casa Will llevó a Izzy a su dormitorio y le hizo el amor.

La primera vez fue un desastre. Will apenas tenía experiencia y estaba demasiado ansioso como para durar más que un par de segundos, e Izzy lloró a causa de la frustración. De manera que volvieron a intentarlo y, a pesar de la timidez de Izzy, Will aprendió a darle placer. Hacer el amor con ella le hizo descubrir en sí mismo una ternura y una pasión que ni siquiera sabía que existieran, y se enamoró perdidamente de ella.

A partir de entonces se volvieron inseparables. Pasaban tiempo con los demás, pero no había duda de que eran pareja, y aunque Will tenía planeado un viaje por el Extremo Oriente y Australia cuando acabara el curso, se planteó seriamente dejarlo.

Izzy pensó en la posibilidad de ir con él, pero lo hablaron y finalmente ella se quedó y Will se fue con Julia, Rob y Emma. El resto era historia.

Se preguntó si las cosas habrían sido distintas si se hubiera quedado, o si Izzy hubiera ido con ellos, y comprendió con cierta conmoción que no.

Sólo había que verlos en aquellos momentos. Eran polos opuestos.

Izzy vivía en Londres, inmersa en el duro mundo de los negocios, mientras que él era granjero, tenía dos hijos y un montón de papeleos y asuntos de los que ocuparse.

No tenían nada en común... excepto las brasas de un fuego tan intenso que había ardido en su corazón durante años.

Y hablando de fuegos...

Will se puso en pie de un salto al notar un intenso calor en la entrepierna. Al bajar la mirada vio que había derramado parte de su café en un lugar especialmente delicado.

Al menos, aquello había sido más efectivo que

una ducha de agua fría, y tras secarse en parte con una servilleta volvió a sentarse.

–Lo siento –dijo con una irónica sonrisa–. Debo haberme quedado adormecido –mintió a la vez que evitaba la penetrante mirada de su madre.

–¿Estás bien? –preguntó Izzy, y él deseó estrecharla allí mismo entre sus brazos y besarla.

–Estoy bien –murmuró, aunque no era así. A pesar de que el café ya se estaba enfriando en sus pantalones, la mezcla de frío y calor no estaba bastando para calmarlo–. Tengo que ir a ver cómo están los niños –dijo a pesar de saber que era completamente innecesario, pero tenía que alejarse un momento de allí para despejarse.

–Están perfectamente –dijo su madre con firmeza–. Siéntate mientras me ocupo del almuerzo.

Will permaneció obedientemente sentado mientras su madre se alejaba, sin saber a dónde mirar o qué decir.

Hacía años que no pensaba en el sexo. Tres largos, trágicos y solitarios años. Y, de pronto, allí estaba, ardiente, exigente, casi doloroso, y todo debido a aquella bonita y sorprendentemente vulnerable mujer que estaba a su lado.

–No debería estar aquí –murmuró Izzy, y cuando alzó la mirada Will sintió que se le hacía un nudo en la garganta. Era tan encantadora que de pronto tuvo miedo de ella. La espontánea calidez que en el pasado había formado parte esencial de su forma de ser había sido atenuada por la cautela. Era obvio que la publicidad adversa le había herido profundamente, volviéndola insegura y encerrada en sí misma. Era una lástima, y tuvo que esforzarse para no abrazarla allí mismo.

En lugar de ello, sonrió.

–Claro que deberías estar aquí. Sé que no estoy siendo el mejor anfitrión, y te pido disculpas por ello. Supongo que he perdido práctica –Will apoyó los antebrazos sobre la mesa para ocultar la díscola parte de su cuerpo que le estaba dando problemas–. Háblame de lo que haces.

–¿De lo que hago? Ya sabes lo que hago. Me dedico a desplumar a la gente.

Will soltó un bufido.

–Tonterías. Te conozco y sé que nunca harías eso. ¿Por qué te dedicas a lo que te dedicas? Y no me digas que por el dinero, porque sé que eso tampoco es cierto.

Izzy sonrió a regañadientes.

–Supongo que porque hay algo increíblemente satisfactorio en el hecho de sacar adelante empresas aparentemente destinadas a hundirse.

–¿Y cómo sabes cuáles elegir?

–En parte por instinto. Si el producto de la empresa merece la pena, la clave del problema suele residir en una dirección y un trabajo de comercialización poco efectivos. Si llego a la conclusión de que la empresa debería funcionar, me hago cargo de ella.

–Supongo que por un buen precio, ¿no?

–Por supuesto. Si es necesario soy implacable, pero también trabajo con una agencia de colocación que se dedica a buscar puestos de trabajo para las personas de las que a veces es necesario prescindir.

Will rió.

–Ten cuidado, o acabaré creyendo que eres una especie de Juana de Arco.

–Lo dudo. Puedo ser bastante dura si hace falta.

–Pero no hasta el punto de convertirte en Godzilla.

Izzy sonrió.

–Supongo que no.

Sus miradas se encontraron y Will sintió que su deseo volvía a despertar. Estaba pensando que si no la besaba iba a morirse cuando su madre reapareció con una bandeja en las manos.

–Aquí está el almuerzo, queridos. Pastel de pimientos, ensalada y pan recién sacado del horno. ¿Queréis más café?

Pasaron los siguientes minutos comiendo, y Will se sorprendió ante el apetito que demostró Izzy, pues no podía decirse que estuviera precisamente gorda. Aunque tampoco podía negarse que tuviera las curvas justas, desde luego.

Will apartó su plato y tomó un largo sorbo de café para tratar de centrarse en algo que no fuera el cuerpo de Izzy.

–¡Guau! –exclamó ella cuando terminó–. El pastel estaba aún mejor de lo que recordaba.

Mientras contemplaba sus labios, delicados y carnosos, brillantes y húmedos a causa del aceite de la ensalada, Will no pudo evitar preguntarse cómo sabrían...

–¿Te apetece un paseo guiado por la granja? –preguntó a la vez que dejaba su taza con un golpe seco sobre la mesa.

Izzy frunció el ceño, ligeramente desconcertada.

–¿Te estoy reteniendo? Supongo que tienes montones de cosas que hacer y...

–No seas tonta –Will se sintió culpable al instante y se odió por ello. Trató de sonreír–. Lo siento. Supongo que estoy demasiado acostumbrado a comer y salir corriendo. Me temo que estoy perdiendo los modales. No hay prisa. Termina tranquilamente tu café.

–Tus modales son perfectos y ya he tomado todo lo que quería. Si estás seguro de tener tiempo, me encantaría dar una vuelta por la granja, pero no querría entretenerte.

–Mi padre estará deseando saludarte, pero supongo que estará ocupado con los niños.

–Tus hijos parecen encantadores –dijo Izzy con suavidad, y Will creyó percibir cierta melancolía en su tono.

¿Lamentaría no haber tenido hijos? Suponía que no. ¿Cómo habría podido encajarlos en su estilo de vida? ¿Y a él? ¿O él a ella?

De ninguna manera. No debía hacerse ilusiones respecto a volver a verla, y no tenía sentido alentar su deseo.

Se levantó casi con brusquedad de la silla.

—Vamos a ver a mi padre.

¿Qué había dicho?, se preguntó Izzy mientras se levantaba. Sin duda, algo que había afectado a Will, aunque no sabía qué.

—Creo que debería irme.

Will frunció el ceño y luego suspiró.

—Lo siento. He asumido que tienes tiempo de sobra y lo más probable es que tengas prisa por volver.

—No. Simplemente no quiero aprovecharme de tu amabilidad.

Will volvió a suspirar.

—No lo estás haciendo. Soy yo. Volver a verte ha hecho que todos mis recuerdos afloren.

«Julia», pensó Izzy. Le estaba haciendo recordar a Julia y la época en que fueron jóvenes y felices. Al sentir que se le hacía un nudo en la garganta, irguió los hombros para disimular.

—Vamos —dijo Will con suavidad a la vez que la tomaba del codo—. No puedes irte sin ver a mi padre, y también me encantaría darte una vuelta por la granja.

Izzy se encogió ligeramente de hombros y trató de alejar las dudas de su mente.

—Será un placer —dijo, sonriente.

—En ese caso, vamos.

Cuando se acercaban al establo que solía utilizarse para ordeñar, el padre de Will salió con los niños a recibirlos.

–Qué alegría volver a verte, Isabel –dijo tras besarla en la mejilla–. Tienes muy buen aspecto.

–Y tú estás igual que la última vez que te vi –dijo ella con afecto.

–Tengo entendido que has construido todo un imperio –bromeó cariñosamente el padre de Will.

–Veo que alguien ha estado hablando más de la cuenta –dijo Izzy mientras entraban en el taller.

Tras la visita, que dejó realmente impresionada a Izzy, Will pidió a su padre que siguiera ocupándose un rato de los niños mientras él enseñaba el resto de la granja a Izzy.

Cuando montaron en el todoterreno, ella comprendió de inmediato que la proximidad que implicaba ir juntos en un vehículo no era precisamente lo que más les convenía.

¡Cielo santo! Jamás habría imaginado que la atracción entre ellos pudiera seguir siendo tan intensa... al menos para ella. Will aún estaba llorando la muerte de Julia, de manera que probablemente ella era la única que sentía aquella atracción.

Reprimió una punzada de pesar y trató de concentrarse en todos los cambios que iba indicándole Will, en la diferencia de las cosechas debido al proceso orgánico que estaban utilizando.

Trató de centrarse en sus palabras, pero sólo lograba escuchar el sonido de su voz, grave, profunda, con algún matiz ocasional de aspereza.

Apenas se dio cuenta de dónde estaban cuando Will detuvo el todoterreno junto al río.

Cuando bajaron lo siguió hasta la orilla.

–¿Recuerdas el verano en que acampamos aquí? –preguntó él.

Izzy asintió, pero fue incapaz de decir nada, pues temía que la mirada de Will fuera a hacerle arder en cualquier momento.

–¿Por qué no has extendido los cultivos hasta esta zona? –preguntó, esforzándose por sonar tranquila.

–He querido conservar este lugar tal y como estaba –sin sonreír, Will alzó una mano y deslizó su pulgar por los carnosos labios de Izzy–. Te besé aquí mismo, bajo este árbol –dijo, tenso.

–Lo recuerdo –susurró ella.

Permanecieron muy quietos, embelesados, atrapados por algo más fuerte que ellos mismos... hasta que Will se volvió y se encaminó hacia el todoterreno a la vez que sacaba el teléfono móvil del bolsillo.

Izzy apenas lo había oído sonar a causa de la fuerza de los latidos de su corazón. Se dio cuenta de que estaba conteniendo el aliento y respiró profundamente.

–Tenemos que irnos –dijo Will cuando colgó–. Me necesitan en la granja. Parece que una oveja tiene problemas.

No sólo la oveja, pensó Izzy con ironía.

–No te preocupes. De todos modos debía irme ya.

Will asintió y unos minutos después detenía el todoterreno ante la casa.

–Tengo que ir a cambiarme para atender a la oveja –dijo–. Lo siento. No voy a poder despedirte adecuadamente, pero...

–Vete y no te preocupes por mí.

Will dudó un momento. Luego se inclinó y besó a Izzy en los labios casi con dureza.

–Cuídate.

–Lo mismo digo. Y gracias por todo.

Will asintió, salió del todoterreno y se alejó rápidamente.

Tras observarlo un momento, Izzy fue a la cocina por su bolso y le dejó una nota en la parte trasera de una de sus tarjetas.

Gracias por todo. Si alguna vez vas a Londres, aquí tienes mi teléfono. Me ha alegrado mucho volver a verte. Izzy.

Tras despedirse de la señora Thompson montó en su coche y se encaminó hacia Londres con el corazón en un mar de dudas. Tenía tanto que asimilar...

Julia. Los niños.

Y Will. Estaba más atractivo que nunca... y nunca había estado más fuera de su alcance. Si ni siquiera tenía tiempo para almorzar tranquilo un sábado, ¿qué esperanza podía haber para una relación?

Ella vivía en Londres, trabajaba por todo el país y a veces viajaba al extranjero. El lunes volaba a Dublín, donde, según fueran las cosas, podría pasar semanas o meses.

Si Will no tenía tiempo para una relación, a ella le sucedía lo mismo.

Además estaba Julia, canonizada por el pueblo y cuyo espectro pendería siempre sobre ellos. Ni siquiera ella podía enfrentarse a un reto tan fuerte.

No. Debía apartar a Will de su mente y seguir adelante con su vida.

CAPÍTULO 4

QUÉ TAL la fiesta?

Will miró a Rob con cautela.

–Dímelo tú. Era tu fiesta.

Rob rió.

–Me estaba refiriendo a Izzy.

Will lo sabía, y no tenía intención de meterse en aguas tan peligrosas.

–¿Sabías que iba a venir? –preguntó.

–Cuando hablé contigo aún no lo sabía. Se puso en contacto conmigo un par de días después, por pura casualidad. Te aseguro que sólo fue una feliz coincidencia

¿Feliz? Will no estaba seguro de ello. Llevaba un par de días muy inquieto, y no quería ni pensar en los sueños que estaba teniendo. Miró su reloj.

–Tengo trabajo –dijo, evitando mirar a su amigo.

–¿Cuándo vas a volver a verla?

–No voy a volver a verla.

–¿Por qué no?

–¿Qué quieres decir? ¿Por qué iba a volver a verla?

–Porque aún hay algo entre vosotros.

Will miró a Rob con expresión desafiante.

–¿Y tú cómo lo sabes?

–No estoy ciego –Rob se encogió de hombros y sonrió–. Sé que amabas a Julia, pero ella ya no está aquí, y siempre hubo algo especial entre Izzy y tu. A veces me he preguntado...

–No entres ahí –advirtió Will–. No es asunto tuyo, así que déjalo.

Rob alzó las manos en señal de rendición y se encaminó hacia la puerta.

–De acuerdo, de acuerdo. Sé cuándo no soy bienvenido. Al menos piensa en ello.

Will suspiró cuando su amigo salió. ¿Que pensara en ello? Rió con amargura. No había pensado en otra cosa durante aquellos días. Ya se sabía el número de teléfono de Izzy de memoria de tanto mirar la tarjeta. Incluso había llegado a marcarlo en una ocasión, aunque había vuelto a colgar de inmediato.

Estaba obsesionado por ella, atormentado por la futilidad de su atracción por una mujer que estaba totalmente fuera de su alcance. Izzy era una mujer poderosa y sofisticada que tendría cosas mejores que hacer que pasar su tiempo con un granjero frustrado y con demasiado trabajo.

Casi habría preferido no volver a verla.

Casi.

Con un impaciente suspiro, se puso las botas y salió. «Olvida a Izzy», se dijo mientras se encaminaba hacia el tractor. «Olvida el sonido de su risa, la delicada forma de sus labios, la curva de sus pechos...»

Pero por mucho que se esforzara no lograba olvidar la angustiada expresión de sus ojos cuando aquellas dos brujas se habían puesto a cotillear sobre ella. No era tan dura como trataba de aparentar y, a pesar de todo su éxito, había sentido una extraña inquietud en ella, una evidente insatisfacción.

Le habría gustado ayudarla, pero no tenía ni idea de cómo hacerlo, y además era una idea absurda. Probablemente, Izzy la habría encontrado divertida.

Para dejar de pensar en aquello encendió la radio del tractor y sintonizó un debate político tan entretenido como ver secarse la pintura de un cuadro.

Pero era más seguro que pensar en Izzy.

—Para poder ayudarlo voy a necesitar mucha más información, señor O'Keeffe.

—¿Qué clase de información?

Izzy reprimió un suspiro de exasperación. Si aquel hombre volvía a responderle con otra pregunta iba a subirse por las paredes.

—Toda la que tenga sobre su empresa, por supuesto.

El señor O'Keeffe pulsó el intercomunicador que había sobre su escritorio.

–¿Deidre? ¿Puede venir, por favor?

La secretaria entró sin ninguna prisa y miró a Izzy con curiosidad.

–La señorita Brooke necesita información –dijo su jefe.

–¿Qué clase de información? –preguntó la secretaria con expresión inocente.

–Necesito la contabilidad de los tres últimos años, informes financieros, auditorías... y las fichas del personal de la empresa.

Deidre abrió los ojos de par en par y miró a su jefe con expresión preocupada. Éste se encogió de hombros.

–Ya ha oído, Deidre. Dele lo que necesita.

Pero la información no llegó. Deidre no lograba encontrar esto, había perdido aquello, lo demás seguía en contabilidad... las excusas eran legión.

–Si quiere contar con mi ayuda voy a necesitar esa información, señor O'Keeffe –dijo Izzy sin ocultar su impaciencia–. O me la da, o me voy a casa.

–Me temo que tenemos un pequeño problema con eso. Si pudiera venir mañana...

–Mañana tengo una reunión en Londres. He venido aquí como habíamos quedado para decidir si merecía la pena que me ocupara de sacar a flote su empresa. Pero sin información no puedo hacerlo, así que usted decide. Si me voy ahora, no volveré.

El señor O'Keeffe la miró pensativamente unos momentos y luego hizo una seña a Deidre. Ésta salió y regresó al cabo de unos momentos con los brazos llenos de carpetas.

Izzy la miró con escepticismo.

—Habría bastado con un CD o un disco.

—No hay nada como un trozo de papel para aclarar las cosas —dijo el señor O'Keeffe—. Y ahora, señorita Brooke, ¿le apetece una taza de café?

Will fue a saludar a la señora Jenks. Desde que había comprado su granja y le había permitido seguir viviendo gratuitamente en su vieja casa durante el resto de su vida, su hijo Simon no dejaba de darle la lata. Si no era por una cosa era por otra. O pretendía que le cambiara las ventanas, que estaban en perfecto estado, o que le cambiara la calefacción, que funcionaba perfectamente aunque era antigua, o que le renovara la cocina, cosa a la que se negaba su madre. Pero la señora Jenks era un encanto y solía decirle que no hiciera caso de las tonterías de su hijo.

—Hola, señora Jenks —saludó, sonriente—. ¿Cómo se encuentra hoy?

—Muy bien, Will, gracias. He venido a dar una vuelta y a tomar un café. He visto hace un rato a tus hijos, que siguen tan encantadores como siempre. Cada vez que los veo me parecen más grandes... oh, mira, ahí vienen.

Will se volvió y pensó que la palabra «encanta-dores» no era precisamente la más adecuada para definirlos. Aparte de una expresión especialmente traviesa, parecían realmente sucios, y el aroma que desprendían no era precisamente a rosas.

–Creo que necesito mantener una conversación con mis encantadores hijos –dijo–. Si nos disculpa, vamos a entrar en casa.

La señora Jenks sonrió benignamente a los niños y se despidió de ellos con la mano.

–No seas muy duro con ellos. Son sólo niños.

¿Sólo niños? Will estuvo a punto de reír en alto. No había duda de que eran niños, ¿pero «sólo»? Ni hablar.

Les hizo desvestirse en la cocina y luego los envió a lavarse y cambiarse. Bajaron unos minutos después, oliendo un poco mejor.

–Y ahora, ¿vais a contarme cómo os habéis ensuciado de esa manera? –preguntó Will con suavidad.

La expresión del rostro de sus hijos se transformó en el vivo retrato de la culpabilidad.

–Se me cayó algo al estanque –dijo Michael, que evitó mirar a su padre.

–¿Algo?

–El zapato de Beccy –confesó Michael en un murmuro.

–¿Y qué estabas haciendo con el zapato de Beccy junto al pantano?

–Me lo quitó y salió corriendo con él. Luego me lo tiró y cayó al estanque –explicó la niña.

–Pero lo he encontrado –dijo Michael de inmediato–. Es una zapatilla de deporte, así que puedes lavarla.

–No –dijo Will con firmeza–. Tú puedes lavarla.

–¡Papá! –protestó Michael, pero Will se mantuvo firme. Debían aprender a responsabilizarse de las consecuencias de sus acciones, y si ello significaba dedicarse a frotar con jabón un zapato sucio, que así fuera.

Mientras Michael limpiaba el zapato en el fregadero, Beccy se sentó a la mesa y preguntó en tono inocente:

–¿Izzy es tu novia?

Will estuvo a punto de atragantarse. Abrió la boca para contestar, pero volvió a cerrarla mientras pensaba en una respuesta adecuada.

–¿Por qué preguntas eso? –dijo al cabo de un momento.

–La señora Jenks ha dicho que solías estar colado por ella. No lo he entendido y Michael me lo ha explicado.

–La señora Jenks ha dicho que fue hace años, antes de que te casaras con mamá –dijo Michael–. Estaba hablando con la abuela.

Era ridículo sentirse culpable por algo que había pasado hacía años, pero Will no pudo evitarlo, tal vez debido a sus recientes pensamientos y sueños.

–Izzy es una vieja amiga del colegio. Ya os lo había dicho.

–¿Pero era tu novia?

–Es una amiga, nada más –Will no quería seguir dando explicaciones–. ¿Has terminado de limpiar el zapato ya, Michael? Si es así, tienes que ir al café a comer algo rápido. No olvides que esta tarde sales.

–A mí no me importaría que fuera tu novia. Sería agradable –dijo Beccy, que salió corriendo por la puerta antes de que Will pudiera decir nada.

Él pensó que «agradable» no era la palabra adecuada. «Maravilloso», tal vez. O «hermoso». O «embriagador»

Maldición. Ya estaba otra vez con lo mismo.

Fue a su estudio con el ceño fruncido para buscar en su agenda la fecha del siguiente mercado. Mientras lo hacía, una nota llamó su atención. Había una conferencia en Londres a finales de semana sobre el modo de obtener financiación para ciertos proyectos de cultivo orgánico, y lo había anotado sin verdadera intención de acudir. Ni siquiera estaba seguro de que pudiera serle útil, pero sí podía resultar interesante.

Y si iba a ir a Londres, ¿qué mal había en que quedara con Izzy para tomar algo después?

No. Demasiado peligroso.

Pero, según fue pasando el día, la idea fue asentándose y para cuando acostó a los niños apenas podía pensar en otra cosa.

Izzy dejó en el escritorio los papeles que había traído de Irlanda. Después de examinarlos aún seguía teniendo más preguntas que respuestas. Teniendo en cuenta lo evasivo que había sido el señor O'Keeffe, no era de extrañar, pero aún no estaba segura de si debía aceptar el reto.

Estaba pensando si debía llamarlo para decirle que renunciaba al trabajo cuando Kate se asomó al despacho.

–Ha venido un hombre que quiere verte. No estaba citado, pero tiene unos ojos preciosos. Deberías recibirlo sólo por eso.

Izzy rió.

–De manera que unos ojos preciosos, ¿no? ¿Qué tal si le ofreces un café y lo mantienes esperando para poder hablar con él?

–Me encantaría, pero es a ti a quien quiere ver –dijo Kate en tono irónico–. Se llama Will Thompson.

Izzy estuvo a punto de ponerse en pie de un salto.

–¿Will? ¿Will está aquí?

Kate ladeó la cabeza y la miró con auténtica curiosidad.

–¿Sigues queriendo que lo entretenga yo?

–Hmm... no. ¿Puedes preparar un poco de café?

–Tienes una cita en veinte minutos con David Lennox. Vais a hablar sobre el asunto de Dublín.

Izzy se encogió de hombros. David Lennox era su contable.

–Veré a Will y averiguaré cuánto tiempo va a

quedarse. Puede que tenga que cambiar la cita con David.

–No le va a gustar –advirtió Kate.

–Vivirá. Además, no creo estar lista para hablar con él. Los papeles que me han entregado son prácticamente indescifrables y creo que lo han hecho a propósito.

Izzy se levantó, alisó su jersey y deslizó la punta de la lengua por sus labios, repentinamente secos.

–Veamos qué quiere Will –pasó junto a Kate con el corazón latiéndole a mil por hora y salió a recepción.

Will estaba junto a la ventana, contemplando la ciudad con expresión pensativa. Cuando vio a Izzy en el reflejo de la ventana, se volvió con una sonrisa cautelosa en los labios.

–Izzy.

–Qué sorpresa tan encantadora, Will.

–Lo siento. Debería haber llamado, pero he asistido a una conferencia a unos minutos de aquí y se me ha ocurrido pasar a saludar.

Izzy sonrió tontamente.

–Me alegra que lo hayas hecho. Pasa a mi despacho. Kate nos preparará un poco de café.

–¿Tienes tiempo?

–Por supuesto. Casi ha terminado la jornada y no tengo nada importante que hacer.

A David Lennox no le habría gustado escuchar aquello, pero la mirada que Will dedicó a Izzy hizo que ésta diera un enfoque totalmente nuevo a sus propias palabras. De pronto se hizo muy consciente de lo que llevaba puesto, el suave jersey de cachemira, del mismo tono verdoso de sus ojos, los preciosos pantalones negros que hacían cosas asombrosas con su figura y, sobre todo, la delicada ropa interior de seda y encaje que se había puesto aquella mañana sin pensar...

Tragó y apartó la mirada de los penetrantes ojos de Will a la vez que se volvía para guiarlo hasta el despacho. Una vez dentro cerró la puerta, algo de lo que se arrepintió de inmediato, pues de pronto se dio cuenta de que estaba a solas con él.

—Sólo he pasado a saludar, Izzy. Eso es todo —dijo Will al notar su inquietud—. He pensado que si no estabas ocupada podríamos tomar algo, pero si tienes algo que hacer, no dudes en decírmelo.

Izzy simuló concentrarse un momento.

—No se me ocurre nada. Creo que estaría muy bien salir a tomar algo. ¿Quieres beber antes un café? ¿Cómo andas de tiempo?

—No hay problema. Puedo irme en cualquier tren.

—En ese caso, podemos saltarnos el café y...

Kate se asomó en aquel momento al despacho y dedicó a Will una sonrisa que hizo que Izzy quisiera abofetearla, sobre todo cuando él se la devolvió.

Estaba celosa. ¡Qué estupidez!

—He hablado con David y me ha dicho que de

todos modos se iba a retrasar, así que lo he citado mañana a las siete y media. ¿Te parece bien?

–Me parece perfecto, Kate. Creo que por fin no vamos a tomar ese café, pero estoy segura de que alguien estará dispuesto a aprovecharlo. Voy a tomarme el resto de la tarde libre. ¿Puedes ocuparte de mis llamadas y de defender el fuerte?

–Espero arreglármelas –dijo Kate, sonriente–. Que lo paséis bien.

Su juguetona mirada reveló claramente lo que pensaba que iban a hacer su jefa y Will para pasarlo bien. Izzy dudó entre darle en la cabeza con la guía o gritar de frustración.

En lugar de ello, tomó su chaqueta del respaldo de la silla y se la puso.

–¿A dónde vas a llevarme?

Will rió.

–Estamos en tu ciudad, así que tú decides.

–De acuerdo. Hay un pequeño bar en la esquina en el que sirven buenos aperitivos, a menos que quieras algo más sustancioso.

–Me parece buena idea.

Mientras salían, Izzy notó la mirada de curiosidad que había en los inteligentes ojos grises de Kate. Aquello le iba a costar caro, pero de pronto no le importó. Se sentía como si estuviera haciendo novillos en el instituto, algo que nunca hizo y que siempre le habría gustado hacer.

Cuando iban a salir del edificio, Ally, la recepcionista, que también dedicó una abierta mirada de interés a Will, entregó a Izzy un sobre. Ésta lo abrió con el ceño fruncido y comprobó que se trataba de otra nota de Steve. No le iba a quedar más remedio que hablar con él. Pero lo dejaría para otro día.

CAPÍTULO 5

CUANDO llegaron al bar comprobaron que estaba abarrotado. Izzy contempló la multitud unos segundos y pareció llegar a una decisión.

–Podemos ir a mi apartamento –sugirió–. En el complejo residencial hay una tienda cafetería y un restaurante, y en casa tengo cerveza y vino si prefieres que subamos. Puede que incluso encuentre algo de comer si tienes hambre.

Will no quiso pensar demasiado en aquello.

–Me parece una idea excelente. Así podré ver dónde vives. Siempre es más fácil visualizar a alguien en su propio entorno.

–En ese caso, allá vamos –Izzy sonrió y se puso a caminar rápidamente por la acera.

–¿Hay algún fuego? –preguntó Will con curiosidad mientras la alcanzaba.

Ella rió y redujo la marcha.

–Disculpa. Siempre camino rápidamente cuando voy al trabajo. Me sienta bien.

Will bajó la mirada hacia sus pies.

–¿Con esos zapatos?

Izzy miró sus zapatos de tacón alto y sonrió.

–Siempre llevo zapatos de tacón al trabajo. Necesito parecer alta, o de lo contrario la gente no me tomaría en serio.

–Lo dudo. Sólo tienen que mirar la lista de tus logros para sentirse sutilmente intimidados. Estoy seguro de que tu altura no tiene nada que ver con ello.

–Me siento más feliz con ellos –insistió Izzy.

–Lo que tú digas. De todos modos yo sería incapaz de mantenerme en pie con unos zapatos como ésos, y mucho menos de andar deprisa con ellos.

–Me encantaría verte intentándolo –bromeó Izzy, y Will rió.

–No pienso practicar el travestismo para que te diviertas –replicó, y cuando ella reaccionó con otra deliciosa risa, comenzó a relajarse. Seguía siendo Izzy, y seguía siendo capaz de burlarse de él y de divertirse. Aquello le permitió dejar de pensar en su meteórico éxito como en un posible obstáculo entre ellos y pudo concentrarse en ella y en lo que estaba diciendo.

Pero cuando entraron en el vestíbulo del edificio en que tenía su apartamento, Will no pudo evitar quedarse boquiabierto al contemplar el discreto pero evidente lujo del lugar, aunque lo disimuló rápidamente.

Tras una elegante y larguísima extensión de mármol que hacía las veces de mostrador de recepción se hallaban el conserje y un guardia de seguridad. Al otro lado del vestíbulo se encontraban la tienda cafetería y el restaurante que había mencionado Izzy.

–Si quieres podemos comer aquí –sugirió Will con la esperanza de que se negara. Para su alivio, Izzy negó con la cabeza.

–Ya que estamos aquí más vale que subamos. Buenas tardes, George.

El conserje sonrió.

–Buenas tardes, señorita Brooke. Su pedido de vegetales ya ha llegado y he hecho que lo suban a su cocina.

–Gracias. ¿He recibido algún mensaje?

–No. Sólo el correo.

El conserje le entregó un montón de sobres. Izzy le dedicó una sonrisa que le habría asegurado la devoción eterna de cualquier hombre y luego se encaminaron hacia los ascensores.

Un hombre en chándal y con una toalla al cuello apareció junto a ellos y sonrió a Izzy.

–Hola, Iz. No te he visto por el gimnasio esta semana. ¿Va todo bien?

–Sí, pero he estado muy ocupada. Prometo ir la próxima, Freddie.

–Más te vale. No quiero que ese hombro vuelva a darte la lata.

Tras dedicarle un guiño, Freddie se fue. Izzy entró en el ascensor, pasó una tarjeta por una ranura y las puertas se cerraron. Segundos después

Will la seguía por un pasillo alfombrado hasta otra puerta que también abrió con la tarjeta.

Dorado pálido. Aquello fue lo que vio Will. Dorado del sol que bañaba las paredes a través de unos ventanales que llegaban del suelo al techo. Abajo, el río Támesis se extendía en ambas direcciones, plagado de pequeñas embarcaciones.

—Ven a ver mi jardín y las vistas —Izzy pulsó un botón que hizo que se abrieran las puertas corredizas y entraron en una terraza llena de plantas.

Will la siguió y acarició en silencio las hojas de una planta mientras trataba de no pensar en cuánto podía costar el alquiler de aquel apartamento.

—Bonitas plantas, aunque me imagino que regarlas será una pesadilla.

—Estoy fuera tan a menudo que he hecho instalar un sistema de riego automático.

Will fue hasta el borde del jardín y miró hacia el río. La gente se movía abajo como hormigas y el ruido de la calle llegaba bastante apagado. Pero seguía estando allí, lo mismo que toda la odiosa polución. Se volvió hacia unas rosas que había a su lado, aspiró su aroma y el mundo pareció equilibrarse de nuevo. Era un milagro que aquellas flores crecieran en aquel desierto de ladrillo y cristal.

Volvió al interior y miró a su alrededor. La elegancia, el buen gusto y un montón de dinero habían creado un entorno precioso. Pensó en su caótica y revuelta casa y gimió interiormente.

¿Qué habría pensado Izzy de ella? ¿Y de él?

Si no se hubiera dado cuenta ya de lo distintas que eran sus vidas, lo habría hecho en aquellos momentos.

–¿Qué te apetece beber? –preguntó Izzy tras él.

–¿Qué vas a tomar tú? –replicó Will mientras se volvía.

–Probablemente agua, para empezar.

–Suena bien.

Izzy rió.

–No tienes por qué tomar agua. Hay té, café, cerveza, vino.

–El agua está bien –dijo Will, y se preguntó cuánto tiempo seguirían hablando sobre nada habiendo tanto sobre lo que hablar.

O tal vez no lo había. Tal vez era mejor dejarlo todo enterrado en el pasado, porque, después de todo, el pasado era todo lo que podían tener...

Will parecía claramente incómodo. Bebió su agua de un trago e Izzy volvió a llenarle el vaso antes de ir a sentarse en el sofá y palmear a su lado para que se reuniera con ella.

–¿Te importa si me siento aquí? Así puedo ver el río.

Mientras Will se sentaba, Izzy casi pudo sentir la tensión que emanaba de él. ¿A causa de ella?

Lo dudaba. De lo contrario, ¿por qué había ido a verla?

–Bonito lugar –añadió él mientras miraba a su alrededor.

«Bonitas plantas, bonito lugar». Izzy bufó.

–Lo odias.

Will parpadeó, sorprendido, y luego sonrió.

–No. Odiaría vivir en él, lo que da igual, pues nunca podría permitírmelo, pero no lo odio. Es interesante... y si estás muy ocupado y tienes que vivir por aquí, supongo que es la mejor manera de hacerlo. Pero para mí no hay suficientes plantas y animales alrededor.

Izzy podía comprenderlo. Para ella tampoco había suficientes plantas y animales cerca, pero aquélla era una de las desventajas.

–Siempre está el zoo –dijo, y Will hizo una mueca de desagrado.

–No es lo mismo que tener al gato sobre tu regazo mientras ves la televisión por la tarde.

–No, pero tampoco tengo que darles de comer. No podría tener un gato ni aunque quisiera, porque viajo mucho.

–Eso debe de ser horrible. Yo odiaría tener que irme de la granja... a pesar del caos que tengo en casa.

Izzy rió con suavidad.

–Afortunadamente, yo cuento con Kate, una secretaria muy eficiente.

–Yo necesitaría una Kate. ¿Crees que podría venir a trabajar para mí? Le pagaría con huevos.

–Me temo que Kate querría algo más –dijo Izzy, sonriente. Luego ladeó la cabeza–. ¿Y qué pasó con todos tus planes? ¿Cómo es que acabaste dedicándote a la granja? Recuerdo que era lo último que querías hacer.

–Mi padre se rompió una pierna unos días antes de que Julia y yo nos casáramos y se pasó cuatro meses en una silla de ruedas. Tuve que hacerme cargo de la granja, y para cuando mi padre pudo caminar de nuevo me di cuenta de que aquello era lo que quería hacer con mi vida.

–¿Y fuiste a la universidad?

–Fui a la Escuela de Agronomía de la Universidad de Norwich, donde hice unos cursos, aunque no llegué a sacar el título de Ingeniero Agrónomo. Jamás pensé que podría ser feliz quedándome en un sitio y haciendo lo mismo toda la vida, pero ahora no puedo imaginar hacer otra cosa –Will ladeó la cabeza para mirar a Izzy–. ¿Y tú? ¿Eres feliz? Todo este... éxito –señaló a su alrededor–, ¿te ha hecho feliz?

Izzy bajó la mirada. No era feliz. Estaba ocupada y era rica, pero, ¿feliz?

–Casi. Pero aún quiero otras cosas de la vida.

«A ti, por ejemplo. Despertar entre tus brazos oyendo el canto de los pájaros. Estar embarazada de ti...»

Aquel pensamiento, demasiado sincero incluso

para ella misma, hizo que Izzy se pusiera de pronto en pie.

—Voy a abrir una botella de vino. ¿Prefieres tinto o blanco?

—Tinto está bien. De todos modos apenas voy a beber, porque cuando llegue a mi estación tendré que conducir.

—Tengo un Merlot.

—Perfecto. ¿Quieres que lo abra?

Fueron a la cocina, donde Izzy sacó dos vasos y Will se ocupó de abrir la botella. Mientras lo observaba, él la miró y dejó de sonreír. Despacio, muy despacio, soltó la botella y alzó una mano para acariciarle la mejilla.

—Te he echado de menos, Izzy —murmuró.

Ella no pudo contestar. Y cuando Will deslizó el pulgar por sus labios temió no ser capaz de volver a respirar. Un delicado gemido escapó de su garganta a la vez que cerraba los ojos.

Will se inclinó hacia ella.

—Te he echado mucho de menos —repitió junto a su mejilla a la vez que la rodeaba con un brazo por la cintura.

Izzy se dejó atraer de buen grado y entreabrió los labios para volver a sentir la boca de Will en la suya por primera vez después de tantos años.

Sintió la persuasiva invasión de su lengua, pero Will no necesitaba persuadirla de nada. Las razones por las que aquello podía ser una mala idea, por las que debería alejarse de él, quedaron completamente olvidadas.

Olvidó a Julia, olvidó el dolor que le produjo perderlo, saber que amaba a otra mujer. Olvidó los largos, solitarios y agonizantes años que había pasado sin él.

Y olvidó la imposibilidad de una relación con un hombre atado a su trabajo, responsable de una granja y una familia, por no mencionar sus propios deberes y responsabilidades.

En lugar de ello se entregó a la calidez de su boca, dura, exigente y a la vez increíblemente generosa. Su cuerpo reaccionó como una flor del desierto habría respondido a la lluvia.

De pronto notó que Will la soltaba. Cuando lo miró vio en sus ojos una mezcla de confusión y arrepentimiento.

—Lo siento. No sabía lo que estaba haciendo.

Izzy trató de sonreír.

—Pensaba que me estabas besando —dijo en tono ligero, pero de pronto se amontonaron en su mente todos los motivos por los que aquello era una mala idea. Dejó caer los brazos a los lados.

Will la miró con tristeza.

—Lo siento, Izzy. No debería haber hecho eso.

Ella se volvió. Fue el único modo que encontró de enfrentarse al dolor que sentía.

—No te castigues por ello. Ha sido sólo un beso. Y no ha sido el primero que nos hemos dado.

Enseguida pensó que aquello no era lo mejor

que podía haber dicho. No debería haber mencionado su pasada relación. Acabó y estaba olvidada... o al menos así debería ser.

–Voy a servir el vino –dijo, tratando de mostrarse animada.

Will asintió y volvió al salón, donde ocupó su asiento en el sofá con expresión sombría. Izzy fue a entregarle su copa y se sentó frente a él.

–Aún no me has contado por qué has venido a Londres. Creo que habías mencionado algo referente a una conferencia.

–Oh, sí. Ha sido una conferencia sobre los modos de acceder a subvenciones para diversas iniciativas relacionadas con la agricultura.

–¿Ha sido útil?

–No demasiado. Ha sido interesante, pero bastante irrelevante para mí –Will se concentró en su vaso de vino e Izzy se preguntó qué estaría pensando.

Probablemente estaría lamentando haberla besado.

–No debería haber venido –dijo Will de pronto–. Pensaba que podríamos vernos de vez en cuando, pero es mucho más complicado y difícil de lo que pensaba. Tenemos demasiada historia juntos como para ignorarla, y nuestras vidas son demasiado distintas como para mantener una relación ahora –alzó la mirada hacia Izzy–. No quiero tener una aventura contigo. No sería justo para ninguno de los dos. Así que lo mejor será que me vaya, y creo que no debería verte en una temporada.

–Creo que con otros doce años bastará –dijo ella sin ocultar su pesar.

Will suspiró.

–Lo siento, Izzy –dijo, y a continuación se levantó y se acercó a ella–. No hace falta que te levantes –se inclinó y la besó en la mejilla–. Cuídate. Y si alguna vez necesitas algo, llámame.

–Pensaba que no íbamos a volver a vernos –Izzy trató de no llorar, pero una solitaria lágrima se deslizó por su mejilla.

–Jamás te rechazaría si necesitaras mi ayuda –dijo Will con voz ronca, y a continuación salió del apartamento.

Izzy se frotó las lágrimas de los ojos, enfadada.

–Eres tonta –se dijo mientras se levantaba para llevar las copas a la cocina.

Freddie tenía razón; llevaba una temporada sin acudir al gimnasio. Iría a darse una buena sesión de ejercicio, luego nadaría un poco y después compraría algo para comer antes de acostarse.

Esperaba que todo aquello la ayudara a no pensar en Will.

Will llegó a la granja bastante tarde. Los niños estaban con sus padres, que ya se habrían ocupado de acostarlos, de manera que fue directamente a su casa.

Aún podía sentir el olor de Londres, escuchar el ruido del tráfico, sentir la vibración del metro subiendo por sus pies.

No sabía cómo podía soportarlo Izzy, aunque debía admitir que gracias a su dinero vivía muy bien allí y podía aprovechar las maravillosas ofertas culturales de aquella ciudad... al menos si podía soportar las continuas aglomeraciones y el ruido.

Se puso las botas y salió a hacer la ronda nocturna habitual acompañado por su perro Banjo.

Mientras escuchaba los sonidos de la noche con los brazos apoyados en la valla de uno de los corrales, sus labios se curvaron en una parodia de sonrisa. Había preguntado a Izzy si era feliz y ella había respondido que casi. Él había dicho que él sí lo era, pero no estaba seguro si se trataba de felicidad o de mera satisfacción.

Pero en los últimos tiempos, incluso aquella satisfacción había sido sustituida por una extraña inquietud.

¿Sería un asunto hormonal? Llevaba mucho tiempo solo, y no era de extrañar que hubiera reaccionado así con Izzy. No debería haberla besado. Hacerlo había hecho que afloraran recuerdos que más valía mantener guardados, y había abierto heridas que más valdría haber mantenido cerradas.

Pero Izzy había llorado cuando se había ido. Había visto una solitaria lágrima deslizándose por

su mejilla y había estado a punto de volver a tomarla en sus brazos para hacerle el amor.

Bajó la mirada y se preguntó si alguna vez lo-
graría olvidarla de verdad.

Mucho se temía que no... y ni siquiera estaba
seguro de querer hacerlo. Al menos así, aún podría conservar sus sueños.

COMO había prometido, Izzy fue a Dublín el lunes a ver a Daniel O'Keeffe. Pero la reunión no fue bien. Cuando le planteó las numerosas dudas que habían despertado en ella los papeles que le habían entregado, el señor O'Keeffe no supo darle una explicación satisfactoria. Sus evasivas acabaron por hartarla y finalmente decidió que no podía arriesgarse a asumir ninguna responsabilidad sin tener una información meridianamente clara sobre la situación real de la empresa.

El señor O'Keeffe parecía realmente disgustado, pero tampoco se esforzó demasiado en disipar sus dudas, de manera que, pocas horas después de haber llegado, Izzy regresó al aeropuerto en un taxi y tomó un vuelo que aterrizó en el aeropuerto de Stansted a las cuatro de la tarde bajo una intensa lluvia.

Cuando llegaron al terminal, los pasajeros fueron informados de que había problemas para salir del aeropuerto debido a que varias carreteras estaban cortadas a causa de diversos accidentes graves ocasionados por el temporal.

Izzy no tenía equipaje que recoger, de manera que fue hasta la salida para averiguar hasta qué punto era mala la situación. Pero le bastó con ver la cantidad de gente amontonada ante el despacho de información y en los bares del aeropuerto.

Maldiciéndose por no haber seguido su instinto desde un principio respecto al señor O'Keeffe y su empresa, se encaminó hacia un gran tablero en que daban más detalles sobre la situación... y no vio el helado que acababa de dejar caer un niño ante ella. Pero la suela de su zapato se lo encontró de lleno. Un instante después estaba en el suelo, con el brazo doblado bajo el cuerpo y sintiendo el dolor más intenso que había experimentado en su vida.

Will entró en la cocina y vio que la luz del contestador parpadeaba. Suspiró. Probablemente habría olvidado hacer alguna otra cosa, pensó con resignación mientras pulsaba el botón.

–¿Will? Soy Izzy. Sólo llamaba para escuchar una voz amistosa. Estoy en el aeropuerto de Stansted. Me he caído y me he roto el brazo, y no voy a contar con una ambulancia en horas porque hay un caos tremendo en las carreteras. Me duele mucho y sólo quería hablar contigo. Lo siento. Me temo que estoy divagando. Adiós.

Will frunció el ceño, preocupado, escuchó de nuevo el mensaje y luego marcó rápidamente el número del móvil de Izzy.

Contestó al cabo de varias llamadas. Parecía medio grogui y la preocupación de Will aumentó.

–¿Qué sucede, Izzy?

–Hola, Will. Siento haberte dejado ese patético mensaje. Me sentía un poco perdida... no lograba localizar a Kate y quería escuchar una voz amistosa...

La voz de Izzy temblaba claramente y Will apenas pudo contener su inquietud.

–Háblame de tu brazo –tenía que averiguar cómo estaba realmente–. ¿Izzy? Háblame.

Hubo una pausa.

–Bueno, está... roto.

–¿Estás segura?

Will se preocupó aún más al oír la risa frenética de Izzy.

–Oh, sí. Está muy doblado justo por encima de la muñeca... y duele.

–¿Tienes alguna noticias sobre la ambulancia?

–Han dicho que tardarán al menos unas siete horas en poder venir, pero no me queda más remedio que esperar. Me pregunto si habrá algún heroinómano por aquí dispuesto a compartir su droga conmigo.

Will comprendió que estaba bromeando y no pudo evitar admirar su temple.

–¿No te han dado nada para el dolor?

–Oh, sí. Hay un enfermero en el aeropuerto que me ha dado un analgésico y me ha entablillado, pero lo único que me serviría realmente sería perder el conocimiento.

–¿Dónde estás exactamente?

–En una oficina de la terminal principal. Al menos aquí hay cierta tranquilidad, porque fuera reina el caos. Pero no te preocupes, Will. Estaré bien. Ahora tengo que colgar porque me estoy quedando sin batería y puede que la necesite. Te llamaré más tarde.

Will se quedó un momento mirando el teléfono después de que Izzy colgara y a continuación marcó otro número. Unos minutos después lo había organizado todo y se encaminaba con paso firme hacia la puerta.

–¿Izzy?

Izzy abrió los ojos y miró a Will sin comprender. ¿Sería real, o se trataría de una visión inducida por la medicina que le habían dado? En cualquier caso, era lo mejor que había visto en mucho tiempo y alargó su mano buena para tocarlo.

–¿Will?

–Aquí estoy.

Izzy trató de pensar con claridad, pero resultaba difícil. Había algo importante que quería preguntarle... Las carreteras. Eso era.

–¿Cómo has llegado aquí?

Will sonrió, se llevó su mano a los labios y le besó los dedos.

—Tengo amigos en puestos importantes —dijo, enigmáticamente—. Vamos, voy a llevarte a casa.

Izzy pensó que nunca había oído nada tan maravilloso en su vida, pero no entendía cómo pensaba llevársela de allí.

—¿Cómo vas a llevarme?

—Del mismo modo en que he venido; en helicóptero.

—¿Has conseguido una ambulancia helicóptero?

—No exactamente. Es de Andrew, el hermano de Rob. Supongo que lo recuerdas. ¿Tienes equipaje?

—No. Sólo llevo el bolso.

—En ese caso, vamos. Su carruaje la está esperando, señora.

Will sujetó a Izzy con firmeza por el brazo bueno y la ayudó a levantarse. Al notar que se tambaleaba, pasó un brazo por su cintura para sujetarla con firmeza. Un vehículo del aeropuerto los aguardaba junto a la puerta más cercana para llevarlos hasta la pista.

Unos minutos después Izzy estaba sentada en el helicóptero. El hermano de Rob la miró, sonriente.

—Siempre había querido rescatar a una dama en apuros —dijo.

—No sabes cuánto me alegra que lo hayas conseguido –replicó ella arrastrando las palabras. Decir algo más habría supuesto un esfuerzo terrible.

Will se sentó a su lado y la tomó de la mano mientras Andrew se ocupaba de los preparativos para despegar.

Cinco minutos después el helicóptero se elevaba mientras Izzy daba cabezadas. Los analgésicos que le habían dado debían ser bastante fuertes.

Aterrizaron en pocos minutos en lo que parecía un campo de juego. Según explicó Will, habían ido al hospital Ipswich. Izzy suspiró al ver que había alguien esperando con una camilla. No quería dar la lata, pero sentía que las piernas ya no le pertenecían, y la idea de tumbarse empezaba a parecer más y más atractiva.

Will la ayudó a bajar del helicóptero y a tumbarse en la camilla. En cuanto ésta empezó a moverse, todo se desvaneció en torno a Izzy.

–¿Will?

Las pestañas de Izzy se agitaron y Will la tomó de la mano, alegrándose de verla de regreso en la tierra de los vivos.

–Hola, bella durmiente. ¿Cómo te sientes?

–Bastante bien. Pero tú debes estar cansado con todo este ajetreo. ¿Y los niños?

–Están con mis padres. No te preocupes por ellos. ¿Cómo está tu brazo?

–Me duele.

–Eso es porque han tenido que colocártelo. Te han puesto una escayola temporal, pero mañana tendrás que pasar por el quirófano para que te fijen los huesos.

–No puedo. Tengo una reunión...

Will rió.

–Ya no. Lo siento, pero vas a estar fuera de servicio durante unos días. Mañana por la tarde te darán el alta si tienes alguien que te cuide.

–Pero... ¿dónde voy a ir?

–A mi casa –dijo Will con firmeza.

Izzy abrió la boca para protestar, volvió a cerrarla y sonrió débilmente.

–Gracias.

–Será un placer. Ahora necesitas dormir, y yo también, pero nos veremos por la mañana.

Will besó a Izzy y salió del la habitación, dejándola a solas.

Era una tontería, pero ella ya lo estaba echando de menos mientras oía cómo se alejaba.

No quería volver a pasar por aquello, pensó Izzy cuando despertó el miércoles por la mañana. Apenas podía recordar las treinta y seis horas previas, aunque habían estado matizadas por el dolor y por la presencia de Will, al que había encontrado a su lado cada vez que había abierto los ojos.

Sin embargo, en aquella ocasión se encontró sola. Pero era lógico. Will tenía que ocuparse de la granja y de sus hijos.

Miró a su alrededor y se fijó en el sencillo mobiliario y los tonos azules y cremas que la rodeaban. Ella se hallaba tumbada en una cama grande a cuyos pies había una bata que no le pertenecía.

¿Habría sido de Julia?

Sintió un escalofrío mientras se erguía y sacaba los pies de la cama con cuidado. Lo último que quería era volver a caerse.

–¿Izzy? –se oyó una ligera llamada a la puerta y un instante después asomaba por ella el sonriente rostro de la señora Thompson–. Estás despierta. Me ha parecido oír un ruido. ¿Cómo te sientes?

Izzy sonrió débilmente.

–No lo sé. Te lo diré cuando trate de andar. Necesito ir al baño.

–Y una taza de té, supongo. Toma, ponte esto. Es mi bata más respetable, la que guardo por si tengo que ir al hospital.

Izzy dejó que la ayudara a ponérsela, aliviada al averiguar que no había sido de Julia. Después, la madre de Will la acompañó hasta el baño.

–Estaré en el cuarto, haciendo la cama. Llámame si me necesitas. Hay un cepillo de dientes nuevo en el quicio de la ventana por si quieres usarlo.

–Gracias.

Izzy se las arregló sin ayuda, aunque se hizo consciente de lo difícil que resultaba todo pudiendo utilizar un solo brazo. Afortunadamente se le había roto el izquierdo, pero comprendió que su plan de volver a Londres al día siguiente podía resultar un poco ambicioso.

Cuando volvió al dormitorio, la cama ya estaba hecha y la señora Thompson la ayudó a meterse en ella.

–Y ahora voy a ocuparme de traerte algo de beber y comer. ¿Qué te apetece?

Izzy tenía hambre y sed, pero frunció el ceño.

–No querría distraerte de tus ocupaciones. Sé que tienes mucho trabajo...

–Tonterías. Tengo suficientes empleados en la cafetería que tienen que ganarse su sueldo. Y ahora, ¿qué te apetece? ¿Té, café, o algo más suave?

–Té, por favor, con poca leche y sin azúcar. Será un placer tomarlo.

–¿Y algo de comer? Will no suele tener la despensa muy surtida, así que puede que tenga que ir a la cafetería, pero no tardaré.

¿La despensa de Will?, se preguntó Izzy mientras la señora Thompson salía del dormitorio. Había supuesto que Will vivía con sus padres, pero por lo visto se había equivocado.

Sintió un pequeño escalofrío y se mordió el labio. ¿Qué pensarían los cotillas del pueblo de ella? ¿De ellos?

Descansó la cabeza sobre las almohadas y miró

por la ventana. Lo único que se veía era el campo extendiéndose en la distancia, puntuado por alguna zona boscosa y por innumerables vallas de madera que parecían dividirlo en trozos. Era una vista muy relajante, y el sonido de algún cordero balando en la distancia se sumaba al sosiego reinante.

Un rato después reapareció la señora Thompson con una bandeja que dejó en la mesilla.

–Té y unas tostadas con miel. Recuerdo que siempre te gustaron.

Qué asombroso que recordara aquello, pensó Izzy mientras se erguía. Cuando probó el té pensó que no había saboreado nada tan delicioso en su vida. Vació la taza en unos segundos y sonrió.

–Estaba muy bueno. Va a sentarme de maravilla.

–Bien. Ahora come alguna tostada. Hay que conseguir que tus mejillas recuperen el color.

Mientras Izzy comía, la señora Thompson le contó que Will estaba en la granja con los niños, comprobando el vallado que había del lado de la casa de la señora Jenks porque iba a trasladar allí a las ovejas.

–Creo que me suena el nombre de la señora Jenks –dijo Izzy, y la madre de Will asintió.

–Es probable. Siempre ha vivido aquí. Es una mujer encantadora, y no puedo entender qué hizo para merecer el hijo que tiene. Desde qué vendió la granja a Will con la condición de poder seguir viviendo en la casa, su hijo no deja de darle la lata al mío para que cambie las ventanas, para que arregle el baño, para que le compre nuevos electrodomésticos... y eso a pesar de que ella insiste en que quiere que todo siga como está. Le encanta su vieja cocina Rayburn.

–¿Y qué hace Will al respecto?

La señora Thompson rió.

–Nada, porque eso es lo que la señora Jenks quiere. Pero además de no cobrarle alquiler, se ocupa de surtirla de leña para el invierno, quita la nieve de su puerta cuando hace falta, limpia sus ventanas, la ayuda con la compra... es encantador con ella. Pero el hijo de la señora Jenks aparece de vez en cuando para protestar.

–¿Y por qué no le manda Will a paseo?

–Mi Will no es así. Dice que es lógico que un hijo se preocupe por su madre, pero no es cierto. Es inevitable oír cotilleos en el café, y se dice que el hijo de la señora Jenks ya se ha aprovechado bastante del dinero que obtuvo su madre con la venta de la granja.

Aquello recordó a Izzy a las dos cotilleas que su pusieron a chismorrear a sus espaldas la última vez que estuvo allí.

–¿Puede suponer algún problema para Will el hecho de que yo esté aquí? –preguntó–. Seguro que la gente empezará a hablar, y no quiero causarle problemas.

–¡Pero si te has roto un brazo, niña mía! Claro

que estás aquí. Necesitas ayuda. No puedes arreglártelas sola.

Hacía años que no la llamaban niña. Izzy sonrió. Pero seguía preocupándole la reputación de Will.

—Antes has dicho algo sobre la despensa de Will. ¿Tú y tu marido ya no vivís aquí?

—Cuando Julia y Will tuvieron a Rebecca necesitaron más espacio y decidimos que estarían mejor aquí. Nosotros nos trasladamos a su casa y ellos vinieron a ésta. Además, está mejor situada para atender la granja —la señora Thompson palmeó cariñosamente la mano de Izzy—. No te preocupes por los chismosos. Déjamelos a mí. Además, esta situación no durará mucho y es un placer tenerte aquí, así que no te preocupes. Sólo concéntrate en mejorar. ¿Más té?

Cuando la señora Thompson se fue, Izzy durmió un rato. Al despertar se sentía bastante más despejada y fue a sentarse en el amplio alféizar de la ventana.

Aún estaba allí cuando Will regresó con los niños. Cuando la saludó con la mano desde abajo, Izzy se sintió como si el sol acabara de salir.

Qué absurdo. Hacía apenas una semana que Will le había dicho que no había futuro para ellos y de pronto se encontraba invitada en su casa, incapaz de vestirse por sí sola sin ayuda.

No tenía ni idea de cómo iban a salir las cosas.

Lo único que sabía era que quería estar allí. Además, llevaba años necesitando unas vacaciones, y no creía que fuera a hacerle daño tomarse un descanso.

Aunque Will sí podía hacerle daño. Ya se lo había hecho antes, y no era tan tonta como para creer que no volvería a hacerlo.

¿Sobreviviría en esta ocasión?

Se levantó y volvió a la cama. Unos momentos después llamaron a la puerta.

–¿Puedo pasar?

–Adelante.

Will entró en el dormitorio con una cálida sonrisa en los labios.

–¿Cómo estás?

–Bien –mintió Izzy. Podría haber dicho que lo había echado del menos al despertar, pero no pensaba mostrarse tan patética y necesitada.

–¿Te ha cuidado bien mi madre?

–Por supuesto. Me ha traído un té delicioso y tostadas con miel. Es increíble, pero aún recuerda que me encantaban.

–Ella es así –Will se sentó a los pies de la cama y señaló el brazo de Izzy–. ¿De verdad estás bien?

–Me duele un poco. Pero me las arreglaré.

–Eso no lo dudo. Pero debes relajarte y permitir que te cuidemos.

–Soy una obsesa del control. Me cuesta dejarme llevar.

–Lo sé, pero a veces suceden cosas que están

fuera de nuestro control y tenemos que dejarnos llevar por la corriente.

–¿Cómo romperme el brazo y acabar aquí? Lo cierto es que sólo te llamé porque me sentía abandonada y sola. No pretendía darte la lata, sobre todo después de tu decisión de no volver a verme en una temporada. Estoy segura de que no te referías a cuatro días.

Will sonrió a medias.

–Te dije que si me necesitabas podías contar conmigo, y lo dije en serio, y me alegra que llamaras.

–También dijiste en serio lo de no volver a verme, ¿no?

Will se encogió de hombros.

–Olvida eso. Había que sacarte del aeropuerto cuanto antes. Sólo hice lo que habría hecho cualquier amigo. Además, ¿cómo te las habrías arreglado por tu cuenta? Aún no estás vestida. ¿Crees que podrías hacerlo sola?

–En casa me habría puesto el pantalón del chándal y alguna camiseta amplia.

Will se levantó, salió del dormitorio y regresó un instante después.

–Esto es un pantalón de un chándal de Michael y ésta es una de mis antiguas camisetas de rugby. Creo que mamá ha lavado tu ropa interior. Si puedes ponerte todo eso sola, no estaría nada mal. ¿Pero cómo te las habrías arreglado para hacer la compra y para comer?

–Habría comido abajo. O habría hecho que me enviaran la comida arriba.

Aquello era fácil, pero Izzy comprendió que otra serie de cosas no habrían resultado tan fáciles, por ejemplo, ponerse el sujetador, abrir botes y latas, lavarse, ducharse...

–No habría sido fácil, ¿verdad?

Izzy se preguntó si Will le habría leído el pensamiento, cosa que no le habría extrañado, pues en otra época solía hacerlo.

–Me las arreglaría –insistió–. Y hablando de ayudas, imagino que lo del helicóptero te salió por una pequeña fortuna. Debes decirme cuánto y a quién se lo debo para dejar arreglado el tema.

–Se lo deberías a Andrew, pero no te preocupes. Me está muy agradecido porque le permito tener aquí el helicóptero, así que lo consideraremos una especie de intercambio.

–En ese caso te lo debo a ti.

Will gruñó en señal de advertencia.

–Olvídalo, Izzy. No suelo tener muchas oportunidades de hacerme el héroe, así que déjame disfrutar un poco, ¿de acuerdo?

Izzy fue incapaz de contener una sonrisa.

–Será un placer. Y ahora, si me traes la ropa interior, me gustaría vestirme.

Hasta que Will salió, Izzy no recordó que la ropa interior que llevaba puesta el día del accidente eran apenas dos trapitos de Janet Reger.

Will regresó con las prendas colgadas de un dedo y una traviesa sonrisa en los ojos.

–¿Ropa interior? –dijo en tono irónico. Izzy apretó los labios para no darle una repuesta adecuada a la vez que le quitaba las prendas de un tirón.

–Gracias. Ahora puedes irte. Me las arreglaré sola.

–Si necesitas ayuda, estaré cerca –dijo Will mientras salía.

Aquél fue todo el reto que Izzy necesitó.

No logró ponerse el sujetador, por supuesto, pero sí las braguitas y el resto de la ropa. Cuando salió al descansillo, dolorida y agotada, pero también victoriosa, encontró a Will esperándola.

–Eres una mujer muy testaruda –dijo con evidente admiración a la vez que le acariciaba la mejilla.

Izzy ya sentía las rodillas bastante débiles y el cariñoso gesto estuvo a punto de hacerle perder el equilibrio. Will pasó una mano por su cintura para ayudarla, y cuando llegaron abajo se sentía a punto de gritar de...

¿Qué? ¿De frustración? ¿De añoranza?

¿De decepción?

Will la soltó y ella lo siguió a la cocina, donde ocupó de inmediato una silla, agradecida. Los niños no aparecían por ningún lugar y él le explicó que los había enviado a comer a la cafetería.

–¿Quieres que vayamos a reunirnos con ellos,

o te conformas con un poco de pan con queso y mi compañía?

El queso no solía sentarle especialmente bien, pero no estaba dispuesta a renunciar a su compañía.

–Oh, supongo que podemos quedarnos –dijo, y al ver la sonrisa de Will sintió que su corazón latía más deprisa.

Ya sabía que pisaba terreno resbaladizo, pero hasta aquel momento no había comprendido lo resbaladizo que podía llegar a ser.

CAPÍTULO 7

PERO, por lo visto, Izzy no tenía motivos para preocuparse.

Después de aquella mañana, y tras asegurarse de que su madre la estaba cuidando adecuadamente, Will la evitó todo lo posible.

Izzy no sabía con certeza si la estaba evitando o si simplemente estaba demasiado ocupado con su trabajo, pero nunca estaba por allí, de manera que se dedicó a pasar las horas en el sofá de la cocina, leyendo con el gato en su regazo.

Cuando la inactividad resultaba exagerada, acudía al café un rato o daba una pequeña vuelta. También hablaba con Kate a diario, por supuesto, y acudía religiosamente a sus sesiones de fisioterapia en el hospital, pero cuando llegó el fin de semana ya estaba tirándose de los pelos.

–¿Te duele el brazo? –preguntó Rebbeca el domingo por la tarde.

Izzy sonrió.

–Un poco. ¿Por qué?

–Porque estás refunfuñona. Mamá siempre estaba refunfuñona cuando le dolía algo.

Izzy se sintió culpable de inmediato.

–Lo siento, cariño. Lo que sucede es que me siento atrapada y aburrida.

–Deberías salir con papá a la granja –dijo Michael, que acababa de entrar–. Le gusta estar acompañado. Él también se aburre. Papá, Izzy está aburrida. Deberías llevarla a trabajar contigo.

Izzy alzó la cabeza. No se había dado cuenta de que Will también estaba allí. ¿Cuánto habría escuchado? Seguro que pensaba que era una desagradecida. Sonrió con expresión de disculpa.

–Lo siento. No estoy acostumbrada a estar sin hacer nada. Soy una paciente impaciente. Debería volver a Londres.

–¿A hacer qué? –preguntó Will, desconcertado.

–Podría ir a la oficina.

–¿Tenéis algún trabajo entre manos del que sólo puedas ocuparte tú?

Izzy pensó en ello un momento y se sintió un poco conmocionada al darse cuenta de que en aquellos momentos no era imprescindible en su trabajo.

–No. Pueden arreglárselas sin mí. De hecho, estarán felices sin su jefa.

–En ese caso, relájate –dijo Will, sonriente–. ¿Qué tal estás durmiendo?

–No demasiado bien. Me despierto temprano, cuando se pasa el efecto de los analgésicos, y no puedo volver a dormir. Normalmente estoy despierta cuando te levantas.

–En ese caso, baja a tomar té conmigo, y si te sientes con energías puedes acompañarme a alimentar a los animales y a ordeñar la vaca. No resulta especialmente excitante, pero es mejor que aburrirse tumbado en la cama. Mañana voy a trasladar las ovejas y los niños vuelven al colegio. Tendré que levantarlos a tiempo de que tomen el autobús, pero después tendré qué meter a los corderos y las ovejas en los remolques para llevarlos a los pastos. Si quieres puedes acompañarme.

De manera que, a las cinco y media de la mañana siguiente, Izzy acompañó a Will mientras éste se ocupaba del montón de cosas que tan imprescindibles resultaban en una granja a horas tan tempranas. Para cuando terminó de ordeñar la vaca apenas había amanecido y ella sabía que no solía retirarse a dormir hasta las once, o incluso más tarde cuando tenía que ocuparse del papeleo que tanto odiaba.

No era de extrañar que le hubiera parecido cansado cuando lo vio en la fiesta de Rob. Debía estar exhausto, y era asombroso que pudiera seguir adelante. Probablemente lo conseguía a base de fuerza de voluntad y determinación, y lo último que necesitaba era verla a ella todo el día haraganeando.

De manera que, mientras él se ocupaba de preparar a los niños para mandarlos al colegio y luego se dedicaba a hacer unas llamadas, en un esfuerzo por corresponderle al menos en parte,

Izzy llenó el lavavajillas con una sola mano y luego trató de barrer el suelo de la cocina.

La tarea se volvió aún más ardua porque Banjo no dejaba de juguetear tratando de morder la escoba.

–¡Basta ya, Banjo! –exclamó Izzy, que rió al ver la mirada traviesa del perro mientras movía la cola como si fuera un molinete.

Al notar que el pelo se le estaba saliendo de la goma, alzó la escayola para apartarlo de su frente y al hacerlo vio que Will la estaba observando desde el umbral de la puerta. No pudo evitar sonrojarse.

–¿Qué sucede? –preguntó en un tono ligeramente ronco.

Will se acercó a ella y le quitó la escoba de las manos.

–A tu cama, Banjo –ordenó. El perro caminó reacio hasta su cesta y se tumbó con un gruñido. Will dejó la escoba contra la pared, retiró la goma del pelo de Izzy y le dijo que se sentara. Ella se estremeció al sentir el roce de sus dedos en la nuca.

–¿Qué vas a hacer?

–Voy a cepillártelo.

–Tendría que lavarlo antes, pero me resulta imposible. Tu madre me ayudó la pasada semana, pero no quiero volver a darle la lata. Ya está bastante ocupada.

–Yo te ayudaré más tarde –prometió Will, que volvió a sujetarle el pelo con delicadeza. Luego se apartó e Izzy tuvo la extraña sensación de que trataba de distanciarse de ella.

–Voy a ocuparme del traslado de las ovejas. ¿Sigues queriendo venir?

Izzy asintió y notó que el pelo quería volver a escapar. Tal vez debería cortárselo... o hacer que Kate le enviara sus desrizadores. De hecho, si iba a quedarse allí más tiempo iba a necesitar varias cosas, y no podía hacer que Kate se ocupara de todo.

–Voy a tener que volver a Londres –dijo, y Will frunció el ceño.

–Creía que ya habíamos dejado eso aclarado ayer.

–Sí, pero voy a necesitar algunas cosas si voy a quedarme. Tendré que ir por ellas. Puedo arreglármelas con un taxi.

–No seas tonta. Si tienes que ir, yo te llevaré.

–Ya estás bastante ocupado.

–Durante el fin de semana sería imposible, pero entre semana puedo hacer que Tim se ocupe algún día del trabajo, y mi padre siempre está dispuesto a echar una mano. Sólo necesito que me avises con dos días de antelación.

–En ese caso, ¿qué te parece si vamos el miércoles? –dijo Izzy con una sonrisa irónica.

Will rió.

–Veo que te lo has tomado literalmente. De

acuerdo, iremos el miércoles. Me ocuparé de organizarlo todo. Y ahora, ¿estás lista para salir?

A lo largo de los dos días siguientes, y a pesar de que Izzy acompañó a Will cada mañana en sus tareas del rancho, éste volvió a mostrarse distante y malhumorado.

El miércoles por la mañana, mientras viajaban a Londres, se mostró más amistoso, pero distante, e Izzy pensó que habría sido mejor hacer el viaje en taxi. ¡Al menos así no se habría sentido obligada a distraerlo o a preocuparse por su estado mental!

Cuando entraron en el apartamento tuvo la sensación de que ni siquiera había estado un día fuera. De hecho, lo que parecía era que nunca había vivido allí, pensó, consternada. Que nadie vivía allí. ¿Dónde estaban los toques personales? Las pilas de libros, el amontonamiento de fotos enmarcadas, las bolsas del colegio de los niños en una esquina, con la mitad de su contenido en el suelo...

Incluso echaba de menos el olor a perro mojado.

–Necesito cambiarme –dijo–, y más vale que haga algo con mi pelo para volver a domarlo. ¿Puedes echarme una mano con eso dentro de un rato?

–Por supuesto. Grita cuando me necesites –dijo

Will, que a continuación salió al balcón sin decir nada más.

Izzy no se sentía con la energía mental necesaria para dilucidar qué le pasaba. Estaba descubriendo que Will era un hombre muy complejo, con tantas capas que no sabía de cuál empezar a tirar. ¿Había sido siempre tan reservado, tan introvertido?

No. Había experimentado aquel cambio a lo largo de los doce años anteriores, desde que la había dejado. Probablemente desde la enfermedad de Julia. Mucha gente se volvía más introvertida cuando perdía a un ser querido. Tal vez incluso había pasado una depresión.

Entró en el dormitorio y abrió el armario, pero enseguida decidió que no necesitaba su ropa elegante para estar en la granja, de manera que se centró en su material de gimnasio. Eligió un par de chándales, varias camisetas de mangas amplias para no tener dificultades con la escayola, un par de vaqueros y otro par de zapatillas deportivas con velcro.

Para contrarrestar tanta austeridad, cuando abrió el cajón de la ropa interior eligió las prendas más sexy que tenía. Nada pesaba más de unos gramos y le haría sentirse mejor.

Tampoco olvidó sus desrizadores. Los amontonó en la cama junto a la ropa interior con la esperanza de que Rebbeca le echara una mano para usarlos.

Después se desvistió con dificultad, aunque cada día mejoraba, y entró en el baño. Abrió la ducha y, a base de utilizar la alcachofa, se lavó lo mejor que pudo sin mojarse la escayola. Después disfrutó al poder volver a utilizar después de tantos días su propia crema hidratante, su propio desodorante, su propio perfume. Empezaba a sentirse humana de nuevo y estaba canturreando relajadamente mientras se daba los últimos toques de maquillaje cuando oyó que llamaban a la puerta.

–Un momento –dijo mientras tomaba su toalla–. Ya puedes pasar.

Will entró y cuando la miró dejó escapar un prolongado suspiro a la vez que apartaba la vista.

–Por favor, Izzy –gruñó–. Dame un respiro y tápate un poco.

Consternada, Izzy se dio cuenta de que estaba de espaldas a la pared acristalada del baño y, aunque sostenía la toalla ante sí, por detrás estaba completamente desnuda.

–Lo siento –murmuró, ruborizada y salió rápidamente al dormitorio. Tomó de la cama las primeras braguitas que encontró, si es que podían llamarse así, pues más bien eran un tanga diseñado para resultar invisible bajo un vestido de encaje.

Se las puso con toda la discreción que pudo con una mano y luego hizo lo mismo con los vaqueros y con una camiseta.

Pero, por supuesto, no podía subirse la cremallera con una sola mano, sobre todo después de las
sustanciosas comidas que le estaba dando la señora Thompson. Se volvió hacia Will con un suspiro de exasperación.

–Ya puedes volverte –dijo–. Necesito que me
ayudes con la cremallera, por favor.

Will miró la abertura en forma de V de la bra-
gueta de los pantalones y la piel que había detrás,
apenas cubierta por el encaje de las diminutas braguitas. Su boca se tensó visiblemente.

«Está enfadado», pensó Izzy. De todos modos
le abrochó la cintura y subió la cremallera con
gran delicadeza sin hacer ningún comentario.
Luego dio un paso atrás y señaló la cama.

–¿Es eso lo que te vas a llevar?

–Sí. Hay una bolsa en la parte baja del armario
en la que cabrá todo.

Will sacó la bolsa y, mientras guardaba la ropa,
Izzy notó que manejaba la ropa interior con tanta
cautela como si temiera que fuera a morderle. Le
entraron ganas de reír, pero no tuvo ninguna dificultad en reprimirlas al ver la tensa expresión de
su rostro. Probablemente estaba pensando que era
demasiado frívola y muy poco práctica.

–¿Eso es todo?

–Casi –Izzy se levantó para ir a recoger su ne-
ceser del baño.

–¿Algo más? –preguntó Will.

–¿Crees que he olvidado algo?

–¿Ropa de dormir?

Izzy se encogió de hombros.

–Prefiero seguir utilizando tus camisetas. Son más cómodas de poner y quitar.

Will murmuró algo mientras tomaba la bolsa.

–En ese caso, vámonos.

–¿Quieres beber algo antes de irnos, o prefieres que tomemos algo abajo? –preguntó Izzy mientras salían al cuarto de estar.

–¿No vamos a ir a tu oficina?

Izzy volvió a encogerse de hombros.

–Había pensado que podíamos ir después de almorzar, si no tenías prisa, pero ya que es obvio que la tienes, será mejor que nos vayamos. Podemos comer algo en el camino de vuelta.

Cuando llegaron a la oficina fueron recibidos por una encantada y también preocupada Kate.

–¿Cuánto tiempo piensas quedarte? –preguntó Will cuando acabó el jaleo de los saludos y los comentarios sobre la escayola y las ojeras de Izzy.

–No demasiado. ¿Por qué? ¿Querías hacer algo especial?

–He pensado que podría darme una vuelta. No me apetece mucho estar sentado sin hacer nada.

–Dame una hora –dijo Izzy.

Will asintió brevemente y se encaminó hacia los ascensores.

Kate tomó a Izzy del brazo y prácticamente la arrastró a su despacho.

–Me alegro tanto de volver a verte... Estaba preocupada. ¿Cómo está tu brazo?

Izzy miró su mano con el ceño fruncido y flexionó los dedos, que estaban ligeramente inflamados.

–No demasiado bien. Me mantiene despierta por las noches.

–¿Seguro que no es él? –preguntó Kate con expresión traviesa. Izzy sintió que se ruborizaba.

–No seas ridícula. ¿No has visto lo impaciente que estaba? Si alguna vez he conocido a un héroe reacio, ése es Will. Creo que empieza a cansarse un poco de hacer de buen samaritano, así que más vale que nos demos prisa. ¿Qué ha pasado últimamente por aquí?

Kate puso los ojos en blanco.

–¿Por dónde quieres que empiece? Daniel O'-Keeffe no ha parado de llamar. Está empeñado en que vuelvas. Le he dicho que además de no estar interesada, te has roto un brazo, pero parece que se ha vuelto sordo. Y Steve me está volviendo loca. Está obsesionado contigo y vas a tener que mandarlo a paseo. Yo no puedo, y está insistiendo para que le dé tu número privado. Le he dicho que no lo sé y que tienes el móvil roto.

–Oh, he olvidado el cargador –dijo Izzy–. Voy a tener que volver al apartamento –pensó en la actitud renuente de Will, pero necesitaba recuperar su teléfono... y su independencia.

Necesitaba estar allí, libre y con el brazo funcionando, pensó, pero la idea no resultaba nada atractiva. De pronto tuvo una idea mucho mejor, y que no implicaba necesariamente a Will.

–¿Qué te parece si cerramos el despacho y nos tomamos unas semanas libres? Ally puede ocuparse de decir a todo el mundo que nos hemos tomado un periodo sabático. Hace años que no hacemos novillos. Creo que ya es hora.

Kate se quedó boquiabierta.

–¿Cerrar el despacho? Pero... no sé... yo...

Izzy sonrió.

–Deduzco que eso es un sí.

–¡Oh, sí! Claro que sí. ¿Y sabes qué? Voy a aprovechar para ir a Australia a ver a mi madre. Hace casi dos años que no voy.

Emocionada, Kate abrazó a Izzy.

–¿Estarás bien? –preguntó cuando se apartó–. ¿De veras? Parecía un poco enfadado.

–¿Will? –Izzy se encogió de hombros–. Sólo está un poco gruñón por algo. Puede que no lo incluya en mis planes. Ha sido muy amable, pero es obvio que ya no me quiere tener cerca. Iré a algún lugar a tumbarme al sol, a leer, a beber zumos de fruta... Puede que incluso me busque un hombre para que me dé el protector solar –bromeó.

Al ver la repentina expresión de pánico de Kate se volvió y vio a Will en el umbral de la puerta.

–He llamado –dijo él–, pero no me habéis oído. Estoy listo cuando tú lo estés –a continuación giró sobre sus talones y volvió a salir.

Izzy se preguntó cuánto habría oído.

–Será mejor que me vaya. Avisa a todo el mundo de que estaremos de vuelta a primeros de junio. Piensa en algún mensaje adecuado para el contestador para que Ally pueda dar abasto. Yo la llamaré para avisarle de dónde estoy. Diviértete y gracias por todo.

Tras besar y abrazar cariñosamente a Kate, salió a recepción.

Will estaba mirando de nuevo por la ventana y ella sonrió animadamente.

–Todo arreglado –dijo, y él asintió con un gesto seco.

Lo que hubiera escuchado no había hecho que mejorara precisamente su humor. Izzy podría haberse abofeteado por haber hecho aquella estúpida broma sobre buscarse un hombre. Nada podría haber estado más alejado de su intención. Pero tratar de explicarse sólo habría servido para empeorar las cosas.

De manera que se limitó a seguirlo en silencio, repentinamente consciente de una desconocida sensación de mariposas bailando enloquecidas en su estómago.

TENGO que volver al apartamento –dijo Izzy una vez en el coche–. He olvidado el cargador de mi móvil.

Will asintió sin decir nada. Izzy era consciente de su mal humor, pero no sabía a qué se debía. Pero daba igual. Pronto se vería libre de ella. Después de su revisión del viernes se iría y lo dejaría en paz.

–¿Has comido ya algo? –preguntó, con la esperanza de poder sugerir que tomaran algo en la cafetería de su bloque.

–He tomado un café y un bollo cuando he bajado –dijo Will escuetamente.

Cuando subieron al apartamento, él se quedó esperando en el cuarto de estar mientras Izzy entraba en el dormitorio para tomar su cargador.

Estaba enchufado, por supuesto, tras la mesilla de noche, en un lugar al que sólo podía acceder con el brazo roto.

Y aquello significaba pedir ayuda a Will.

Salió y lo encontró en la terraza. En su rostro había una expresión de algo muy parecido al dolor, pero fue rápidamente sustituida por una semi-sonrisa.

—¿Qué sucede?

—No logro desenchufar el cargador. Está tras la mesilla de noche y no consigo alcanzarlo con el brazo derecho.

Izzy creyó percibir cierta cautela en la mirada de Will. ¿Le habría avergonzado tanto el incidente en el dormitorio que le preocupaba entrar en él? Menuda tontería. En su casa no había tenido ningún reparo en entrar en el dormitorio que ella ocupaba, de manera que, ¿por qué allí sí? Después de todo, tampoco había visto algo que no hubiera visto antes ya.

¿Y a qué venía la expresión de dolor que había visto en su rostro? Debía haber estado pensando en Julia, echándola de menos, desesperado por librarse de ella para seguir sufriendo a solas. Y ella sólo le estaba dificultando las cosas.

Will la siguió al dormitorio y se agachó para desenchufar el cargador.

—Gracias.

Él ni siquiera la miró a los ojos cuando se lo entregó.

—¿Necesitas algo más, o podemos irnos de una vez por todas?

El brusco tono de Will fue la gota que colmó el vaso. Su actitud no tenía justificación. Si no quería estar con ella, lo único que tenía que hacer era decirlo.

–No tenías por qué haberme acompañado –replicó con la misma brusquedad–. Sugerí venir en taxi. Fue idea tuya venir.

–Una idea realmente mala –gruñó él.

Harta, Izzy apoyó las manos en las caderas y ladeó la cabeza.

–¿He hecho algo concreto para conseguir que me odies, o es sólo costumbre?

Will se quedó perplejo al oír aquello.

–¿Qué te hace pensar que te odio? –preguntó, incrédulo.

Izzy rió con ironía.

–El hecho de que apenas me has hablado en todo el día. El hecho de que no pareces soportar mirarme. Tú me pediste que me quedara en tu casa. No fue idea mía. Pero no tienes por qué preocuparte. Me iré en cuanto haya ido a mi revisión del viernes... o incluso antes.

–¿Te irás a algún sitio exótico a elegir un hombre en la playa? ¿Qué te pasa, Izzy? –preguntó Will con amargura–. ¿Esa puerta no está girando lo suficientemente deprisa estos días? –añadió a la vez que miraba significativamente la puerta del dormitorio.

–¡Miserable! ¡Sabes que eso sólo es un rumor!

–¿De verdad? –Will rió sin humor–. Ya no estoy seguro de lo que sé, excepto que esto me está destrozando. ¿De verdad crees que no soporto tenerte cerca? ¡Debo ser mucho mejor actor de lo que pensaba!

El enfado de Izzy se esfumó y las mariposas volvieron a revolotear en su estómago.

–No entiendo –dijo, inquieta.

–¿No entiendes? Mírame, Izzy. Mírame de verdad. ¿Qué ves?

Izzy lo miró... y se quedó sin aliento.

Deseo. ¡Cielo santo! Lo que había en la mirada de Will era deseo, un deseo elemental, primario, tan intenso que debería haberla aterrorizado. Pero no fue así. Lo que la aterrorizó fue su propio deseo por un hombre que ya le había dicho que no había futuro para ellos. Deseo por un hombre al que no había olvidado en doce años y al que nunca olvidaría.

Alzó una mano hacia él, pero la dejó caer enseguida.

–¿No te das cuenta, Izzy? ¿No ves cuánto te necesito? Lo cierto es que apenas puedo mantener las manos alejadas de ti. Tenerte cerca es un suplicio, y antes, en el dormitorio, cuando te he visto tan sólo con tu escayola y un poco de perfume, he estado a punto de perder el control. Y si no salimos de aquí enseguida...

Las mariposas desaparecieron de pronto del estómago de Izzy. Will no estaba enfadado con ella. La deseaba... ¡la deseaba! Estuvo a punto de reír de alivio.

En lugar de ello, deslizó una mano tras el cuello de Will y lo atrajo hacia sí.

–Piérdelo, Will –susurró–. Pierde el control conmigo...

Will dejó escapar un áspero suspiro y alzó la cabeza.

–No puedo... no podemos. No a menos que estés tomando la píldora o algo parecido.

Izzy apoyó la cabeza contra su pecho, frustrada.

–No la estoy tomando. ¿Por qué iba a tomarla? No suelo hacer esto por costumbre, Will... a pesar de lo que digan los rumores.

Will dio un paso atrás.

–En ese caso, vayámonos de aquí mientras aún podamos hacerlo.

Pero Izzy no quería irse. Negó con la cabeza y sonrió.

–No. Espera. Tengo una idea. Hay una máquina de preservativos en el gimnasio.

Sin añadir nada más, tomó su bolso y la llave y salió rápidamente del apartamento.

Afortunadamente, no se cruzó con ningún conocido y, asombrosamente, tenía el cambio justo en el bolso para la máquina.

Cuando regresó al apartamento no encontró a Will. Estaba a punto de sufrir un ataque de pánico cuando oyó el ruido de la ducha. Los latidos de su corazón se calmaron y cerró los ojos. Gracias al cielo. Por un momento...

Se sentó en el borde de la cama, se quitó los zapatos y esperó. Unos momentos después Will salió del baño con una toalla en torno a la cintura y el pelo aún húmedo.

–¿Ha habido suerte? –preguntó.

Cuando Izzy agitó la cajita ante él, Will suspiró de alivio. Ella rió y corrió a refugiarse entre sus brazos.

Aquél era Will... el Will del que se había enamorado cuando aún era una adolescente.

Entonces él era poco más que un chico, pero se había convertido en todo un hombre y, a pesar del fuego que ardía en sus ojos, no parecía tener ninguna prisa. Bajó lentamente la cabeza y rozó con sus labios los de ella antes de besarla concienzudamente.

No la tocó en ningún otro sitio, excepto para sostenerla por los hombros con sus fuertes manos, e Izzy notó que su sensación de apremio se desvanecía.

Will tenía razón. Habían esperado doce años para aquello, de manera que podían tomárselo con calma.

Era preciosa.

Will se apoyó sobre un codo y esperó pacientemente a que Izzy despertara. No tenía prisa. Estaba disfrutando de la vista... no del magnífico panorama que había desde la ventana del dormitorio, sino de las exuberantes y tentadoras curvas de cuerpo de Izzy. Sintió que volvía a excitarse y sonrió con tristeza.

Y pensar que se había creído lo suficientemente fuerte como para volver a dejarla...

Lo hizo una vez y fue lo más difícil que había hecho en su vida. No iba a ser capaz de volver a hacerlo, y sin embargo sabía que las cosas llegarían a eso.

Sintió que su corazón se encogía. Izzy no sabía muchas cosas, cosas que él ya debería haberle contado.

Pero había tiempo. Se las diría cuando despertara.

Se inclinó hacia ella y la besó en el estómago. Izzy se estiró y murmuró su nombre, adormecida. Will deslizó la lengua por uno de sus pezones y luego sopló con delicadeza. El pezón se excitó al instante y ella agitó las pestañas.

–Hola –saludó él con una sonrisa.

Los labios de Izzy se curvaron en respuesta y él la besó.

–Necesitamos hablar –dijo con suavidad.

–No.

–Sí. Hay cosas que debes saber, sobre mí, sobre Julia...

Izzy le cubrió los labios con un dedo.

–No, por favor, Will. Todo eso pertenece al pasado. No quiero saber nada. Ya da igual. Lo único que importa es esto, lo que somos el uno para el otro ahora. Por favor.

Will fue incapaz de discutir. Con un suave suspiro, tomó a Izzy entre sus brazos y volvió a besarla.

El viaje de vuelta no se pareció nada al de ida. Tampoco hablaron mucho, al menos al principio, pero su silencio fue un silencio satisfecho. No necesitaban hablar. Sus cuerpos habían dicho todo lo que había que decir.

El tráfico era razonablemente ligero a aquella hora de la tarde, y no tenían prisa. Will había llamado a su madre antes para pedirle que se ocupara un rato más de los niños.

Izzy se preguntó qué pensaría la señora Thompson sobre su retraso.

–¿Qué excusa le has dado a tu madre para nuestro retraso?

Will se encogió de hombros, sonriente.

–Le he dicho que tenías más cosas que hacer en el despacho de las que suponías y que teníamos hambre y habíamos decidido parar a comer y dar tiempo a que el tráfico se aligerara.

–La verdad, en definitiva –bromeó Izzy.

–¿Quieres que le diga la verdad?

Izzy se ruborizó al recordar la pasión con que habían hecho el amor.

–¡Cielo santo, no! ¡Lo que sea menos la verdad! Tu madre no necesita saberlo.

–Al menos estamos de acuerdo en eso. De hecho, ya que ha salido el tema, no estaría mal que estableciéramos unas reglas de juego.

¿Unas reglas de juego? ¿Una línea trazada en el suelo que no debía sobrepasar? A Izzy le dolió que Will considerara necesario mencionar aquello.

–Déjame adivinar. Nada de sexo en la casa, nada de abrazos y besos delante de los niños, nada de tacos cuando estén cerca... ¿qué clase de mema crees que soy? –preguntó con más aspereza de la que habría querido.

–Lo siento –dijo él, avergonzado–, pero son mis hijos, Izzy. Últimamente han pasado por mucho. Estamos hablando de su madre.

Izzy había creído que estaban hablando sobre ellos, pero por lo visto no era así. Suspiró y se pasó una mano por el rostro.

–Yo también lo siento. No pretendía saltar. Claro que no queremos hacer nada para atraer la atención sobre nuestra relación. Ya he recibido suficiente atención de la prensa sobre aventuras que nunca he tenido como para ponerme a llamar la atención sobre la única que es cierta.

Will pareció un poco sorprendido.

–¿La prensa? –repitió como si en ningún momento hubiera pensado en ello.

–Por eso no me gusta comer en ningún sitio excepto en mi bloque, u ocasionalmente en ese bar cercano al trabajo –explicó Izzy–. Pero en tu casa estaré a salvo, porque la prensa local no me busca.

No soy tan interesante como un vertido de petróleo en el Mar del Norte, o una casa incendiada. Estoy segura de que no me darán la lata si mantengo la discreción. De lo contrario, vosotros sufriréis las consecuencias.

–En ese caso no hagamos nada por provocar a la prensa –dijo Will, tenso–. No quiero ver a los niños implicados en nada sórdido.

–¿Y crees que yo sí? –replicó Izzy, irritada–. No te preocupes. Como he dicho, no haré nada para atraer su atención.

Volvieron a quedar en silencio, pero en aquella ocasión no fue un silencio placentero. Aquella conversación sólo había servido para recalcar el abismo que había entre ellos. Durante una horas, Izzy se había permitido creer que todo iría bien, pero había sido demasiado optimista.

Aquello era una aventura, nada más, y no tenía sentido verlo de otro modo. Era la invitada de Will, un viejo amor. Las circunstancias los habían reunido y sólo un loco o un santo habría desaprovechado una oportunidad como aquélla.

Y Will Thompson nunca había sido un loco ni un santo.

Will cada vez tenía más dificultades para ceñirse a las reglas del juego. Se levantaba a las cinco y media y, cuando Izzy bajaba, con el pelo revuelto y cara de dormida, tenía que hacer verdaderos esfuerzos para no tomarla en brazos y llevársela directamente a la cama.

De manera que le gruñía y, cuando sentía que había logrado espantarla, se mortificaba por su falta de sensibilidad.

El deseo que sentía por ella resultaba casi doloroso, y la única manera de superarlo era trabajar hasta la extenuación.

Pasó una semana antes de que Izzy decidiera abordar el asunto. Will estaba trabajando en su despacho con el papeleo, apenas capaz de mantener los ojos abiertos, cuando ella entró en pijama y se sentó en el borde del escritorio, junto a él.

—Necesitamos hablar.

Will dejó el bolígrafo y frunció el ceño.

—No. Necesitamos hacer el amor —dijo, y la expresión de Izzy le habría hecho reír si no hubiera estado tan desesperado.

Entonces ella sonrió.

—De acuerdo. ¿Cuándo? ¿Y dónde? Apenas te has sentado un minuto en toda la semana. Tus hijos ya apenas te reconocen. ¿Sabes la cantidad de tiempo que he pasado con ellos por las tardes?

Will se sintió inmediatamente culpable.

—Lo lamento, Izzy. No pretendía que sucediera eso... no estaba pensando. De hecho, eso era lo que pretendía. Me estás volviendo loco.

Ella se inclinó y lo besó en los labios.

—Shhh. No te preocupes. ¿Qué vas a hacer mañana?

Will sintió que su cuerpo reaccionaba al instante.

—¿Mañana? No sé. Dímelo tú. Es obvio que tienes algo planeado.

—Había pensado que podíamos ir de picnic al río después de ir a ver a los corderos. Podríamos extender una manta bajo los árboles...

—¿Y hacer el amor a plena luz del día? ¿Estás loca? —Will rió—. No me hagas esto, Izzy.

—Podríamos limitarnos a pasar el rato juntos. No tenemos por qué... ya sabes.

—Claro que sí tenemos —dijo él con suavidad. Necesito abrazarte.

—Puedes hacerlo. Puedes hacerlo ahora.

Will negó con la cabeza.

—Los niños —dijo, consciente de su presencia en la planta superior. No podía hacerles aquello... no con Izzy, que nunca se establecería allí para formar parte permanente de su familia. Si entraran por casualidad en el estudio empezarían a hacer preguntas y tendrían derecho a una respuesta.

Y él no tendría ninguna adecuada que darles.

—¿Un picnic? —repitió, retomando la sugerencia de Izzy, y ella asintió.

—Podría preparar algo por la mañana para que nos marcháramos a última hora, después de que te ocupes de los corderos...

—No. Primero comeremos y luego me ocuparé de los corderos. Si voy a acercarme a ti, antes necesitaré una ducha —Will miró su escritorio y suspiró–. Y ahora, para poder terminar con esto y dormir un rato, necesito que apartes tu bonito trasero de mi escritorio, o me quedaré dormido en medio del picnic.

Izzy rió mientras se levantaba. Luego se volvió a mirar el montón de papeles.

–Cielo santo. ¿Aún te queda todo eso?

–He mirado casi todos, pero aún no los he archivado. Supongo que podría tirar la mitad, pero no sé por dónde empezar. El papeleo no es mi fuerte.

–Pero sí es el mío. ¿Quieres que te eche una mano? Podría echar un vistazo para organizártelos. ¿Tienes un archivador?

–Sí. Detrás de la puerta. Está prácticamente vacío.

–Mañana mismo veré que puedo hacer. Tal vez necesite tu ayuda.

–Supongo –Will suspiró–. Mi madre solía ocuparse de todo esto, pero ahora está demasiado liada con su propia contabilidad.

–Yo lo haré. No te preocupes. ¿Por qué no subes a acostarte ahora? Pareces agotado y es más de medianoche.

–¿Subir a acostarme? –Will sonrió cansinamente–. Veo que sabes cuál es mi punto débil.

Izzy se ruborizó.

–Y tú sabes muy bien a qué me refería. Me voy arriba. Hasta mañana.

Will se puso en pie y la tomó entre sus brazos.

–Lo siento... siento que todo sea tan difícil, siento estar tan cansado e irritable. ¿Cómo está tu brazo? Ni siquiera te he preguntado por él estos días.

La cálida y comprensiva sonrisa de Izzy sólo sirvió para hacerle sentirse más culpable.

–Está bien. A veces duele si lo uso más de lo debido, pero por lo demás va bien.

Will asintió e, incapaz de contenerse, se inclinó para besarla en los labios. Deslizó ambas manos sobre las firmes curvas de su trasero y la presionó contra sí. Al sentir la oleada de calor que recorrió al instante su cuerpo se apartó de ella.

–Será mejor que te vayas. Seguiremos con esto mañana.

–Te tomo la palabra –dijo Izzy, y la sonrisa que dedicó a Will hizo que éste estuviera a punto de volver a abrazarla... y lo habría hecho si ella no hubiera girado sobre sus talones y se hubiera marchado.

IZZY apenas podía creerlo. ¡Will había aceptado su propuesta de un picnic sin poner excusas!

No esperaba que reaccionara así. Will había hecho todo lo posible por evitarla desde que habían regresado de Londres, y ella empezaba a preguntarse si estaría arrepentido de haberle hecho el amor. Pero después de hablar con él la noche anterior había llegado a la conclusión de que lo único que lamentaba era no poder volver a hacérselo.

Ella había pasado la semana vagando sin rumbo, charlando con la señora Thompson o leyendo para mantenerse alejada de su camino. Emma la rescató el lunes y se la llevó a comer. La larga charla que mantuvieron sólo sirvió para que Izzy se hiciera aún más consciente de lo alejada que estaba su forma de vida de la de sus viejos amigos.

Emma le pidió que le explicara en detalle en qué consistía su trabajo y cuando lo hizo se quedó asombrada.

–¡Cielo santo! Yo sería incapaz de hacer algo así.

–Yo sería incapaz de criar a tres niños.

–¿Y a dos? –preguntó Emma.

Izzy no pudo evitar reír ante la poca sutileza con que su amiga estaba tanteando el terreno.

–No creo.

–¿Cómo van las cosas con Will? –el cambio de tema sólo fue aparente. Izzy movió la cabeza, divertida, y decidió interpretar la pregunta literalmente.

–Que yo sepa está bien. Lo cierto es que apenas lo veo. Está tan ocupado en la granja que resulta ridículo. Y luego trabaja en el estudio hasta medianoche.

Emma chasqueó la lengua.

–Siempre parece agotado. Solía pensar que era a causa de la muerte de Julia, pero tal vez se deba a que no cuenta con gente suficiente para ayudarlo.

Con aquello en mente, la mañana del picnic Izzy fue temprano al café para organizar la comida y tener tiempo luego de empezar a trabajar con los papeles del despacho.

–¿Un picnic? –la señora Thompson no disimuló su alegría cuando supo los planes que tenían–. ¡Qué buena idea! No te preocupes, que yo me encargo de prepararos una buena cesta. Tú ve a prepararte.

–Con una condición.

–¿Cuál?

–Esto ha sido idea mía y quiero que me dejes pagar la comida.

La señora Thompson frunció el ceño.

–Ni hablar. Eres una invitada y Will es mi hijo. Jamás se me ocurriría cobraros algo, y me ofende que consideres necesario hacerlo.

Izzy cerró los ojos y suspiró.

–Lo siento. No pretendía ofenderte, pero llevo aquí un montón de días abusando de vuestra hospitalidad...

–No me siento ofendida. Simplemente no te voy a dejar pagar. Vamos, ve a ponerte guapa... aunque sé que eso no va a llevarte mucho tiempo.

Izzy rió.

–No estoy muy segura de eso. Mi pelo...

–Está noche volveré a echarte una mano con él.

–Gracias. Y ahora me voy. He prometido a Will poner en orden sus montañas de papeles.

–¡Cielo santo! En ese caso añadiré unas cuantas calorías a la comida. No te envidio querida. Sospecho que no sabes dónde te has metido.

Pero Izzy lo sabía. O al menos creía que lo sabía... hasta que empezó a revisar los montones de papeles. Al parecer encajaban en tres categorías fundamentales: papeles obviamente inútiles, papeles relacionados con asuntos domésticos y papeles relacionados con la granja.

En primer lugar se centró en los papeles inútiles, que fue arrojando a una bolsa de basura. Entre otras cosas había varias guías viejas, periódicos, propaganda...

Cuando terminó con aquello separó los papeles de la casa de los de la granja y luego subdividió los de la casa por temas.

Para hacer lo mismo con los de la granja iba a necesitar asesoramiento, pero cuando Will se asomó al despacho a mediodía, su escritorio ya estaba mucho más despejado.

–¡Increíble! –dijo, asombrado–. ¿Cómo lo has conseguido?

Izzy señaló las dos bolsas de basura que había llenado y estuvo a punto de reír al ver la cómica expresión de pánico de Will.

–No te preocupes. Sólo he tirado lo que sabía con certeza que podía tirar. Todo lo que me ha planteado dudas está aquí amontonado.

Will sonrió.

–Muy bien. Lo siento. Y ahora será mejor que me duche... si nuestro plan de ir de picnic sigue en pie, por supuesto.

–Claro que sigue en pie –dijo Izzy, sonriente.

–Bien. En ese caso, enseguida bajo.

Diez minutos después se encaminaban juntos al todo terreno. Cuando abrió la puerta de pasajeros, Izzy encontró en su asiento un precioso ramo de flores silvestres sujetas con una larga tira de hierba.

Lo tomó reverentemente y se puso de puntillas para besar a Will en la mejilla sin decir nada. Después entró en el vehículo mientras él lo rodeaba para sentarse tras el volante.

—Solíamos llevar el tractor... ¿recuerdas? —dijo él tras poner el todoterreno en marcha.

Izzy asintió.

—Con un remolque atrás en el que nos sentábamos. No dejábamos de dar botes durante todo el trayecto. Entonces éramos jóvenes.

—Sí.

Cuánto significado en una sola palabra. Entonces eran jóvenes y despreocupados y carecían de responsabilidades. No tenían idea de las vueltas que iba a dar el destino a sus cuidadosamente elaborados planes.

Pero aquello era el pasado, se dijo Izzy, y había que vivir el presente.

Will detuvo el vehículo junto a los sauces y alisos del que había sido su lugar favorito junto al río. Apagó el motor y permanecieron un momento sentados, escuchando los bellos y apacibles sonidos del día.

A lo lejos, al otro lado del río, alguien llamó a su perro y rompió el embrujo del momento. Will miró a Izzy.

—Sabes que si extendemos la manta en la hierba voy a hacerte el amor, ¿verdad?

—Cuento con ello —dijo ella con suavidad.

—Estamos a plena luz del día.

—No hay nadie por aquí. La persona que ha llamado al perro estaba muy lejos.

–Si tuviera algo de sentido común, ni siquiera me quitaría el cinturón de seguridad.

–Eso resultaría muy incómodo –dijo Izzy con una sonrisa traviesa.

–Eres una mujer perversa.

–Y tú me quieres –dijo Izzy sin pensar, pero Will ya estaba saliendo del coche y no supo si la había oído.

Un momento después Will había extendido la manta en el suelo y había dejado la cesta del picnic en el centro.

Ocultando una sonrisa, Izzy se sentó a un lado de la cesta y lo miró.

Will sacó un trozo de pastel de pimientos y se lo acercó a la boca. Cuando Izzy se inclinó a tomarlo, notó que le estaba mirando el escote.

–¿Qué es eso? –preguntó él.

–¿Qué?

–Ese trapito que llevas que en otras circunstancias habría llamado sujetador.

Izzy rió.

–Es un sujetador.

–No. Parece relacionado con el otro trapito que casi me vuelve loco el otro día en tu apartamento, cuando me pediste que te subiera la cremallera de los pantalones. ¿Recuerdas?

–Claro que lo recuerdo. Y casi aciertas.

Will gruñó de nuevo y dejó el pastel en la cesta.

–Al diablo con la comida. Ven aquí. Si no te beso voy a morir.

–Lo dudo –dijo Izzy mientras apartaba la cesta del medio y se tumbaba junto a él.

–Así está mejor –replicó Will antes de cubrirla con sus labios en un beso apasionado. No hubo nada sutil en él. Fue hambriento, exigente, y enloqueció a Izzy de deseo.

–¿Will?

–Llevaba tanto tiempo queriendo hacer eso... –murmuró él mientras deslizaba una mano bajo la blusa de Izzy y apartaba el diminuto sujetador de sus pechos.

Tomó en sus labios un pezón mientras con la mano le acariciaba el otro pecho. Luego trasladó su boca al otro pecho mientras su mano exploraba libremente el resto del cuerpo de Izzy. Cuando le bajó los pantalones gimió.

–Las braguitas son aún peores –murmuró antes de inclinarse a plantar un ardiente beso sobre la diminuta tira de encaje. Luego alzó la cabeza–. Te deseo, Izzy –dijo, tenso–. Te deseo como nunca he deseado a nadie, pero no podemos hacer esto aquí.

Ella sintió una intensa decepción, pero el sentido común le hizo recapacitar y acunó la cabeza de Will contra su pecho.

–No pasa nada –dijo–. Sólo abrázame.

Will la rodeó con sus brazos y giró hasta tenerla encima suyo.

–Si las cosas fueran distintas... –dijo tras un largo momento–. Si no tuviera hijos y tú no te vieras acosada por la prensa y...

No dijo nada más, pero no hacía falta. Izzy comprendió que le estaba diciendo una vez más que aquello era todo lo que podían tener.

–Shhh –murmuró, y lo besó en la barbilla. De inmediato, Will capturó sus labios y la besó con ternura antes de apartarse de ella.

–Será mejor que comamos algo –dijo al cabo de un momento–. Tenemos que ir a ver qué tal están los corderos y luego me esperan mil tareas antes de ir a ordeñar a Bluebell.

–Deberías enseñarme a hacerlo con una mano. Will rió con suavidad.

–Bastante tienes ya con ordenar mi estudio... si alguna vez lo logras.

–Lo lograré. No me llevará mucho –prometió Izzy–. Y ahora vamos a comer. Estoy muerta de hambre.

Will iba a gritar de frustración. La idea del picnic había sido encantadora, pero sólo había servido para que se sintiera aún más hambriento... y no precisamente de comida.

–Vamos a tener que volver a Londres –dijo–. Podemos inventar una excusa. Tú podrías necesitar acudir a la oficina...

Izzy rió.

–Todos saben que hemos cerrado. Se darían cuenta enseguida.

–¿Y si vamos de compras?

–¿Tú de compras? Si fuera a ir de compras no se me ocurriría llevarte. Sólo me dejarías comprar ropa interior blanca en unos grandes almacenes.

–Puede ser muy sexy.

–Para ti toda la ropa interior es sexy –dijo Izzy.

Will rió mientras giraba el vehículo hacia donde se encontraba el ganado. Al hacerlo miró en dirección a la casa de las señora Jenks, como siempre que pasaba cerca. Al ver que no salía humo de la chimenea redujo la marcha y volvió a mirar.

–¿Qué sucede? –preguntó Izzy.

–La señora Jenks siempre tiene el fuego encendido. Siempre.

–Puede que hoy sintiera calor.

–No. Ella siempre tiene frío. Creo que deberíamos ir a ver qué tal está.

Cuando bajaron del coche el perrito de la señora Jenks salió corriendo a recibirlos.

–La puerta está abierta –dijo Will con el ceño fruncido–. No me gusta.

Cuando entraron en la casa encontraron a la señora Jenks sentada en su sillón junto al fuego, con la cabeza echada hacia atrás y los ojos cerrados. Por un momento, Will creyó que estaba muerta. Entonces ella abrió los ojos y lo miró. Will se agachó a su lado y la tomó de la mano.

–Tranquila, señora Jenks. Ya estamos aquí.

–¿Will?

Al oír el apagado tono de su voz Will supo que estaba muriendo.

–No hable –murmuró.

–¿Por qué no? Hay tanto que decir –la señora Jenks estrechó la mano de Will–. Gracias por haberme cuidado.

–No diga eso. Me encanta cuidarla. Voy a llamar a Simon y al doctor...

–¡No! A Simon no. Y el doctor ya no puede hacer nada. Me estoy muriendo. Quédate conmigo, Will. Me duele.

–¿Qué le duele, querida?

–El corazón. Es el final. Lo sé. Quiero morir aquí, no en alguna horrible ambulancia, con una mascarilla en la cara... oohh.

–Shhh. No hable. Descanse. ¿Quiere beber algo?

–Agua.

Izzy sirvió de inmediato un vaso y se lo entregó a Will, que lo acercó a los labios de la anciana.

Tras unos momentos, la señora Jenks abrió los ojos, miró por encima de su hombro y sonrió.

–Izzy, cuídalo bien. Es un buen hombre y os merecéis el uno al otro después de tanto tiempo –miró de nuevo a Will–. ¿Hace un día bonito y soleado?

–Hace un día precioso.

–Creo que me gustaría morir con el sol en el rostro.

Con gran delicadeza, Will la tomó en brazos y salió al jardín, donde se sentó junto a la puerta con ella en su regazo. La señora Jenks apoyó la cabeza en su hombro y suspiró.

–Gracias –susurró.

Unos momentos después, Izzy tocó el hombro de Will.

–¿Will? Se ha ido.

–Lo sé –Will sintió las lágrimas deslizándose por sus mejillas, pero no tenía una mano libre para frotárselas, y además la señora Jenks se las merecía. Se levantó y la dejó sentada, apoyada contra unos cojines que sacó Izzy–. La dejaremos aquí hasta que vengan por ella.

A continuación se alejó hacia el coche, apoyó las manos en el capó y bajó la mirada.

Izzy se acercó a él y lo abrazó por detrás.

–¿Estás bien?

–Sí. Simon no me perdonará que no lo haya llamado, pero no habría llegado a tiempo aunque lo hubiera hecho. Y nosotros tampoco si hubiéramos hecho el amor.

Izzy lo soltó y por un momento él temió haberla disgustado, pero entonces ella abrió el coche, sacó el ramo de flores silvestres y se lo entregó.

Will lo tomó y fue a ponerlo en manos de la señora Jenks.

–Gracias –dijo.

Entonces, sólo entonces, llamó a la policía.

Las dos semanas siguientes Will estuvo más ocupado que nunca. Simon Jenks quería vaciar la casa cuanto antes y hubo acaloradas discusiones sobre qué muebles eran suyos y cuáles no. El albacea estaba implicado y Will no dejaba de ir una y otra vez a la casa para mediar en las discusiones.

En el funeral, una vez que el féretro fue introducido en la tumba, Will se alejó de los demás e Izzy supo que estaba pensando en Julia. ¿Qué podía decirle? ¿Cómo podía consolarlo?

No podía, pero sí podía llevárselo a casa.

–Vamos –dijo con delicadeza a la vez que enlazaba su brazo con el de él y lo conducía hacia el coche–. ¿Estás en condiciones de conducir? Yo aún no puedo hacerlo.

Él asintió. Sus ojos estaban secos, pero tenía el rostro demacrado y ojeroso y, por primera vez, Izzy comprendió lo profundamente apenado que estaba por la muerte de su esposa.

Ella era una mera diversión pasajera para él, un picor que no había terminado de rascarse en su juventud. Julia había sido su verdadera vida, y se engañaba si pensaba que alguna vez podría ocupar su lugar en el corazón de Will.

En cuanto llegaron a la granja Will fue a ocuparse de sus tareas sin decir nada.

Desazonada por todo lo sucedido y deprimida por sus deprimentes pensamientos, Izzy decidió que le vendría bien distraerse un poco y llamó a Emma, que la invitó a almorzar a su casa. Un poco de ejercicio y aire fresco era lo que necesitaba, de manera que tomó el sendero que llevaba al pueblo y se encaminó con paso firme hacia la casa de su vieja amiga.

Para cuando llegó al pueblo ya se estaba arrepintiendo. Se sentía un poco mareada y con el estómago revuelto, probablemente debido a la falta de comida y al calor. Estaban sólo a primeros de mayo, pero el sol calentaba aquel día más que de costumbre.

Llamó a la puerta de Emma y entró con agrado en su fresca cocina, que daba al lado norte.

–Pareces cansada –dijo Emma con franqueza mientras la miraba al rostro.

Izzy también se fijó en la palidez y las ojeras de su amiga.

–Tampoco puede decirse que tú tengas un aspecto maravilloso. ¿Qué ha pasado, Emma?

Emma rió con ironía.

–Lo normal. Vuelvo a estar embarazada.

–¿Qué? Dijiste que no ibas a tener más, que tres hijos eran más que suficientes...

–Sí, pero díselo a las hadas. Al parecer tienen otros planes. Y no me preguntes cómo pasó. No tengo ni idea. Debimos hacer el amor mientras dormíamos. Eso es lo que consigues a base de tantos años de armonía. Ni siquiera tienes que estar consciente.

Ambas rieron mientras Emma iba a abrir la nevera.

–Necesitas comer algo. ¿Te importa servirte tú misma? Me dan arcadas sólo de ver la comida.

Pero, extrañamente, Izzy tampoco sentía demasiado apetito.

–¿Tienes algo de fruta?

–Sí. En ese recipiente. Y creo que hay algo de melón en la nevera.

Izzy se sintió mejor tras tomar un poco de melón y beber un poco de agua helada. Al cabo de un rato se encontraba contando a su amiga cómo había ido el funeral y la reacción de Will.

–Pobre Will –dijo Emma–. Me pregunto si alguna vez dejará de sentirse culpable.

–¿Culpable?

–Julia y él no fueron siempre felices. Creo que se culpaba a sí mismo. Se esforzó en ser un buen marido, y Julia fue una buena esposa y una maravillosa madre, pero su relación carecía de chispa.

–Pero Will la amaba.

–Oh, sí, la amaba –asintió Emma–. Aunque no lo suficiente. Pero eso es lo que pasa por verse obligado a casarse. ¿Recuerdas a Cathy Bright? Su hermana pequeña se casó hace tres años porque se había quedado embarazada y ya se ha separado. Tuvo otro bebé para tratar de salvar su matrimonio, pero no funcionó. A veces me pregunto si ése fue el motivo por el que Will y Julia tuvieron a Rebecca. Julia no hablaba demasiado al respecto. Era una persona muy introvertida.

A Izzy le costaba imaginar que Will y Julia hubieran sido infelices. Will no le había dado ningún indicio de ello, y ella había sido testigo de su dolor en más de una ocasión. Además, once años atrás él mismo le dijo que amaba a Julia. Fue a verla para decirle que estaba enamorado de su mejor amiga y que iba a casarse con ella.

Will nunca le había mentido. Ella no quiso creerlo, pero no le quedó otra opción. Y tampoco tenía otra opción ahora. Si Julia no había sido feliz, no había sido por falta de amor; de eso estaba segura.

Emma había ido a la nevera por más agua y empezó a quejarse amargamente de Rob.

–No puedo imaginar qué vi en él –murmuró–. Pensaba que era el hombre más sexy que había conocido... y mira el lío en que me he metido. ¡Embarazada por cuarta vez! Si no lo quisiera tanto lo asesinaría.

Volvió a la mesa y sirvió más agua en los vasos mientras Izzy sonreía.

–Lo peor es saber que las náuseas y todo lo demás va a durar varias semanas, y no quiero pensar en lo que se me vendrá luego encima...

Izzy rió.

–Lo siento –dijo estrechando cariñosamente la mano de su amiga–, pero piensa que de todo esto saldrá un bebé. ¿No te parece que merece la pena?

Emma resopló.

–Pregúntamelo dentro de siete meses. O mejor dentro de diez. Para entonces espero haber recuperado algo de sueño... y el humor. Y ahora, cambiemos de tema. ¿Cómo va tu brazo?

Izzy miró su escayola con desprecio.

—Aún me duele un poco, pero sobre todo me pica. Mañana me la quitan y espero sentirme mejor. Debería haber ido hoy, pero he tenido que cambiar la cita debido al funeral. Espero que Will pueda llevarme.

—No apuestes por ello. Oí a Rob hablando con él la otra noche. Por lo visto, Simon Jenks le está hartando y quiere saber con exactitud cuál es su situación legal respecto a la propiedad. Rob no cree que vaya a haber ningún problema, pero Will va a estar muy ocupado con todo eso. ¿Quieres que te lleve yo al hospital?

Izzy sintió la tentación de aceptar pero, dado el estado de su amiga, negó con la cabeza.

—No te preocupes. Iré en taxi y luego aprovecharé para hacer unas compras.

Pero al día siguiente, después de que le quitaran la escayola, en lugar de ir de compras fue a un salón de belleza a que le hicieran la manicura. Tenía la piel del brazo totalmente reseca y la chica que la atendió hizo un buen trabajo. Al salir se sentía más humana.

Cuando regresó al rancho notó que tenía hambre. Fue al café a comer algo y el olor a beicon frito que la recibió le produjo de inmediato náuseas.

Tuvo que volver corriendo a la casa y llegó al baño justo a tiempo. Unos minutos después, con el estómago vacío y las piernas como gelatina, se sentó en el borde de la bañera para refrescarse el rostro.

Supuso que su estado se debía a la retirada de la escayola. Debía haberle afectado más de lo que imaginaba. Alzó la cabeza y se rozó distraídamente sus pechos con el brazo. Estaban especialmente sensible. Debía estar a punto de tener el periodo. Afortunadamente ya le habían quitado la escayola. Se había estado preguntando cómo se enfrentaría a aquel problema en particular con una sola mano...

De pronto se puso lívida.

Llevaba con la escayola cinco semanas. Había tenido la regla la semana anterior a ir a Dublín, justo después de la fiesta. De eso hacía seis semanas.

Y normalmente era regular como un reloj.

Sin duda se debía a la conmoción que le había producido volver a ver a Will, y a la fractura, y al cambio de rutina, se dijo. ¿Pero qué rutina? Ella carecía de rutina. Su vida era un constante ajetreo.

Lo que sólo dejaba una respuesta posible al dilema.

CAPÍTULO **10**

NO PODÍA decírselo a Will. No después de lo que le había dicho Emma el día anterior.

«Estar embarazada no es un buen motivo para casarse... Will la amaba, pero no lo suficiente... a veces creo que ése fue el motivo por el que Will y Julia tuvieron a Rebecca... me pregunto si siempre se sentirá culpable...»

No, no podía decírselo. Siempre había creído que Julia y Will habían sido felices juntos, y nada de lo que había dicho éste le había dado motivos para dudarlo.

Aunque lo cierto era que Will había tratado de hablarle sobre Julia y ella no se lo había permitido. Le había dicho que aquello pertenecía al pasado, y así era, pero eso no significaba que hubiera dejado de afectar a Will. ¿Acaso había querido contarle que no había sido feliz con Julia?

No sabía qué hacer, pero sí sabía que debía irse. Ya le habían quitado la escayola y, aunque su brazo estuviera aún muy débil, podía utilizarlo si hacía falta. Pronto mejoraría.

Pero no podía decir lo mismo de sus náuseas. Si seguía allí, Will no tardaría mucho en darse cuenta de lo que le sucedía. Y la señora Thompson tardaría aún menos. Pero hasta que tuviera las cosas claras no quería que Will supiera nada sobre el bebé.

El bebé.

Instintivamente, se llevó una mano al vientre. Aún faltaban semanas para que se notara.

Tras hacer su equipaje, se encaminó hacia la puerta trasera con intención de ir al café a decir a la señora Thompson que se iba. Estaba a punto de abrirla cuando vio a través de los cristales que el patio estaba lleno de periodistas cámara en ristre.

Afortunadamente, en aquellos momentos todos enfocaban hacia el café, pero aquello iba a suponer una buena excusa para su marcha.

Llamó al café, pero el teléfono comunicaba. Impaciente, llamó a la tienda del padre de Will.

–¿Señor Thompson? Soy Izzy. El patio está lleno de periodistas. ¿Sabe qué está pasando?

–Oh, Izzy, ya los has visto... Iba a llamarte. Alguien te vio ayer en el funeral de la señora Jenks y, según parece, la señora Willis confirmó tu identidad.

Izzy suspiró. Por un momento había esperado que aquella invasión no hubiera tenido nada que ver con ella, pero habría sido esperar demasiado. Además, necesitaba aquella oportuna pantalla de humo.

–Voy a tener que irme. De lo contrario no renunciarán, y prometí a Will que no permitiría que sucediera nada parecido, sobre todo por el bien de los niños.

El señor Thompson pareció comprender la situación de inmediato.

–¿Quieres que te acerque a la estación?

–Me encantaría.

–Espérame en la cocina. Dame unos minutos y mantente fuera de la vista de esos fisgones.

–De acuerdo.

Izzy llevó su bolsa de viaje a la cocina y esperó sentada junto a la nevera para mantenerse oculta de las miradas.

La puerta se abrió de pronto y Will entró en la cocina a grandes zancadas con expresión preocupada.

–Mi padre me ha dicho que te vas.

Izzy asintió.

–Tengo que irme, Will. Por los niños.

Distintas emociones se sucedieron y mezclaron en la expresión de Will, pero no trató de disuadirla. Más bien al contrario.

–Te llevaré a la estación –dijo con firmeza.

–No. Eso sólo serviría para añadir leña al fuego. Además, odio las despedidas en público. Iré con tu padre.

Will dudó y luego asintió.

–Tienes razón. Cuídate, Izzy. Voy a echarte de menos.

–Me mantendré en contacto. Gracias por todo lo que has hecho por mí. Has sido maravilloso.

Izzy sentía que se le estaba desgarrando el corazón, pero no quería llorar. Se puso de puntillas y besó a Will en la mejilla. Él tomó la bolsa de viaje para dársela a su padre, que acababa de llegar, y fue a la puerta delantera para distraer a los periodistas mientras ellos salían por la trasera.

El señor Thompson llevó a Izzy a la estación y, cuando se despedían, ella ya no pudo contener las lágrimas.

–Dé las gracias a la señora Thompson por su amabilidad. Ha sido encantadora conmigo y voy echarla de menos.

–Ella también va a echarte de menos. No te conviertas ahora en una extraña, Izzy. Te esperamos de regreso en cuanto esto pase. Le haces mucho bien a Will. Él te necesita, y también los niños. Se han encariñado mucho contigo.

Izzy tenía un nudo en la garganta y no pudo decir nada mientras lo abrazaba. Luego casi lo empujó para que saliera del vagón.

–Váyase o acabará viniendo conmigo a Londres.

–Eso sí que daría que hablar a todos esos periodistas –dijo el señor Thompson con un guiño antes de bajar.

Una vez en el andén se volvió para despedirse, pero Izzy se había sentado en un esfuerzo por contener las repentinas náuseas que le había provocado el olor que había en el tren.

No disfrutó del viaje de vuelta a Londres.

—Así que eso es lo que hay. Simon Jenks no tiene la más mínima oportunidad legal del conseguir lo que quiere. ¿Will? ¿Me estás escuchando?

Will miró a Rob y se pasó una mano por la cara.

—Lo siento. Sí, te estoy escuchando.

Will sentía una mezcla de vacío por la marcha de Izzy y de alivio por el hecho de haberse librado de la prensa. Sólo había sido cuestión de tiempo. Una vez liberada de la escayola, ya no los necesitaba. Y probablemente echaba de menos su antigua vida. Se alegraría de haber vuelto a Londres y, una vez que recuperara el sentido común, él también se alegraría de que se hubiera ido.

Calculaba que lo conseguiría en otros doce años.

Izzy se sentía perdida. No había nada que hacer en Londres, ningún lugar al que le apeteciera ir. Todo le hacía sentirse enferma o triste, y sobre todo sola.

Will sólo había vuelto a su vida durante unas semanas, pero su efecto había sido demoledor.

Sin la perspectiva del bebé, pensar en su vida habría sido insoportable, pero con aquel pequeño ser creciendo en su interior, la oscuridad fue remitiendo y poco a poco empezó a ver la luz de nuevo.

Y con la llegada de la luz comprendió que iba a tener que llevar a cabo algunos cambios drásticos en su vida.

Decidió que quería trasladarse al campo. Cerraría su empresa, que sin ella no era nada. Dejaría su apartamento y se retiraría a vivir con el bebé en el campo.

La idea era muy atractiva, y cuando Kate la llamó para decirle que había conocido a un hombre en Australia y que no pensaba volver, pudo desearle suerte con total sinceridad.

En cuanto a Will, no sabía nada de él. No la había llamado, y ella tampoco. Ya habría tiempo. Tiempo de sobra. Para darle tiempo a que se acostumbrara a la idea del bebé, se lo contaría antes de que naciera, pero con eso bastaría.

Sabía que querría responsabilizarse, pero no quería darle la oportunidad de convencerla de que se casara con él sólo para salvar su conciencia, de manera que debía esperar a sentirse fuerte para mantenerse en sus trece antes de decírselo.

Apoyó una mano en su vientre.

—¿Dónde vamos a vivir, bebé? Supongo que cerca de tu padre. Así podrás ser amigo del hijo de Emma y Rob y yo no estaré tan sola. Tus abuelos te mimarán y podrás jugar con tu hermano y tu hermana. Estaremos bien.

Y si se lo repetía a sí misma suficientes veces, tal vez acabaría siendo cierto.

Tendría que decírselo a sus padres en algún momento, pero ya que éstos no aprobaban su estilo de vida y habían elegido creer muchas de las tonterías que contaba la prensa, no sentía la necesidad de vivir cerca de ellos.

Pero lo que estaba claro era que iba a necesitar algún sitio donde vivir, y para hacerlo necesitaba un agente inmobiliario de confianza.

Tom Savage. Había ido al colegio con ellos, había asistido a la fiesta de Rob y Emma y estaba especializado en la clase de propiedad que a ella le interesaba.

De manera que lo llamó y le dijo que estaba buscando una casa de campo cercana al pueblo. Tom la llamó aquel mismo día.

—Izzy. Soy Tom. Ha habido suerte. Hay una casa de campo en venta a unas tres millas al sur del pueblo. Puede que la conozcas. Está en la granja Widmay y solía pertenecer a la señora Jenks.

El corazón de Izzy se detuvo un momento.

—Esa casa es de Will —dijo, y Tom lo confirmó.

—La ha puesto en venta. La casa necesita una buena inversión, pero sé que eso no es problema para ti, y la propiedad está en un sitio precioso.

—Lo sé. Conozco la casa. Tendré que pensármelo.

—No tardes en decidirte, porque va a despertar

mucho interés. Conserva todos los establos, por supuesto. No sé por qué la ha puesto en venta Will; apenas tuve tiempo de hablar con él. Creo que el hijo de la señora Jenks le ha dado demasiado la lata y quiere librarse de ella.

–¿Podría comprarla anónimamente? –preguntó Izzy–. ¿O bajo otro nombre?

–Por supuesto. ¿Puedo preguntar por qué?

–Sólo por preservar mi intimidad. No quiero que todo el mundo sepa dónde vivo.

–No hay problema.

–Bien. En ese caso, tendremos que vernos. ¿Quieres que vaya yo?

–Claro. Así podré enseñarte la casa.

–No hace falta. La veré más adelante. No necesito verla antes de comprarla.

–En ese caso, ¿por qué no voy yo a verte a ti? Tengo que ir a la oficina de Londres el lunes. ¿Por qué no quedamos a comer?

Y, cómo no, el lugar elegido por Tom para comer estaba lleno de celebridades y fueron rápidamente localizados por los periodistas.

–Maldición –murmuró Izzy–. ¿Por qué no vamos a mi apartamento a tomar el café y a ocuparnos del papeleo? Aquí no vamos a poder estar tranquilos.

–¡Señorita Brooke! ¡Isabel! ¿Es cierto que su aventura con Will Thompson ha acabado?

–¿Es su acompañante el nuevo hombre de su vida?

–Lo siento, pero soy un hombre felizmente casado –dijo Tom mientras dejaba la propina.

–No tengo nada que decir –declaró Izzy cuando uno de los periodistas puso un micrófono bajo su nariz y empezó a hacerle más preguntas sobre Tom. Éste lo apartó a un lado con firme delicadeza y se encaminaron hacia la puerta.

Con los destellos de las cámaras iluminando sus espaldas, entraron rápidamente en un taxi y se alejaron.

–¿Son siempre así? –preguntó Tom mientras se aflojaba el nudo de la corbata.

Izzy rió.

–A veces. Normalmente son bastante groseros.

–¿Cómo puedes aguantarlo?

–No lo aguanto. Por eso quiero comprar la casa anónimamente. No quiero ninguna publicidad.

Tom asintió, comprensivo, y luego empezaron a hablar de los detalles.

Cuando supo que Izzy quería la casa para vivir en ella, la miró con extrañeza.

–Pensaba que la querrías como retiro para los fines de semana.

–No. Quiero cambiar de vida. Estoy harta de Londres, de mi trabajo y de la prensa. Por eso quiero discreción. Necesito un poco de paz.

Tom asintió.

–Eso lo entiendo. Pero si vas a vivir allí, Will va a enterarse de todos modos, de manera que no entiendo por qué quieres que la compra sea anónima.

Izzy ya se había preparado para aquella pregunta.

—No quiero que sienta que me la tiene que dejar a buen precio. Conozco a Will y sé que lo haría. Si piensa que soy una rica londinense con más dinero que sentido común, cobrará lo que debe, y eso me parece justo.

Tom volvió a asentir.

—De acuerdo. Mantendré el secreto a toda costa.

Cuando llegaron al bloque en que Izzy tenía su apartamento la prensa los estaba esperando y los fotografiaron mientras entraban.

—Yo me volvería loco —dijo Tom mientras subían en el ascensor.

—Ése es uno de los motivos por los que necesito irme de aquí cuanto antes.

Fueron necesarios varios días de papeleos, durante los que la prensa amarilla no dejó de airear la «aventura» de Izzy con Tom, pero finalmente el negocio quedó cerrado y la casa asegurada.

Lo único que faltaba era firmar los papeles y transferir el dinero. Como Tom estaba muy ocupado, Izzy acudió a su despacho en el pueblo.

—Ya que estás aquí y la casa ya es tuya —dijo Tom una vez que acabaron todos los trámites—, ¿te apetece ir a echar un vistazo?

Izzy reprimió un pequeño estremecimiento de

excitación. Llevaba días deseando hacerlo, y no era probable que fuera a toparse con Will allí a aquellas horas del día, de manera que aceptó gustosa.

Y todo habría ido bien si Will no hubiera terminado de ocuparse de las ovejas en el pasto norte y se hubiera encaminado precisamente en aquellos momentos hacia Valley Farm.

Los coches se detuvieron uno al lado del otro en el camino. Will bajó del suyo y se encaminó con expresión granítica hacia la ventanilla abierta de Izzy. La contempló un momento con gesto inexpresivo y luego miró a Tom.

—Esto es terreno privado. No quiero veros a ninguno de los dos por aquí.

Izzy no sabía cómo iba a reaccionar Tom. Las palabras de Will la habían dejado conmocionada y, para cuando reaccionó, Tom había salido del coche y estaba hablando con Will a cierta distancia.

—La casa está vendida —oyó que le decía a Will—. El dinero ha sido transferido a tu cuenta hoy mismo.

—¿Y qué diablos haces aquí?

—Estoy actuando en nombre del nuevo dueño.

—¿Y tenías que traerla a ella contigo? —Will hizo un brusco gesto con la cabeza hacia Izzy—. No es asunto mío que estés engañando a tu mujer, pero me parece increíble que se te ocurra venir aquí a darme en las narices con la mujer que amo.

Ahora, salid de aquí antes de que haga algo de lo que pueda arrepentirme. Y no volváis.

«La mujer que amo»

¿Había dicho aquello en serio? ¿Sería verdad?

Izzy salió del coche con piernas temblorosas.

–Vete, Tom. Yo hablaré con Will.

–Yo no tengo nada que decirte.

–Pero yo a ti sí, y agradecería que me dieras la oportunidad de hacerlo.

Tom los miró sucesivamente y se cruzó de brazos.

–No pienso dejarla a solas contigo, Will. Estás demasiado enfadado y...

–No me hará daño. Vete tranquilo, Tom, por favor.

Tom asintió, reacio.

–Llámame si necesitas cualquier cosa. Ya tienes mi móvil –dijo mientras se encaminaba hacia su coche.

–¿Es cierto? –preguntó Izzy en cuanto el coche se alejó–. ¿Es cierto que me amas, Will?

Cuando Will la miró, Izzy vio en sus ojos el dolor que ya había visto en otras ocasiones.

–Nunca he dejado de amarte –dijo, tenso a causa de la emoción–. Durante todos los años que estuve con Julia siempre conservé en el centro de mi corazón mi amor por ti. Y lo último que necesito es verte correteando por mi tierra con otro antiguo compañero de instituto...

–He comprado la casa –dijo Izzy.

Por un momento, Will permaneció muy quieto. Luego la miró con expresión desconcertada.

–Pero... ¿por qué? ¿Te has comprado una casa de fin de semana para venir a atormentarme cuando te apetezca?

–Jamás he pretendido atormentarte. Fuiste tú el que me atormentó a mí. Fuiste tú el que se fue a viajar por el mundo con mi mejor amiga y el que regresó enamorado de ella.

–No.

–Oh, sí.

–No. Te dije eso porque pensé que si me odiabas todo resultaría más fácil para ti. Es la única mentira que te he dicho, Izzy. Nunca amé a Julia como a ti. No como ella lo merecía. Y lo lamentaré el resto de mi vida. Pero al final resultó que ella tampoco me amaba. Tardó en darse cuenta, pero cuando lo hizo ya era demasiado tarde. Ya estaba embarazada. Sólo nos habíamos acostado una vez. Éramos jóvenes, estábamos un poco bebidos y ella me sedujo. Lo hizo deliberadamente; dijo que quería saber lo que sentiría conmigo. Pero aquella vez bastó. Como era la hija del vicario y yo había prometido ocuparme de ella, no tuve más remedio que casarme. Desde entonces no he dejado de pagar por aquella noche.

–Tienes unos hijos encantadores –le recordó Izzy.

La expresión de Will se suavizó.

–Sí. Tengo unos hijos preciosos y llegué a querer a Julia y a comprenderla, y ella me correspondió. No lamento eso, desde luego, pero sí lamento lo que perdí. Y verte ahora con Tom...

–Ya te he dicho por qué estaba con él.

Will frunció el ceño.

–Aún no entiendo por qué has comprado la casa. Si no es sólo para los fines de semana, ¿para qué la quieres?

–Porque quería estar cerca de ti. He cerrado mi negocio y voy a vender mi apartamento. Voy a trasladarme aquí en cuanto la casa esté en condiciones.

–En ese caso, ¿por qué no vienes a vivir conmigo?

–Porque nunca me lo has pedido.

–No lo he hecho porque sé que no tengo nada que ofrecerte. Tú lo tienes todo, Izzy. Yo no tengo nada.

–Excepto mi corazón.

Izzy parpadeó porque los ojos se le llenaron de lágrimas y de pronto se encontró entre los brazos de Will.

–Oh, Izzy –murmuró a la vez que le acariciaba el rostro con infinita ternura–. Te quiero. Cásate conmigo. Quédate conmigo. Hazte mayor conmigo. Ten mis hijos, si quieres, pero no vuelvas a dejarme, por favor.

–Antes de que diga sí, hay una cosa más –dijo Izzy con el corazón en la boca. Tuvo que respirar profundamente para calmarse un poco–. Vamos a tener un bebé, Will.

Él se quedó mirándola, perplejo.

–Pero... no puede ser. Sólo nos acostamos aquel día en tu apartamento, y usamos preservativos...

Izzy se encogió de hombros.

–No sé. Puede que la caja estuviera mal. Mi doctora ha dicho que a veces pasa. Es raro, pero sucede... y nos ha sucedido a nosotros.

–Y por eso has decidido volver –dijo Will, decepcionado.

–No. Lo que decidí fue irme. Y luego decidí volver porque pensé que no era justo que el bebé y tú no pudierais estar juntos. Te he visto con tus hijos, Will. Eres maravilloso con ellos, y no podía negar a mi hijo ese mismo amor simplemente porque nosotros no lo compartiéramos. Pero tampoco quería atraparte de ese modo. Ya te has visto antes en esa circunstancia y no me parecía justo volver a hacerte pasar por lo mismo. Quiero que tengas la oportunidad de decidir. He comprado la casa y puedo vivir en ella, y no tienes por qué casarte conmigo para poder estar con tu hijo.

–Pero claro que quiero casarme contigo. Quiero hacerlo porque te amo. Siempre te he amado y no pienso volver a perderte. La primera vez fue mala. La segunda fue intolerable. Y la tercera me mataría. Así que, si me quieres, ¿querrás casarte conmigo y dejarás que te demuestre cuánto te amo?

–¿Y al bebé?

–Por supuesto que también querré al bebé –Will deslizó una mano entre ellos hasta dejarla apoyada sobre el vientre de Izzy–. ¿Cómo puedes dudarlo?

–¿Y qué haremos con la casa?

Will rió.

–No sé. Podemos convertirla en un refugio al que huir de vez en cuando para estar solos.

–Eso suena bien –dijo Izzy, satisfecha.

Tras darle un apasionado beso que la dejó sin aliento, Will la tomó de la mano y se encaminaron hacia la casa. Cuando llegaron, se sentó en el banco en que había sostenido a la señora Jenks en sus últimos momentos y palmeó su regazo para que Izzy se sentara en él.

Ella lo hizo, gustosa, y apoyó la cabeza en su pecho.

–Eres un buen hombre, Will. Te quiero.

–Y yo te quiero a ti. Estaba tan seguro de haberte perdido definitivamente... En ningún momento se me habría ocurrido pensar que pudieras estar dispuesta a renunciar a todo para venir a vivir aquí conmigo.

–¿Renunciar a todo? No he renunciado a nada. Tú lo eres todo para mí, Will. Tú, nuestro bebé, tus hijos, tus padres, Rob, Emma, Tom...

–También conoces un montón de personas en Londres.

–Pero no son personas que me importen. Kate está en Australia, ha conocido a un hombre y no va a volver. Ella era mi única amiga de verdad. Mi hogar está aquí, con todos vosotros. Especialmente contigo.

Will la besó con ternura.

—En ese caso, bienvenida a tu hogar, querida mía —dijo, emocionado—. Bienvenida a tu hogar.

JAZMÍN

LINDA GOODNIGHT
AMANTES DE NUEVO

Julianna Reynolds había abandonado su pueblo por la gran ciudad, pero ahora había vuelto a Oklahoma... y al hombre que había dejado atrás. Lo que no sabía era que el salvaje Tate McIntyre se había convertido en un competente sheriff.

Era una lástima que no la hubiera perdonado por dejarlo sin darle una explicación. Y cuando Tate se enteró de que también había mantenido en secreto a su pequeña, Julianna supo que tenía un gran problema.

Solucionar el pasado no iba a resultar fácil. ¿Qué pasaría cuando le dijera que para salvar a su hija tendrían que tener otro bebé?

REBECCA WINTERS
PERSIGUIENDO UNA AMBICIÓN

Mallory Ellis se enfrentaba al dilema de su vida: el aristócrata Rafael D'Afonso estaba ofreciéndole la familia que siempre había deseado. ¿Debía poner en peligro una carrera en ascenso como la suya por la posibilidad de ser madre? Al fin y al cabo, Rafael solo quería un matrimonio de conveniencia...

N.º 592

CAROLINE ANDERSON
EN BUSCA DEL AMOR

La rica ejecutiva Izzy Brooke lo tenía todo excepto amor, pero estaba empeñada en solucionar ese problema. Así que decidió reunirse con Will Thompson, un guapísimo padre soltero que había sido su novio en la adolescencia. Así fue como se quedó embarazada.

Harta de los negocios, aquél era el cambio de vida que tanto había deseado, pero entonces descubrió algunos secretos del pasado de Will a los que tendrían que enfrentarse antes de forjarse un futuro como padres y compañeros...

DESEO
SARA ORWIG

NO SOLO NEGOCIOS

Noah Brand la había comprado, en cuerpo y alma. La subasta benéfica le había dado la oportunidad perfecta para hacer que Faith Cabrera cayera rendida a sus pies. Durante un día… y una noche, la tendría a su merced, y estaba seguro de que eso sería un auténtico placer para los dos.

Pero Faith sabía que una noche de pasión no llevaba a una vida de felicidad, y no estaba dispuesta a dejar que el implacable magnate se apoderara de la empresa de su familia.

N.º 573

NEGOCIOS… Y AMOR

Jeff Brand necesitaba casarse de inmediato. Y su nueva ayudante le serviría. Al fin y al cabo, la atracción entre Holly Lombard y él estaba empezando a resultar imposible de resistir. Además, a ambos les convenía un matrimonio sin ataduras.

Sin embargo, tan pronto como le puso el anillo en el dedo, Jeff se dio cuenta de que se había metido en un lío. Sabía montar un potro salvaje, dirigir un negocio multimillonario y conquistar a cualquier mujer que se propusiera, pero… ¿mantener sus sentimientos fuera de aquella unión? Con una esposa como Holly, Jeff se enfrentaba al desafío más difícil de su vida.

DESEO

BJ JAMES
DULCE RETORNO

Adams había vuelto a Belle Terre para salvar la plantación familiar, pero al ver a Eden Claibourne de nuevo, tuvo que luchar contra el deseo por su antiguo amor.

Pero Eden merecía a un hombre que pudiera ofrecerle algo más que una aventura. ¿Serían sus besos lo suficientemente convincentes como para que aquel hombre hastiado y solitario bajara la guardia?

LIZ IRELAND
LLENA DE SUEÑOS

Natalie Winthrop iba a recuperar su fortuna, pero el premio que había ganado, una mansión en ruinas, amenazaba su sueño de construir un hotel. Cuando empezaron los problemas, apareció Cal Tucker, un huraño excomisario, que parecía decidido a rescatarla. Pero ¿sería Natalie quien pudiera rescatarlo a él?

N.º 574

RYANNE COREY
UNA MUJER CON PASADO

Desde su huida del mundo de la moda, Maxie Calhoon se había apartado de la opinión pública. Hasta que un reportero se empeñó en conseguir una exclusiva de la supermodelo.

Connor Garret era tenaz y siempre conseguía lo que quería, así es que cuando la exmodelo le dijo que no quería una entrevista, algo se encendió dentro de él. Claro que no sabía hasta qué punto acabaría deseando tenerla a su lado el resto de su vida.

BIANCA™

AIMEE CARSON
CÓMO ROMPER UN CORAZÓN

Hunter Philips, el rompecorazones de Miami, puso en marcha el olfato periodístico de Carly Wolfe. ¿Qué clase de individuo sin corazón era capaz de inventar algo como El Desintegrador, una aplicación para romper relaciones? Pero, cuando lo retó a un duelo en televisión, no supuso que el azul helado de su mirada y su carisma arrebatador acelerarían de aquella forma su corazón...

Después de que un escándalo profesional le hiciera perder su trabajo, Carly se había olvidado del amor. Una relación con Hunter podía llevarle a romper su regla de oro de no implicarse emocional- mente, pero ¿no eran, al fin y al cabo, gajes del oficio?

ELIZABETH POWER
UN ENGAÑO DELICIOSO

Rayne Hardwicke tenía una vieja cuen- ta que saldar con Kingsley Clayborne, el *playboy* arrogante y despiadado que había construido un negocio multimi- llonario a costa de su padre. Quería justicia… pero una parte de ella tam- bién quería algo más…

N.º 509

Siete años antes, cuando solo era una adolescente, lo había amado en silencio. Y aún seguía adorándolo. Si sucumbía a sus impulsos, se delataría sin remedio, pero si no lo hacía corría el riesgo de perder la razón.